한국 고전문학의
세계 인식과 전승 맥락

한국 고전문학의
세계 인식과 전승 맥락

구사회 지음

보고사
BOGOSA

책머리에

　지난 수년 동안 학술지에 발표한 논문을 정리해보니, 크게 두 갈래였다. 하나는 국문시가를 대상으로, 다른 하나는 한문 자료를 중심으로 발표한 논문들이었다. 전자는 『한국 고전시가의 작품 발굴과 문중 교육』이라는 책명으로 지난 해에 앞서 출간하였다. 후자는 『한국 고전 문학의 세계 인식과 전승 맥락』이란 책명으로 준비해왔다. 하지만 처음 의도와는 다르게, 모양새도 흐트러졌고 일도 진척되지 않았다.

　제1부는 19세기 이래 일제강점기까지의 자료 발굴과 문학 담론이 중심을 이룬다. 여기에는 순조 21년(1821) 10월에 사행을 갔던 이원묵(李元默, 1767~1831)과 손병주(孫秉周, 1781~1836)의 연행 기록물을 비교 검토한 논문이 있다. 이원묵의 『행대만록(行臺漫錄)』은 이전에 필자가 새로이 발굴했던 자료이고, 손병주는 『간산북유록(看山北遊錄)』의 작자라는 것을 필자가 밝혀낸 바가 있었다. 이들이 함께 연행을 다녀왔는데, 서로 서술 시각이나 표현 방식에서 차이가 있었다.

　1901년도에 프랑스 공사를 다녀온 김만수의 일기 자료와 친일파 박영철의 세계 기행을 검토한 논문도 있다. 이 자료들도 일찍이 필자가 발굴해낸 자료들이다. 김만수 일기는 그의 문명 담론과 함께 세계 인식을 살펴보았다. 그리고 일제강점기에 친일파 박영철의 『구주음초(歐洲吟草)』는 그의 세계 기행과 함께 나타난 세계 인식을 탐색하였다.

제2부는 중국의 시가 양식이 한국으로 전승되는 과정, 한국 고전문학의 다양한 사례를 찾아서 분석하였다. 중국 대부분의 시가 양식은 한국으로 전승되고 있었다. 다만 한국인은 중국의 시가 양식이 전승 과정에서 주체적으로 변용시키거나 새로운 양식을 만들어나갔다. 여기에서 주체적인 변용 사례를 찾을 수 있는데, 그것을 한시 양식이나 시세계로 반영하고 있었다. 그리고 신라시대의 성기 신앙을 탐색하거나 1863년에 금강산 관찰사로 부임한 승산(勝山) 김영근(金泳根, 1793~1873)이 한 달에 걸쳐서 금강산을 다녀와 지었던 〈금강산절긔 동유록〉이란 유산록을 발굴하여 주목하였다.

제3부에서는 조선후기에서 일제강점기로 이어지는 시기에 활동했던 호남 문인들의 시세계에 살펴보았다. 전남 지역은 19세기에 강진에서 활동한 다산의 제자인 치원 황상에 주목하였다. 아울러 황상이 당대 문단의 중심에 있던 추사 김정희 가문과의 관련성을 주목하여 살펴보았다. 그리고 이들 사이에는 당대에 성흥했던 차문화와 깊은 관련이 있는 것을 주목하였다.

이어서 20세기에 나주에서 활동한 우고(又顧) 이태로(李泰魯, 1848~1928)를 주목하였다. 전북지역은 일제강점기에 활동한 유재 송기면과 학헌 최승현의 시세계를 살펴보았다. 특히 학헌 최승현은 석정의 말년 제자로 마지막 한문 세대이기도 하다. 학헌에 대한 논문은 이제까지 공개되지 않았던 『학헌집(學軒集)』과 『학헌사고(學軒私稿)』를 바탕으로 작성하였다.

이 책은 지난 시절에 작성했던 논문들을 모은 것이다. 여기에는 나의 지난 시절을 회상하며 정리하고자 하는 의미도 담겨 있다. 나는 대학 정년을 기다리지 않고 몇 년 앞서 물러나 작년에 이어 올해도 유럽에 가서 몇 달을 머물다가 돌아왔다. 나름 지난 생활을 되돌아보고 새로운 앞날을 모색하고자 하였지만 얻어진 건 없었다. 늦게나마 부모님께 감사드리고 묵묵히 곁을 지켜준 아내에게 고맙다는 말을 전한다. 마지막으로 은사님이신 동악의 이종찬, 임기중, 홍기삼 교수님께도 존경의 마음과 함께 깊은 감사를 드린다.

2022년 8월
온양에서 구사회 쓰다.

차례

제2부

고전문학의 전승 맥락과 작품 탐색

제3부

근대전환기의 호남한문학과 시적 탐색

제1부

근대전환기 한국인의
세계 기행과 문명 인식

순조 21년 신사 연행과 연행록의 두 시각

『행대만록』과 『간산북유록』을 중심으로

1. 머리말

근대 이전에 동아시아 중심국은 중국이었고, 중국은 주변국과 일정한 외교 관계를 맺어왔다. 우리나라도 예외가 아니어서 중국을 비롯한 주변국들과 사대교린의 관계에 있었다. 이것은 후대로 내려올수록 더욱 강화되면서 제도화되었다. 그래서 조선은 청 태조인 누루하치가 입관한 인조 23년(1645) 이후부터 고종 30년(1893)까지 249년간 최소 700회 이상에 걸쳐 사행 왕래를 하였다고 한다.[1] 이 과정에서 조선의 사절단이 중국을 다녀오면서 견문과 사행 과정, 문물이나 풍습과 같은 여러 정보들을 기록으로 남겼는데, 그것이 바로 연행록(燕行錄)이다.

이들 연행록에 대해서는 일제강점기인 1930년에 나카무라 사카에 타카시가 조천록 40여종, 연행록 65종을 소개한 이래,[2] 1960년에 성균관대 대동문화연구소에서 출간한 『연행록선집』(전2집)을 시작으로 여

---

1 황원구, 「연행록의 세계」, 『여행과 체험의 문학(중국 편)』(소재영·김태준 편), 민족문화문고간행회, 1985, 56면.
2 中村榮孝, 「滿鮮關係の新資料」, 『靑丘學叢』 1號, 靑丘學會, 1930, 143~156면.

러 자료들이 나왔다. 그러다가 임기중에 의해 2001년도에 『연행록전집
(燕行錄全集)』(100권), 이어서 2008년도에 『연행록 속집(燕行錄 續集)』
(1~50권)이 출간되면서 연행록 568권이 집대성되었다.[3] 한편, 연행록에
대한 논문은 2006년도에 숭실대 한국전통문예연구소에서 133편의 논
문이 『연행록 연구총서』 10권으로 출간되었다.[4] 이 과정에서 연행록의
연구 대상도 『노가재연행록』, 『담헌연기』, 『열하일기』와 같은 3대 연
행록에서 그동안 잘 알려지지 않았던 다른 연행록으로 이어졌다. 연구
분야도 문학이나 역사 위주의 연구에서 경제·외교 및 회화·지리 등으
로 지평이 확대되고 있다.

본고에서 다루려는 이원묵(李元默, 1767~1831)의 『행대만록(行臺漫
錄)』과 손병주(孫秉周, 1781~1836)의 『간산북유록(看山北遊錄)』도 그것의
연장선상에 있다. 『행대만록』은 근래에 필자가 새로이 발굴한 것이고,
그 과정에서 『간산북유록』의 작자도 손병주로 밝혀졌다.[5] 하지만 지면
관계로 자료 소개에 머물렀고 본격적인 논의는 다음 기회로 미룰 수밖
에 없었다. 당시 필자는 『행대만록』을 발굴하면서 『간산북유록』이 같
은 연행 과정을 담았다는 것을 알게 되었다. 그런데 똑같은 연행 과정을
담은 이들 연행록은 서술 시각이나 표현 방식 등에서 사뭇 달랐다.

이 논문에서는 『행대만록』과 『간산북유록』의 차이점을 서술과 표
현의 측면에서 살펴보고자 한다. 물론 이들이 갖고 있던 독자적인 문

---

3 임기중, 『연행록전집』(1~100권), 동국대출판부, 2001.
　임기중, 『연행록 속집』(1~50권), 상서원, 2008.
4 조규익 외, 『연행록 연구총서』(1~10권), 학고방, 2006.
5 구사회, 「이원묵의 『행대만록』과 순조 21년 신사연행」, 『열상고전연구』 37집, 열상고
　전연구회, 2013, 113~136면.

예적 성과를 추출하려면 무엇보다도 각각의 미적 특질을 탐색하고 다른 연행록과의 비교 분석이 선행되어야 할 것이다. 하지만 이 논문에서는 그것에 앞서 같은 연행 과정에서 지어졌던 『행대만록』과 『간산북유록』을 비교하고자 한다. 이들은 연행록이라는 같은 문예 양식에 담았더라도 서로 다른 각각의 문예적 특성을 구축하였기 때문이다.

2. 순조 21년 신사연행과 두 연행록

순조 재위 34년(1801~1834) 동안에 61차례의 연행이 있었고, 그 중 순조 21년(辛巳, 1821)에는 네 차례가 있었다. 1월 7일에 진하사은(進賀謝恩)이, 4월 20일에 정조비였던 효의대비의 죽음을 알리는 고부 연행이 출발하였다. 10월에는 두 차례가 있었다. 11일에 진하사은 겸 임인무주변정(進賀謝恩 兼 壬寅誣奏卞正)이, 29일에 동지 겸 진하사은이 출발하였다. 이 중에서 10월 29일의 연행이 정기 사행이었고, 나머지는 모두 특별 임무를 띤 별행이었다.

순조 21년(1821)에 있었던 이들 신사연행의 기록물은 현재 세 편이 전한다. 하나는 1월 진하사은의 정사(正使) 이조원(李肇源, 1758~1832)이 저술한 「황량음(黃粱吟)」이고, 나머지 2편은 10월 11일에 출발한 이원묵의 『행대만록』과 손병주의 『간산북유록』이다. 이들 세 편의 연행록에서 비교 대상이 되는 것은 『행대만록』과 『간산북유록』이다. 왜냐하면 이원묵과 손병주는 같은 연행단에 있으면서 각각의 연행록을 저술하였지만 서술 방식이나 표현 수법 등이 사뭇 달랐기 때문이다.

순조 21년 10월 11일에 출발한 연행은 명분이 사은 겸 무주변정(誣奏

卞正)이었지만 실제 의도는 임인옥사(壬寅獄事)를 바로잡으려는 무주변 정에 있었다. 임인옥사란 경종 3년(1722)에 목호룡(睦虎龍)이 소론계 김 일경(金一鏡)의 사주를 받아서 노론이 경종을 시해하려 하였다고 고변 하면서 일어난 사건을 말한다. 이로 말미암아 신임사화(辛壬士禍) 때 이미 소론(少論)에 의해 쫓겨난 노론 4대신이었던 김창집(金昌集)·이이 명(李頤命)·이건명(李健命)·조태채(趙泰采)를 비롯하여 노론계 170여 명이 처형되거나 처벌을 받았다. 이 역모 사건은 영조 때에 이르러 무고 에 의한 것으로 밝혀졌고 처형당한 대신들은 모두 신원되었다. 하지만 청나라의 『황조문헌통고(皇朝文獻通考)』에는 여전히 노론 4대신이 경종 을 시해하려 한 것으로 기록되어 있었다. 이것을 조선 조정에서 알고 바로잡아야 한다는 주장이 제기되었다. 당시 조선 조정에서는 임인옥 사가 소론 정권의 무고에 의해 벌어진 사건으로 이미 정리된 상태였다. 그렇지만 그것이 중국 황실의 공식적인 문헌에 그대로 남아있다는 것은 당시 집권 세력인 노론측에서 보자면 자신들의 정당성과 관련된 중대한 문제였다.

사건의 발단은 순조 20년(1820)에 사신을 수행하여 청나라에 다녀온 홍현주(洪顯周, 1793~1865)가 『황조문헌통고』를 구입하여 국내로 반입 하면서 알려졌다. 윤명렬(尹命烈, 1762~1832)이 상소를 올려 그것을 바 로잡기 위한 변무사 파견을 주장하였다. 이어서 순조 21년 5월에 영의 정 한용구(韓用龜, 1747~1828)가 다시 문제를 삼았다. 당시 집권 세력이 노론이었기 때문에 변무사 파견에 대해 이의를 제기하는 사람은 없었 다. 6월에 정사 심상규(沈象奎, 1766~1838), 부사 조종영(趙鍾永, 1771~ 1829), 서장관 이원묵(李元默)으로 낙점되었다. 그런데 준비 과정에서 정사로 선임된 인사들이 잇달아 사임하는 문제가 발생하였다. 그것에는『황조문헌통고』의 기록을 바로잡아야 한다는 책무도 있었지만 임인옥사라는 민감한 정치적 문제가 내재하고 있었기 때문이다. 그래서 그들은 하나같이 고령이나 병을 핑계로 사임하는 복잡한 속내가 있었던 것으로 보인다.

6월 8일에 정사로 선임된 심상규(沈象奎)가 사임하여 정상우(鄭尙愚)로 교체되었고, 이어서 이상황(李相璜)으로 바뀌었다, 7월 13일에는 다시 홍희신(洪羲臣)으로 교체되었다. 그마저도 병으로 사임 의사를 밝히면서 9월 22일에 김노응(金魯應)으로 교체되었다. 그런데 출발 날짜를 목전에 두고 그마저도 사임해 버렸다. 마침내 9월 29일에 여섯 차례의 교체를 겪으며 이호민(李好敏, 1762~1823)이 정사로 임명되어 연행에 올랐다.

이들은 10월 11일에 출발하여 52일이 지난 12월 3일에 숙소인 연경 옥하관(玉河館)에 도착하였고 12월 24일까지 21일 동안 머물면서 왕명을 수행하였다. 그리고 12월 25일에 귀국길에 올라 해를 넘겨 임오년(1822) 2월 8일에 한양으로 돌아와 임금 앞에 복명(復命)하였다. 이들은 한양을 출발하여 연경까지 52일, 연경 체류 21일, 돌아오는데 44일이었고, 모두 117일이 걸렸다.

이들은 연경에 도착하자마자 중국의 『황조문헌통고』에 기록된 조선의 임인옥사를 바로잡기 위한 작업에 들어갔다. 중국은 임인옥사와 관련된 기록을 바로잡는 것에 대하여 처음엔 강경하게 반대하였다. 조선측은 경종이 병약해서 종사를 위해 어쩔 수 없이 왕제(王弟) 연잉군(뒷날 영조대왕)을 왕세제로 책봉한 조처였지, 임인옥사가 4대신의 역모가 아니었다는 사실을 강조하였다. 이들은 곡절을 겪으며『황조문헌통고』에 실린 무주(誣奏) 관련 기록을 삭제하라는 황제의 윤허를 받아낸다. 마침내 청나라에서도 공식적으로 그 기록을 바로잡겠다는 회자(回咨)를 보내왔다. 나중에 순조는 하교를 내려 이들 세 사신을 비롯하여 공이 있는 역관들에게 상을 내리고 가자(加資)하였다.[6]

이원묵과 손병주는 당시의 연행 과정을 각각 『행대만록』과 『간산북유록』으로 남겼다. 당시 이원묵은 손병주가 연행록을 짓고 있었다는 것을 인지하지 못하고 있었던 것 같다. 왜냐하면 손병주의 연행록에는 이원묵에 대한 언급이 나오지만, 이원묵의 손병주에 대한 언급은 부록 형식으로 기록된 「연행록총목(燕行錄總目)」에 정사 이호민의 반당(伴倘)이라는 인명만 기재되고 있었기 때문이다.

이들 연행록은 둘 다 사행 일정에 따라 서술하는 편년체 형식을 취하고 있어서 연행의 모든 과정이 잘 드러나 있다. 『행대만록』의 작자인 이원묵은 연행의 실무 책임을 맡았던 서장관 신분이었다. 그래서 그는 서장관으로서 사행 과정과 그 결과를 등록(謄錄)으로 작성하여 조정에 바쳐야 하는 책무가 있었다. 그가 사행의 모든 과정을 산문 형식으로 기록한 것도 바로 그런 이유에서였다. 반면에 『간산북유록』의 작자인 손병주는 직책을 맡지 않고 정사 이호민의 반당(伴倘)으로 연행에 참여한 자유로운 처지였다. 손병주는 책무로부터 자유로운 처지였기 때문에 여정 과정을 산문으로 담고 개인적인 소회를 시로 형상화하는 산문과 운문의 복합 형태를 취하였다.

---

6 순조 21년(1821) 10월 21일 출발한 신사연행에 대한 자세한 내용은 앞서 언급한 구사회의 논문을 참고하기 바란다.

3. 『행대만록』과 『간산북유록』의 비교 분석

3.1. 서술 시각

『행대만록』과 『간산북유록』은 날마다 날짜를 붙이고, 그 아래에 날씨와 여정을 기록하는 일기체 형식을 취하고 있다. 이러한 서술 방식은 연행록의 전범이 되는 편년체 형태이다. 대체로 기사체 연행록은 전아하고 치밀한 반면에, 전기체는 내용이 풍부하고 해박한 것으로 알려졌다. 그것에 비해 편년체는 여정이 잘 드러나고 논리가 분명하다는 특징이 있다.[7]

『행대만록』과 『간산북유록』은 여정이 분명히 드러나는 편년체를 취하고 있지만 서술의 시각이나 방식을 두고 차이가 있다. 『행대만록』은 사행의 실무 책임을 맡았던 서장관 이원묵이 저술하였고, 『간산북유록』은 반당으로 참여한 손병주가 저술한 것이다. 주지하다시피, 서장관은 행대감찰과 등록을 작성하는 책무가 있었고, 반당은 자제군관처럼 삼사(三使)의 친분으로 연행에 따라갔던 자유로운 처지였다. 다시 말해서 이원묵은 사행을 실질적으로 통솔하면서 그것의 모든 과정을 기록하여 조정에 보고해야 하는 책무가 있었다. 따라서 『행대만록』은 그가 등록으로 제출하기 위해 저술한 것으로써 표현이 자유롭지 못한 한계가 없지 않았을 것이다. 반면에 손병주는 정식 수행원이 아니었고 『간산북유록』도 개인적인 기행록의 일종이었기 때문에 서술과 표현에서 『행대만록』보다 상대적으로 자유로웠을 것이다.

---

7 金景善, 『燕轅直指』, 「燕轅直指序」, "適燕者多紀其行, 而三家最著, 稼齋金氏, 湛軒 洪氏, 燕巖朴氏也. 以史例則稼近於編年, 而平實條暢, 洪沿乎紀事, 而典雅縝密, 朴 類夫立傳, 而贍麗閎博. 皆自成一家, 而各擅其長, 繼此而欲紀其行者, 又何以加焉."

때문에 서술 체재도 다소 달라진다. 『행대만록』을 살펴보면, 작자는 날마다 날짜와 날씨를 적고 이어서 여정과 업무, 견문 내용 등을 문장으로 기록하고 있다. 이러한 서술 방식은 『행대만록』의 전편을 일관하고 있다. 물론, 『간산북유록』에서도 작자가 날짜와 날씨를 적고 여정과 견문 내용을 문장으로 기록하는 것은 『행대만록』과 별다른 차이가 없다. 다만, 『간산북유록』의 작자는 연행 과정에서 있었던 주요한 견문이나 감회에 대해서는 어김없이 시로 형상화하고 있었다는 점이다. 이런 시 작품만 100여 수에 이른다.[8]

연행록을 기록한 기간도 차이가 있다. 『행대만록』에서는 영의정 한용구가 계(啓)를 올려 중국의 『황조문헌통고』에 기록된 임인옥사를 바로잡아야 한다는 신사년(1821) 5월 10일부터 시작하고 있다. 이는 연행을 떠나기 5개월 이전이다. 마지막 날짜도 사행을 마치고 돌아와서 임금께 복명하는 2월 8일이 아니라 망제 겸 종묘에 고하는 2월 15일이다. 그리고 마지막 부분에는 사행단의 인명이나 물목 내역 등을 적은 「연행록총목(燕行錄總目)」이 부기되어 있다. 따라서 『행대만록』을 보면 사행 출발 이전의 정치 상황, 사행 과정, 사행 이후의 결과, 사행의 규모를 일목요연하게 파악할 수 있는 장점이 있다.

반면에 『간산북유록』은 연행이 시작되는 10월 11일부터 마치고 돌아왔던 2월 8일로 끝난다. 연행에 대한 작자 자신의 감회는 마지막

---

8 연행에서 이원묵이 시를 짓지 않았던 것은 아니다. 『행대만록』의 12월 25일자 기록을 보면 귀국길에 오른 그는 옥하관을 출발하여 조양문을 나와서 동악묘를 거쳐 통주로 갔다. 이날 통주 성안에 있는 백교(伯喬)에서 그는 동지사행단의 조만원(趙萬元)을 비롯한 삼사를 만나 회포를 풀고 있다. 이 때 그는 100여수의 시를 지었다고 기술하고 있다. 미루어보건대, 그는 연행에서 많은 시를 지었을 것으로 짐작되나 『행대만록』에는 기재하지 않았던 것으로 보인다.

날짜인 2월 8일에 간략히 덧붙이고 있다. 이것도 두 연행록의 성격적 차이에서 비롯된 것이다. 전자는 공적 보고서인 등록을 제출하기 위해 작성한 것이었고, 후자는 사적 기록물로써 여정 중에 얻어지는 작자의 견문과 소감을 담았기 때문이다.

『행대만록』과 『간산북유록』은 서술 방식에서 차이가 있다. 연행록은 시간의 경과에 따라 사행 과정을 적어나가는 것이 그 중심을 이룬다. 그것의 작자는 여행 중에 보고들은 견문이나 겪었던 사건을 기록으로 남기면서 사실을 객관적으로 전달한다. 그리고 이것은 허구성이 개입되지 않는다는 점에서 소설과 같은 다른 문예 양식과 그 방향을 달리한다. 그렇지만 연행록이라는 같은 문예 양식이더라도 작자에 따라 서술 방식은 달라진다. 다음 기록을 살펴보자.

〈예문 1〉

18일. 아침에 맑고 약간 구름. 서풍이 불다. 오후에 바람이 크게 거세지고 어두워지면서 추웠다. 아침에 일어나 이곳 목사 및 병사 우후가 와서 이별을 하며 원정석정전(遠井石井田)에 대해서 말했다. 식사 후에 바로 출발하다. 중화(中和)에서 점심을 하다. 부사 백능수, 대동찰방 황기문이 들어와서 뵈었고 김교 찰방이 인사하고 물러가다. 저녁에 평양에 닿았고 대동강변에 이르러 촛불을 들고 강을 건넜다. 이문성이 중화에서 나와 뵈었고 그대로 따라왔다. 서윤 김병문, 삼화부사 구진창, 성부사 권응주, 중군 이정곤이 들어와 뵈었다. 강서현령 윤헌규가 사대관으로 와서 도착하였다고 들었다. 심부름꾼을 보내서 곧바로 들어와 뵙게 하고 온화하게 대담하였다. 중화군수가 방물을 수령하여 운반하고 뒤쫓아 왔다가 대동승과 함께 또다시 와서 뵈었다. 숙천의 심부름꾼이 와서 차생의 편지를 받았다. 강서 이경두가 그의 아들 달인을 보내어 소매에서 편지를 내놓았다. 용강군에서 비용을 내어 음식을 대접하였다.[9]

〈예문 2〉

18일. 바람이 높고 추웠다. 늦게 출발하여 50리를 가다. 점심을 육물헌 (育物軒)에서 하였으니, 곧 중화 관아이다. 날이 저물어 불을 밝혔으나 바람이 심해 불이 꺼졌다. 촛불 없이 십여 리를 가서 영제교(永濟橋)에 이르렀다. 비로소 몇 개의 횃불이 있어 앞의 좁은 길을 인도하였고 긴 수풀은 똑똑히 볼 수 없었다. 이경(二更) 남짓에 대동강에 이르렀고 배에 올라 건넜다. 달빛이 물에 비치어 금물결이 떠서 움직였고 누대를 바라보니 걸린 촛불이 명멸하였다. 또한 하나의 좋은 경개에 집이 연광정에 있었고, 정자가 대동문 안의 동쪽 언덕에 있다. 성위의 가장 높은 곳에서 긴 강을 굽어보면 출렁이는 돛배가 빽빽이 서있고 큰 들판은 평평하게 퍼지고 먼 산이 둘러 있었다. 편액에 걸려 있는 '제일강산'은 거의 빈말이 아니었다. 판위에는 앞서 사람들이 제영한 것이 많아서 밤이 깊어 모두 보지 못했다. 유독 김황원의 시 한구절이 핍진하여 참다운 경지에 이르렀고 지금까지 회자된다. 근래에 이극옹(李屐翁), 홍담녕(洪澹寧), 홍시랑(洪侍郞) 삼사(三使)로 여기에 닿아 연속하여 세 구를 결구하여 판각해서 높이 걸었다. 이에 그 운을 따라서 가로되,

고을의 형세는 배처럼 푸른 물을 가로지르고	郡勢如舟橫碧水
밤빛에 침침한 그림처럼 푸른 산을 둘렀다.	夜光晻畵匝靑山
을밀대 신선은 생황을 불며 난새를 타고 떠나고	乙臺仙子笙鸞去
동굴에 갇혔던 왕손은 옥마를 타고 돌아왔다.	린窟王孫玉馬還

---

9 李元默, 『行臺漫錄』(순조 21년 10월 18일자), "十八日. 朝晴微陰西風, 午後風勢大作陰寒. 早起本牧及兵使虞侯來別, 言及遠井石井田. 事飯後卽發, 中火於中和, 府使白能洙, 大同察訪黃基文入謁, 金郊察訪辭去. 夕抵平壤, 到大同江邊, 擧燭渡江. 李文性出見於中和, 仍爲隨來, 庶尹金炳文, 三和府使具績昌, 城府使權應桂, 中軍李貞坤, 入謁. 聞江西縣令尹憲圭, 以査對官來到, 送伻致訊卽爲入謁穩話. 中和倅以方物領運追後來到, 與大同丞又來謁. 肅川伴來見車生書, 江西李生景斗, 送其子達寅, 袖書來見. 龍江以乾價支站."

그림배는 길이 떠서 밝은 달 바깥에 있고	畫舫長浮明月外
이름난 누대는 빈 숲 사이에 수두룩 있다.	名樓多在斷林間
기자 단군의 끼친 교화 천년국을 이루었고	箕檀遺化千年國
푸른 버드나무와 맑은 모래는 물굽이를 둘렀다.	綠柳晴沙繞一灣

또 정지상의 시에 차운하여 가로되,	又次鄭知常詩曰
누대는 맑은 물을 군림하여 달이 밝고	樓壓澄流得月多
사시(四時) 아름다운 경치에 풍류가락이 시끌시끌.	四時佳致鬧笙歌
지금 기성(箕聖)은 동방으로 널리 퍼져서	至今箕聖東敷化
긴 강에 더해져서 물결이 넘실넘실.	添作長江灩灩波
이어서 숙소에 머물다.[10]	仍留宿

〈예문 1〉은 『행대만록』에서, 〈예문 2〉는 『간산북유록』에서 뽑은 순조 21년(1821) 10월 18일자의 기록이다. 이들 연행록은 편년체로써 날짜와 날씨, 그리고 여정에서 별다른 차이가 없다. 기록을 보면 이들은 이날 중화에서 점심을 먹고 저녁에 평양에 닿았고 이어서 횃불을 들고 대동강을 건넜다는 것을 알 수 있다. 그런데 〈예문 1〉에는 연행을 나아가면서 서장관으로서의 공무를 수행하는 내용들이 주로 담겨 있다. 여

---

10 孫秉周, 『看山北遊錄』(순조 21년 10월 18일자), "十八日. 風高寒緊. 晚發行五十里. 午餐于育物軒, 卽中和官衙. 日暮擧火, 風急火滅, 無燭而行十餘里, 至永濟橋. 始有數枝炬導前夾路, 長林無可歷覽. 二更餘至大同江, 升樓船以渡. 月色印水金波浮動, 望見樓臺懸燭明滅, 亦一勝槩館于練光亭, 亭在大同門內東畔. 城上最高處, 俯臨長江, 蕩漾帆檣簇立, 大野平衍, 遙山周遭, 扁楣所揭第一江山, 殆非虛語. 板上多前人題詠, 夜深未盡覽. 獨金黃元詩, 一句逼到眞境, 至今膾炙. 近有李屐翁洪澹寧洪侍郎, 以三使 抵此續構三句, 鏤板高揭, 仍步其韻曰, 郡勢如舟橫碧水, 夜光晻畫匝靑山. 乙臺仙子笙鶯去, 린窟王孫玉馬還. 畫舫長浮明月外, 名樓多在斷林間. 箕檀遺化千年國, 綠柳晴沙繞一灣. 又鄭知常詩曰, 樓壓澄流得月多, 四時佳致鬧笙歌. 至今箕聖東敷化, 添作長江灩灩波. 仍留宿."

기에서 작자는 일정과 일과를 중시하고 그 내용을 사실적으로 꼼꼼히 기록하고 있다. 그리고 견문에서 느껴지는 사적 취향이라든가 감상 등을 자제하고 있다. 연행 일정도 〈예문 1〉이 〈예문 2〉보다 명료하게 드러난다. 뿐만 아니라 이날에 있었던 사행 업무도 〈예문 1〉의 기록을 통해 명쾌하게 알 수 있다.

반면에 〈예문 2〉에서 작자는 여정 중에 있었던 견문을 묘사적으로 서술하고 있다. 게다가 이날 2편의 시를 통해 자신의 감회를 형상화하고 있다. 작자는 대동강 근처에 있는 언덕에 올라 풍광을 감상하며 연광정에 걸려있는 제영시에 깊은 관심을 보인다. 여기에서 작자는 많은 편액시 중에서 고려말 김황원의 시구를 높이 평가하고, 순조 3년(1803) 7월 11일에 사행을 떠났던 극옹(屐翁) 이만수(李晩秀, 1752~1820)를 비롯한 삼사(三使)의 시에도 화답한다. 그리고 다시 정지상의 시에 차운하고 숙소로 돌아온다. 〈예문 2〉에서는 견문에 대한 작자의 감회가 강화된다고 하겠다.

다른 예로써 이들 사행단이 연경에 도착한 다음날인 순조 21년 12월 4일의 기록에서도 마찬가지이다. 『행대만록』에서는 작자인 이원묵이 서장관으로써 아침 일찍부터 역관들과 함께 중국 예부에 보낼 주문(奏文) 작성에 대해 협의하며 고심하고 있는 내용으로 일관하고 있다. 반면에 『간산북유록』에서는 작자가 중국 예부에서 보내온 찬물(饌物) 중에서 온갖 과일에 관심을 보이며 반색하고 있고, 개인적으로 주렴계의 28세손을 만나 우의를 맺고 있다.

따라서 이들 연행록의 서술방식을 요약하자면, 『행대만록』에서는 여정과 견문이 사실적으로 서술되었다고 말할 수 있다. 반면에 『간산북유록』에서도 사실적으로 서술하다가 대상을 비유적으로 묘사한다든가

작자 자신의 소회를 시적 형상화하고 있다. 그리고 전자가 사실성이
중시된 공적 기록의 성격을 지녔다면, 후자는 견문과 소감 위주로 작자
의 주관적 관점이 강화된 사적 기행록의 성격이 강하다고 하겠다.

『행대만록』과 『간산북유록』의 작자는 같은 과정을 서술하면서 서
술 태도에서도 차이를 보인다. 서술 태도가 다르다는 것은 똑같은 사
물을 보고서 그것을 해석하고 가치 평가를 내리는데 좋고 나쁜 상반된
결과를 가져온다. 왜냐하면 그것에는 글쓴이의 사고 체계나 이데올로
기가 작동되기 때문이다. 예로써 순조 22년(1822) 1월 27일자 기록을
살펴본다. 이들 사행단은 방균점(邦均店)에서 점심을 먹고 계주(薊州)
로 가고 있었다. 반산(盤山)을 탐방하려고 하였으나 눈이 쌓여서 가지
못하고 계주에서 삼 십리 떨어진 외성(外城)을 거쳐 독락사(獨樂寺)에
이르렀다. 이원묵은 그곳의 사액(寺額)을 면밀히 살피면서 사천왕상이
나 관음상의 크기나 모양을 다각적으로 고증하고 있다.[11] 반면에 손병
주는 그것에 대해 생략하고 길에서 만난 몽고인에 대한 인상기를 다음

---

11 李元默, 『行臺漫錄』(순조 22년 1월 27일자). "二十七日. 晴寒. 日出後發行, 行四十
里, 中火於邦均店. 初欲歷訪盤山, 以山路雪積不得往. 直到薊州城外店舍, 日尙未
暮. 遂騎馬入城, 甕城二重, 譙樓內便書堪拱神京, 至獨樂寺. 寺額云, 是李白筆字
體, 彷彿顏柳太白, 是魯公之前輩於誠懸, 則爲近百年前人物也. 未必下效狡輩之
體, 想是唐時筆法, 雖在顏柳之前, 已自如此也. 門有天王像, 高數丈, 極其獰壯, 正
殿二層大閣立觀音大像, 其高過於雍和宮丈六佛. 曾聞被以黃錦, 袍以裯去莫知, 其
故左右兩佛侍立. 高可二丈餘, 前安小佛三軀從左邊木梯再轉而上樓, 方可平視佛
面佛頭上, 又戴十佛刻扁, 書觀音之閣下書太白二字, 亦李白筆云, 而李白詩有十月
到幽燕之句, 無乃伊時留蹟耶. 登此俯瞰一城, 閭閻撲地, 城郭周遭亦一雄府也. 殿
後有六面圓閣立鐵佛一軀又過一佛殿至後殿中, 有三佛, 右室有臥佛, 曲肱支枕, 作
睡形長丈餘, 舊覆錦被間, 爲像兒所竊去云. 左實安關帝冕像, 右塑周倉奉刀, 左塑
關平侍立, 積塵滿室, 轉入僧房有一老釋, 進茶年六十四云, 給淸心二丸. 左右月廊
各安三塑, 莫知何神. 右廊有重修碑, 乾隆丙子, 侍郎勵宗萬書, 字細不得詳見, 出城
門卽還下處."

과 같이 남기고 있다.

〈예문 3〉
　곧바로 계주로 향하다가 큰 수레를 탄 몽고 왕을 길에서 만났는데, 그 왕비도 수레를 타고 뒤를 따르고 뒤따르는 자가 수십 사람이었는데 말을 타고 가고 있었다. 이른 바 왕비는 얼굴을 드러내고 사람을 보는데 그 예의가 없음을 알 수 있었다. 계주 삼십 리에 이르러 류씨 성씨를 가진 사람 집에서 숙박했다.[12]

　　우리와 몽고인들은 문화적 관습이 서로 다른데, 작자인 손병주는 내외라는 유교적 규범을 들이대면서 몽고인들이 내외가 없고 여인이 함부로 민낯을 내보이고 있다며 무례하다고 비판하고 있다. 반면에 이날 이원묵은 아랍인에 대한 언급을 남기고 있다. 물론 이원묵도 다른 날에 몽고인에 대한 인상기를 남기는 부분이 나온다. 그렇지만 이원묵은 손병주와 달리, 유교적 규범에서 몽고인을 보지 않고 객관적으로 그들의 행장이나 모습, 또는 풍습을 고증적으로 설명하고 있다. 『행대만록』의 1월 3일자 기록을 보면 귀국길에 오른 이원묵이 유관에서 산해관으로 가는 봉화점 근처를 가다가 지나가는 몽고인들을 조우했다. 그들은 푸른색 쪽제비 털모자를 쓰고 커다란 한림거를 타고 지나갔는데, 작자는 그들의 모습과 수레 형태를 자세히 기술하면서 그들의 풍습을 기술하고 있다.[13] 오히려 이원묵은 이날 자신의 고지기(庫直)였

12　孫秉周, 『看山北遊錄』(순조 22년 1월 27일), "直向薊州路逢蒙古王乘大車, 其王姬亦乘車隨後, 追從者十數人, 騎馬而行, 所謂王姬, 露面見人, 其無禮可知, 到薊州三十里止宿于劉姓人家."
13　李元默, 『行臺漫錄』(순조 22년 1월 3일자), "初三日晴寒. 日出後發行行三十五里,

던 맹만갑(孟萬甲)이 돼지고기 때문에 일어났던 아랍인과의 관련된 사
건을 흥미롭게 적고 있다.

〈예문 4〉
만갑이 양고기를 사러 한 점포에 들어갔는데, 상방주자 한 사람이 손에
돼지고기를 들고 있었다. 함께 갔던 점포 주인이 그것을 보고 놀라서 손을
흔들고 가버렸다. 그 까닭을 물어보니 점포주인이 아랍인으로 저팔계 선
생의 남아있는 종족 후예라는 것이다. 소설에 전하는 말이 어찌 진짜로
이런 일이 있을까, 괴이하고 우습도다.[14]

〈예문 3〉에서는 작자인 손병주가 유교적 규범에서 몽고인을 비판하
고 있다고 하였다. 반면에 〈예문 4〉에서는 작자인 이원묵은 점포주인
이 아랍 무슬림으로 돼지고기를 보고 놀라는 장면을 기술하고 그 이유
를 흥미롭게 적고 있다. 여기에서 이원묵은 손병주의 주관이 개입된
규범적 시각에서 벗어나 객관적인 시각으로 대상을 서술하고 있다는
것을 알 수 있다.

다음 내용을 살펴보면 그것에서 더 나아가 태도에 따라서 서술 방향
이 달라진다는 것을 확인할 수 있다. 예로써 순조 21년(1821) 11월 6일

中火於鳳凰店, 又行三十六里宿紅花店. 路遇蒙古一隊, 有綠猩氈翰林車, 其大如雙
轎, 四面付大窓, 鏡七片覆, 以玄色絲露網下結流蘇, 聞是蒙王朝京者, 或曰蒙王之
妻宗室女, 歲時歸寧云. 前有一胡着黃色帽子, 飾以狐皮帶劍騎馬導行, 隨去者數三
人, 後有太平車三輛坐五六女, 胡又有大車載卜物者二輛隨去, 威儀甚簡所謂, 蒙王
卽四十八部落之一也. 下處偶與副使, 隔壁往見穩話而歸."

14 李元默, 『行臺漫錄』(순조 22년 1월 27일자), "萬甲爲貿羊肉, 入一鋪, 有上房廚子一
人, 手持猪肉. 同往店主見之, 驚避揮手使去. 問其故, 店主乃回回人也. 是猪八戒高
老庄遺種之裔, 故不忍見猪肉云. 小說所傳之語, 豈眞有是事而然耶. 可怪可笑."

자 기록을 살펴본다.

〈예문 5〉

아침밥을 먹고 말을 타고 출발해서 5리쯤 가서 옛 성곽 하나를 지나가는데 안시성이라고 하는데 사실이 아니다. 대명일통지로 고찰해보면 안시성은 익주의 동북쪽 70리에 있다고 언급하고 있다고 하는데, 이곳으로부터 멀다.

다시 25리 길을 가서 봉황성에 도착을 했다. 성밖을 곧장 뚫고서 지나가는데 시장과 전방들이 번성하였고 또 하나 관 바깥의 큰 도회지였다. 성은 벽돌로 쌓아 회로 붙였는데 그 견고함은 우리나라에서 돌을 다듬어 성을 쌓는 것보다 훨씬 나았다. 대개 석회는 능히 벽돌을 붙일 수 있지만 돌을 붙일 수는 없다. 벽돌의 견고함이라고 하는 것은 돌만 못하지만 그것을 붙이면 수만 개의 벽돌이 합해져서 하나의 벽돌이 되어 버린다. 대포로 파괴하여 훼손 할 수 있는 것이 아니다. 돌이란 단지 높이 쌓을 뿐이다. 한번만 대포가 접촉만 하면 바로 붕괴되어 흩어져 버린다. 중국이 성의 제조에서 돌로 하지 않고 반드시 벽돌을 사용한 것은 이러한 까닭이다. 우리나라 사람들은 단지 돌이 벽돌보다 견고하다는 사실만을 보았지 결국 벽돌을 사용했을 때의 이로운 점을 몰랐으니 또다시 탄식할 만한 일이다.[15]

〈예문 6〉

초육일. 늦게 출발하여 5리를 가다가 안시성을 바라보다. 봉황산에 있

---

15 李元默, 『行臺漫錄』(순조 21년 11월 6일), "朝飯後騎馬發行, 行五里過一古城, 謂安市城, 而非也. 以一統志考之, 安市城在益州東北七十里云, 去此亦遠矣. 又行二十五里, 至鳳凰城, 穿過城外, 市肆廛房之繁盛, 亦一關外之大都會也. 城以甎築之以灰粘之, 其堅固, 勝於我國琢石築城. 蓋灰能粘甎而不能粘石. 甎之堅固不如石, 及其粘之, 則萬甎合爲一甎, 有非大砲所破毁. 石則只能高積而已. 一觸砲礮, 便則崩散. 所以中國城制之不以石, 而必用甎者, 此也. 東人則只見一塊石之堅於甎, 終不知用甎之利, 又可歎也."

는데 만인봉 위의 세면 석봉이 우뚝하고 한 면이 조금 낮았다. 또한 만 명이 공격해도 열지 못할 땅이다. 고구려 시기에 양만춘이 이 작은 성을 지켰는데 드디어 당태종의 백만 군대를 패퇴시켜 돌아가게 하였다. 이 어찌 지리의 믿음이 아니겠는가?

또 십 리를 가서 구책문 십육리를 지나 봉성에 이르렀다. 쌓은 성채는 평지에 있고 높이는 다섯 장쯤 되었다. 벽돌로 쌓아서 깎은 듯하여 우리나라 돌로 쌓은 거친 것과는 달랐다. 초루 이층은 아득하고 성위에서 멀리 바라보니 그림과 같았다.

성바깥에는 가게가 나열되어 있고 잡화가 모두 모였는데 우리나라 종로 거리와 같았다. 털로짠 갖옷을 입은 여러 상인들이 저자문에 왕왕 둘러 기대고 있었다. 금자패는 끼어 서있고 빙둘러 기대고 전문(廛門) 높이는 십여 장이었다. 매매하면서 값을 부르는 소리가 멋들어지게 답하는 것이 맹인이 경을 외는 것과 같아 몇 사람이나 되는 지 알 수 없었다. 북쪽으로부터 오는 길에 처음 눈을 뜬 곳에서 즉석으로 말하다.

십자로 통하는 거리에 수레가 몰려들고	通衢十字湊車輪
온갖 물품들이 모여 있어 안목이 문득 새롭다	百貨叢中眼忽新
비단 가게는 특수한 점포문을 차례대로 열고	錦舖殊廛開次第
등나무 침상에 거만한 저 사람은 누구인가[16]	藤牀傲凡彼何人

---

16 孫秉周, 『看山北遊錄』(순조 21년 11월 6일자), "初六日, 晚發行五里, 望見安市城, 在鳳凰山萬仞峰上三面 石峯斗絶, 一面稍低, 亦萬夫莫開之地, 麗時楊萬春, 保此彈丸之城, 竟使唐太宗百萬之師, 敗甲而歸, 豈非地理之可恃也. 又十里過舊柵門十六里至鳳城築堞平地, 高爲五丈許, 甓築如削不似我國石築之麤疎, 譙樓二層縹緲, 城上遙望如畵. 城外列肆雜貨叢集, 若我國之鐘街, 氈裘諸商環倚, 市門往往, 金字牌揷立, 廛門高十許丈, 賣買論價之聲, 迭唱之答若盲人誦經者, 不知爲幾人. 北來之路, 初開眼處口號曰, 通衢十字湊車輪, 百貨叢中眼忽新, 錦舖殊廛開次第, 藤牀傲凡彼何人."

　이들은 전날 책문(柵門)에서 자고 이날 안시성을 거쳐 봉황성과 삼우
하, 그리고 이대자를 지나 건자포에 이르렀다. 위의 인용문은 안시성에
서 봉황성에 이르는 과정과 그 모습을 서술하고 있는데 그것을 대하는
시각과 태도가 다르다. 먼저 〈예문 5〉에서 작자는 안시성에서 봉황서에
이르는 여정과 견문을 적고 있다. 그런데 그는 『대명일통지(大明一統
志)』를 근거로 안시성은 익주의 동북쪽 70리에 있다며 그곳이 아니라는
것이다. 그리고 봉황성에 도착하여 벽돌로 쌓은 성벽을 보고 예사롭지
않은 안목으로 분석하고 있다. 우리나라의 돌로 쌓은 성과 달리, 봉황성
은 벽돌로 쌓고 회를 붙였다. 그런데 이것이 더욱 견고하다는 것이다.
작자는 그 이유에 대해서 분석적으로 논증하고 있다.

　반면에 〈예문 6〉에서 작자는 안시성을 바라보면서 고구려 양만춘
장군이 당태종을 물리친 싸움을 상기하며 감탄하고 있다. 그리고 성벽
의 구조물을 과학적으로 분석하고 있는 〈예문 5〉와는 달리, 작자는
성위에서 바라보는 풍광이 그림과 같다고 감탄하고 있다. 작자는 봉황
성의 구조보다는 오히려 성 밖의 번화한 저자거리를 생동감이 넘치는
모습으로 표현하고 있다. 그리고 그것을 시로 짓고 있다.

　여기에서 이들의 서술 태도를 비교해보면, 『행대만록』에서는 문헌
들을 참고하면서 대상을 고증적으로 분석하고 있다. 반면에 『간산북유
록』에서는 대상에 대해 역사적 사실을 기억하며 감성적으로 접근하고
있다. 한 마디로 서술 태도를 살펴보자면, 전자가 객관적이며 고증적이
라면, 후자는 주관적이며 감성적인 태도가 앞선다고 말할 수 있다.

3.2. 표현 방식

『행대만록』과 『간산북유록』은 문체나 수사, 또는 기법과 같은 표현 방식에서도 차이를 보인다. 앞서 〈예문 1〉의 『행대만록』에서는 중화에서 평양을 거쳐 대동강 건너는 장면을 '저녁에 평양에 닿아 대동강 강변에서 촛불을 들고 강을 건넜다'라고 직서적으로 간결하게 처리하고 있다. 반면에 〈예문 2〉의 『간산북유록』에서는 날이 저물어 횃불을 올렸으나 바람이 심해 불이 꺼졌다는 것부터 시작하여 촛불 없이 십여 리를 갔다든가, 몇 개의 횃불로 좁은 길을 나아갔고 긴 수풀은 똑똑히 볼 수 없었다고 장황하게 말한다. 그리고 늦은 밤에 대동강에 이르러 배에 올라 건넜다든가, 달빛이 물에 비추며 금물결이 일렁이고 누대에서는 촛불이 명멸하였다고 묘사적으로 서술하고 있다. 다음 기록을 살펴보자.

〈예문 7〉

12일. 맑고 따스하고 미풍이 불었다. 동이 트기 전에 출발하여 40리를 가서 백탑보 이씨 성을 가진 사람의 집에서 점심을 먹었다. 탑은 여염집 사이에 있었는데 벽돌을 쌓아 7층으로 만들었는데, 각 층마다 처마가 중첩되어 있었고 가운데는 텅 비어서 툭 뚫려 있었다. 그런데 전체적으로 꽤나 무너지고 망가진 곳이 있었다. 요동탑에 견주어 미치지 못하지만 매우 높고 크다. 다시 11리를 가서 혼하에 이르렀는데, 혼하라는 지역은 바로 고구려의 옛 영토였다고 했다. 다시 9리를 가서 심양에 이르렀다.[17]

---

17 李元默, 『行臺漫錄』(순조 21년 11월 12일자), "十二日, 晴暄微風. 未明發行, 行四十里, 中火於白塔堡李姓家. 塔在閭閻中, 而甓築成七級, 每級重簷, 中空通明, 而頗有頹圮處. 比遼東塔差不及, 而亦甚高大. 又行十一里, 至渾河, 河卽句麗舊界云. 又行九里至瀋陽…"

〈예문 8〉

12일. 동틀 무렵에 시원하다. 길을 떠나 40리 백탑보에 이르다. 백탑보 동쪽에 탑이 있는데 높고 큰 것은 요녕탑에 미치지 못하지만 바깥은 벽돌이고 가운데는 텅 비어 소라 모양과 같았다. 집비둘기 천백여 마리가 집을 그 위에 의지하고 있었는데, 모이고 흩어지고 날고 우는 것이 또한 그 수를 헤아릴 수 없었다. 거듭 읊어서 가로되,

가파른 백탑이 길다란 성 밖으로 돌출하였고	巋然白塔出長郊
층층 쌓은 벽돌은 깃발을 세운 것 같다.	疊甓層層若建旆
무수한 점박이 비둘기들이 위아래에서 울면서	無數斑鳩啼上下
때때로 처마 모퉁이 옆에서 새 집을 다퉈짓는다.	時傍簷角競新巢

이 씨란 성을 가진 사람의 집에서 점심을 먹고 바로 출발하여 20리를 가서 혼하(渾河)에 도달하였는데, 야리강(耶里江)이라고도 한다.[18]

이들은 11월 11일에 영수사(迎水寺)를 출발하여 접관청(接官廳)과 방허소(防虛所), 그리고 삼도파(三道把)를 거쳐 난니보(爛泥堡)에서 점심을 먹고 만보교(萬寶橋)와 연대하보(煙臺河堡), 산요포(山腰舖)와 오리보(五里堡)를 거쳐 십리하보(十里河堡)에서 숙박을 하였다. 숙박 장소는 달라서 이원묵은 전씨(田氏) 성을 가진 사람의 집이었고, 손병주는 어씨(於氏) 성을 가진 사람의 집이었다. 그리고 이들은 다음 날 동틀 무렵에 출발하여 40리 거리의 백탑보(白塔堡)에 닿았다.

---

18 孫秉周, 『看山北遊錄』(순조 21년 11월 12일자), "十二日. 昧爽. 發行至四十里白塔堡. 堡東有塔, 高大不及遼塔, 而外甓中虛如小螺樣, 鴿鳩千百托巢其上, 聚散飛鳴者, 又不知其數. 仍吟曰, 巋然白塔出長郊, 疊甓層層若建旆, 無數斑鳩啼上下, 時傍簷角競新巢. 午飯于李姓人家, 卽發行二十里, 抵渾河, 一名耶里江."

〈예문 7〉과 〈예문 8〉은 『행대만록』과 『간산북유록』에 기록된 11월 12일자의 기록이다. 이들은 날씨와 여정들이 서로 일치하고 있지만 대상인 백탑보의 탑을 서술하면서 표현상의 차이를 보인다. 전자에서는 탑의 모습과 모양을 사실적으로 서술하고 있는데, 후자에서는 비유적 묘사 기법이 첨가되고 있다. 〈예문 7〉과 〈예문 8〉은 탑의 모양을 기술하면서 그것이 벽돌로 만들어졌고 가운데가 비어 있고 요녕탑보다 작지만 높고 크다는 점에서는 일치하고 있다. 그런데 〈예문 5〉에서는 〈예문 6〉에 없는 구체적인 정보를 사실 위주로 제공해주고 있는데, 그것이 7층으로 만들어졌고, 각 층마다 처마가 중첩되어 있다는 것이다. 그리고 지금은 전체적으로 많이 무너지고 망가졌다고 언급하고 있다.

〈예문 8〉에서는 〈예문 7〉처럼 정밀한 정보를 제공해주고 있지 않으나 비유적 묘사와 시적 형상화를 통해 생동감이 있게 표현하고 있다. 예로써 〈예문 7〉에서는 탑의 가운데가 텅 비어서 뚫려 있다고 직접 서술하고 있다. 반면에 〈예문 8〉에서는 가운데가 텅 비어서 소라 모양 같다고 비유적으로 묘사하고 있다. 뿐만 아니라, 탑 자체보다는 그것에 살고 있는 수천 마리의 비둘기에 관심을 집중하면서 그 광경을 시로 형상화하고 있다.

이 점은 같은 날 혼하(渾河)를 거쳐서 심양(瀋陽)으로 들어가 조선관(朝鮮館)을 탐방하는 장면에서도 그대로 나타난다. 주지하다시피, 심양의 조선관은 인조 14년(1636) 병자호란 때에 홍익한(洪翼漢)·윤집(尹集)·오달제(吳達濟)의 삼학사(三學士)가 청(淸)과의 화의를 반대하고 결사 항전을 주장하다가 이곳에 끌려와 참수를 당한 곳이다. 몇 년 지나서 인조 18년(1640)에는 김상헌(金尙憲, 1570~1652)과 최명길(崔鳴吉, 1586~1647)이 다시 청의 굴복 요구에 불복하다가 끌려가서 장기간 억류된 곳이기도 하다.

다음 〈예문 9〉와 〈예문 10〉은 같은 날에 조선관을 탐방한 『행대만록』과 『간산북유록』의 기록이다.

〈예문 9〉

관청에 옛 사적을 질문하여 방문하였지만 청음(김상헌)이나 회재 선생 등 여러 현자들이 구류하여 갇혔던 곳이 없었고, 삼학사가 살신성인한 곳도 아는 사람이 없었다. 그래서 그 주변을 배회하면서 감개에 젖을 뿐이었다.[19]

〈예문 10〉

성안 남쪽 언덕에 조선관이 있으니, 곧 우리 효종께서 머무르신 곳인데, 지금 있는 집이 곧 그 옛날 터라고 이르더라. 거듭 읊조려 가로되,

대궐 바깥 번화한 것은 성경(盛京)이 최고이고,	闕外繁華最盛京
황제 거처는 구분성을 본떠서 얻었다.	帝居摸得九分成
저자 누대는 백 자나 되어 금빛으로 빛나고	市樓百尺黃金爛
출입 금지된 궁궐은 천 겹으로 푸른 꼬리가 가득하다	禁闕千重碧尾撗
오부는 나누어 배열하여 바깥 부서에 연달고	五部分排聯外府
네 문은 열려서 가운데 성을 통과한다.	四門通闢貫中城
지금까지 오로지 조선관이 있으니	至今惟有朝鮮館
신하된 몸으로 어찌 복받치는 옛 정을 감당할꼬.	臣子那堪感舊情

태학 정전이 있는데, 편액이 '만세사표(萬世師表)'였고, 바깥문에는 '선각사민(先覺斯民)'이라고 걸려 있었다. (후략)[20]

---

19 李元默, 『行臺漫錄』(순조 21년 11월 12일자), "質館舊蹟訪問, 無處淸晦諸賢拘繫之所, 三學士成仁之地, 亦無知者, 徘徊感慨而已."

〈예문 9〉에서는 작자가 조선관을 찾아가서 조선 신하들이 억류되었던 사실을 상기하며 감회에 젖는 모습을 간략히 서술하고 있다. 반면에 〈예문 10〉에서는 자취가 남아 있지 않는 조선관을 찾아 병란 직후에 끌려와 억류되었던 봉녕대군을 떠올리면서 복받치는 감정을 시로써 형상화하고 있다. 여기에서 이들의 표현 방식도 사뭇 다른 것을 확인할 수 있다. 전자에서는 역사적 사실을 적시하면서 개인적인 감회를 최소화하고 있을 뿐이다. 반면에 후자에서는 시적 묘사를 통해 감회를 극대화하고 있다. 따라서 이들의 표현 방식을 굳이 비교하자면, 전자에서는 기록물의 직서적 표현이 앞서고, 후자에서는 그것보다 문예물의 묘사적 표현이 강화된다고 말할 수 있다.

4. 자료 및 문예적 가치

『행대만록』과 『간산북유록』은 순조 21년(辛巳, 1821) 10월 11일에 출발한 진하사은 겸 임인무주변정(進賀謝恩 兼 壬寅誣奏卞正)의 연행 실상을 알려주는 좋은 자료이다. 이들 사행단은 경종 3년(1722)에 일어났던 임인옥사에 대한 중국의 잘못된 문헌 기록을 바로잡기 위해 보내졌다. 그것에 대한 추진 과정이나 성과에 대해서는 왕조실록과 같은 문헌에 대체적인 내용이 기록되었다. 하지만 그것들은 사행의 경위나 결과를

---

20 孫秉周, 『看山北遊錄』(순조 21년 11월 12일자), "… 城內南畔有朝鮮館, 卽我孝廟留御之所而, 今之館卽我舊址云, 仍吟曰, 闕外繁華最盛京, 帝居摸得九分成. 市樓百尺黃金爛, 禁闕千重碧尾橫. 五部分排聯外府, 四門通關貫中城. 至今惟有朝鮮館, 臣子那堪感舊情. 有太學正殿, 扁以萬世師表, 外門揭以先覺斯民 …"

위주로 담고 있는 국가의 공식 기록물이다. 반면에 사행원이 연행을 다녀오면서 겪었던 구체적인 견문 내용이나 소감은 오히려 연행록을 통해서 알 수 있다. 그런데 당시 신사연행의 과정을 담았던『간산북유록』은 고려대학교 도서관에 수장되어 있었지만 제대로 알려지지 않다가 늦게야 해제로 작성된 것이 전부였다.[21]

그러다가 이들 사행단의 실무책임자였던 이원묵의『행대만록』이 최근에 발굴됨으로써 그것은『간산북유록』과 좋은 짝을 이루게 되었다.『간산북유록』의 작자인 손병주는 정식 관원이 아닌 정사 이호민의 반당으로 참여하였기 때문에 자신이 체험했던 연행 과정을 비교적 자유로운 관점에서 기록할 수 있었다. 반면에 서장관이었던 이원묵은 등록을 작성해야 하는 처지에서 그것을 염두에 두고『행대만록』을 기록하였다. 따라서 이들 연행록은 같은 사행 과정에서 지어졌지만 서술 시각이나 표현방식이 다르다. 그렇지만 이들의 서로 다른 서술 태도는 당시의 연행 과정을 이해하는데 많은 도움이 되고 있다.

문예적 평가도 그렇다.『행대만록』과『간산북유록』은 사행 과정을 연행록이라는 동일한 양식에 담았지만 그것들의 문예적 성과는 방향을 달리하고 있다.『행대만록』의 작자는 사실적이고 객관적인 관점에서 사행의 모든 과정과 내용을 서술하고 있다. 반면에『간산북유록』의 작자는『행대만록』에 비해 상대적으로 주관적인 관점에서 견문 내용을 자유롭게 담았다. 전자가 정확한 정보 전달을 염두에 두고 작성된 기록물에 가깝다면, 후자는 견문에 대한 작자 자신의 내면이나 소감을

---

21 김인철,「간산북유록」(『국학고전연행록해제(1)』, 동국대학교 한국문학연구소 연행록 해제팀, 2003, 695~701면.)

강화시킨 문예물로 접근하고 있다. 이처럼 같은 연행을 다녀오면서도 작자의 태도에 따라 연행록의 성격이 달라지고 있다.

5. 맺음말

이 논문에서는 순조 21년(1821) 10월 11일에 출발하여 다음 해 2월 8일에 돌아온 117일 동안의 연행 내용을 담은 이원묵의『행대만록』과 손병주의『간산북유록』을 비교하여 살펴보았다.

이 연행은 중국의『황조문헌통고』에 기록된 조선의 임인옥사 내용을 바로잡기 위해 갔던 임시 사행이었다. 당시 연행의 경위와 결과가 알려졌으나 연행 과정에 대한 구체적인 내용은 알려지지 않았었다. 2003년도에 이르러서야 동국대 한국문학연구소의 연행록 해제팀이 고려대학교에 수장된『간산북유록』이 당시 연행 내용을 담고 있다는 것을 해제로 밝혔다. 근래에 필자가 당시 연행의 실무 책임을 맡았던 서장관 이원묵의『행대만록』을 발굴하면서 이들을 서로 비교할 수 있는 계기가 마련되었다.

『행대만록』과『간산북유록』은 서술 시각에서 차이가 드러난다. 서술 체재가 둘 다 편년체를 취하고 있었지만, 전자가 산문체라면 후자는 산문과 운문의 결합 형태였다. 서술 방식에서도 차이가 있었다.『행대만록』에서는 전체적으로 견문에 대한 감상보다는 사실에 근거하여 서술하였고,『간산북유록』에서는 사실적으로 서술하다가 비유적으로 묘사한다든지 시로써 형상화하고 있었다. 전자가 사실성이 중시된 공적 기록의 성격이 두드러졌다면, 후자는 견문과 소감 위주로 작자의 주관적 관점을 자주 드러내는 사적 기행문의 성격이 강했다고 말할 수 있다. 서술 태도를 살펴보면, 『행대만록』에서는 객관적이고 고증적인 관점을 견지하였다. 반면에 『간산북유록』에서는 작자의 주관적 감상을 자주 드러내거나 유교의 규범적 관점을 내세우기도 하였다.

『행대만록』과 『간산북유록』은 표현 방식에서도 차이를 보였다. 전자에서는 역사적 사실을 적시하면서 개인적인 감회를 최소화하고 있었다. 후자에서는 비유적 묘사와 시적 형상화를 통해 생동감 있게 표현하고 있었다. 말하자면, 전자에서는 사실적인 표현이, 후자에서는 묘사적 표현이 두드러졌다.

자료 및 문예적 가치에 대해서도 주목할 필요가 있다. 그동안 순조 21년(1821) 10월 11일에 출발했던 신사연행에 대한 연행록인 『간산북유록』이 있었지만 크게 주목받지 못했다. 그런데 근래에 다행히 함께 갔던 이원묵의 『행대만록』이 발굴되어 좋은 비교 자료가 되었다. 이들은 여러 측면에서 서로 차이가 있어서 연행의 실상을 이해하는데 도움이 된다.

근대전환기 조선인의 세계 기행과 문명 담론

1. 머리말

조선은 중국을 중심으로 사대교린의 외교 관계를 통해 주변국들과 한정된 교류를 해왔다. 이따금 해상에서 표류되어 일본이나 유규 등을 다녀온 기록도 있었지만 조선인들의 외부 세계 접촉은 원천적으로 봉쇄되어 있었다고 해도 과언이 아니다. 조선의 문호 개방은 19세기 말엽인 고종 13년(1876) 2월에 이르러서야 일본과의 조약 체결을 시작으로 이뤄졌다. 그리고 1882년 5월에는 미국과 조미수호통상조약을, 이어서 영국 등 다른 외국과의 통상조약이 뒤를 이었다.

이를 계기로 조선의 해외 교류는 동아시아에 한정되지 않고 서구 세계로 확대되고 있었다. 이 과정에서 서구 문물이 국내에 본격적으로 유입되었고, 아울러 선각자들은 해외로 눈을 돌려 새로운 서구 문명을 받아들였다. 당시 19세기 말엽에 이뤄진 문호 개방은 이전의 교류와는 달랐다. 이전의 교류가 중국을 중심으로 하는 동아시아의 질서를 공고히 하는 봉건체제에서 이뤄졌다면, 개화기의 세계 교류는 제국주의에 기초한 서구 열강의 서세동점에서 이뤄졌다.

개화기의 서구 기행도 이전의 중국 연행이나 일본 통신사처럼 처음에는 외교 사절단에 의해 이뤄졌다. 1883년 7월에 민영익(閔泳翊)을 전권대신으로 하는 보빙사의 수행원으로 미국에 건너갔던 유길준은 돌아와서 서구견문록 『서유견문』을 저술하였다. 이어서 1896년 4월에 러시아 황제 니콜라이 2세의 대관식에 사절단으로 갔던 민영환, 윤치호, 김득련 일행은 모든 과정을 기록으로 남겼다. 1901년에는 김만수가 프랑스 공사로 다녀오면서 여행 과정을 해외 견문과 함께 『일기』로 남겼다.[1] 1902년에는 영국 에드워드 7세의 대관식에 의양군 이재각을 수행했던 이종응의 여행 기록도 있다. 김한홍은 1903년부터 6년 동안 하와이와 샌프란시스코를 다녀온 견문을 기행가사인 〈서유가〉에 담았다.

이들 선각자들은 세계를 유람하면서 서구의 근대 문명을 어떻게 받아들여야할 지 고심하면서 그것을 담론으로 담았다. 이들 대부분은 서구 문명을 놀라움과 충격으로 받아들이면서도 속내는 복잡하였다. 그리고 이 시기에 나온 세계 여행의 견문록은 일제강점기에 나온 그것과 담론상의 차이도 있었다. 따라서 이 논문에서는 개화기 이후 일제강점 이전까지 이들 선각자들이 해외 체험을 통해 얻은 세계 여행의 기록물을 살펴보고, 그들이 서구 문물을 어떻게 받아들이고 내재화시키고 있었는지 문명 담론을 중심으로 살펴보고자 한다.

---

1 김만수 일기는 필자가 발굴해 낸 것이다. (양지욱·구사회, 「대한제국기 주불공사 석하 김만수의 〈일기〉 자료에 대하여」, 『온지논총』 18집, 온지학회, 2008, 205~223면.; 구사회, 「대한제국기 주불공사 김만수의 세계 기행과 사행록」, 『동아인문학회』 29집, 동아인문학회, 2014, 81~105면.)

2. 근대전환기 조선인의 세계 체험과 기록물들

근대전환기에 조선인의 세계 체험은 서구 세계로 확장되었다. 이 시기의 서구 체험은 대부분 외교 사절단에 의한 공적인 성격을 띠고 있었고, 그들이 남긴 견문록은 근대 문명에 대한 문화적 충격이 고스란히 담겨 있었다. 그것은 이전의 중국 체험이나 이후 시기인 일제강점기의 서구 여행과도 담론상의 차이를 보인다.

근대전환기에 나온 이들의 기록물을 살펴보면, 『환구일록』·『부아기정』·『사구속초』·『서사록』·『일록』·『일기책』·『주법공사관일기』·『서양미국노정기』 등은 일기체의 기행문이다. 반면에 『환구음초』는 기행시였고, 『셔유견문록』이나 〈서유가(西遊歌)〉는 국문시가인 기행가사 형태를 취했다. 이 중에서 『부아기정』이나 『주법공사관일기』는 사행을 마치고 조정에 공식 보고하는 등록(謄錄)으로 보이고, 『서유견문』은 기행문보다는 서양의 문화와 제도를 소개하는 입문서에 가깝다. 근대전환기에 나온 견문록으로 오늘날 알려진 서구 체험의 기록물은 아래와 같다.

2.1. 유길준의 『서유견문』과 문명제도

개화기에 해외를 체험하고 그것을 기록으로 남긴 최초의 사람은 유길준(兪吉濬)이었다. 그는 1881년에 신사유람단의 수행원으로 일본에 가서 돌아오지 않고 후쿠자와 유키치[福澤諭吉]의 지도를 받았다. 1882년 10월에는 사절단을 이끌고 일본에 왔던 박영효의 통역을 담당하였다. 1883년 7월에는 미국에 파견된 보빙사 민영익(閔泳翊)의 수행원으로 따라갔다가 돌아오지 않고 남았다. 그리고 1년 정도 유학 생활을 하고나서 귀국길에 대서양을 건너 유럽을 여행하였다. 그곳에서 지중해로 나와 수에즈 운하와 인도양을 통해 1885년 12월에 싱가포르와 홍콩을 거쳐 입국하였다. 그리고 7년간 연금되었다가 1892년 11월에 석방되었다. 그는 연금 생활을 하면서 그동안의 서구 체험을 바탕으로 1889년 봄에 『서유견문』을 완성하였다. 그렇지만 출판이 늦어지면서 1895년 4월에야 일본 교순사에서 출간하였다.

『서유견문』은 후쿠자와 유키치의 『서양사정』을 모델로 삼았던 것으로 그것의 영향을 크게 받았다. 이외에 헨리 휘튼의 『만국공법』이나 헨리 포셋의 『국부책』 등의 서적 등을 참조하였다. 『서유견문』은 전체 20편('서'와 '비고' 제외)으로 이뤄져 있다. 『서유견문』은 여행기나 견문록이라기보다 오히려 서구의 문물 제도나 사상을 담은 연구서에 가깝다.

『서유견문』은 「서문」과 「비고」를 시작으로 20편 71항목으로 구성되어 있다. 1편과 2편은 세계의 지리를, 3편은 국가의 권리와 국민의 교육을, 4편은 인민의 권리를 내용으로 하고 있다. 5편과 6편은 정부와 정치 제도, 7편과 8편은 세금 제도, 9편과 10편은 교육을 비롯하여 군사와 법률 제도 등에 대해서 기술하였다. 11편은 정당이나 건강, 12편은 육아 관련, 13편은 서양 학문의 내력이나 종교, 14편은 상업과 신분 계급에 대해서, 15편은 결혼과 예절에 대해서, 16편은 의식주 문화에 대해서, 17편은 빈민수용소·병원·교도소·박물관·도서관 등등의 공공시설에 대해서 논의하였다. 18편에서는 증기기관이나 기차·전화기나 도시의 배치와 같은 근대 문명의 발명품을 다뤘고, 19편과 20편에서는 미국과 영국을 비롯한 구미 제국의 대도시에 대해서 기술하였다.

이들 내용을 종합해보면, 유길준은 『서유견문』을 통해 서구의 근대 문물을 국내에 소개하면서 자신의 개화사상을 고취시키려는 의도가 있었던 것으로 보인다. 다음 『서유견문』의 한 부분을 살펴보자.

국민 가운데 놀고먹는 사람이 적은 나라는 천연자원이 비록 적더라도 가공품이 많기 때문에, 다른 나라의 천연자원을 사들여 그들의 재주와 공력으로 가공한 물품에다 몇 배나 비싼 값을 덧붙여 다른 나라에 판다. 그러므로 자기 나라에 물산이 적더라도 다른 나라의 물산이 자기 나라에서 본래부터 가지고 있던 것과 마찬가지다. 그러나 놀고먹는 사람이 많은 나라는 자기 나라에 물산이 아무리 많더라도 그 재주와 지력이 부족하여, 자기 나라의 천연자원으로 다른 나라의 가공품을 사 들여와야 한다.

그렇기 때문에 영국은 천연자원이 적기로 천하에 이름났지만, 가공품이 많기로도 만국의 으뜸이다. 그러므로 나라 안에 놀고먹는 사람이 없어야 한다. 이렇게 본다면 한 나라의 부강은 국민이 부지런한가, 게으른가에 달려 있는 것이지, 물산이 넉넉한가, 모자라는가에 달려 있지 않다. 오늘날 서양 여러 나라가 세계의 상권을 잡고서 마음대로 흔드는 것도 이러한 진리에 기초하였을 뿐이다. 아프리카주의 흑색인과 아메리카주의 적색인 같은 경우에 천연자원이 산같이 쌓여 있고 흙처럼 널려 있다고 하더라도 그것을 쓸 곳이 어디 있으랴.[2]

유길준은 『서유견문』 제2편에서 세계의 바다와 강과 호수, 그리고 인종에 대해서 소개하고 이어서 세계의 물산에 대해 서술하였다. 그는 세계의 물산을 자연이 만들어 낸 천연자원과 사람이 가공한 생산품으로 구별하고 세계 6대주의 물품을 제시하였다. 마지막으로 그러한 물산에 대한 자신의 견해를 적고 부국책을 입론화하고 있다. 그의 주장에 의하면, 나라의 부강은 물산이 풍부한가 부족한가에 달려 있지 않

---

2 유길준(허경진 옮김), 『서유견문』 제2편, 서해문집, 2004, 100~101면.

고 그것을 재주와 공력으로 좋은 제품을 만들어 파는데 있다는 것이다. 유길준의『서유견문』은 근대전환기의 다른 여행 기록물과 달리, 그의 관심은 여행이나 풍물보다 선진화된 서구 문물과 문명 제도에 있었다. 그래서인지 그는 서구 문물 전반에 걸친 제도를『서유견문』으로 집대성하여 문명 담론으로 제시하였다.

2.2. 1896년 민영환 일행의 세계 일주와 기행록

러시아 니콜라이 2세의 황제대관식을 다녀온 민영환 일행의 여행 기록이 있다. 1895년 8월에 을미사변이, 1896년 2월에는 조선 국왕이 러시아 공사관으로 피신하는 아관파천이 발생하였다. 이로 말미암아 친일 정권이 무너지고 친러 정권이 주도권을 잡았다. 때마침 건양 원년(建陽元年, 1896) 5월 26일에 러시아 모스크바에서 니콜라이 2세의 황제 대관식이 예정되어 있었다. 4월에 조선 조정에서는 민영환을 특명전권공사로 임명하여 윤치호·김득련·김도일 등의 사절단을 러시아에 파견했다.

이들은 4월 1일에 인천항을 출발하여 중국 상해와 일본을 거쳐 태평양을 건너서 미대륙을 횡단해서 뉴욕에 도착하였다. 그곳에서 다시 대서양을 건너 영국과 네덜란드, 그리고 독일을 지나 러시아 수도에 가서 5월 26일에 니콜라이 2세의 황제 대관식에 참석하였다. 이들의 귀국길은 시베리아를 횡단해서 몽고와 간도를 통하여 블라디보스톡에 이르렀다. 여기에서 배를 타고 부산을 경유하여 여행의 출발지였던 인천항을 통하여 입국하였다. 이들 사절단은 7개월에 걸친 세계여행을 마치고 마침내 10월 21일에 조정에 들어와서 복명을 하였다.

이들의 세계 여행은 몇 개의 기록으로 남겨졌다. 먼저 공식적인 사
행 과정을 편년체로 기록한『환구일록(環璆日錄)』과 견문과 감회를 시
로 형상화했던 김득련의 기행 시집『환구음초(環璆唫艸)』가 있다. 그리
고 민영환의『해천추범』과 작자를 알 수 없는『부아기정』도 있다.『환
구일록』과『환구음초』는 김득련이 서술한 것이다.『해천추범』은 민영
환이『환구일록』에서 인칭을 바꾸고 자신의 개인사가 부분적으로 첨
가된 것이다.『부아기정』은『환구일록』의 골격을 추려서 작성한 등록
으로 보인다. 이외에도 당시의 사행 과정을 영문으로 기록한 윤치호의
『일기』가 있다.

2.3. 1897년 민영환의『사구속초』와 서구 문명

광무 원년(1897) 1월에는 민영환이 영국 빅토리아 여왕의 즉위 60년
축하식에 다녀온 기록인『사구속초(使歐續草)』가 있다. 당시 군부대신
으로 있던 민영환은 러시아에서 돌아와서 석 달도 못 되어 다시 특명전
권공사로 임명되어 사절단을 이끌고 영국 런던을 향해 떠났다.[3] 이들
은 3월 24일에 인천을 출발하여 상해·나가사키·홍콩·싱가포르·수에
즈운하·오데사·상트페테르부르크·런던 등을 거쳐서 영국 여왕의 즉
위 60년 축하식을 참석한 내용을 기록으로 남겼다. 이후에 돌아오는
기록은 없다. 이것은 민영환이 도중에 면관되어서 다른 나라에 가지
않고 귀국한 것으로 알려졌다.[4]

---

3 사절단은 민영환 이외에 민상호, 이기, 김조현, 김병옥, 손병국 등으로 구성되었다.
   당시 일등참사관이자 주임관 1등이었던 閔商鎬는 미국에서 출발하여 영국 런던에서
   합류하였다.

『사구속초』에는 작자가 여행하면서 보거나 겪었던 서구의 근대 문명에 대해서 기술하고 있다. 그는 많지 않은 분량이지만 도시와 건물, 철도와 교통 시설, 전기와 엘리베이터, 교회당이나 종교 의식, 동물원과 박물관, 연극 등과 같은 각종 풍물과 풍습을 담았다. 일기체 형식의 산문 기록인 『사구속초』에서는 사실적인 서술 방식과 객관적인 서술 태도가 돋보이는 특징이 있다.

2.4. 1901년 김만수의 프랑스공사 일기

1901년도에는 석하(石下) 김만수(金晩秀, 1858~1936)가 프랑스 공사로 임명되어 그곳을 다녀왔던 여행 기록이 있다. 석하는 1901년 3월 16일에 프랑스 특명전권공사로 임명되어 프랑스에 주재하라는 명령을 받았다. 그는 4월 5일에 한양을 출발하여 6월 6일에 프랑스 파리에 도착하였다. 그는 현지에서 6개월 정도 외교 활동을 벌이다가 도중에 병으로 사임하고 11월 22일에 귀국길에 올랐고 1902년 2월 10일에 환국하였다. 그가 한성에서 파리까지 가는 기간은 53일, 돌아오는데 러시아 체류 1개월을 포함하여 81일이 걸렸다.

김만수는 당시 출발부터 귀국까지의 여행 과정과 활동 내용을 일기로 남겼다. 그의 여정은 인천을 출발하여 상해를 거쳐 싱가포르, 스리랑카, 예멘의 아덴, 수에즈해협, 이집트의 포트사이드 항구, 이탈리아, 프랑스 마르세이유 항구를 거쳐 육로로 파리에 갔다. 귀국길은 파리에서 독일 베를린, 러시아 수도 상트페테르부르크, 우크라이나 남부

---

4 신석호, 「해설」, 『민충정공유고』, 국사편찬위원회, 1958, 7면.

흑해에 접해있는 오데사 항구[5], 터키 콘스탄티노플, 이집트 수에즈운
하, 홍해, 아덴, 스리랑카, 싱가포르, 중국 여순을 거쳐 인천항을 통해
들어와서 임금 앞에 복명하였다.

김만수는 프랑스 공사로 활동하면서 프랑스 대통령을 비롯하여 세계
각국의 인사들을 만났고, 당시의 세계정세에 관한 이런저런 정보들을
일기에 남겼다. 이 과정에서 그는 『일록(日錄)』·『일기책(日記冊)』·『주
법공사관일기(駐法公使館日記)』을 남겼다. 그 중에서 『주법공사관일기』
는 『일기책』에서의 공적인 업무 내용을 추려서 정서한 것으로 조정에
보고를 위해 작성했던 등록(謄錄)으로 보인다.

2.5. 1902년 이종응의 『서사록』과 『셔유견문록』

1902년에는 이종응(李鍾應, 1853~1920)이 영국 에드워드 7세의 대관
식 사절단에 다녀와서 견문록인 『서사록』과 한글 기행가사 『셔유견문
록』을 남겼다. 이들 사절단은 의양군(義陽君) 이재각(李載覺)을 특명대
사로 대표하였고, 이종응이 수원(隨員)으로 참여하였다. 그리고 예식
원 번역 과장이었던 고희경과 참리관 김조현이 따라갔다. 이종응은
『서사록』에다 한문으로 여정의 모든 과정을 기록하였다. 이들 기록에
의하면 사절단은 1902년 4월 6일에 한양을 출발하여 일본과 태평양을
지나서 캐나다와 미국을 거쳐 6월 6일에 영국 런던에 도착하였다. 6월
13일에는 버킹검 궁전을 예방하여 대한제국 황제의 국서를 제정하였
다. 하지만 영국 황제의 병환으로 대관식이 연기되자 7월 7일에 귀국

---

5 Odessa, 오늘날 러시아 우크라이나 주도(州都)임.

길에 올라 프랑스·이탈리아·이집트·에티오피아·예멘·콜롬보·인도 네시아·말레이시아·싱가포르·홍콩·중국 등 14개국을 거쳐 8월 20일에 인천에 도착하였고 다음날 임금 앞에 복명하였다. 여정은 출발부터 4개월 16일, 모두 137일이 걸렸다.

> 1902(光武 6년 壬寅) 여름 5월에는 대영제국의 군주의 즉위 대관예식이 거행될 예정이다. 이에 광무황제께서 義陽君 李載覺을 파견, 대영제국의 대군주께 치하하게 했다. 나도 비서의 책임을 맡아 수행하면서 공·사 문서와 크고 작은 비용, 통과 여행한 여러 나라의 산천과 인물 풍속 등에 관한 특이한 견문, 서양 여러 나라의 장관을 널리 보고 들은 바를 빠짐없이 기록하게 되었다. 여기 기록한 문자(見聞記)는 비록 더할 수 없이 천속하고 비루할지 모르겠지만, 이는 백 가지로 바쁜 시간 중에 정신을 집중해서 적어둔 것이기에 이 기록을 책으로 엮게 되었다. 이리하여 이 책을 집안에 비치해서 집안 청년들이 이를 열람해보고 그 당시의 장관과 고생이 어떠했는가를 알게 할 뿐이다.[6]

이는 이종응이 서술했던 『서사록』의 〈서문〉에 해당하는 부분이다. 여기에는 작자 자신이 1902년 대영제국 황제의 대관식에 파견된 경위와 책무를 언급하면서 세계 견문록인 『서사록』을 작성하게 된 까닭을 밝히고 있다. 작자가 집안 젊은이들이 이를 읽고서 배우고 깨달을 수 있도록 작성했다는 것을 알 수 있다.

『서사록』은 견문록의 일종으로 여행하면서 날짜와 여정에 따라 사

---

6 김원모, 「李鍾應의 『西槎錄』과 『셔유견문록』 자료」, 『동양학』 32권, 단국대학교 동양학연구소, 2002, 133면.

건을 날마다 기록하였다. 반면에 『셔유견문록』은 귀국해서 『서사록』을 참고하여 가사 양식으로 작성한 것이다. 전체적으로 3·4조 또는 4·4조를 기본으로 4음보 가사 율격에 따라 기록된 한글가사이다. 길이는 2음보 1구로 844구의 장형가사이다.[7]

『서사록』이 산문 양식의 기행문이라면 『셔유견문록』은 가사 양식으로 여행하면서 보고 느꼈던 인상과 소회 등을 서술한 것이다. 전체적으로 여정에 따라 사건을 서술된 것은 비슷하지만, 내용상으로 전자가 객관적이라면 후자는 상대적으로 주관적이라고 말할 수 있다.

『셔유견문록』의 가사 작품 마지막에 "임인 팔월 이십팔일 이 칙이 다른 칙과 다르니 타닌은 번역ᄒᆞ야 가든 못할 사"라고 적고 '통졍'에다 다음 내용을 추가하였다.

> "셔양 영국 황뎨 뎌관녜시에
> 황뎨펴하 조측을 봉승ᄒᆞ고 갓실쩌 보고 듯난뎌로 뎌강 긔록ᄒᆞ며
> 만일 듯고 보난 거슬 난낫치 긔록ᄒᆞ면 도로혀 풍셜이 만를듯 습불존일 ᄒᆞ노라
> 오즈 마늘 듯 ᄒᆞ나 뎌강 뜻만 보난 거시 칙보난 법일 듯"

작자인 이종응은 '통졍[通情]'에서 영국 황제의 대관식에 다녀오면서 보고들은 것을 대강 기록하였다고 하면서 자세히 기록하면 오히려 구설에 오르내려서 없는 것만 못하다고 언급하고 있다. 또한 잘못 쓴 글자도

---

7 가사는 60구가 밑도는 것을 단형가사, 300구를 밑도는 것을 중형가사라 할 수 있고, 그 이상이 것을 장형가사로 분류된다. (홍재휴, 「가사」, 『국문학신강』, 국문학신강편찬위원회 편, 새문사, 1985, 173면)

많으니 대강 뜻만 보라고 말하고 있다. 작자가 견문록인『서사록』말고
도 기행가사인『셔유견문록』을 따로 지은 의도를 엿볼 수 있는 대목이
다. 『서사록』은 일종의 사행록으로 객관적이고 공적인 성격도 띠고 있
다. 조선시대 사행단의 실무책임자는 연행록을 바탕으로 간추려서 조
정에 보고할 등록을 작성하였기 때문이다. 반면에『셔유견문록』은 사
적인 용도로 서술한 문학 작품인지라, 혹시 이것이 외부로 유출되어
구설에 휩싸일까 우려하며 집안의 교육 자료로 작성한 것을 암시하고
있다.

2.6. 1908년 김한홍의『서양미국노정기』와 〈서유가(西遊歌)〉

김한홍(金漢弘, 1877~1943)은 1903년 12월부터 1908년 8월까지 6년
동안 일본과 미국 하와이와 샌프란시스코를 다녀와서 견문록인『서양
미국노정기』와 가사 작품인 〈서유가(西遊歌)〉로 남겼다. 그는 경북 영
덕에서 태어나 한학을 하다가 1903년 서울을 다녀오면서 진주에 들렀
다가 친구의 권유로 일본을 거쳐 1904년 2월에 미국 하와이에 갔다.
그는 하와이에서 영사관 서기로 근무하다가 1908년 8월에 귀국하는
것으로 되어 있다.

『서양미국노정기』는 이전에 나온 김득련의『환구일기』나 이종응의
『서사록』처럼 한문으로 작성된 여행기이자 견문록이다. 내용을 살펴보
면, 그가1903년 9월 28일 한성을 출발하여 진주를 지나 마산항을 통해
화륜선을 타고 일본 시모노세키, 고베, 요코하마를 거쳐 태평양을 건너
1904년 2월 22일에 미국령 하와이 호놀룰루 항구에 도착하는 것으로
끝을 맺고 있다. 반면에 〈서유가〉는 국내여행과 해외여행 부분으로

나뉜다. 전자는 고향을 떠나 서울과 진주, 그리고 하와이로 가기 위한 부산까지의 노정 부분을 담고 있다. 후자는 부산에서 일본, 일본에서 태평양을 건너 하와이까지의 노정, 하와이의 풍물과 생활, 그리고 미주 대륙으로 가서 샌프란시스코에서의 생활과 풍물, 미국을 떠나 일본을 경유하여 부산에 도착하여 귀향하는 부분까지이다. 가사 분량은 2음보 1구로 계산하여 944구의 장편가사에 해당한다.

3. 근대전환기 조선인의 세계 기행과 문명 담론

근대전환기에 나온 세계 여행의 기록물은 이전의 중국 연행이나 일제강점기의 서구 유람과 구별되는 담론적 특징이 있다. 이전 시기에 나온 기행문에 비해 새로운 서구 문물을 견문하면서 받았던 문명 충격과 함께 이전과 다른 세계 지리와 시공간을 확인할 수 있었다. 참고적으로 이 시기의 세계 기행은 이념적 스펙트럼이 다양해진 일제강점기의 그것에 비해 내용면이나 양식면에서 일정한 유형을 보인다.

3.1. 서구의 근대 문물과 문명 의식

근대전환기에 조선인들은 서구를 유력하면서 그들의 근대 문명을 대면하면서 경이와 감탄을 감추지 못했다. 그들은 낙후된 조선의 현실을 생각하면서 앞장서서 개화를 주창하고 문물을 받아들이려고 노력하였다. 그리고 이들은 서구를 다녀오면서 그들이 목도했던 새로운 문물과 문화를 부지런히 기록으로 남겼다. 이들 기록을 살펴보면 기록자에 따라서 편차가 없지 않았지만 서구의 근대 문명과 문물을 주요한 서술 대상으로 삼고 있는 공통점을 발견할 수 있다.

이들은 한결같이 서구의 문화와 문물에 깊은 관심을 표명하였다. 지리와 사회, 풍물과 풍속, 역사와 정치, 종교와 예술, 경제와 세금, 교육이나 의료 제도 등과 같은 새로운 문물제도에 대해 호기심을 갖고 기록해 나갔다. 또한 이들은 여행 과정에서 목도했던 도시와 도로, 교통과 통신, 철도와 기차, 건물과 호텔, 영화와 연극 등을 빼놓지 않고 담았다. 박물관과 미술관, 전화기나 전등과 같은 전기 시설, 엘리베이터와 케이블카, 동물원과 식물원, 천문대와 조선소 등을 방문하여 그 내용을 기록으로 곳곳에 남겼다.

예로써 당시 서구사회에서 대표적인 근대 문명으로 표상되는 대표적인 문물은 철도와 기차였다. 이들 여행자들이 조선을 떠나 서구 세계를 다녀오면서 가장 접촉이 많았던 근대 문물도 배와 기차였다. 그래서인지 이들은 여행기에 그것들에 대해 자주 언급하고 있었다. 이에 대한 기록자들의 담론을 살펴보자.

〈예 1〉
〈캐나다에서 기차를 타고 동쪽을 향해 9천 여리를 가면서
 (坎拿大 乘火輪車 向東行九千餘里)〉

기차바퀴가 철로 위를 나는 듯이 빨리 달리며	汽輪駕鐵迅如飛
가고 멈춤이 마음대로 조금도 어김이 없다네.	行止隨心少不違
이치를 꿰뚫어 누가 이 법을 알아냈는가.	透理何人知此法
차를 한 잎 끓이다가 신비한 기계를 만들었다.	泡茶一葉版神機[8]

---

8 작자 주: '昔英人瓦妬, 見茶罐水沸, 罐蓋或擧或覆, 推此透理始造汽.' (옛날 영국인 '와튼'이 다관에서 물이 끓으면서 다관 뚜껑이 들렸다 뒤집혔다 하는 것을 보고서

바람처럼 빠르게 전기로 끌어 높은 곳을 올라가니	風馳電掣上嵯峨
수만 물과 수천 산이 별안간 눈앞을 스친다.	萬水千山瞥眼過
장자방의 축지법도 도리어 번거로우니	長房縮地還多事
열흘 동안 갈 역마차의 여정이 순식간이로구나.	十日郵程在刹那[9]

〈예 2〉

〈철로마차(鐵路馬車)〉[10]

종횡으로 철로가 길거리로 펼쳐있고	從橫鐵軌布衢街
우레 소리 붉은 바퀴를 두 말이 끄는 듯.	雷碾朱輪駕兩騧
전차 위에는 삼십 명을 태울 수 있는데	車上能容三十客
날아가는 누각이 갑자기 밀려나는 것 같다.	飛樓行閣突然排[11]

〈예 3〉

15일. … 오전 10시경에 기차를 타고 북쪽으로 한 시간쯤 갔는데 능히 1백리를 달렸으니 그 빠르기가 汽船에 비하여 3배는 된다. 상고하건대 기차의 제도는 기계가 한 차에 여섯 차량이 달렸고 석탄차 하나에 네 차량이 달렸는데 두 차가 앞에서 끌면 그 뒤로 각 차가 연결되어 수십 량의 많은 것을 실을 수 있다. 객차는 상·중·하의 세 등급으로 나뉘어 있다. 기간차가 앞서 떠나면 모든 차가 따르는데 그 빠르기가 마치 화살이 시위를 떠난 것과 같고 새가 날개를 편 것과 같아 귓속에는 다만 바람소리가 들릴 뿐이다. 찻길이 지나는 곳에는 사람이 두어 길을 지키며 손에 희고 푸르고 붉은 세 빛깔의 기를 가지고 때를 맞추어 분별하기 위해서 흔들어 표시한다. 만일 궤도에 장애가 없으면 흰 기로 차 부리는 사람에게 1,2리 밖에서 보

이것으로 미루어 이치를 깨달아 비로소 기기를 만들었다고 한다.)

9 김득련, 『환구음초』, 1897, 동경인쇄, 22면.

10 작자 주: '亦有電氣代馬' (역시 전기가 말을 대신하였다.)

11 김득련, 같은 책, 〈鐵路馬車〉.

여주면 이것을 분명히 보고 즉시 차를 몰아 유쾌히 간다. 혹 찻길이 조금
이라도 상해서 급히 고쳐지지 못하겠으면 즉시 푸른 기로 표시하면 차가
천천히 가다가 드디어 멈추고 기다린다. 혹 찻길이 크게 무너져서 수리하
기에 시간이 걸리면 붉은 기를 보이게 되면 드디어 차를 정지하고 가지
않는다. 차 안에 방의 위치를 깔아놓은 것이나 기구들이 정결하고 아름답
지 않은 것이 없다. 그 안에서 눕기도 하고 앉기도 하며 무릎을 맞대고
마음 속 이야기를 할 수도 있으며 또는 창을 열고 멀리 바라볼 수도 있어
자못 적막하지가 않다. 차의 좌우는 모두가 푸른 밭과 들인데 보리싹이
이미 두어 치나 자랐다. 가는 길에 일기가 온화하고 따뜻하여 우리나라
서울의 기후와 다를 것이 없다.……[12]

〈예 1〉은 김득련이 1896년 4월 30일에 캐나다 벤쿠버에서 기차를
타고 미국 뉴욕으로 가면서 지은 한시 작품이다. 당시 우리나라에는
기차가 없었다. 그래서인지 작자는 놀란 눈으로 기차가 나는 듯이 철
로 위를 빨리 달린다고 신묘하게 여기며 감탄하고 있다. 열차 속도가
축지법보다 빠르다고도 하였다. 민영환의 『해천추범』에서 기차는 바
람이 달리고 번개가 치는 듯하니, 보던 것이 금방 지나가 거의 꿈속을
헤매는 것 같다고 적고 있다.[13] 김득련이 상트페테르부르크에 가서 동
물원이나 교회당, 황궁과 황제 능묘, 극장이나 영화관, 농업박물관과
감옥서, 조폐소와 면직공장 등을 방문하였다. 〈예 2〉는 당시 길거리에
서 목격한 전차를 보고 느낀 바를 시로 담은 것이다.

〈예 3〉은 1897년에 영국 런던에서 열리는 빅토리아 여왕 즉위 60주

---

12 민영환(이민수 역), 『민충정공유고』, 「사구속초」, 〈5월 15일〉.
13 위의 책, 「해천추범」, 〈4월 30일자〉. "… 風馳電掣, 所見瞥過, 殆若夢境, 依依不能
記憶, 仍車重宿."

년 축하식 사절단의 전권공사로 갔던 민영환이 5월 15일자 『사구속초』
에 기록했던 일기이다. 그는 영국 방문에 앞서 러시아 황제에게 전달
할 고종황제의 국서를 들고 수에즈 운하를 통해서 지중해에 있는 오데
사로 입항하여 상트페테르부르크로 가는 기차에 올랐다. 위의 예문은
당시 탑승했던 기차에 대한 기록이다. 여기에서 작자는 기차의 속도와
제도를 언급하고 객실 등급과 신호 체계, 내부 구조에 이르기까지 자
세하게 서술하였다. 기차의 속도가 화살이 시위를 떠난 것 같고 새가
날개를 편 것과 같아서 귀속에는 바람소리만 들린다고 놀라움을 적고
있다. 6월 10일 런던에 가서도 길을 가다가 구름다리 위로 기차가 지나
가는 것을 보고 기록으로 담았다.

이들 근대전환기의 여행 기록에서는 작자들이 서구의 근대 문명과
문물에 대해 놀라움과 호기심에 가득 찬 눈으로 빠짐없이 기록해나갔
다. 그리고 이를 통해 국내에 알려서 개화사상을 고취시키고 계몽하고
자 했다.

3.2. 세계 지리와 시공간의 확대

근대 이전에 조선인이 받아들인 세계는 중국과 그 주변국에 한정되
었다고 해도 지나친 말이 아니다. 물론 조선 후기에 이르러 중국을 통
해 서구에 대한 정보와 일부 문물이 유입되고 있었지만 본격적인 교류
와 유입은 개화기로부터 비롯되었다. 이 시기에 서구로 가는 여행길이
새로 열렸다. 하나는 일본과 태평양을 건너 아메리카 대륙을 횡단하여
다시 대서양을 넘어 유럽으로 가는 방법이었다. 다른 하나는 중국을
통해 동지나해와 인도양을 지나 수에즈 운하를 통과하여 지중해를 통

해 유럽에 닿았다. 전자로는 유길준이 1883년 7월에 민영익(閔泳翊)의 수행원으로 태평양을 건너 미국에 갔다가 대서양을 통해 유럽을 거쳐 돌아왔다. 1896년 4월에는 민영환 일행이 러시아 니콜라이 2세의 대관식에 가면서 부득이 선택했던 항로이기도 하였다. 그리고 1902년에 이종응도 영국 에드워드 7세의 대관식에 의양군 이재각을 수행하면서 이 길을 선택했다. 후자는 광무 원년(1897)에 민영환이 영국 빅토리아 여왕 즉위 60년 축하식에 갈 때, 1901년 4월에 김만수가 프랑스 공사로 부임하기 위해 갔던 항로였다.

귀국길은 갔던 길을 되돌아오는 경우가 많았지만, 유길준처럼 지구를 일주하거나 1896년 민영환 일행처럼 되돌아오지 않고 러시아 시베리아를 통해 블라디보스톡과 부산항을 거쳐서 인천항으로 돌아오기도 하였다. 1901년 김만수는 프랑스 파리에서 독일과 러시아를 거쳐 오늘날 우크라이나 오대사 항구를 통해 되돌아오기도 하였다. 한편, 일제 강점기에는 러시아의 시베리아 횡단철도가 완공되면서 중국과 러시아 시베리아 횡단철도를 통해 모스크바를 거쳐 유럽으로 들어갔다.

근대전환기에 이뤄졌던 세계 기행에서는 한결같이 시공간이 확장되는 것을 엿볼 수 있다. 이것은 최초의 서구 견문록인 유길준의 『서유견문』에서도 그대로 확인된다. 유길준은 이미 1881년도에 일본을 시작으로 1883년 7월에 태평양 날짜변경선을 넘어 미국으로 활동 공간을 넓혔다. 1885년에는 미국에서 대서양을 건너 유럽 각국을 방문하였고 수에즈 운하를 통과하여 인도양을 지나서 싱가포르와 홍콩을 거쳐 제물포로 들어왔다. 그야말로 지구 한 바퀴를 돈 셈이다.

『서유견문』은 「서문」과 「비고」와 20편 71항목으로 구성되어 있다고 앞서 언급하였다. 그런데 작자는 『서유견문』을 서술하면서 지구의 기준이나 5대양 6대주, 세계의 산천이나 인종과 같은 세계지리를 제1편과 제2편에 배치하였다. 제1편에서는 그동안 우리가 몰랐던 태양계의 존재 방식과 지구의 실체, 잘못알고 있던 천동설과 지동설, 날짜선과 같은 지구과학을 개론적으로 제시하였다. 이어서 지구를 동반구와 서반구로 나누고 그것을 다시 세계 6대주로 제시하였다. 제2편에서는 세계의 바다와 강, 그리고 호수를 개괄하였고, 세계의 인종과 물산을 정리하여 제시하였다. 이처럼 작자인 유길준이 『서유견문』의 제1편과 2편에다 세계 지리를 배치하였던 것은 조선인들에게 시공간이 확장된 세계적 시각을 제시하려는 의도가 있었던 것으로 보인다. 여기에는 그동안 지배해왔던 중국 중심의 관점에서 벗어나서 외부 세계의 실상을 보여주고 조선의 문명개화를 고취시키려는 사명감도 함께 작동되었던 것으로 짐작된다.

『서유견문』에서 유길준이 세계지리에 기초하여 제시한 확장된 시공간 의식은 1896년 러시아를 향해 떠났던 민영환 일행의 여행 기록에서도 자리를 잡고 있다. 민영환 일행은 4월 1일에 인천항을 출발하여 중국 상해와 일본을 거쳐 태평양을 건너 북미 대륙에 도착하였다. 이어서 기차로 북미 대륙을 횡단하여 워싱턴과 뉴욕을 거쳐 다시 대서양을 건너서 영국과 네덜란드, 그리고 독일을 지나 러시아 수도에 도착하여 5월 26일에 니콜라이 2세의 황제 대관식에 참석하였다. 이들 일행이 모든 일정을 마치고 돌아오는 길은 시베리아를 횡단해서 몽고와 간도를 통하여 블라디보스톡에 이르렀고, 여기에서 부산을 경유하여 여행의 출발지였던 인천항을 통하여 입국하였다. 이들 사절단의 여정은 먼저 5대양 중에서 북극해와 남극해를 제외한 태평양, 대서양, 인도양을 횡단했고, 지중해를 거쳤다. 6대주에서는 오세아니아와 남아

프리카를 뺀, 아시아, 유럽, 북아메리카, 아프리카를 지났고 시베리아
를 횡단하였다. 이들의 여행은 그야말로 본격적인 세계 일주였다고 말
할 수 있다. 다음 여행 기록을 살펴보자.

> 4월 22일(음 10일) 흐리고 개고하는 것이 절반씩임. 오늘은 바람 까부
> 는 것이 조금 줄었다. 겨우 갑판에 올라가보니 다만 하늘만 아득하고 물은
> 끝이 없다. 尹隨員 致昊는 일전에 실족해서 왼쪽 무릎을 다쳐서 중국 의
> 사를 청해서 계속 치료했는데도 낫지 않으니 민망하다.
> 4월 22일(음 10일) 맑음. 배가 가는 것이 자못 평온하다. 정신을 차려
> 갑판에 올라가서 바다 기운을 호흡하니 시원함을 느끼겠다. 서양 사람의
> 말을 들으니 지구가 3백 60도인데 동서가 각각 1백 80도이다. 낮에 동쪽
> 이 午時면 밤엔 서쪽이 오시이니 이것은 아세아와 아메리카가 낮과 밤이
> 서로 반대되기 때문이다. 지구는 서쪽으로부터 동쪽으로 도는 것이니 가
> 령 두 사람이 각각 시계를 가지고 서로 1백80도에서 만나면 모두 같은 시
> 간에 만나지만 마땅히 11일 丑時가 도로 10일 축시가 된다고 하니 이는
> 지구가 동쪽은 기울고 서쪽은 높아서 낮과 밤이 서로 반대여서 이틀 같으
> 면서도 실은 하루이다. 이는 땅이 그 시간을 당하면 어제와 오늘이 합쳐서
> 하루가 되는 것이니 이는 반드시 이학가의 격치의 학설로써 졸지에 연구
> 해서 알 수 있는 것이 아니다. 22일을 계속해 써서 그 날짜를 기록한다.[14]

민영환 일행이 배를 타고 태평양의 날짜선을 지난 것은 4월 22일이
었다. 김득련은 4월 22일 일기에 날씨와 끝없는 태평양의 풍광, 그리
고 윤치호의 무릎 부상을 기록하였다. 그런데 4월 22일 일기를 다시
추가하여 날짜선에 대해 기술하고 있다. 참고로 날짜선에 대해서는 유

---

14 민영환 지음(조재곤 편역), 『해천추범』, 책과함께, 2007, 40~41면.

길준의 『서유견문』에서도 자세히 논의된 바가 있다. 민영환은 지동설과 날짜선에 따라 시간이 어떻게 달라지고 어떻게 차이가 생기는지에 대해 22일자 일기를 거듭 작성하여 관심을 표명하였다. 그리고 이것은 도학자들의 성리학설로는 끝내 풀 수 없다면서 자신의 견해를 덧붙이고 있다.

3.3. 문명 담론과 부강책, 그리고 내적 번민

근대전환기에 선각자들은 서구 세계를 유력하면서 그들의 선진 문명과 부강함을 목격하고 놀라기도 하고 부러워하기도 하였지만 동시에 조선의 현실을 되돌아보면 당혹함을 감추지 못했다. 이들은 세계 기행의 내용을 열심히 기록했고 조선의 부강책을 고심하지 않을 수 없었고, 한편으로 내적 번민을 하지 않을 수 없었다. 이것은 최초의 서구사회를 일주했던 유길준도 『서유견문』을 저술하면서 국가의 부국책을 강구하였다.

> 우리나라의 고려청자는 천하에 유명한 것이고, 이충무공의 거북선도 철갑선 가운데는 천하에서 먼저 만든 것이다. 교서관의 금속활자도 세계에서 가장 먼저 만들어낸 것이다. 만약 우리나라 사람들이 깊이 연구하고 또 연구하여 편리한 방법을 경영하였더라면, 이 시대에 이르러 천만 가지 사물에 관한 세계 만국의 명예가 우리나라로 돌아왔을 것이다. 그러나 후배들이 앞 사람들의 옛 제도를 윤색치 못하였다.[15]

---

15 유길준(허경진 옮김), 『서유견문』 제14편, 〈개화의 등급〉, 2004, 402면.

이는 유길준이 『서유견문』 제14편에서 개화사상을 논의하면서 말미에 우리의 부국책을 반성적으로 검토한 것이다. 유길준은 우리의 고려청자나 거북선, 그리고 금속활자를 예로 들어 우리 조상들이 세계에서 가장 먼저 훌륭한 문물을 제작하였으나 후손들이 그것을 제대로 계승하여 연구하지 못했기 때문에 부강하지 못하였다는 것이다. 그리고 직접적으로 부국책에 대해서 직접적으로 언급하지 않았더라도 유길준은 그것을 염두에 두고 『서유견문』은 저술했다고 짐작된다.

> 6월 30일.
> 아침에 비가 내리다가 늦게 천둥치고 비가 내림. 상고하건대, 러시아의 기선은 189척이요, 해군은 3만, 해군 장교는 1,245명이다. 육군에 비하면 적은 것을 면치 못할 것이니 이는 사방이 육지로 연결되어 있어서 바다 방어가 많지 않기 때문이다.[16]

당시 서구 세계를 유력하면서 남긴 기록물들을 보면, 사람에 따라 처지나 관점에 따라 편차가 있기 마련이다. 1902년에 영국 에드워드 7세 대관식에 갔던 이종응은 다른 사람들과 마찬가지로 서구 문명과 문물에 관심을 보였으나 그는 상대적으로 도로에 깊은 관심을 보였다. 마찬가지로 민영환은 정치가이자 군부대신으로써 문화 예술이나 통상보다는 부국강병과 관련된 군사력이나 군수 시설에 관심이 많았다. 위의 인용 예문은 1896년 6월 30일 민영환의 일기이다. 이날 윤치호는 민영환에게 교도소나 병원, 또는 공공기관을 방문하기를 강력히 주장

---

16 민영환(이민수 역), 『민충정공유고』 권3, 「해천추범」, 일조각, 2000, 150면.

하였지만 그는 오히려 군사제도 및 군사 양성, 러시아의 군함이나 해
군에 관심을 보였다.

이것은 그가 1897년 1월에 영국 빅토리아 여왕의 즉위 60년 축하식
에 가면서 러시아를 경유하면서 쓴 다음 일기에서도 확인할 수 있다.

> 5월 19일
> …彼得 大帝의 말 탄 동상을 세웠는데 오른손에는 고삐를 잡고 왼손으
> 로는 북쪽을 가리켜 말을 몰아가는 형상을 했는데 자못 용맹하고 사납다.
> 또 상고하건대 피득은 서기 1672년에 나서 나이 25세에 즉위했는데 나라
> 안에 어지러운 일이 많은 것을 보고 변장하고 나가서 영국에 유학하여 선
> 박의 정치 및 算學과 일체의 물건 만드는 학문을 배워 가지고 돌아와서
> 수도를 비로소 지금의 페테르부르크로 옮기고 통상으로 재산을 모았다.
> 한편으로는 霸術로 각국과 연달아 싸워 모두 이김으로써 드디어 부강한
> 나라를 이루고 나이 56세에 죽으니 나라 사람들이 사모하여 그 이름으로
> 수도의 이름을 짓고 중흥의 영주라고 일컬었다.[17]

민영환이 상트페테르부르크에 갔다가 러시아 역사상 가장 뛰어난
통치자였던 표트르 대제(1672~1725)의 동상을 보고 적은 일기이다. 표
트르 대제는 절대주의 왕정을 확립하고 각종 개혁을 통해 러시아를
대제국으로 발전시킨 영웅이었다. 민영환은 표트르 대제의 서구화 정
책이나 군사력 양성 등을 중심으로 그의 행적과 업적으로 기술하고
있다. 여기 민영환의 표트르 대제에 대한 기록은 그에 대한 단순한 정
보라기보다 후진국이었던 러시아를 유럽의 강대국으로 발전시켰던 역

---

17 위의 책, 권4, 「사구속초」, 일조각, 2000, 236면.

사적 인물에 대한 주의 환기와 함께 조선의 부국책을 모색하는 과정에서 그의 의도가 작용하였다고 짐작된다.

이처럼 서세동점의 국가적 위기에서 국가 부강책의 담론은 개화 사상가들의 관심 사안이기도 하였다. 한편, 이 시기의 서구 기행에서는 근대 문물에 대한 감탄에 앞서 조선의 운명을 걱정하는 내적 번민을 담기도 하였다.

〈폴란드의 옛 수도(波蘭國古都)〉[18]

옛날 폴란드는	昔日波蘭國
지금은 러시아의 한 부성(府城)이다.	今俄一府城
예전 그대로 궁궐이 남아 있고,	依然宮闕在
오히려 자주 저녁 종소리가 들린다.	還數暮鍾聲
노래와 춤이 번성하고 화려했던 곳이	歌舞繁華地
쇠잔한 꽃잎만 쓸쓸하게 붉다.	殘花寂寞紅
나라 잃은 백성들은 망국의 슬픔에	遺民禾黍感
때때로 봄바람에 눈물을 흘린다.[19]	時有泣春風

폴란드의 수도인 바르샤바는 유럽에서 러시아로 들어가는 길목의 하나였다. 민영환 일행은 영국에서 배를 타고 폴란드를 거쳐 러시아로 가는 도중이었다. 당시 폴란드는 나라가 망해서 러시아의 속국 상태로 있었다. 화자는 폴란드의 지난날 화려했던 모습과 현재의 쓸쓸한 모습을 대조시켜 망국의 설움을 부각시키고 있다. 화자는 그러한 폴란드에

---

18 작자 주: '今爲俄羅斯初界'(오늘날 러시아의 첫 경계가 되었다.)
19 김득련, 『환구음초』, 1897, 동경인쇄, 26면.

대해 눈물과 함께 안타까운 마음을 금치 못하고 있다. 어쩌면 이것은 작자가 외세의 침략에 놓인 조선의 모습을 떠올리며 동병상련의 마음을 가지지 않을 수 없었을 것이다.

1904년 2월에 미국 하와이에 가서 영사관 서기로 근무했던 김한홍의 〈서유가〉에서도 그와 같은 정서를 확인할 수 있다. 그는 서구의 새로운 문물에 대한 호기심과 기대를 갖고 있었다. 하와이와 샌프란시스코에서는 그들의 선진 문명에 대해 부러움의 눈길을 보내다가도 이내 우울함을 떨칠 수가 없다. 그는 조국의 암담한 현실과 망국의 기운을 상기하면서 내적 번민을 감추지 못하고 있다.

> …/火輪船에 돗다라라 半島江山 ᄎᄌᄀ자ᄌ/빗탄지 二十餘日에 日本新戶 到着니라/不共戴天 네 나라나 東洋江山 반갑도다/下陸흔 數日後에 安東丸 다시타고/長崎馬關 다시보고 大韓을 ᄎᄌ올시/……/大聲欲問 同族드라 엇지ᄒ야 니地境고/三千里 錦繡江山 地靈니 不足쩐가/心猿意馬 저분드라 治進亂退 無赦也아/上和下睦 數千年에 泰平無事 할쩌예ᄂ/先正後裔 니안닌가 國家柱石 自稱ᄒ고/高官大職 獨擅ᄒ며 政府權利 主張ᄒ야/窮心志之 所樂으로 無所不爲 任意타가/有事ᄒᄂ 今日에야 鰍魚갓치 謀漏ᄒ니/大聲一問 吾輩드라 誰怨誰尤 다시할고… [20]

김한홍은 1908년 8월에 귀국길에 올랐다. 그는 미국 샌프란시스코에서 배를 타고 돌아오다가 일본의 에도와 나가사키를 경유했다. 윗부분은 당시의 심리 상태를 읊은 것이다. 그는 미국행에 앞서 나라에 대

---

20 박노준, 「〈해유가〉(일명 서유가)의 세계인식」, 『한국학보』 64집, 일지사, 1991, 237~238면.

한 근심과 반일 감정을 토로한 적이 있었다. 마찬가지로 귀국하면서도 일본에 대해서 악감정을 가지고 불공대천의 원수라고 말하고 있다. 그러면서 조선 동족에 대한 경각심을 함께 일깨우고 있다. 지난 태평시대를 상기시키면서 당시에 국정을 농단하여 나라를 위태롭게 하는 위정자들을 비판하고 있었다.

4. 맺음말: 문화사적 의의와 함께

19세기 말엽에 이뤄진 문호 개방으로 조선인의 세계 체험은 이전처럼 중국과 일본에 머물지 않고 서구 세계로 확장되었다. 이 논문은 당시 개화기로부터 일제강점기 이전의 근대전환기에 있었던 조선인의 세계 기행과 그것에 담긴 문명 담론에 관한 것이다.

먼저 이 시기에 있었던 조선인의 세계 기행을 일별하여 보았다. 1895년 유길준의 『서유견문』을 시작으로, 1896년 4월에는 민영환·윤치호·김득련 일행이 러시아 황제 니콜라이 2세의 대관식에 다녀와서 『환구일록』·『해천추범』·『환구음초』 등의 여행 기록물을 남겼다. 1897년 1월에는 민영환이 영국 빅토리아 여왕의 즉위 60년 축하식에 다녀와서 『사구속초』를 기록으로 남겼다. 1901년에는 김만수가 프랑스 공사로 임명되어 출발부터 귀국까지의 여행 과정과 활동 내용을 일기로 남겼다. 1902년에 이종응은 영국 에드워드 7세의 대관식에 사절단으로 다녀와서 견문록인 『서사록』과 한글 기행가사인 『서유견문록』을 남겼다. 김한홍은 1903년 12월부터 1908년 8월까지 미국 하와이와 샌프란시스코를 다녀와서 견문록인 『서양미국노정기』와 가사 작품인 〈서유가〉를 남겼다.

이들이 세계를 유력하고 남긴 기록물 양식은 기행문, 한시, 기행가사였다. 기행문은 한문으로 작성되었고 유길준의 『서유견문』을 제외하고 모두 일기체 형식이었다. 이 중에서 외교사절단으로 서구 세계를 다녀왔던 민영환이나 이종응, 그리고 김만수의 저작물들은 조정에 공적으로 보고하는 등록(謄錄)의 기초 자료가 되는 사행록의 성격을 지니고 있었던 것으로 짐작된다. 반면에 기행 한시로 지어진 김득련의 『환구음초』, 한글가사인 이종응의 『셔유견문록』이나 김한홍의 〈서유가〉는 사적인 용도로 저술된 것이었다.

근대전환기에 나온 이들 세계 기행의 기록물들을 살펴보면, 작자들이 하나같이 서구의 근대 문명과 문물에 대해서 놀라움과 호기심을 담았다. 이들은 서구의 선진화된 문물 제도와 과학 문명을 국내에 알려서 개화와 계몽의 의식을 고취하고자 하였다. 그리고 서구로 가는 새로운 길이 열리면서 이전의 중국 중심에서 벗어나서 세계 지리에 주목하면서 시공간이 확장되고 있는 것을 확인할 수 있었다. 한편, 이들의 여행 기록물에는 서구의 근대 문물과 제도에 대한 문명 담론과 함께 낙후된 조국의 현실을 되돌아보며 내적 번민을 담기도 하였다.

근대전환기에 있었던 이들 선각자들의 서구 체험과 견문 기록은 조선이 오랜 침묵과 은둔에서 벗어나서 서구의 새로운 근대 문명과 만나는 계기가 되기도 하였다. 그러면서도 19세기 말엽에 이르러서야 가능해진 조선의 서구 교류는 근대 문명의 수용이라는 측면에서 아쉬움이 없지 않았다.

대한제국기 주불공사 김만수의
세계 기행과 사행록

1. 머리말

석하(石下) 김만수(金晚秀, 1858~1936)는 광무 5년(1901) 3월 16일에 주불공사로 임명되어 프랑스 현지에 가서 외교 활동을 벌였던 대한제국기 관료이다. 그는 같은 해 4월 15일에 제물포항을 출발하여 상해와 홍콩을 거쳐 동지나해와 인도양을 지나 수에즈운하와 지중해를 통해 6월 6일에 프랑스 파리에 도착했다. 김만수는 현지에서 6개월 정도 외교 활동을 벌이다가 도중에 병으로 사임하고 11월 22일에 귀국길에 올라 러시아 수도인 상트페테르부르크와 우크라이나 오데사를 거쳐 2월 10일에 환국하였다. 그가 한성에서 파리까지 가는 시간은 53일이, 돌아오는 데는 81일이 걸렸다.

김만수는 당시 특명전권공사로 임명되어 프랑스 파리로 부임하는 과정과 활동 내용, 그리고 병으로 주불공사를 사임하고 돌아오는 모든 과정을 기록으로 남겼다. 김만수의 사행록은 그가 프랑스 공사관 관원으로 임명된 사람들을 대동하고 총위청(總衛廳)에 나아가 소명을 기다리는 4월 14일부터 시작하여 이듬해 인천항에 귀국하는 2월 10일로 끝난다.

　그의 사행록은 편년체로 날마다 양력과 음력을 적고 날씨와 일정, 그리고 그날에 있었던 일들을 적고 있다. 사행록 자료는 2권으로 되어 있는데, 4월 14일부터 8월 26일까지는 『일록』으로, 10월 1일부터 2월 9일까지는 『일기책』이라는 서명으로 기록하였다.[1] 한편, 『주법공사관일기』가 있다. 여기에는 『일기책』에 실린 광무 5년 10월, 11월, 12월, 광무6년 1월과 2월의 공적인 업무 내용을 요약해 놓았다. 『일록』과 『일기책』은 행초서로, 『주법공사관일기』는 해서로 썼다. 전자는 작자가 사적으로 기록한 사행록이라면, 후자는 조정에 보고할 공적 보고서인 등록(謄錄)으로 짐작된다.

　『일록』과 『일기책』 사이에는 8월 27일부터 9월 30일까지 한 달 정도의 기록이 빠져 있다. 그런데, 10월 1일자 『일기책』에는 그가 집으로 편지를 보내면서 8월과 9월에 쓴 기록과 함께 동봉한 것으로 되어 있다. 그것은 김만수가 일기를 기록하였지만 도중에 일실되었거나, 아니면 이들 자료가 수합 과정에서 누락되었을 가능성도 있다.[2]

　이들 자료에 대해서는 2008년도에 작자 소개와 함께 간략히 소개한 바 있었다.[3] 본고에서는 당시 주불공사로 임명된 김만수의 사행 경위와 활동 내용을 살펴보고, 이어서 문예적 측면에서 그가 남긴 사행록에 대한 서술적 특징과 내용을 분석하고자 한다.

1　김만수의 『日錄』과 『日記冊』은 편의상 『日錄』으로 부르기로 한다.
2　이들 자료는 현재 선문대학교 양지욱 박사가 소장하고 있다.
3　양지욱·구사회, 「대한제국기 주불공사 석하 김만수의 〈일기〉 자료에 대하여」, 『온지논총』 18집, 온지학회, 2008, 205~223면.

2. 광무 5년(1901) 김만수의 주불공사 임명과 세계 기행

2.1. 사행 경위

대한제국 고종 황제는 광무 5년(1901) 3월 16일에 조민희(趙民熙, 1859~1931)를 미국공사에, 김만수를 프랑스공사로 임명하여 해당국으로 가서 주재하라는 명을 내렸다. 프랑스공사로 임명된 김만수는 4월 14일 저녁 6시에 영국공사 민영돈(閔泳敦, 1863~1918), 독일공사 민철훈(閔哲勳, 1856~1925)과 함께 함녕전에서 고종을 알현하고 다음날 임지로 떠났다.[4] 이 시기를 전후로 대한제국은 미국·영국·프랑스·독일과 같은 주요 국가에 특명전권공사를 파견하였다. 대한국국제(大韓國國制) 제1조에 명시하고 있는 바, 그것은 대한제국이 세계만국에 공인된 자주 독립국이라는 강령에 기초한 것이다.[5] 대한제국이 구라파 지역까지 외교관을 상주시킨 것은 당시 한반도에 막강한 영향력을 미치고 있는 서구 열강을 내세워 일본을 견제하고 우리의 자주권을 지키려는 전략에서 비롯된 것이었다.[6]

조선은 1876년에 일본과 강화도 조약을 체결한 이래, 1882년에는 미국을 시작으로 영국과 독일, 1884년에는 이탈리아·러시아와 조약을 체결하였다. 프랑스와는 늦어져서 1886년 6월에야 조불수호조약이 체결되었다. 그것은 천주교의 전교 문제로 교섭에 어려움이 있었기 때문이다. 일단, 조약이 체결되자 프랑스는 조선에 외교관을 파견하여

---

4 김만수, 『일록』(광무 5년 4월 15일자).
5 한국사사전편찬회, 『한국근대사사전』, 가람기획, 2005.
6 현광호, 「대한제국기 고종의 대영 정책」, 『한국사 연구』 140집, 한국사연구회, 2008, 221~248면 참조.

외교에 적극적으로 대처하였다. 반면에 조선에서는 그러하지 못했다.

1887년 8월에 심상학(沈相學, 1845~?)이 영국·독일·러시아·프랑스·이태리 5개국 특명전권공사에 임명되었으나 현지에 부임하지 못했다. 같은 해 9월에 조신희(趙臣熙, 1851~?)가 다시 임명되었으나 그도 현지에 부임하지 못하고 홍콩에서 2년 정도 억류되어 체류하다가 돌아왔다. 같은 해 12월에는 이용태(李容泰, 1854~1926)가 그곳의 참사관으로 임명되었으나 부임하지 못했다. 1890년 1월에는 박제순(朴齊純, 1858~1916)이 이들 5개국 전권공사로 임명되었으나 마찬가지로 부임하지 못했다. 그러다가 1897년 1월에는 민영환(閔泳煥, 1861~1905)이 영국·독일·프랑스·러시아·이태리·오스트리아의 특명전권공사로 임명되었으나 모두 부임하지 못하다가 3월에 조선을 떠나 5월에 러시아에 부임하였다.

1897년 10월에 고종은 조선 국호를 대한제국으로 바꾸고 황제에 올랐다. 다음 해 10월에 민영돈을 프랑스·러시아·오스트리아 3개국 전권공사로 임명하였으나 임지에 부임하지 못했다. 1899년 3월에 마침내 이범진(李範晉, 1852~1911)이 프랑스·러시아·오스트리아 3개국 공사로 임명되어 드디어 임지로 떠났다. 1901년 3월 16일에 김만수는 주불특명전권공사로 임명되어 7월 10일에 파리에 도착하였고, 10월 18일에 벨기에 주재공사를 겸임하라는 하달을 받았다. 김만수는 프랑스 파리에 도착하자마자 전임이었던 이범진에게서 업무를 인계받았다. 그는 현지에서 외교 업무를 수행하다가 11월 11일에 공사직을 사임하고 같은 달 22일에 파리를 출발하여 귀국길에 올랐다. 그렇지만 그가 프랑스 현지에 도착하여 실제로 활동한 것은 겨우 6개월에 지나지 않았다.

김만수는 1901년 3월 16일에 주불공사로 임명되었다. 4월 14일 오후

6시에 임지로 떠나기 직전에 고종을 알현하면서 주고받은 대화를 보면, 주불공사로 부임하는 그의 태도는 떠밀려서 가는 듯이 소극적인 태도를 보였다. 그렇지만 고종도 그것을 익히 알고 있다는 어투로 주불공사 김만수, 주영공사 민영돈, 주독공사 민철훈이 모두 세신(世臣)임을 강조하면서 권려하였다.[7] 김만수의 사행 일기를 살펴보면, 그는 프랑스 현지에 부임해서 외교관으로서 제대로 적응하지 못했던 것으로 짐작된다. 오히려 그의 후임이었던 민영찬(閔泳瓚, 1873~1948)이 보다 적극적으로 외교 활동을 벌였던 것을 알 수 있다.[8]

김만수가 주불공사를 역임한 것은 8개월 정도였지만 현지에서 실제로 외교활동을 한 것은 6개월에 지나지 않는다고 앞서 언급하였다. 반면에 유럽통이었던 후임 민영찬은 1901년 12월 3일에 주불, 주벨기에 특명전권공사로 임명되어 현지에서 3년 이상을 적극적인 외교 활동을 벌이다가 1906년 3월 20일에 귀국하였다. 민영찬은 프랑스공사로 있으면서 러시아와 미국을 상대로 일본을 견제하려는 적극적인 활동을 벌였다. 1905년 11월에는 을사늑약이 무효라는 항의문을 프랑스 정부에 제출하였다. 12월에는 미국 워싱턴으로 건너가서 미 국무장관 루트를 방문하여 을사늑약의 체결 과정을 언급하면서 그것이 일본의 강요에 의해 체결된 것으로 무효화시키는 도움을 요청하였다. 그렇지만 을사늑약으

---

7 김만수, 『일록』(광무 5년 4월 14일자).
    "又下教曰, 諸使之有情勢, 朕非不知. 今番簡命, 特念世臣家, 後昆而爲然也. 賤臣奏曰, 今旣承使行成命, 勢將不日登船, 臣本茫昧於外交, 萬里殊邦, 將何以對揚. 且臣區區情勢, 果有萬萬悶隘處矣. 德英二星使, 亦次第各陳所懷, 畢命退."
8 이창훈, 「대한제국기 유럽 지역에서 외교관의 구국운동」, 『한국독립운동사연구』 제27집, 독립기념관 한국독립운동사 연구소, 2006, 397~488면.

로 외교권을 빼앗긴 대한제국은 결국 프랑스를 비롯한 각국 주재 공관에 철수 훈령을 보냈다. 1907년에 고종은 황제 자리를 양위하였고 한국 군대가 강제로 해산되고 대한제국은 패망의 길로 접어들었다.

고종이 김만수를 주불공사로 임명한 것은 당시 대한제국에 대한 일본의 침탈 행위를 강대국의 견제를 활용하여 국권을 유지하고자 했던 우리 정부의 외교적 전략에서 비롯된 것으로 판단된다.

2.2. 사행 일정

김만수는 광무 5년(1901) 양력 4월 14일에 한성을 출발하여 53일이 지난 6월 6일에 파리에 도착하여 공사 임무를 시작하였다. 그가 주불 공사로 임명되어 현지로 부임했던 노정을 살펴보면 다음과 같다.

> 한성 출발(4월 15일) → 제물포(4/15) → 위해(威海, 4/16) → 연태(煙台, 4/16) → 상해(4/22) → 홍콩(5/4) → 사이공(베트남, 5/9) → 콜롬보(스리랑카, 5/17) → 지부티항(芝寶得, 5/24) → 홍해(5/26) → 포트사이드(이집트, 5/30) → 마르세유(프랑스, 6/4) → 파리 도착(6/6).

당시 조선에서 유럽으로 가는 항로는 두 가지가 있었다. 하나는 제물포항에서 상해를 거쳐 동지나해를 돌아 인도양과 수에즈운하를 거쳐 지중해와 대서양을 통해 들어가는 방법이었다. 다른 하나는 제물포항을 출발하여 상해와 일본을 거쳐 태평양과 미대륙을 건너 대서양을 통해서 건너가는 방법이었다. 후자는 특별한 경우로 건양 1년(1896)에 러시아 니콜라이 2세 대관식에 가기위해 민영환 일행이 이 노정을 따랐다. 당시 유럽으로 가는 일반적인 항로는 역시 전자였고, 김만수 일행도 그것을 따랐다.

김만수는 파리에 도착하여 프랑스 대통령에게 신임장을 제정하고 외교 활동을 시작하였다. 그러나 그는 6개월을 채우지 못하고 병으로 주불공사를 사임한다. 그는 귀국길에 올라서 11월 22일에 파리를 출발하여 해를 넘긴 1902년 2월 10일에 고종황제에 나아가 복명하였다. 파리에서 한성까지 돌아오는 기간은 81일이 걸렸다. 귀국이 부임보다 한 달 가량이 길어졌던 것은 러시아 수도인 상트페테르부르크에서 한 달을 체류했기 때문이다. 그는 러시아에서 주러공사 이범진과 아관파천의 주역이었던 웨베르를 만난다. 김만수가 주불공사를 사임하고 환국하는 노정은 다음과 같다.

> 파리 출발(11월 22일) → 베를린(11/23) → 상트페테르부르크(Saint Petersburg, 러시아 수도, 11/26) → 오데사(Odessa, 현재 우크라이나, 12/25) → 콘스탄티노플(터키 수도, 12/30) → 포트사이드(이집트, 광무 6년 1월 2일) → 수에즈 운하 통과와 아랍항(1/3) → 아덴(예멘, 1/8) → 석란도(錫蘭島, 현재 스리랑카, 1/15) → 싱가폴(1/22) → 뤼순(2/3) → 인항(仁港, 제물포, 2/10).

김만수는 일행과 함께 귀국길에 올라 파리에서 베를린을 거쳐 러시아 수도인 상트페테르부르크(Saint Petersburg)로 가서 한 달을 머물렀다. 그가 부임하던 노선을 따라 귀국하지 않고 러시아로 간 것은 러시아공사로 있는 이범진(李範晉, 1852~1910)을 만나기 위해서였다. 주지하다시피, 이범진은 1896년 아관파천의 주역으로 그해 주미공사를 거쳐 1899년부터 주러공사와 독일 오스트리아 프랑스 공사를 겸임하다가 1901년에 독일공사는 민철훈에게, 주불공사는 김만수에게 넘겼다.

주불공사 김만수의 전임인 셈이다. 1905년에 11월에 을사늑약이 체결되었다. 이어서 각국 주재 공사는 본국으로 소환되었고 공관이 폐쇄되었다. 하지만 그는 고종의 밀명으로 러시아 상트페테르부르크에 남아서 국권회복을 위해 노력하였다. 김만수는 그곳에서 아관파천에 깊이 관여했던 웨베르를 만나 시국을 걱정하고 대책을 논의하였다.

김만수는 상트페테르부르크에서 한 달가량 체류하다가 12월 23일에 그곳을 출발하여 우크라이나의 오데사로 향했다. 그는 오데사에서 터키 수도 콘스탄티노플을 거쳐 이집트 포트사이드로 가서 부임하던 길을 따라 되돌아서 왔다. 건양 원년(1896) 7월 15일에 러시아에 유람 신사로 왔던 민경식(閔景植)과 주석면(朱錫冕)도 이집트와 터키를 거쳐 오데사로 와서 기차를 타고 상트페테르부르크로 들어온 사례가 있었다.[9] 그것이 당시 지중해에서 러시아 수도를 오가는 일반적인 노정이었던 듯하다.

세계 기행은 개화기에 이르러 본격적으로 시작되었다. 건양 원년(1896) 민영환 일행이 러시아 니콜라이 2세의 황제대관식에 참석하기 위해 러시아를 다녀왔다. 이들의 공식적인 사행 과정은 민영환의 『환구일록(環璆日錄)』이나 김득련의 『환구음초(環璆唫艸)』 등에 잘 나타나 있다. 반면에 광무 1년(1901) 주불공사로 유럽을 다녀온 김만수의 세계 기행은 그동안 알려지지 않았으나 근래에 자료가 발굴되면서 비로소 알려졌다. 아울러 사행길을 함께 떠났던 주영공사 민영돈, 주독공사 민철훈의 당시 행적도 이 자료를 통해 어느 정도 밝혀지게 되었다.

---

9 민영환, 『해천추범』(조재곤 역), 책과 함께, 2007, 131면.

3. 김만수 사행록의 서술 시각과 내용 분석

3.1. 서술 시각

김만수의 사행록인 『일록』은 그가 임지인 프랑스 파리로 떠나기 하루 전인 광무 5년 4월 14일부터 시작하여 주불공사를 사임하고 돌아와서 복명하는 광무 6년 2월 9로 끝난다.[10] 서술 체재를 보자면 『일록』은 날마다 양력과 음력 날짜, 날씨를 적고 있다. 이어서 그날에 있었던 주요 공무 내용을 밝히고, 일정과 견문 내용을 기록하는 일기체 형식을 취하였다. 이것은 처음부터 끝까지 일관된다. 이러한 서술 방식은 내용이 풍부하고 해박하다는 전기체나 전아하고 치밀하다는 기사체에 비해 여정이 상대적으로 잘 드러나고 논리가 분명하다는 장점이 있다. 이러한 일기체 형식은 편년체의 일종으로 사행록에서 가장 많이 사용되는 방식이다. 김만수의 사행록은 조선시대 이래로 내려왔던 연행록의 문예 양식을 계승하고 있다고 말할 수 있다.

그가 쓴 『일록』의 광무 5년(1901) 4월 15일자 기록을 살펴보자.

> 양력 4월 15일, 음력 2월 27일. 맑음.
> ○ 오전 열 시 쯤에 서기생 김명수(金明秀)가 한성부로 가서 국서를 받들어 왔다. 두 번째 기차를 타고 출발하여 인천 제물포에 이르러서 내렸다. 해당 감리인 하상기(河相騎)가 먹을 것을 내어와서 점심을 하였다.
> ○ 머리를 깎고 옷을 바꿔 입고 오후 2시에 현익호(顯益号)를 탔다.
> ○ 민병석, 민영철, 조민희, 이지용, 이호익, 이응익 등이 경성 정거장에서 작별하거나 기차에 올라와 작별을 하였고 배안까지 와서 전별을 하였다.

---

10 謄錄인 『駐法公使館日記』에는 2월 10일로 되어 있다.

○ 이 때 러시아 참서관 곽광회(郭光羲)와 서기생 조면순(趙勉淳)에게
다시 입대하라는 어명이 있어서 옆 배를 타고 다시 경성으로 돌아갔다.
○ 다섯 시 반에 마침내 배가 출발하고 일곱 시 쯤에 팔미도(八尾島)를
지난 것으로 짐작되었다.
○ 문인 강석두(姜錫斗)가 수행원으로 따라왔다.
○ 독일과 영국의 두 공사와 여러 관원들이 모두 배를 탔다.[11]

여기에서 작자는 먼저 날짜와 날씨를 적고 이어서 사건들을 차례대
로 적고 있다. 이날 기록을 보면 김만수는 국서를 받들고 부임길에 오른
것을 확인할 수 있다. 그는 한성에서 기차를 타고 인천으로 갔고 그곳에
서 비로소 머리를 자르고 양복으로 갈아입고 배에 올라 출발하고 있다.
동료를 비롯한 여러 관료들이 배웅을 나왔고 현익호(顯益号)라는 배를
타고 간 것도 알 수 있다.[12] 그런데 이들 기록을 보면, 사안에 따라 'o'표
로 구분하여 서술하고 있다.[13] 이것은 하루 동안에 있었던 사건 내용을
구분하여 명료하게 전달하는 효과가 있다. 게다가 작자 개인의 내면
정서나 소회를 배제하여 사실성과 객관성을 높이고 있다.

---

11 金晩秀, 『日錄』, "陽四月十五日, 陰二月二十七日. 晴. ○上午十點, 書記生金明秀,
往漢城府奉來國書. 乘第二次汽車, 發行至仁川濟物浦下陸, 該監理河相騎進饋点
心. ○剃髪改服. 下午二點乘顯益号. ○閔丙奭閔泳哲趙民熙李址鎔李鎬翼李應翼諸
氏, 或於京城車洞停車場作別, 或乘汽車而別, 或來船中而錢. ○時俄羅斯參書官郭
光義, 書記生趙勉淳, 有更爲入對之命, 旁乘船而復還京城. ○五點半乃發船, 七點
量過八尾島. ○門人姜錫斗, 以隨員從焉. ○駐德英兩公使及諸員, 皆同船."

12 현익호는 709톤의 정부가 소유하는 기선이었고 1900년에 대한협동우선회사(大韓協
同郵船會社)를 설립한 이윤용(李允用)이 세입(貰入)하여 운용하다가 사들인 배였던
것으로 알려졌다.(『한국민족문화대백과사전』 6권, 〈대한협동우선회사〉조.
(http://terms.naver.com/entry.nhn?docId=543223&cid=46623&categoryId=46623).

13 이러한 표기는 『일록』보다 등록으로 여겨지는 『주법공사관일기』에서 주로 사용되고
있었다.

이어서 서술 시각을 살펴본다. 김만수는 주불공사로 부임하기 이전
인 1894년에 외무참의를 역임한 바 있었다. 그가 주불공사로 임명된
것은 대한제국에 대한 열강의 각축과 침탈에 대응하여 민족의 자결권
을 확보하고 외교적 자주권을 구축하기 위한 고종 황제의 정책적 배려
가 크게 작용하였다. 한편, 그는 서구 문물이 밀려오는 문명적 전환기
에 활동했던 관료이면서 전통을 중시하는 유학자이기도 하였다. 그런
김만수가 국왕의 명을 받고 프랑스 파리로 가서 서양의 근대 문명을
어떻게 인식하여 받아들였는지 그의 문명 담론을 살펴보자.

　　양력 8월 16일, 음력 7월 3일. 맑음.
　　아침 9시에 오스트리아 사람 테레, 참서관 이종엽과 더불어 파리성 남
쪽 4,5십리 지점에 유람하는 약속이 있어서 철로에 올라 한 시간쯤 퐁덴네
물루에 갔다. 전차에서 내려 마차를 타고 몇 리쯤 가니 층옥이 둘러있고
벽돌길이 닳고 떨어져서 예전처럼 적막하고 옛 것을 회상하는 뜻이 있었
다. 문을 지키는 병사가 나를 인도하여 문을 들어서서 두루 구경하였다.
한 걸음 한 걸음 돌아서 방헌(房軒)에 들어가니 한 책상 위에 칼로 벤 모양
이 있어서 내가 매우 놀라고 이상하여 그 까닭을 물었다. 옆 사람이 말하
기를 "이곳은 옛 나폴레옹이 거주했던 궁궐입니다. 아마도 당시 이 사람은
승군(乘軍)으로 늙어서 여러 해를 전투에 나아가 모두 유럽 여러 나라를
격파하여 거의 하나로 통일할 즈음에 불행하게 러시아에 패배하여 도망하
여 환국하였습니다. 이즈음에 영국은 패한 것을 몰래 엿보다가 군사를 동
원하여 나폴레옹을 압박하여 양위하고 물러나게 하였습니다. 그래서 울분
을 참지 못하고 손을 들어 책상을 툭 치고 일어났습니다. 그래서 칼자국이
있는 것입니다."라고 말하였다.
　　내가 가만히 생각하니 예로부터 영웅들 가운데는 더러 병사를 동원하고
무력을 남용하여 천하를 얻는 사람이 있었다. 그러나 결국 동쪽을 정벌하

면 서쪽 지역 사람들이 왜 자기 지역부터 정벌하지 않느냐고 원망했던 가
르침만 못하니, 지난날 인의로써 갑옷을 입지 않고서도 천하를 평정하는
것만 못하다. 그렇다면 이 나폴레옹을 비교하면, 오로지 전투를 일삼아
새로운 왕조를 세우려고 도모하는 것은 실로 내 마음에 참으로 의심스러
운 점이다. 저녁 5시쯤에 다시 기차를 타고 공관에 돌아왔다.[14]

김만수 일행은 6월 4일에 지중해에 있는 프랑스 마르세이유 항구를
통해 6월 6일에 파리에 도착하였다. 그는 도착하자마자 공사 업무에
들어갔다. 7월 10일에는 대한제국의 특명전권공사로서 프랑스 대통령
에밀 루베(Émile Loubet, 1838~1929)에게 국서를 전달하였다. 이후로 그
는 대례복을 입고 프랑스 대통령 연회에 참석하거나 대통령이 관람하는
오페라를 감상하기도 하였다. 한편, 그는 시간을 내어 공관 요원들과
베르사이유 궁전을 방문하거나 전철을 타고 에펠탑을 다녀오기도 하였
다. 파리를 유람하고 세느강에 가서 배를 타보고 옛 고적도 답사하였다.
이날 기록을 보면 김만수는 기차를 타고 나폴레옹이 살았던 퐁텐블
로 궁전을 찾아가는 여정과 그곳에서 보고들은 견문과 함께 그것에
대한 작자 자신의 소감을 적고 있다. 여기에서 작자인 김만수는 『맹자

---

14 金晩秀, 『日錄』, "陽八月十六日, 陰七月三日. 晴. 上午九時, 與墺人테레, 參書李
鍾燁, 約以游覽於巴城南四五十里地, 乘鐵路, 往一時許퐁덴네물루下電車, 乘馬車,
往數里許則, 層屋週遭, 鋪磚剝落, 依然有寂寞懷古之意, 把門卒導我, 入門周覽, 步
步轉入房軒, 見一案上, 有刀研之形, 余甚驚異, 問其故, 傍人曰, 此是古拿坡崙所居
之宮也.盖當時, 此人乘軍得老屢年戰鬪所向, 皆捷歐洲諸國幾統一區, 不幸北敗於
露, 遁逃還國. 際此英國窺伺新敗之殘. 擧兵長驅使拿坡崙迫之以遜位退去, 故鬱悒
不得擧手拍案而起所以有刀痕云云. 余竊想從古英雄, 或有窮兵黷武而得天下者, 然
終不若東征西怨之師, 嚮以仁義未戎衣而天下定則今比拿破崙之專事戰鬪圖以創業
實有滋惑於余心也. 酉初更乘鐵車回館."

(孟子)』의 「진심장구(盡心章句)」에 나오는 어구로[15] 나폴레옹이 인의의 정치를 하지 않고 전쟁을 일삼는 폭력의 정치를 했다고 비판하고 있다. 주지하다시피, 나폴레옹은 끊임없는 정복 전쟁을 수행하다 비참한 말로를 맞이하였지만, 한편으로 혁명 이론을 유럽에 전파하고 유럽 국가들의 민주화를 이루는데 기여한 측면이 없지 않았다. 그렇지만 김만수는 인의를 중시하는 유가적 관점에서 나폴레옹을 평가하고 있다.

김만수는 서구 문명에 대해 놀라움과 선망의 시선을 보내면서도 유가적 관점을 곳곳에서 드러내고 있다. 6월 11일에 김만수는 공관 관원들과 극장에 가서 오페라를 감상한다. 그는 극장의 모습과 구조, 그리고 오페라 공연의 장면과 스토리를 자세하게 적어놓고 있다. 그런데 그것을 보고난 소감은 오페라가 사람들의 이목을 현혹시켜 요괴 등의 이야기를 꾸미는데 불과한 것이라고 비판하고 있다.[16] 이러한 견해는 사실과 합리를 중시하는 그의 유가적 세계관에서 비롯된 것이다. 그런데 다음 기록을 보면 김만수는 그러한 유가적 관점에서 더 나아가 이용후생의 실학적 측면에서 프랑스의 실태를 파악하고 있다.

> 양력 7월 28일. 음력 6월 13일. 흐림.
> 러시아공사 이대감 글을 보고 같은 날 답장을 부쳤다.
> ○ 아침부터 조용하고 쓸쓸히 지내다. 참서관을 시켜서 해당국 책자를 우연히 열람하게 했다. 해당국의 지방 거리와 물산, 그리고 국고의 세출입 원액을 얻어 보았다. 대략 지방 거리는 동서로 2천 1백리 남북으로 2천

---

15 『孟子』, 「盡心章句下」. 孟子曰, 有人曰我善爲陳, 我善爲戰, 大罪也. 國君好仁, 天下無敵焉, 南面而征, 北狄怨, 東面而征, 西夷怨, 曰奚爲後我.
16 金晩秀, 『日錄』, "此不過眩人耳目作妖怪等事也."

4백리, 나뉜 도는 86개 도이고, 만든 군은 362개 군이다. 인구는 3천 8백 51만 7천 9백 15명이다. 게다가 본국 이외에 새롭게 점령한 지역 인구가 5천만이다. 세입으로 거두어들인 액수는 3천 9백 23만 7천 9백 54프랑이고, 세출은 3천 9백 12만 2천 4백 35프랑이다. 인구의 증가와 영토의 점유는 해마다 더욱 발전하여 흥성이 끝나지 않는 형상이 있다. 그들 풍속은 음을 존중하고 양을 억누르고 새로운 것을 좋아하고 옛것을 버렸다. 마치 한사람이 하나의 사물을 새로 발명하는 듯했다. 이용후생에 조금이라도 보탬이 된다면 뭇사람들이 기교한 일들을 경쟁하고 더욱 새로워지는 것을 생각하는 까닭이다.

그러므로 올해 하나의 기량을 터득하면 내년에는 갑절의 공과가 있게 되고, 오늘 하나의 기술을 얻게 되면 다음날 갑절의 공과가 있게 된다. 경기구가 하늘을 오르거나 철탑이 구름을 능가하는 까닭은 열방들이 아직 미치지 못하는 장관이자 기묘한 공과이다.[17]

이날 김만수는 러시아공사 이범진에게 답장을 하고 공관에서 쉬면서 프랑스 관련 자료를 열람하고 있다. 그것은 프랑스 국내의 자료 통계, 해외 영토에 대한 자료 통계, 이들에 대한 작자의 견해로 나뉜다. 주목을 끄는 것은 자료 분석과 작자의 시각이 드러나는 견해 부문이다. 그는 자료를 열람하고서 프랑스의 인구와 영토는 해를 거듭할수록

---

17 金晩秀, 『日錄』, "陽七月二十八日, 陰六月十三日. 陰. 見俄使李台書, 同日付答書. ○朝來涔寂, 使參書官偶閱該國冊子, 得見該國地方里數與物産, 且國庫稅出入原額. 盖地方里數, 東西二千一百里, 南北二千四百里, 分道八十六道, 作郡三百六十二郡. 人口則三千八百五十一萬七千九百十五口, 且本邦外新占領地, 人口五千萬口, 稅入三千九百二十三萬七千一百五十四法, 稅出三千九百十二萬二千四百三十五法而, 人民之繁殖, 疆土之廣占, 年年益進, 有方興未艾之像. 其俗尙則尊陰而抑陽, 好新而棄舊, 若一人一物新發明, 有神於利用厚生, 則衆人爭艶之奇巧之功, 思所以愈出愈新, 故今年得一伎而, 明年有功倍者, 今日得一伎而, 明日有功倍者, 所以輕氣球之上天, 鐵塔之凌雲, 是列邦所未及之壯觀奇功也."

늘어날 것으로 예상하고 있다. 그리고 그는 프랑스의 풍속이 양보다 음을 존중하며 옛것보다 새로움을 추구한다고 보았다. 특히 그는 새로운 발명과 이용후생에 힘쓰는 프랑스의 현실 모습에 대해서 긍정적으로 평가하고 있다. 그래서 프랑스의 기술 문명은 해마다 갑절로 발전한다며 주목하였다.

이날 김만수가 주목한 것은 나날이 발전하는 프랑스의 기술 문명이다. 그런데 그것을 바라보고 파악하는 그의 관점은 동양적 음양 이론에 기초하고 있다. 그의 견해를 따른다면 프랑스는 우리와 달리, 양보다 음을 존중한다고 보았다. 그리고 전통을 존중하는 우리와 달리, 그들은 새로움을 추구하며 이용후생에 힘쓴다고 평가하고 있다. 그 결과 그들의 기술 문명은 해를 거듭할수록 발전한다고 결론을 내리고 있다.

3.2. 내용 분석

김만수의 사행록은 날짜와 날씨에 이어 대체적으로 공적인 업무 내용을 먼저 기록하였다. 그런 다음에 하루 동안에 있었던 자신의 일과를 적었다. 그가 한성을 떠나 프랑스 파리로 가는 도중에 외교 업무를 수행하지 않았던 것은 아니지만 본격적인 활동은 현지에 도착하면서이다. 그는 파리에 도착하자마자 프랑스 외교 당국에 프랑스 주재 대한제국 공사임을 알리고 업무를 시작하였다. 당시 그가 수행했던 내용은 크게 두 방향으로 집약된다. 하나는 대한제국을 대표하는 주불공사로서의 공무였고, 다른 하나는 프랑스 현지에서 세계 각국의 정세를 파악하고 정보를 수집하는 것이었다.

먼저, 그가 주불공사로 부임하면서 프랑스를 비롯한 세계 각국의 인사들과 접촉한 대략적인 내역은 다음과 같다.

4월 25일: 상해에서 상해 주재 프랑스 총영사 나달과 프랑스 영사 가야를 만남.

전신을 통해 프랑스의 칙서가 김만수에게 전달됨.

6월 6일: 프랑스 파리에서 대한제국 명예영사 우리라를 면담함.

6월 8일: 프랑스 하원의장 마당씨가 내방함.

6월 9일: 주러시아 공사 이범진과 두 아들(이기종, 이위종)을 대면함.

6월 23일: 프랑스 주재 모로코 공사를 면담함.

7월 10일: 프랑스 대통령 에밀 루베(Émile Loubet, 1838~1929)에게 대한제국 고종황제의 국서를 전달함.

7월 11일: 프랑스 대통령과의 면담 내용을 대한제국 궁내부와 외무부에 통보함.

10월 8일: 불란서 외부대신 될까세를 면담함. 비시엘 전임 청국 공사를 방문함.

10월 19일: 본국으로부터 주벨기에 공사를 겸임하라는 훈령을 받음.

11월 3일: 프랑스 상원의장 팔리일를 면담함.

11월 6일: 프랑스 하원의장 데사널을 면담함.

11월 4일: 프랑스 총리대신 으루쏘와 환담함.

11월 16일: 프랑스 에밀 루베 대통령을 면담함.

이외에도 김만수는 프랑스 공사로 재임하면서 프랑스 주재 교황청 대사 로레셀니이 씨를 비롯하여 영국·독일·미국·스페인 등의 9개국

대사, 네덜란드·벨기에·터키·이탈리아·스위스 등의 30여 개국 공사를 면담하거나 정보를 교류하였다.

다음으로 김만수는 공사로 활동하면서 국제 정세를 살피고 정보를 수집하였다. 그 내용은 대략 다음과 같다.

4월 29일: 부임 중에 상해에서 현지의 대한제국 관련 정보를 수집하여 본국에 통보함.

(일본기자의 상해신문 기사 내용)

10월 4일: 미국과 영국의 순양함이 충돌했다는 정보를 입수함. 청나라 군사가 독일군에게 패했다는 정보를 입수함.

10월 27일: 일본이 영국으로부터 오천만원을 차관했다는 정보.

11월 2일: 열강 중에서 외교 공관의 경비가 넉넉한 국가는 미국뿐이라는 정보.

11월 5일: 영국과 트란스발과의 전쟁(보어전쟁)에 관한 정보를 수집하여 보고함.

11월 12일: 시베리아 철도 준공에 관한 정보를 수집함.

(소요 예산이 4억 2500만 프랑, 6년 소요)

한편, 김만수는 틈틈이 파리 시내와 근교를 유람하고서 견문 내용을 기록하였다. 그것의 주요 담론은 서구의 근대 문명과 기술이었다. 그는 나날이 발전하는 서구의 근대 문명에 대해 깊은 관심을 보이면서 그것을 분석하여 기록으로 남기고 있었기 때문이다. 예로써 다음 10월 9일자 기록을 살펴보면, 그는 서양의 자동차에 대한 관찰 내용을 기록으로 남기고 있다.

양력 10월 9일, 음력 8월 27일. 흐림.

리용은행에서 보내온 편지를 보니 전날 인천에서 수표를 바꾸는 조건으로 인천은행에 추심을 맡겨야 하는데 해당 은행에서 서로 간여가 없다고 한다. 그러므로 오히려 자세하지 않아 본관에서 다시 전보로 문의하니 답하기를 앞으로 이 일로 인천은행에 전신으로 알린다고 하였다. 해당 국가의 제반 운행하는 것들을 보았더니 모두 바퀴를 위주로 한다. 예컨대 대륜차, 전기차, 쌍마차, 단마차, 자전거, 철로차, 자동차이다. 서양 사람들은 그것을 오토모비(玉道貌飛)라고 한다. 한결같지 않지만, 충분히 모두 백성들이 이용하는데 부합이 된다. 이 때문에 오천 리나 되는 강토가 시간 내에 통행할 할 수 있고 삼천 갈래의 거리는 순식간에 두루 볼 수 있다. 유럽에서 이러한 제도의 새로운 발명이 누구에게서 만들어졌는지 알 수 없다. 하지만 그들의 지혜나 사고의 공교로움과 연구의 깊이는 정말로 사람의 의표를 뛰어넘는 것이다.

이 밖에도 바퀴를 돌려서 운행하는 수레가 하나 있는데, 바로 영아가 타는 것이다. 철골을 가지고 수레를 만든 것인데 앞뒤에 각각 두 바퀴를 달았다. 크기는 대나무 상자만한데 안에는 유아가 앉거나 누워있을 수 있다. 수레 뒤에는 철 대롱으로 손잡이를 만들어서 이것을 잡고 밀면 그 완급이 조종을 어떻게 하느냐에 달려 있다. 그리고 사람이 등에 짐을 지거나 소가 짐을 싣거나 실어 나르는 여러 물건에 이르기까지 모두 바퀴를 위주로 하여 심지어 힘을 들이지 않고서도 운행이 매우 편리하였다.[18]

---

18 金晩秀, 『日錄』, 陽十月九日, 陰八月卄七日. 陰. 見利龍銀行行書則, 前日仁川換票條推委於仁川銀行, 而該行則無相干云. 故猶有未詳, 自本館, 更以電報質問則, 答以向此事, 電報於仁川銀行云云. 見該國諸般運行, 皆以輪爲主, 如大輪車, 電氣車, 雙馬車, 單馬車, 自行車, 地中鐵車, 石油飛車.(西人謂之玉道貌飛)不一而足總合於生民利用, 所以五千里之疆域, 能通行於時日, 三千岐之街衢, 能徧覽於瞬息. 歐洲此制之新發明, 未知作俑於何人. 然其智慮之巧, 講究之深, 果出人意表也. 此外又有轉輪一車, 卽嬰兒所乘也. 以鑄鉤制車, 前後各懸兩輪. 其大如笑筒, 內可容幼兒坐臥, 車尾亦以鑄竿爲柄, 執此推之, 其緩急在於措縱之如何, 而至於人負牛馱, 運輸諸物, 并以輪爲主, 甚合於力不勞而運甚便.

김만수는 먼저 날짜와 날씨에 이어 은행과 관련된 공적인 업무를 기록하고 있다. 이어서 자동차에 대한 견해를 피력하고 있다. 이날 그가 주목한 것은 거리에서 목격한 서양의 자동차(玉道貌飛, automobile)였다. 그는 프랑스의 모든 운송 수단이 바퀴에 의존하고 있다고 말한다. 마차로부터 전철이나 자동차, 심지어 유모차에 이르기까지 그 구조를 유심히 관찰하여 기록에 남겨두었다.

일기에서 작자는 이용후생의 실학적 관점에서 그러한 운송 수단이 백성들의 실생활에 도움이 되고 유익하다는 평가를 내리고 있다. 그러한 운송 수단은 5천리나 되는 프랑스 국토를 빠른 시간 내에 도달하게 해준다고 말한다. 여기에서 이러한 자동차와 함께 그가 관심 있게 본 것은 유모차였다. 그것이 어떻게 생겼고 크기는 얼마 정도이고, 손잡이가 어떻고 속도 조종은 어떻게 하는 지에 대해 면밀하게 적고 있다. 김만수는 이러한 운송 수단에 대해서 실용성과 편리성을 근거로 흥미롭게 분석해 내고 있다. 뿐만 아니라, 그는 곳곳을 유람하며 문명에 대한 자신의 담론을 남겼다. 그는 파리에 도착한 이후로 틈틈이 박물관·에펠탑·영화관·공원·재판소 등을 다녀와서 소감과 함께 기록으로 남겼다. 그리고 궁궐이나 고적을 답사한 견문을 일기로 남겼다.

이외에도 김만수는 개인적으로 집안 소식이나 지인들과 주고받은 한시도 일기에 담았다. 그는 집으로 편지를 보내고 받았다는 사실도 기록하였는데, 각각 10여 차례에 이른다. 그리고 일기에는 그가 지은 10여수의 한시 작품이 실려 있다. 예로써 다음 7월 18일의 일기에 수록된 한시 작품을 살펴보자. 이날 김만수는 프랑스 공사를 자신에게 물려주고 러시아 수도인 상트페테르부르크로 떠나는 이범진을 전송하였다. 그는 정거장에서 러시아로 가는 이범진에게 이별의 정표로 한시

한 수를 지어 주었다.

수레가 덜컹덜컹 파리성을 나서니 征軺獵獵出巴城
멀리 흘러가는 구름 아래가 러시아 수도인 상트페테르부르크.
望裏流雲彼得京

타국에서 젓대 불며 사신의 일을 나눠가졌고 持笛殊疆分使事
정거장에서 이별하는 길에 함께 아쉬움을 머금습니다. 停車別路共含情

비록 다른 날 서쪽에서 오는 소식을 알겠지만 縱知他日西來信
오늘 아침에 북쪽으로 떠나는 여정을 어찌할까요. 其奈今朝北去程

하늘 끝에서 스스로 위로하는 것은 살다보면 타향도 고향인데
天涯自慰幷州想
그대는 맑은 향기 지닌 두 그루의 난초가 있습니다. 君有二蘭帶馨淸

이날 일기를 보면, 김만수는 오전 11시에 공사관의 여러 관원들을 이끌고 정거장에 가서 러시아 수도로 떠나는 이범진을 송별한다. 지난 시절, 조정에서 함께 일했고 가까운 사이였지만, 굳이 따지자면 연령으로나 관직에 오른 시기는 이범진이 앞섰다. 일기를 살펴보면 김만수는 이범진을 대감 어른으로 깍듯이 모시고 있다. 나중에 김만수는 주불공사를 사임하고 귀국하는 길에도 이범진이 있는 러시아 수도인 상트페테르부르크로 가서 한 달 동안 머물렀다.

그는 이범진에게 시를 지어 주면서 이별의 아쉬운 마음을 표하고 있다. 이범진이 가려는 러시아 수도는 프랑스 파리에서 보자면 저 멀리 하늘 끝의 흘러가는 구름 아래에 있단다. 까마득히 멀리 떨어져 있다는

뜻이다. 두 사람은 서로 머나먼 타국 땅에 와서 기약이 없는 세월을 보내고 있다고 말한다. 서신을 주고받겠지만 이별의 아쉬움을 어쩔 수가 없다고 언급하고 있다. 병주(並州) 생각이란 타향도 오래 살다보면 고향처럼 된다는 당나라 시인 가도(賈島, 779~843)의 고사에 나온 말이다. 이 말은 그 자신이 타향에서 오래 살다보면 이곳도 고향처럼 느껴지게 될 것이라며 스스로 위로를 삼는 말로 여겨진다. 그리고 그대는 맑은 향기를 지닌 두 그루의 난초가 있다는 말은 이범진에게 훌륭한 두 아들인 이기종과 이우종이 곁에 있다는 말을 그렇게 표현한 것이다.

이외에도 김만수는 혼자서 돌아가신 부친을 기리거나 공관원들과 수창한 한시를 일기에 수록하였다. 일기에는 그가 아관파천의 주역이었던 주러공사로 있던 이범진과 주고받은 한시 작품들도 있다. 김만수가 이범진을 대상으로 지은 한시는 5수이고, 이범진이 지은 한시 1수가 그의 일기에 수록되고 있다.[19]

4. 맺음말

이 논문은 광무 5년(1901) 3월 16일에 주불공사로 임명되어 프랑스 현지에 가서 외교활동을 하다가 돌아온 모든 과정을 기록으로 남겼던 석하(石下) 김만수(金晩秀; 1858~1936)의 사행록에 대한 연구이다. 책명이 『일록』과 『일기책』이고, 이것을 조정에 보고하기 위해 등록으로 만

---

19 이범진이 지은 한시에 대해서는 다음 논문을 참조하기 바람.
  (양지욱·구사회, 앞의 논문, 214~218면.)

들었던 것이 『주법공사관일기』로 짐작된다.

이들 자료를 살펴보면 김만수가 주불공사로 임명되어 사행을 떠난 과정이 잘 나타나 있다. 이 시기에 김만수가 주불공사로 임명된 것은 당시 조선에 대한 일본의 침탈 행위를 서구 열강의 힘과 견제를 활용하여 국권을 유지하고자 했던 조선 정부의 외교적 전략에서 비롯된 것이었다. 이를 위해 김만수와 일행은 인천 제물포항을 출발하여 중국의 상해와 홍콩 등을 거쳐 월남의 사이공과 스리랑카의 콜롬보를 경유하여 홍해와 수에즈운하를 지나 지중해에 있는 마르세유를 통해 프랑스 파리로 들어갔다.

반면에 돌아올 때는 파리에서 베를린을 지나 러시아 상트페테르부르크로 가서 한 달을 머물다가 우크라이나 오데사항으로 가서 터키 콘스탄티노플을 거쳐 왔던 길을 되돌아 왔다. 한성에서 파리까지 가는데 61일, 돌아오는데 81일 걸렸다.

김만수의 사행록은 편년체의 일종인 일기체로 기록되었다. 양력과 음력의 날짜, 날씨를 적고 이어서 공무 내용과 작자 자신의 일과를 적었다. 김만수의 사행록은 일기체로 기록하였기 때문에 여정이 잘 드러나고 서술 내용이 명쾌하게 이해되는 특징을 지녔다. 김만수의 사행록은 조선시대 이래로 내려왔던 연행록의 문예 양식을 계승하고 있다고 말할 수 있다.

사행록에서 가장 띄는 점은 그의 문명 담론이었다. 그는 서구의 근대 문명에 대해서 놀라움과 경탄을 금치 못하고 있었지만 그 자체는 아니었다. 그는 유가적 관점에서 서구의 근대 문명을 파악하여 평가하는 특징이 있었다. 그래서 김만수는 나폴레옹을 인의가 결여된 폭력적 전쟁광으로 보았고, 서구의 근대 문명과 기술에 대해서는 이용후생의 관점에서 긍정적으로 평가하였다.

사행록의 내용을 살펴보면, 그가 수행했던 내용은 크게 두 가지 방향으로 집약된다. 하나는 외교관으로서 세계 각국의 인사들과 교유하며 외교 활동을 벌인 것이고, 다른 하나는 세계 정세의 추이를 살피며 정보를 수집한 것이었다. 그렇지만 그는 전문 외교관은 아니었던 것 같고 파리에서 실제로 활동한 것도 4개월에 지나지 않았다.

마지막으로 김만수의 사행록에는 공적 기록 이외에도 하루의 일상이나 지인들과 수창한 한시 작품도 10여수가 수록되어 있다. 이 중에서 눈에 띄는 것은 1896년에 아관파천의 주역이었던 주러공사 이범진의 한시 작품 1수, 그가 이범진을 위해 지은 한시도 5수가 수록되어 있다는 점이다. 이러한 김만수의 『일록』과 『일기책』은 건양 1년(1896)에 러시아 니콜라이 2세의 황제대관식을 다녀오면서 지어진 민영환의 『환구일록』을 잇는 근대시기의 사행록으로 평가된다.

일제강점기 다산 박영철의 세계 기행과 시적 특질

1. 머리말

근래에 한국인의 세계 여행이 봇물을 이루고 있다. 통계청 발표에 따르면 2013년도 우리나라 해외여행자수는 1485만 명에 이른다.[1] 우리나라 전체 인구에서 세 명 중의 한 명이 해마다 해외를 다녀오는 셈이다. 우리 선조들이 뭍 바깥으로 나가는 것을 매우 꺼려했다지만 그런 것만은 아닌 것 같다. 일찍이 8세기에 신라 시대의 혜초(慧超, 704~787)가 인도를 다녀와서 『왕오천축국전(往五天竺國傳)』을 남겼고, 당시 인도로 구법 순례를 다녀온 다수의 신라 승려들이 있었다고 한다. 고려와 조선시대에도 국경을 넘는 사신이 줄을 이었지만 그것은 동아시아로 한정하였다.

한국인의 본격적인 세계 여행은 19세기 말엽에 문호가 개방되면서 시작되었다. 개화기에 서구 문명이 유입되면서 세계 공간은 동아시아에서 미국과 구라파로 확대되었기 때문이다. 갑오경장을 전후로 많은 외국인들이 조선에 들어왔고 반대로 조선인들도 여러 명목으로 해외를

---

1 통계청 e-나라지표
(http://www.index.go.kr/potal/main/EachDtlPageDetail.do?idx_cd=1655)

향해 떠났다. 선각자들은 중국이 세계의 중심이라는 사고에서 벗어나
더 큰 문명의 세계가 있다는 것을 자각하였다. 이 시기에 한국인의 세계
여행은 서구의 근대 문명에 대한 갈망으로 시작되었다고 말할 수 있다.

대한제국기를 거치면서 조선에 대한 일제의 침략이 가속화되었다.
일제는 조선에 대한 지배를 합리화하려는 여러 정책을 내놓는다. 한일
두 민족이 하나가 되어야 한다는 '대동합방론(大東合邦論)'이나 조상이
하나라는 '일선동조론(日鮮同祖論)', 더 나아가 동양의 황인종이 일본을
중심으로 힘을 합쳐 서양 세력에 맞서 싸워야 한다는 '대동아공영론'
등이 바로 그것이다. 여기에 일본은 자신들을 문명의 표상으로 등식화
시켜서 조선이 그것을 본받아야 한다고 선양하였다. 그리고 조선의 지
도층과 지식인을 대상으로 시찰을 명목으로 근대 동양 문명의 중심지인
일본 현장을 여행시키며 식민 지배의 정당성을 회유하고자 하였다.

이 점은 다산(多山) 박영철(朴榮喆, 1879~1939)에게 있어서도 예외가
아니었다. 그는 처음에 전통 학문을 익혔는데, 일본 유학을 다녀와서
는 철저한 근대 문명의 옹호자가 되어 있었다. 박영철은 근대 문명의
표상으로 일본적 가치를 내세웠다.[2] 그에게 조선은 선진적으로 개조해
야 할 대상에 지나지 않았다. 그러한 내면 의식을 보여주는 것이 1928
년에 네덜란드 암스테르담에서 열린 제9회 국제올림픽대회에 방문시
찰단의 일원으로 다녀오면서 지었던 기행시집인 『구주음초(歐洲吟草)』
이다.[3] 이 논문에서는 이들 자료를 통해 그의 세계 기행에 대한 경위와

---

2 박영철의 행적과 친일시에 대해서는 다음 논문을 참조하기 바람. (구사회·최우길,
「박영철의 『다산시고』와 친일시」, 『평화학연구』 11집, 한국평화연구학회, 2010, 307~
326면.)

3 박영철은 이듬해에 자신의 오십 년 생애를 회고하는 자서전 『五十年の回顧』를 출

함께 그것에 내재한 그의 문명 의식을 살펴보고자 한다.

2. 근대시기 지식인의 세계 기행과 기록물들

　근대 이전에 동아시아의 중심은 중국이었고, 우리는 중국을 통해 선진 문물을 받아들이고 수용하면서 막연하게 서구세계를 이해하였다. 그러다가 19세기 말엽에 서구 문물이 본격적으로 유입되면서 조선의 봉건체제는 급격히 해체되는 과정을 겪는다. 당시 조선은 식민지를 개척하려는 서구 열강에 맞서 대응할 수 있는 기반이나 준비를 마련하고 있지 못했다. 결과적으로 조선은 외세의 침탈 대상이 되었지만 한편으로 근대사회로의 전환이 이뤄지며 동서 교류가 확대되었다.

　19세기 말엽에 서구 열강들과의 수교로 많은 서양인들이 조선에 들어왔고, 조선 사람들도 사절단이나 유람단의 명목으로 서구로 나갔다. 당시 이들은 이전의 연행사나 통신사에 비해 비할 바가 아니었지만 그래도 적잖은 기록물을 남겼다.

　대표적으로 1883년에 유길준(1856~1914)은 민영익(閔泳翊)을 정사(正使)로 하는 보빙사(報聘使)의 수행원으로 미국을 따라가서 귀국하지 않고 남아서 학업을 계속하였다. 그러다가 1885년에 유럽으로 건너가서 영국·프랑스·스페인·포르투갈·네덜란드·독일 등을 여행하고 동남아시아와 일본을 거쳐 귀국한 바 있다. 그는 서구를 유력하며 보고들은

　간하였다. 여기에는 1928년도 세계를 유력하고 쓴 기행문에 이들 한시 작품을 포함시켰다. (박영철, 「第15編, 歐洲視察」, 『五十年の回顧』, 大阪屋號書店, 1929, 629~712면.)

내용을 정리하여 『서유견문(西遊見聞)』으로 출간하였다.[4]

건양 원년(建陽元年, 1896) 2월에는 아관파천이 발생하였고 조정에서는 민영환을 특명전권공사로 임명하여 러시아 니콜라이 2세의 황제대관식에 파견했다. 이들은 인천항을 출발하여 중국 상해로 가서 일본을 거쳐 태평양을 건너서 미대륙을 횡단하였다. 그리고 대서양을 건너 영국과 네덜란드, 독일을 거쳐 5월 26일에 러시아 니콜라이 2세의 황제대관식에 참석하였다. 돌아오는 귀환길은 시베리아를 횡단해서 몽고와 간도를 지나 블라디보스톡에 이르렀다. 그리고 이들은 원산과 부산을 경유하여 인천항으로 입국하여 국왕에게 나아가 복명하였다. 이들은 7개월여에 걸친 사행 과정을 서로 다른 2개의 여행 기록으로 남겼다. 하나는 공식적인 사행 과정을 일기체로 기록했던 민영환의 『환구일록(環璆日錄)』이고,[5] 다른 하나는 세계 기행의 견문과 감회를 기행시로 형상화한 김득련의 『환구음초(環璆唫艸)』이다.

광무 5년(1901)에는 주불공사로 임명된 석하 김만수가 4월 15일에 한양을 출발하였다. 그는 사행단과 함께 제물포항에서 배를 타고 천진과 위해, 상해와 홍콩을 거쳐 사이공과 콜롬보를 경유하였다. 그리고 홍해와 수에즈운하를 지나 지중해에 있는 마르세유를 통해 프랑스 파

---

4 『서유견문』은 모두 20편으로 내용상 서론, 본론, 결론과 보론의 네 부분으로 나누어진다. 그 중에서 기행문이라고 볼 수 있는 부분은 제19편과 제20편의 서양 도시 이야기인데, 그것도 일인칭 기행문의 관점은 아닌 것으로 보고 있다. (허경진, 「유길준과 『서유견문』」, 『어문연구』 32권, 한국어문교육연구회, 2004년 봄, 438면 참조.)

5 당시 러시아 니콜라이 2세의 황제대관식과 관련된 사행기록에는 『환구일록』(김득련) 이외에도 『해천추범』(민영환)과 『부아기정』(필자명 없음)이 있다. 그렇지만 이들 3책은 모두 김득련에 의해서 집필된 것이고, 앞의 두 책은 사실상 동일서이며, 『부아기정』은 전반부가 簡略化되었을 뿐 역시 동일서로 보았다. (고병익, 『동아교섭사의 연구』, 서울대학교출판부, 520면)

리로 들어갔다. 그는 파리에서 외교 활동을 하다가 귀국길에 올라 11월 22일에 파리를 출발하여 러시아 수도인 상트페테르부르크로 가서 한 달 가량을 머물렀다. 그리고 우크라이나의 오데사항으로 가서 터키 콘스탄티노플을 거쳐서 갔던 길을 되돌아와서 고종황제에게 복명하였다. 그가 한양에서 파리까지 가는데 61일, 돌아오는데 81일 걸렸다. 그는 사행 과정을 일기로 적은 『일록』과 『일기책』을 남겼다.[6]

광무 2년(1902) 4월에 이종응(李鍾應, 1853~1920)은 특명전권대사로 임명된 이재각(李載覺)의 수행원으로 영국왕 에드워드 7세의 대관식을 다녀왔다. 이들은 1902년 4월 7일에 인천을 출발하여 일본의 요코하마를 거쳐 태평양을 건너 캐나다 밴쿠버로 갔다. 그곳에서 기차로 대륙을 횡단하여 퀘벡에서 배를 타고 대서양을 건너 영국 리버풀에 도착하여 대관식에 참석하였다. 영국에서 한 달 가량을 머물렀고 돌아오는 길에 파리, 제네바, 나폴리를 들러 수에즈 운하와 홍해를 지나 콜롬보, 싱가포르, 홍콩, 상해, 나가사키를 경유하여 인천으로 들어와서 고종에게 복명하였다. 이 때 이종응은 여정에서의 보고들은 세계 각국의 풍속과 문물을 『서사록(西槎錄)』이라는 기행문으로 남겼다.[7]

한편, 경북 영덕 출신의 문인 김한홍(金漢弘, 1877~1943)은 같은 시

---

6 양지욱·구사회, 「대한제국기 주불공사 석하 김만수의 〈일기〉 자료에 대하여」, 『온지논총』 18집, 온지학회, 2008, 205~223면.

7 이종응은 귀국 후, 『서사록』을 참고로 〈서유견문록〉이라는 한글 장편가사를 지었다. 『서사록』에 비해 〈서유견문록〉은 작품 창작 당시부터 공적인 기록이나 보고를 염두에 두고 썼다기보다는 이국 문물과 낯선 나라를 만난 느낌과 소회를 피력하려는 사적인 목적에서 지어진 것으로 보았다. (박애경, 「대한제국기 가사에 나타난 이국 형상의 의미 – 서양 체험가사를 중심으로」, 『고전문학연구』 31집, 한국고전문학회, 2007, 31~37면.)

기인 1903년에 일본을 거쳐 하와이 사탕수수밭에 가서 노동자로 가서 일하다가 샌프란시스코에서 생활하다가 1908년에 귀국하였다. 그는 당시의 해외 체험을 『서양미국노정기』로 담았다.[8]

근대시기에 조선인의 해외 여행은 한일합병을 시작으로 1920~1930년대에 정점을 이룬다. 조선인의 일본 왕래가 봇물을 이뤘고 중국과 대만을 다녀온 사람들도 부쩍 많아졌다. 그것은 일제의 조선 지배가 공고해졌고 중국 동북부와 대만, 심지어 러시아 블라디보스톡을 점령하고 있었기 때문이었다. 개성상인 공성학(孔聖學, 1879~1957)은 1923년에는 서울을 출발하여 부산에서 현해탄을 건너 후쿠오카와 나가사키를 거쳐 상해와 무한, 곡부와 북경을 돌아 청도에서 배를 타고 대련과 심양을 거쳐 압록강을 넘어 돌아왔다. 그리고 그것을 『중유일기(中游日記)』로 남겼다. 1936년에는 일본을 다녀와서 개행문 『탕도기행(湯島紀行)』을 남겼다.

다산 박영철(1879~1939)은 1912년에 동양척식주식회사가 일본 산업계를 돌아본다는 명목으로 모집한 시찰단의 일원으로 일본 여행을 다녀왔다. 1919년에 간도와 블라디보스톡을 시작으로 1922년 1월과 5월에 대만과 만몽지역을, 1924년에는 중국의 남북부 지역을 여행하고서 그것들을 『아주기행(亞洲紀行)』으로 남겼다.[9] 그러다가 1928년에 네덜란드 암스테르담에서 개최되는 국제올림픽대회 참관하기 위해 3개월에

---

8   김한홍도 『서양미국노정기』을 근거로 가사 작품 〈해유가〉를 지은 것으로 보았다. (박노준, 「'海游歌'(一名 西遊歌)의 세계 인식」, 『한국학보』 64집, 일지사, 1991, 350~364면.)

9   구사회, 「다산 박영철의 『아주기행』과 문학적 형상화」, 『온지논총』 25집, 온지학회, 2010, 163~190면.

걸쳐서 세계 12개국을 여행하고 그것을 기행시집인『구주음초(歐洲吟 草)』로 남겼다.

1933년에는 연희전문학교 교수로 있던 경제학자 이순탁(李順鐸, 1897~1950)이 세계 일주를 하고 기행문을 남겼다. 그는 경성을 출발하여 일본과 중국 상해를 지나 홍콩과 싱가포르, 말레이시아 피낭과 콜롬보를 거쳐 홍해와 수에즈 운하를 통해 이집트로 갔다. 그곳에서 지중해를 건너 이탈리아로 갔다. 이어서 스위스·프랑스·벨기에·네덜란드·독일·영국·아일랜드 등의 구라파를 둘러보고 다시 대서양을 건너 미국으로 갔다. 그리고 북미 대륙을 횡단하여 하와이를 거쳐 일본 요코하마를 통해 한국으로 돌아왔다. 그가 세계를 둘러보고 돌아오는데 10개월이 걸렸고, 그것을『최근세계일주기』라는 기행문으로 남겼다.[10] 한편, 일제는 한일합병 이후에도 동화 정책의 차원에서 조선인의 내지시찰단을 보내면서 글쓰기 방식도 운영하고 있었다.[11] 이외에도 거론하지 않았지만 일제 치하에서 공공 기관이나 민간단체에서 시찰단을 모집하여 출발했던 세계 기행이 있었다.

---

10 이순탁,『최근세계일주기』, 한성도서, 1934, 1~304면.

11 일제는 한일합병 이후에 동화정책의 차원에서 조선인의 내지시찰단을 조직적으로 운영하였다. 1920년대 내지시찰단의 면모와 기행문쓰기, 내면의식에 대해서는 박애경의 다음 논문으로 미룬다. (박애경, 「1920년대 내지시찰단 기행문에 나타난 향촌지식인의 내면의식」,『현대문학의 연구』42집, 한국문학연구학회, 2010, 335~369면.)

3. 박영철의 세계 기행과 『구주음초』

3.1. 세계 기행의 경위와 노정

오사카에 있는 마이니치 신문사가 1928년 7월 28일부터 8월 12일까지 네덜란드 암스테르담에서 개최되는 제9회 국제올림픽대회를 응원할 겸 구라파 대도시 방문시찰단을 모집하였다. 참가 인원이 모두 102명이었는데, 박영철도 그 중의 한 사람이었다. 그는 1924년에 강원도 지사, 1926년에 함경북도 지사를 역임하고 1927년부터 실업계로 진출한 상태였다. 당시 그는 동양척식주식회사 감사를 거쳐 조선상업은행 부행장으로 있었다. 그로 말할 것 같으면 1903년에 일본 육사를 나와 러일전쟁에 참전하였고, 1919년 3·1독립운동이 일어나자 만세운동을 비난하는 글을 작성하여 신문에 발표했던 전력이 있는 친일인사였다.

1928년 6월 28일 저녁 8시에 이들 올림픽 방문시찰단은 경성역에서 기차를 타고 북쪽을 향해 떠났다. 이들은 평양과 신의주를 거쳐 압록강을 건너 중국 봉천(현, 심양)과 하얼빈으로 갔다. 그곳에서 러시아 국경을 넘어 시베리아를 지나 모스크바로 갔고 목적지인 네덜란드 암스테르담으로 갈 예정이었다. 박영철은 돌아와서 당시 여행을 다니면서 지었던 한시 작품을 『구주음초(歐洲吟草)』라는 비매품의 시집을 출간한다.[12] 『구주음초』는 9.5×15㎝의 소책자인데 자신의 간단한 서문과 함께 7언절구로 된 한시 작품 30제 33수로 담았다. 이어서 그는 이듬 해에 살아온 자신의 50년을 회고하며 쓴 자서전『五十年の回顧』을 출간하였고[13] 세계 기행의 구체적인 내용과 한시 작품을 기행문과

---

12 박영철, 『歐洲吟草』, 近澤印刷社, 1928, 1~12면.

함께 그것의「구주시찰(歐洲視察)」편에 다시 수록하였다.[14]

당시 박영철은 여행 일정이나 노정, 작자의 견문이나 소감, 더 나아가 자신의 세계관을 그것에 담았는데, 그가 다녀온 기행 일정과 노정을 정리해보면 다음과 같다.

> 경성 출발(6월 28일) → 평양(6/29) → 신의주(29일 아침) → 중국 봉천(현재 심양, 29일 오후2시) → 하얼빈(6/30, 이틀간 시내 유람) → 만주리(滿洲里,7/3) → 간선 철도 → 바이칼호(貝哥爾湖, 바이칼호, 7/4) → 이르쿠츠크(7/5) → 시베리아횡단철도 → 옴스크(7/7) → 모스코바(7/10) → 바르샤바(폴란드, 7/13) → 베를린(독일, 7/14) → 쾰른(독일, 7/18) → 오스텐트(벨기에, 7/20) → 런던(영국, 7/20) → 암스테르담(네덜란드, 7/27) → 함부르크(독일, 7/30) → 헤이그(네덜란드, 7/31) → 브뤼셀(벨기에, 8/3) → 파리(프랑스, 8/4) → 루테루(스위스, 8/10) → 베니스(이탈리아, 8/12) → 로마(814) → 나폴리(8/18) → 지중해(8/20) → 포트사이드(이집트, 8/24) → 수에즈운하(8/25) → 홍해 → 인도양 → 콜롬보(9/4) → 싱가폴(9/10) → 홍콩(9/15) → 상해(9/19) → 에도(일본, 9/23) → 동래(9/24) → 경성도착(9/26)

박영철은 1928년 6월 28일에 경성을 출발하여 중국과 러시아를 거쳐 7월 28일부터 네덜란드 암스테르담에서 개최된 제9회 국제올림픽대회를 참관하였다. 그리고 구라파를 시찰하고 대서양과 지중해를 지나 인도양을 돌아 다시 경성으로 돌아오는데 꼬박 3개월이 걸렸다. 총 길이가 이만 리, 체류했던 국가가 12개국이었다. 여행을 위해 그가 지

13 박영철, 『五十年の回顧』, 大阪屋號書店, 1929.
14 박영철, 「第15編, 歐洲視察」, 『五十年の回顧』, 大阪屋號書店, 1929, 629~712면.

불했던 경비는 3,500원이었다. 이 시기에 조선인의 1년 소득이 겨우 13원이었고, 일본인이 129원이었다는 점을 감안한다면,[15] 여행 경비를 오늘날로 환산한다면 엄청난 거액이었다. 당시 박영철은 호남에 기반을 둔 삼남은행의 대주주로써 이미 은행장을 역임하였고 그것이 조선상업은행과 합병되면서 조선갑부의 반열에 오른 상태였다.

『五十年の回顧』의 「구주시찰(歐洲視察)」편을 보면, 그의 성격은 매우 꼼꼼했던 것으로 보인다. 그는 여행하면서 출발부터 도착시간까지 모든 과정을 세밀하게 적고 있으며 여정 중에 목도한 광경이나 그것과 관련된 내용까지 그렇게 적고 있었다. 특이한 점은 그가 목도한 서구의 근대 문명에 대한 자신의 담론을 자서전 곳곳에 피력하고 있었다는 점이다. 그리고 그의 문명 담론은 이전에 구라파를 다녀갔던 1896년의 민영환이나 김득련, 1901년의 주불공사 김만수가 지녔던 서구의 근대 문명에 대한 태도와는 사뭇 다르다. 서구를 먼저 다녀온 인사들이 근대 문명에 대한 호기심과 놀라움으로 압도되고 있는데 비해, 박영철은 그것의 장단점을 냉철하게 비판적으로 분석해내고 있었기 때문이다.

예로써 그는 영국에 도착해서 차창으로 비친 시골집의 평화롭고 한가한 모습, 영국 신사들의 고상한 매너와 보수적인 태도에 호감을 드러내고 있다. 런던의 교통 시설이나 유명한 건축물에 대해서도 긍정적이다. 그렇지만 그는 영국에는 천연자원이 부족하여 식민지에서 원료를 가져다가 가공해서 해외 수출을 위주로 하는 한계가 있다고 보았다. 그리고 박영철은 5백만 명에 달하는 숙련된 노동자들의 강한 계급의식으로 말미암아 빈번한 노동 쟁의가 발생하면서 산업 기초가 흔들리고

---

15 박영철, 『五十年の回顧』, 大阪屋號書店, 1929, 727면.

있다고 지적하였다. 한편, 세계시장에서도 영국 제품이 미국 제품에 점점 밀려나고 있다면서 영국의 미래는 암울해질 것이라는 전망을 내놓았다.

반면에 독일에 대해서는 긍정적인 전망을 내놓았다. 독일은 제1차 세계대전에 패하여 승전국에게 1200억불의 배상금을 50년에 걸쳐서 매년 25억불을 배상해야 하는 부담을 갖고 있다고 한다. 그렇지만 가옥이나 목장, 도로들이 가지런히 정비되어 있고 자동차가 좌우로 왕래하며 상점이 번창하고 공장에서는 새까만 연기를 내뿜으며 잘 돌아가고 있다고 말한다. 게다가 독일 민족은 근로정신이 강성하고 인내력도 강하여 다시 강대국으로 발돋움할 것이라는 긍정적인 전망을 내놓았다.

프랑스에 대해서는 그들의 문화 예술에 대해 높이 평가하였다. 그렇지만 프랑스는 질서가 없고 풍조가 퇴폐적이라고 강력하게 비판하고 있다. 이탈리아에 가서는 베니스, 로마, 나폴리 등을 유력했고 폼페이 고대 유적지와 이탈리아 무솔리니 수상에 대해서는 따로 지면을 할애하여 논의하였다. 그는 분열과 혼란에 휩싸인 이탈리아의 개혁을 위해서는 무솔리니 수상의 억압적인 전제정치가 필요하다고 보았다.[16] 여기에 이르러서는 전체주의(全體主義)의 대표적인 유형의 하나인 파시즘(fascism)을 옹호하는 박영철의 정치적 이데올로기가 엿보인다. 박영철의 그와 같은 사고체계는 일제의 천황제 파시즘을 지지하고 동아시아의 황인종이 일본을 중심으로 하나로 뭉쳐서 서구의 백인종과 대결해야 한다는 인종주의로까지 연결된다.[17]

---

16 박영철, 위의 책, 686면.
17 박영철, 『歐洲吟草』, 〈世界大勢〉. "白黃人種各西東, 言語詩文互不通. 欲究平和

그동안 박영철은 1904년도에 대한제국 대신의 수행원으로 동경 시찰을 시작으로 1912년 9월에는 일본의 산업계를, 1919년 6월에는 간도를, 1922년 1월과 5월에는 대만과 만몽지역을, 1924년에는 중국의 남북부 지역을 시찰 명목으로 다녀왔다. 그리고 세계 기행은 1928년 6월부터 3개월에 걸쳐 이뤄졌다. 그는 모든 여행 과정을 기록으로 남겼고 그것에 대한 견문과 소감을 시와 기행문으로 남겼다. 그런데 박영철의 여행록을 보면 핵심 주제는 근대화와 문명 담론에 경도되어 있었다. 그에게 근대화와 문명은 민족적 자존이나 자주보다 우선이었다. 그리고 박영철은 조선 지배를 정당화하는 일제의 정치적 이데올로기를 따랐고, 그것에 결합된 왜곡된 문명 담론을 재생산해냈다.

3.2. 시적 특질

박영철은 네덜란드 암스테르담에서 개최되는 제9회 국제올림픽대회를 참관한다는 명분으로 1928년 6월 28일부터 9월 26일까지 3개월에 걸쳐서 세계를 일주하였다. 그는 돌아와서 여행 중에 지었던 한시 33수를 모아서 『구주음초(歐洲吟草)』라는 시집으로 발간하였다. 그리고 이듬해 그것과 기행문을 『五十年の回顧』에 넣었다.

그것에 실린 박영철의 시작품은 크게 두 가지 방향으로 구분된다. 하나는 다른 사람의 기행시에서처럼 여행 중에 보고들은 풍광이나 풍물을 형상화한 것이다. 다른 하나는 그가 서구의 근대문명을 만나면서 자신의 생각을 담거나 그것에 자신의 문명 담론이나 정치적 이데올로기를 투영시켜 내재화시킨 것이었다.

長久策, 先須黃種結心同."

3.2.1. 여정과 풍물의 시적 형상화

박영철은 3개월에 걸친 세계 여행을 보았던 이국의 아름다운 풍광이나 인상적인 풍물에 대해서 30편의 한시로 담았다. 그것은 모두 7언절구의 형태였고 알기 쉬운 시어를 사용하였다. 그는 모두 12개국을 지났는데 어느 특정 국가나 지역에 편중하지 않고 고루 배분하여 지었다. 대체적으로 박영철은 여정 중에 목도했던 풍광이나 풍물, 보고 들었던 해당 국가의 역사적 사건 등을 시로 담았다.

〈만주리 국경에서(滿洲里國境)〉

중국과 러시아가 홍구처럼 극동을 쪼개고	支露鴻溝割極東
평평한 들판 만 리가 풀들만 이어졌다.	平原萬里草連空
정거장에서 관리가 행장을 조사하는데	驛停官吏查行李
말이 서로 통하지 않고 문자도 같지가 않다.	語不相通字不同

〈기차 속에서 꽃을 사다(車中買花)〉

꽃 파는 소녀는 머리털이 쑥처럼 흐트러져서	賣花小女髮如蓬
요염한 말을 재잘거리지만 뜻이 통하지 않다	嬌語喃喃意不通
꽃 한 가지 사니 향기가 실내에 가득하고	買得一枝香滿室
차 속에서의 풍치가 오히려 다함이 없다.	車中風致却無窮

〈바이칼호(貝哥湖)〉

모래와 물이 맑고 깨끗하고 온 산이 푸르러	沙明水碧四山青
비파를 내려놓지 못하매 동정호보다 낫다.	不下琵琶勝洞庭
천 이백 개의 냇물이 모여져 하나로 되고	千二百川同湊合
단정하고 바른 곳곳에 이름난 정자가 서 있다.	端宜處處起名亭

이 시들은 박영철 일행이 중국과 러시아의 국경을 넘으면서 지은
것이다. 〈만주리 국경에서(滿洲里國境)〉는 박영철이 중국과 러시아의
국경에 접해 있는 만주리(滿洲里)라는 곳에서 지은 것이다. 이들 일행은
하얼빈에서 꼬박 하루 동안 열차를 타고 7월 3일에 중국과 만주의 국경
지대인 만주리에 도착하였다. 만주리는 내몽고의 북부에 있는 국경도
시로 러시아로 넘어가는 경계에 있다. 작자는 이곳을 경계로 중국과
러시아로 나뉘고 있는 것을 홍구의 천하 양분으로 말하고 있다. 이것은
초한 시기 유방(劉邦)과 항우(項羽)가 하남성의 홍구를 중심으로 천하를
동서로 양분했던 고사에서 나온 말이다. 동서로 벌판이 끝없이 이어지
는 만주리에서 국경을 넘기 위해 관리들의 검사받는 모습, 언어와 문자
가 서로 통하지 않는 작자의 답답함과 생소함을 드러내고 있다.

이들 시찰단은 국경도시 만주리에서 유럽으로 건너가는 시베리아
횡단 열차를 타기 위해 이루쿠츠그를 향해 출발했다. 그것에 앞서 이들
은 간선을 타고 러시아로 들어가서 바이칼호를 먼저 찾았다. 시베리아
횡단철도가 이루쿠츠그를 지나가는데 바이칼호가 그곳에서 가깝기 때
문이었다. 이들이 바이칼호로 가는 길가에는 자작나무 숲이 울창했고
산수가 아름다웠다고 적고 있다. 이때 푸른 눈을 가진 봉발의 소녀들이
기차 속에서 일행에게 꽃을 사달라고 졸라서 박영철이 10전을 주고
샀다. 〈기차 속에서 꽃을 팔다(車中買花)〉는 그것을 시로 지은 것이다.

〈바이칼호(貝哥湖)〉는 박영철이 7월 4일 바이칼호에 도착하여 지은
것이다.[18] 이들 시찰단은 이루쿠츠크로 가서 시베리아 횡단철도를 타고
모스크바를 거쳐 유럽으로 건너갈 계획이었다. 시베리아 횡단철도는

---

18 자서전에서는 시 제목이 〈貝哥爾湖〉로 되어 있다. (박영철, 앞의 책, 632면.)

1891년에 시작해 1916년에 이르러서야 전구간이 개통된 세계에서 가장 긴 철도이다. 1896년 5월 14일에 니콜라이 2세의 황제 대관식에 갔던 민영환 일행도 환국하면서 이 철도를 이용하였고, 9월 중순 바이칼호에 들른 바 있었다. 당시 그를 수행했던 김득련도 바이칼호에 와서 시작품을 남긴 바 있다. 박영철은 〈바이칼호〉를 통해 그곳의 아름다운 풍광 모습을 담았다. 그는 바이칼호를 중국의 이름난 동정호와 비교하여 오히려 낫다고 말한다. 참고적으로 말하자면, 박영철은 1924년도에 전라북도 참여관으로 재직하면서 경성상업회의소가 주최하는 중국시찰단의 부단장으로 참가하여 중국 남북부 지역을 시찰하면서 동정호를 갔던 경험이 있다.

〈화란 국제올림픽 대회(和蘭萬國競技大會)〉
나라 노래 울리는 속에 국기가 게양되고　　國歌聲裡國旗揚
운동선수 사나이의 의기가 강렬하다.　　選手男兒意氣強
십오만 사람이 갈채를 위해 경쟁하며　　十五萬人爭喝采
화란 성위에 나라의 위세가 빛난다.　　和蘭城上國威光

〈벨기에 워털루 옛 전쟁터(白耳義烏達古戰場)〉
나폴레옹은 한 세상의 큰 영웅이니　　奈翁一世大英雄
스무 살에 무대에 올라 수많은 전투를 치루었다.　　二十登壇萬馬中
가을바람 부는 해하(垓下)에서 일전을 벌이다가　　垓下秋風輪一戰
외로운 섬에서 죽으니 한스러움이 끝이 없네.　　終身孤島恨無窮

〈파리 미인(巴里美人)〉
초저녁 붉은 등불 켜진 길머리에 서서　　紅燈初夜立街頭
예쁜 손을 가볍게 놀리며 하소연하는 듯　　玉手輕輕如訴求

교태로 사람을 유혹하면서 함께 몇 걸음 하면서	嬌態誘人同數步
활짝 웃으며 옆구리를 끼며 누대에 오르자고	破顏一笑脅登樓

〈화란 국제올림픽 대회(和蘭萬國競技大會)〉는 제9회 국제올림픽대회에 참석하여 느낀 소감을 쓴 시이다. 박영철에 의하면 세계 각국의 선수들이 국가 이름을 적은 팻말을 들고 대열을 지어 위풍당당하게 입장하였다고 한다. 개회식장 맨 위에는 네덜란드 국왕이 자리를 잡고 있었고 차기 여왕이 될 사람이 대리로 축사를 대독하였다. 그리고 올림픽 회장의 개회사와 대표 선수의 선서로 이어졌다고 한다. 박영철이 보니까 입장식 때에 황인종은 일본밖에 없었다고 말한다. 박영철의 그러한 시각은 동양의 황인종이 일본을 중심으로 뭉쳐서 서양의 백인종과 대결해야 한다는 주장이 자서전에 자주 언급되고 있다. 한편, 박영철은 8월 2일에 드디어 우리 오다(織田) 선수가 육상 삼단뛰기에서 우승하여 일장기가 중앙 가장 높이 게양되어 통쾌하다고 적었다.[19]

〈벨기에 워터루 옛 전쟁터(白耳義烏達古戰場)〉는 워털루 전쟁을 통해 나폴레옹의 권력무상을 읊은 시이다. 박영철 일행은 7월 31일 늦은 시각에 네덜란드 헤이그를 출발하여 프랑스 파리로 가는 도중에 벨기에를 들렀다. 이들은 8월 3일에 벨기에 브뤼셀에 도착하였고 자동차를 타고 워털루 전쟁터로 갔다. 주지하다시피, 워털루 전투는 1815년 6월 엘바섬에서 돌아온 나폴레옹 1세(1769~1821)가 이끄는 프랑스군이 벨기에 남동부 워털루(Waterloo)에서 영국과 프로이센의 연합군을 상대로 벌였

---

19 1928년 8월 2일에 네덜란드 암스테르담에서 열린 제9회 국제올림픽대회에서 남자육상 3단 뛰기에서 일본 최초이자 아시아 최초로 금메달을 딴 오다 미키오(織田幹雄, 1905~1998)를 말함.

던 싸움이다. 나폴레옹은 이 전투에서 패배하여 그의 재집권이 백일천
하로 끝났고 그는 대서양의 외딴 섬인 세인트헬레나 섬으로 유배되어
울분의 나날을 보내다 그곳에서 죽었다. 이외에도 박영철은 〈파리 나폴
레옹1세묘(巴里奈翁一世墓)〉나 〈불국소무전장(佛國昭武戰場)〉에서 권력
무상과 함께 전쟁을 비판하며 평화를 내세우고 있다.

　〈파리미인(巴里美人)〉은 프랑스 파리의 밤거리 문화를 쓴 것이다.
그는 8월 4일에 프랑스 파리에 도착하여 루부르박물관이나 미술관에
가서 세계적인 작가의 그림이나 조각품을 관람하였다. 베르사이유 궁
전의 웅장한 모습을 보고 감탄을 금치 못하면서 그들의 뛰어난 예술
문화를 높이 평가하였다. 그러다가 밤거리 유녀들이 요염한 차림으로
지나가는 남성의 팔장을 끼면서 유혹하는 모습을 목격하고 환락적이
고 퇴폐적이라고 비판하고 있다.

　당시 박영철이 구라파를 다니면서 지은 시들을 보면 풍광에 대한
미감이나 이국적 풍물에 대한 호기심을 드러낸 작품들이 많았다. 당시
박영철이 지은 기행시에서 주목할 작품들은 다음 항목에서 논의하겠
지만 서구인들의 문화나 정치를 타자로 인식하여 형상화한 것이다.

3.2.2. 문명 담론과 정치적 이데올로기

　박영철은 어려서 전통 학문을 익히다가 20세(1899)에 마음을 바꿔
일본으로 건너가서 문명개화론자로 변신하였다. 그는 일본 육사를 졸
업하고 장교로 러일전쟁에 참전하였고, 식민 치하에서는 고위직인 도
지사를 비롯하여 동양척식회사의 요직을 역임하였다. 이 과정에서 그
는 낙후된 조선을 하루 빨리 일본의 문명화된 모습으로 개량해야 한다
는 신념을 갖게 되었다. 구라파를 유력하며 지었던 시작품에서도 그가

지녔던 서구의 근대 문명에 대한 관심과 선망을 확인할 수 있다.

〈독일 국민성(獨逸國民性)〉
늙은이나 젊은이, 관리나 백성이 모두 노력하여   老少官民皆努力
농업과 상업, 공예업이 또한 중심이 되었다.   農商工藝亦中心
부흥하기를 기약하니 그 어찌 장하지 않은가   指期興復何其壯
풍진을 두루 거치며 쌓은 고통이 깊다   閱歷風塵積苦深

〈영국 런던(英國倫敦)〉
서구 문화의 중심지이자   泰西文化中心地
역대 군왕들은 그 방면에 뛰어난 인물들   歷代君王老大家
국민들은 정직하고 권한이 많고   國民正直多權力
의사당은 높이 자리 잡아 강물을 즐긴다.   議事堂高眈水河

〈홍콩(香港)〉
전국시대에는 오나라와 월나라 땅이었고   戰國當時吳越地
지금은 홍콩으로 영국의 조계지라.   今爲香港屬英藩
동서로 선박이 수풀처럼 서있고   東西船舶如林立
모든 나라가 통상하면서 물건들이 번창하다.   萬國通商物貨繁

박영철을 비롯한 시찰단 일행은 7월 10일 모스크바를 출발하였고 폴란드 바르샤바를 거쳐 14일 아침에 독일의 수도인 베를린에 도착하였다. 18일에는 고도시인 쾰른에 가서 시가지와 중세풍의 건축물 등을 견학하였다. 그는 독일이 제1차 세계대전에 패하여 배상금으로 어려운 처지에 놓여 있지만 국민성에 주목하여 그들의 장래가 밝다는 견해를 피력하였다. 그리고 그는 독일 사람들의 노동 자세와 불굴의 의지와 인내력 등에 감동하여 〈독일 국민성(獨逸國民性)〉이라는 한시와 함께 자서전에 관련 내용을 기록으로 남겼다. 그는 독일에 대해서는 매우 우호적이고 긍정적으로 평가를 하였다.

박영철 일행은 7월 20일 새벽에 독일 쾰른을 출발하여 벨기에 오스텐트를 거쳐 저녁 시간에 영국 런던에 도착하였다. 이들은 7월 20일부터 27일까지 국회의사당, 웨스트민스트 사원, 버킹검 궁전과 대영박물관 등 여러 곳을 방문하였다. 그리고 런던탑, 무명용사의 비, 이턴학교, 개 경주장에 대해서는 따로 지면을 할애하여 서술하였다. 〈영국 런던(英國倫敦)〉시에서 박영철은 런던을 서구 문화의 중심지로 보았고 영국 군왕 중에는 뛰어난 인물이 많았다고 말했다. 특히 영국의 민주주의에 주목하여 국민 주권에 대해서 주목하였다.

시찰단 일행이 홍콩에 들른 것은 귀국 직전인 9월 15일이었다. 박영철은 홍콩의 내력에 대해 소개하면서 그곳의 무역과 경제 산업에 주목하였다. 홍콩의 번화한 시가지나 동서양이 혼재된 상점, 그리고 홍콩 요리까지 언급하였다. 더 나아가 박영철은 1842년에 영국이 중국과의 아편전쟁에서 승리하면서 난징조약으로 홍콩이 영국에 할양되었다는 사실, 중국의 국부인 손문에 대해 언급하면서 중국의 정치 상황을 기술하고 있다. 위의 한시 작품 〈홍콩(香港)〉에서는 홍콩이 춘추전국시대 오나라와 월나라의 땅이었고, 앞서 언급한 조약으로 할양되었던 역사를 언급하고 있다. 이어서 박영철은 당시 홍콩의 근대화된 모습과 함께 이곳에서 세계적인 무역 통상이 이뤄지고 있다는 것을 말하고 있다.

한편, 박영철의 기행시에는 문명 담론과 함께 정치적 이데올로기를 드러내는 작품들이 많다. 그는 애국계몽기에서 일제강점기로 이어지는 격변기를 살아가면서 현실에 부응하며 굴곡진 삶을 영위하였던 바,

그의 삶 자체가 정치적이었기 때문이다. 그래서인지 그가 남긴 한시 작품에서는 곳곳에서 친일 성향이 감지된다. 그리고 그는 근대 문명이나 대동아 담론을 교묘하게 내세우며 일제 통치를 합리화하거나 옹호하는 경우가 많았다. 그의 논리는 표면적으로 논리적이고 정의로운 것처럼 보이지만 그것의 이면에는 문명 담론과 결합된 친일 논리가 자리를 잡고 있다는 것을 간과해서는 안 된다.

〈봉천에서 장작림 장군에게 조의를 표하며(奉天吊張作霖將軍)〉

중원 천하를 다투며 세상을 놀라게 하더니	逐鹿中原一世驚
여러 해를 전쟁만 일삼다가 백성을 잘못 이끌다.	多年戰伐誤蒼生
패업의 웅대한 도모는 물처럼 흘러갔으니	雄圖霸業同流水
봉천을 견고히 수성하지 못한 것을 후회하네.	悔不奉天堅守城

〈이르쿠츠크(伊婁國求市)〉

극동의 도독이 옛날에 거주하던 곳	極東都督舊時居
군영 보루는 쓸쓸히 오히려 텅 비어 있다.	營壘蕭蕭尙有虛
아! 만주와 한국을 합병하려는 책략이	嗟爾滿韓呑倂策
봉천의 한 바탕 전쟁으로 문득 허사로 돌아갔구나.	奉天一戰摠歸虛

〈러시아 모스크바 정세(露國莫斯科政情)〉

억지로 강요하여 빈부를 고르게 하였는데	强要貧富賦平均
도리어 일도 않고 백성들이 놀면서 게을러졌다.	還作不勞遊惰民
공산주의는 원래 좋은 계책이 아니니	共産元來非勝筭
단지 국력만 점점 위태로워질 뿐이라네.	但令國勢漸危濱

옛날 마음대로 하던 제정 시기를 추억하면	憶昔專橫帝政時
가장 증오하는 부호는 자비로움이 없었다.	最憎豪富無慈悲

가련한 혁명의 희생자는	可憐革命犧牲者
어찌하여 일찍 여기에서 재앙을 알지 못했을까?	何不早知禍在玆

〈봉천에서 장작림 장군에게 조의를 표하며(奉天吊張作霖將軍)〉는 6월 29일에 신의주를 출발하여 중국 봉천을 지나면서 지은 것이다. 주지하다시피, 장작림(張作霖, 1873~1928)은 청나라 말기의 혼란기에 중국 동북부 지역에서 세력을 떨쳤던 군벌 중의 한 사람이었다. 그는 신해혁명(1911) 이후에 중국 공산당과 국민당이 전면적 대결로 접어들기 이전에 주로 활동했는데 정치적 이해와 득실에 따라 변신을 거듭했던 인물로 알려졌다. 그러나 1928년 6월에 그가 일제의 뜻대로 움직이지 않자 일본 관동군이 획책하여 폭탄 테러로 그를 제거해버렸다. 위의 시에서도 장작림의 그러한 행태를 담았다. 그렇지만 그가 백성들을 괴롭힌 것만은 아니다. 그가 역사적 흐름을 제대로 잡지 못한 반동적인 인물이라고 할 수도 있지만 중국 동북부 지역의 근대화에 이바지한 측면이 없지 않다. 시에서 장작림의 천하 대업의 꿈이 물거품이 되었다는 것, 여러 해 동안 전쟁만 일삼으며 백성을 잘못 이끌었다는 말은 사실 여부를 떠나서 작자의 장작림에 대한 부정적 시각이 있지 않았나 생각된다.

〈이르쿠츠크(伊婁國求市)〉는 바이칼호에서 시베리아 횡단철도를 타려고 이르쿠츠크에 가서 지은 것이다. 시에서 작자는 이르쿠츠크에 대해 풍광이나 풍물보다는 그곳의 역사성에 주목하고 있다. 이곳 이르쿠츠크를 비롯한 시베리아 연해주는 원래 발해지역으로 청나라가 점유하고 있었다. 그러다가 1860년에 북경조약으로 러시아 영토로 편입된다. 1905년에는 일본이 러일전쟁에서 승리하면서 일본군이 블라디보스토크를 비롯한 시베리아 연해주로 출병한 적이 있었다. 1918년부터 1922

년까지는 러시아 혁명의 어수선한 시기에 일본이 시베리아 전쟁을 일으
켜 연해주에 병력을 주둔시키며 영향력을 행사하였다.

시에서 이곳에 일본의 극동 도독이 거주하였는데 지금 텅 비어 쓸쓸
하다는 것은 일본군이 이곳 지역을 차지하고 있었고 현재는 그러하지
못하다는 것을 말한 것이다. 게다가 일본은 만선일체를 내세우며 만주
에서 시베리아 연해주에 이르는 지역까지도 지배하려는 온갖 책략을
내세우고 있었다. 그러나 이 시가 지어진 1928년 당시에는 중국의 반
발과 저항으로 그러한 뜻을 이루지 못하고 있었다. 작자는 친일적인
관점에서 그 점을 몹시 아쉬워하였다.

〈러시아 모스크바 정세(露國莫斯科政情)〉는 작자가 7월 10일 오전 10
시에 러시아 수도인 모스크바에 도착하여 사흘간 머물면서 지은 것이
다. 박영철 자서전의 「구주시찰(歐洲視察)」편에는 그 자신이 방문했던
장소나 유물들, 목도했던 풍물 등을 기록해나갔고, 그것을 〈러시아 모
스크바 정세(露國莫斯科政情)〉라는 시로 형상화하였다. 이 시는 박영철
이 모스크바를 방문해서 실제로 견문한 내용이라기보다는 그 자신이
평소에 생각하고 있었던, 러시아로 대변되는 사회주의 사상과 체제에
대한 부정적 견해로 보인다.

당시 박영철은 모스크바에 3일 동안 머물렀는데 그곳에서 무엇을
하였고 어느 곳을 방문했는지 전혀 언급하지 않고 있다. 대신에 러시아
정국에 대해 언급하면서 그들의 공산주의 체제를 작심한 듯 비판하고
있다. 모스크바를 비롯한 건물과 도로가 암울하고 피폐하고 사람들도
대부분 남루한 모습이었다고 말한다. 공산주의가 개인의 재산 소유를
용납하지 않아 사람들이 나태해지고 생산성이 크게 뒤처진다고 주장한
다. 그래서 노동자와 농민이 빈곤으로 고통을 받고 있는 모습에서 공산

주의는 실패했다는 것이 증명되고 있고 그들의 신경제정책도 마찬가지라는 분석을 내놓고 있다. 그리고 현재 일본과 조선에도 그런 부류가 존재하여 공산주의 사상이 유행하고 있는데 해독하다고 결론을 내린다.

그 외에도 〈상해 사이에 남방 국민당에게 묻다(上海間問南方國民黨)〉를 비롯한 몇몇 시작품에서 그는 자신의 정치적 성향을 드러낸다. 이와 같은 정치적 성향을 드러내는 요체는 세계 기행을 마무리하면서 지은 작품인 〈세계 대세(世界大勢)〉이다.

> 〈세계 대세(世界大勢)〉
>
> | | |
> |---|---|
> | 백인종 황인종이 각각 동서양을 차지해서 | 白黃人種各西東 |
> | 언어와 시문이 서로 통하지 않도다. | 言語詩文互不通 |
> | 평화를 이루고자 하는 장구한 대책은 | 欲究平和長久策 |
> | 먼저 황인종이 마음을 맺어 하나가 되어야 | 先須黃種結心同 |

이 시에는 당시 박영철이 받아들이고 생각했던 시대 의식이나 사고 체계가 잘 드러난다. 세계 평화를 위해 황인종이 하나가 되어야 한다는 것은 일찍이 1885년 다루이 토키치(樽井藤吉)가 주창했던 '대동합방론(大東合邦論)'의 연장선상 내용에 다름이 아니다.[20] 이 시에서는 백인종으로 대변되는 서양 열강이 동양 침략을 획책하고 있기 때문에 동양의 황인종이 일본을 맹주로 하나가 되어 그것을 막아내야 한다는 일제의 정치적 이데올로기가 내재화되어 있다. 한 마디로 이러한 시각은 조선의 침략과정에서 그것을 은폐하려는 친일 담론의 하나였다는 것

---

20 김호일, 「구한말 안중근의 '동양평화론' 연구」, 『중앙사론』10·11합집, 중앙대 중앙사학연구소, 1998, 158면.

을 명심해야 한다.

4. 맺음말: 문학적 평가를 대신하여

이 논문은 다산(多山) 박영철(朴榮喆, 1879~1939)이 세계 여행을 하면서 지은 기행시를 고찰한 것이다. 그는 1928년 7월 28일에 네덜란드 암스테르담에서 개최되는 제9회 국제올림픽대회 참관하기 위해 3개월에 걸쳐서 세계 12개국을 여행하였다. 그는 돌아와서 여행 중에 지었던 한시 33수를 모아서 『구주음초(歐洲吟草)』라는 기행시집으로 발간하였다. 그리고 이듬해 그것을 기행문에 포함시켜 자서전인 『五十年の回顧』에 포함시켰다.

당시 박영철 일행의 세계 기행은 국제올림픽대회 겸 구라파 대도시 방문시찰단이라는 명목으로 이뤄졌지만 실제로는 동양척식주식회사나 언론사에서 주도했던 영리를 위한 상업 여행의 일종이었다. 이것은 같은 시기 동화적 차원에서 이뤄진 시찰단과는 방향을 달리하고 있었다. 이들 시찰단은 6월 28일에 경성역을 출발하여 압록강을 넘어 봉천과 하얼빈을 지나 이르쿠츠그에서 시베리아 횡단철도를 타고 모스크바를 거쳐 구라파로 건너갔다. 구라파에 가서는 폴란드, 독일, 벨기에, 영국, 네덜란드, 프랑스, 스위스, 이탈리아를 방문하였다. 돌아오는 항로는 지중해와 수에즈 운하를 통해 홍해와 인도양으로 가서 동지나를 지나 중국과 일본을 거쳐 부산 동래항을 통해 입국하였다. 당시 박영철 일행은 동지나와 인도양을 지나 수에즈 운하를 통과하여 구라파로 들어갔던 노정이나 일본에서 태평양을 건너 미대륙을 횡단하여 유럽으로 갔던 노정과는 다르게 시베리아를 횡단하여 모스크바를 통해 구라파로 들어갔던 특징이 있다.

박영철의 기행 한시는 크게 두 방향으로 구분된다. 하나는 다른 사람의 시처럼 여행 중에 보고들은 풍광에 대한 미감, 또는 이국적 풍물을 형상화한 것이다. 다른 하나는 서구의 근대문명을 접하면서 그들을 타자로 인식하여 자신의 문명 담론이나 이데올로기를 투영시킨 것이다. 주목되는 것은 후자의 경우이다. 그것에는 일제의 조선 침략하는 과정에서 그것을 은폐하고 호도하려는 친일담론이 그것에 내재되어 있다는 점이다. 왜냐하면 박영철은 조선의 문명개화를 위해 식민통치를 감수하더라도 일제의 선진 문명을 받아들여야 한다는 그들의 왜곡된 문명 담론을 추종하고 있었기 때문이다. 한 마디로, 박영철이 세계를 기행하고 지은 한시 작품은 친일 담론을 바탕으로 하고 있었다.

제2부

고전문학의 전승 맥락과 작품 탐색

중국의 시가 양식과 한국의 주체적 변용

1. 머리말

한자가 중국의 문자이고, 한문학이 중국에서 시작되었다는 것을 부정할 사람은 없다. 그렇다고 한자가 중국 사람만의 문자이고, 한문학이 중국에 한정되는 것은 아니었다. 한국인들은 고유의 문자가 없었기 때문에 어쩔 수 없이 한자를 빌어다 사용하였다. 그것은 훈민정음이 제정된 이후에도 마찬가지여서 근대 이전 시기까지 대부분의 기록이 한문으로 이뤄졌다. 이점은 한국만이 아니라, 다른 동아시아 국가인 월남이나 유구, 일본도 마찬가지였다.

이 과정에서 한자와 더불어 시문이 들어왔고 중국의 문예 양식이 주변국으로 유입되는 것은 자연스러운 현상이었다. 우리나라 사람들은 한자가 전래되기 훨씬 이전에도 노래를 불렀다. 하지만 그것은 입에서 입으로 전해졌을 뿐이었다. 그러다가 중국의 문물이 유입되면서 문화적으로 큰 변화를 가져왔다. 한국에서는 고대가요라고 일컬어지는 옛 노래가 한역되었고, 이어서 한자의 음과 뜻을 빌려 쓴 향가가 나왔다. 고구려 을지문덕의 〈여수장우중문시(與隋將于仲文詩)〉에서 볼 수 있듯이 한문 시가는 삼국시대에 이미 자리를 잡고 있었다. 앞서 고구려 소수림왕 2년(372)에는 불교가 들어왔고 태학에서 유학을 가르쳤다. 통일신라 시기에는 중국과의 교류가 왕성해지면서 한문학이 본격적으로 유입되었고 다양한 시문 양식이 자리를 잡았다. 이 시기의 문인들과 승려들은 중국을 드나들면서 한문으로 표현하는데 별다른 어려움을 느끼지 않았다.

한국의 역대 시가는 크게 두 갈래의 흐름이 있었다고 본다. 하나는 우리말 국문시가이고, 다른 하나는 한문 시가이다. 전자는 주로 가창을 전제로 전승되었고, 후자는 가창이 없지 않았지만 주로 읊는 방식이었다. 전자가 후자로 한역(漢譯)되기도 하였다. 이들은 이원적으로 병존하면서 교섭과 융합의 과정을 거치며 다양하고 다채롭게 전개되었다.

한문학은 통일신라 이후로 자리를 잡았고 고려조에서는 중국의 모든 시문 양식이 들어와서 지어졌다고 보면 된다. 고려 광종 9년에는 드디어 과거제가 시행되면서 한문학은 발흥하였다. 그것은 조선조에 이르러서도 변하지 않았고 본격적인 한문학 시대를 알렸다. 그렇다고 한국의 한문 시가는 중국의 시문 양식을 그대로 모방하거나 답습한 것이 아니었고, 여러 측면에서 그것을 주체화하거나 독자화의 길을 모색하였다. 이 논문에서 논의하려는 것은 바로 그것이다. 중국에서 시작된 한문시가가 한국에 들어와서 양식적 변모 과정을 거치며 어떻게 주체화되고 있는지 살펴보려는데 본고의 목적이 있다. 이를 위해 중국과 한국의 한문시가 양식을 비교해보고, 그것의 주체적 변용 사례를 탐색해보고자 한다.

2. 중국과 한국의 한문시가 양식

역사적으로 중국에서의 문예 양식은 문체론이라는 이름으로 논의되었고, 시가 양식도 문체의 분류 체계에서 통합적으로 이뤄졌다. 그런데 문체론은 시가보다 주로 산문 양식의 체계로 다뤄졌다. 최초의 문체론이라고 말할 수 있는 채옹(蔡邕, 132~192)의 「독단(獨斷)」은 한나라 말엽에 나왔다. 그것에서 채옹은 천자가 신하들에게 명령하여 지은 책서(策書), 제서(制書), 조서(詔書), 계서(戒書)와 신하들이 천자에게 지어서 올린 장(章), 주(奏), 표(表), 박의(駁議) 등과 같은 양식으로 분류를 시도하였다. 여기에 시가류는 없었다. 이어서 위진남북조 시기에 조비(曹丕, 187~226)가 『전론(典論)』의 「논문(論文)」에서 한문 문체를 주의(奏議), 서론(書論), 명뢰(銘誄), 시부(詩賦)라는 4과(科) 8류(類)로 구분하였는데, 여기에서 시부(詩賦)가 한문 문체의 하나로 분류되었다. 육기(陸機, 261~303)는 10류(類)의 문체를 제시하였다. 이어서 문체에 대한 지우(摯虞, ?~311)의 『문장류별론(文章流別論)』과 이충(李充, ?~?)의 『한림론(翰林論)』이 있었다. 특히 지우는 『문장류별론』에서 송(頌), 부(賦), 시(詩), 칠(七), 잠(箴), 명(銘), 뢰(誄), 애(哀), 애책(哀策), 해조(解嘲), 비(碑), 도참(圖讖)의 12문체로 확대시켰다. 여기에서는 시가류(詩歌類)가 문체의 하나로 자리를 잡고 있었다.

문체 분류에 대한 전환점은 남조(南朝) 양(梁)나라 유협(劉勰, 465~532)이 편찬한 『문심조룡(文心雕龍)』에 의해 이뤄졌다. 이전의 문체에 대한 논의가 단편적이고 평면적이었다면, 유협의 그것은 체계적이고 입체적이었다고 말할 수 있다. 『문심조룡』에서는 33종의 다양한 문체가 탐색되었는데, 시가 양식으로 시와 악부를 제시하였다. 거의 같은 시기에 소통(蕭統, 501~531)이 『문선(文選)』을 편찬하였는데 부(賦)와 시(詩)를 위주로 37종류의 문체로 분류하였다. 이어서 『문선』의 영향을 입은 요현(姚鉉, 967~1020)의 『당문수(唐文粹)』가 나왔다. 『당문수』는 23류의 문체 11항목을 만들어 분류하였는데, 분류 대상을 고문으로 한정하였다. 그래서 문부류(文賦類)에서도 고체만을 분류의 대상으로 삼았고 사육변문(四六變文)을 제외시켰다. 시에서도 고체만을 대상으로 하고 근체시를 제외한 특징이 있었다.

시문 선집과 문체론을 함께 제시한 남송시기 진덕수(眞德秀, 1178~1235)의 저작물인 『문장정종(文章正宗)』이 있다. 그는 이전의 문체론에서처럼 하위분류에 치중하지 않고 상위분류 체계 중심이었다. 이를 계기로 명(明) 오눌(吳訥, 1372~1457)의 『문장변체(文章辨體)』나 서사증(徐師曾, 1517~1580)의 『문체명변(文體明辨)』에서 역대 문체론과 문체에 관한 분류 체계가 취합되는 형태로 전환되었다. 이들은 『문심조룡』의 문체론과 『문선』의 분류체계, 『문장정종』의 자료 형태를 취합하여 문체론과 문체 분류 체계를 총체적으로 정리하였다.[1] 『문장변체』에서는 분류하지 않고 51개의 문체로 나열하였다. 이 중에서 시류(詩類)에 해당하는 것이 고가요사(古歌謠詞), 악부(樂府), 고시(古詩), 율시(律詩), 배율(排律), 절구(絶句), 연구시(聯句詩), 잡체시(雜體詩), 근대사곡(近代詞曲)이다. 『문체명변』은 127가지의 문류로 분류하여 문체적 특성을 논의하였고, 그것을 다시 자목(子目)으로 분류하였다. 『문체명변』에서의 시류(詩類)는 앞서 『문장변체』에서 열거하였던 9종류에 근체가행(近體歌行),

---

1 김종철, 「한문 문체 분류의 전개 양상」, 『대동한문학』 20집, 대동한문학회, 2004, 47면.

육언시(六言詩), 화운시(和韻詩), 집구시(集句詩), 잡구시(雜句詩), 잡언
시(雜言詩), 잡운시(雜韻詩), 잡수시(雜數詩), 잡명시(雜名詩), 이합시(離
合詩), 시여(詩餘)라는 11종을 새로이 추가하였다.

청대의 대표적인 문체 분류 저작물로는 동성파를 계승했던 요내(姚
鼐, 1731~1815)의 『고문사류찬(古文辭類纂)』, 증국번(曾國藩, 1811~1872)
의 『경사백가잡초(經史百家雜鈔)』, 오증기(吳曾祺, 1851~?)의 『함분루고
금문초(涵芬樓古今文鈔)』를 들 수 있다. 여기에서 요내는 유사성을 가진
문체를 합용하여 13개의 문체로 분류하였고, 그것을 오증기가 계승하
였다. 증국번의 여 3문11류의 상위분류체계를 설정하였다. 그런데 이들
청나라 시기의 문체론에서 시류(詩類)는 채택되지 않았다.

이처럼 중국에서의 문체 분류에 대한 논의는 수천 년에 걸쳐서 다양
하게 전개되었다. 그리고 후대로 내려올수록 새로운 양식이 더해지면
서 문체 분류의 체계화 과정이 이뤄지고 있었다. '시란 마음속에 있는
뜻을 말하는 것이고, 노래는 말을 길게 뽑아 읊조리는 것이다'라는 언
급에서처럼,[2] 시에 대한 개념은 이미 중국 고대에 자리를 잡고 있었다.
하지만 중국에서 시가류(詩歌類)가 문예 양식의 범주로 들어온 것은 위
진남북조 조비(曹丕)의 『전론(典論)』에서 비롯되었다. 그리고 양식적
측면에서의 시가류는 후대로 내려올수록 많아지며 체계화 과정을 거
치고 있었다. 그 정점은 역대 문체론과 문체에 관한 분류 체계를 취합
한 명나라 서사증(徐師曾)의 『문체명변(文體明辨)』이었다.

---

2 『書經』, 「舜典」. "夔, 命汝典樂敎冑子, 直而溫, 寬而栗, 剛而無虐, 簡而無傲. 詩
言志, 歌永言, 聲依永, 律和聲. 八音克諧, 無相奪倫, 神人以和. 夔曰, 於, 予擊石
拊石, 百獸率舞."

한국에서는 문체 분류에 대한 저작물을 찾아보기 어렵다. 고려시대에 간행된 몇몇 문집에서 그에 대한 단면을 확인할 수 있지만, 문체 분류에 대한 체계를 대변할 수 있는 것은 조선전기에 간행된『동문선(東文選)』이다.『동문선』은 왕명으로 신라시대에서 조선 당대에 이르기까지 역대 시문을 모은 대표적인 시문 총집이었기 때문이다.『동문선』은 중국에서 현존하는 가장 오래된 시문총집인 소명태자(昭明太子)의『문선(文選)』에 비견하는 시문집이다.『문선』은 모두 30권으로 선진(先秦) 시대로부터 양대(梁代)에 이르기까지 135명의 유명 작가와 몇몇 무명씨의 작품 7백여 편을 37류로 분류하여 선록한 시문 총집이다. 반면에『동문선』은 조선전기 성종 9년(1478)에 5백여 명의 시문 작품 4,302편을 55류로 분류하여 뽑아서 수록하였고, 후대에 다시 개편하였다. 따라서 한국에서의 대표적인 문체 분류는『동문선』의 체재를 통해 그것에 대한 면모를 확인할 수 있다.[3]

중국『문선』의 문체 분류는 모두 39류였고, 그 중에서 시류(詩類)는 '보망(補亡)'·'술덕(述德)'·'영사(詠史)'·'술회(述懷)'·'애상(哀傷)' 등에서처럼 제재에 따라 22자목(子目)으로 되어 있었다. 반면에 조선의『동문선』에서는 문체가 모두 55류였고, 시류는 형태에 따라 '오언고시(五言古詩)'·'칠언고시(七言古詩)'·'오언율시(五言律詩)'·'오언배율(五言排律)'·'칠언율시(七言律詩)'·'칠언배율(七言排律)'·'오언절구(五言絶句)'·'칠언절구(七言絶句)', 그리고 '육언(六言)'라는 9자목(子目)으로 세분화하였다.

3　이에 대한 논의는 다음 논문으로 미룬다. (황의열,「한국 문집의 문체 분류에 대한 연구 –『동문선』과 그 이전의 문집을 중심으로」,『한문학보』5집, 우리한문학회, 2001, 23~53면.)

　대체적으로 한국의 문체 분류는 중국의 그것을 수용하고 있었지만 독자적 입론을 체계화시킨 사례가 없지 않다. 그가 바로 근대 한문학자 이가원이다. 그는 한문 문체를 모두 14류로 구분하고, 그 중 시가류를 39자목으로 세분화하였다.[4] 그가 분류했던 시가류 자목은 아래와 같다.

> '詩', '五言古詩', '七言古詩', '雜言古詩', '近體律詩', '排律', '絶句', '東詩', '辭', '樂府', '歌', '行', '歌行', '詠', '謠', '童謠', '哀', '別', '引', '謳', '吟', '怨', '歎', '詞', '竹枝詞', '柳枝詞', '柘枝詞', '曲', '俗曲', '佛曲', '鼓詞', '彈詞', '散曲', '戲曲', '雜曲', '院本', '傳踏', '操', '附錄'

　위의 시가류에 대한 이가원의 39자목은 중국의 역대 문체 분류에 대한 검토와 한국의 독자적 양식을 고려하여 제시한 것으로 보인다. 유협의 『문심조룡』에 명시(明時)가 한 편밖에 없었다는 점, 요내의 『고문사류찬』에서 시를 배제한 점, 증국번의 『경사백가잡초』에서 가(歌)와 극(劇)에 대해 언급하지 않았다는 사실들을 유념하고 있었기 때문이다.[5] 그래서 그가 한문 문체로 제시한 시가류는 운문의 총칭인 '시(詩)'와 가극(歌劇)의 총칭인 '가(歌)'를 하나로 묶어 그것에 해당하는 39개의 자목을 제시하였다. 이들 39개 자목을 살펴보면, 역대 운문 양식이었던 시, 가, 악부(樂府), 사(詞), 곡(曲) 등의 범주에 드는 것들이다.

4　이가원, 「한문 문체의 분류적 연구」, 『아세아연구』 3권 1호, 고려대학교 아세아문제연구소, 1960, 142면.; 이가원, 「한문 문체의 분류적 연구(二)」, 『아세아연구』 3권 2호, 고려대학교 아세아문제연구소, 1960, 159~192면.
5　이가원, 위의 논문 2호, 186~187면.

그런데 이들 39자목 중에서 기존의 분류 체계에서 볼 수 없는 독자
적인 것이 있는데 '동시(東詩)'이다. 동시는 과체시(科體詩) 또는 공령시
(功令詩)로도 불리는데 중국에는 없고 우리나라의 과거 시험에서 인재
를 뽑기 위해 만든 새로운 시 형식이었다. 시제는 고시 중에서 1구를
따오고, 시제중의 한 글자를 골라서 운자를 삼는다. 그리고 그 글자를
제4연에다가 달아서 18운, 또는 22운을 다는데 끝까지 운을 바꾸지
않는다. 동시는 한시가 한국에 들어와서 독자적으로 새로운 시 양식을
만들어냈다는 것을 뜻한다. 이에 대해서는 다음 장에서 논의하는 한국
한문 시가의 주체화 과정에서 구체적으로 다루어 보고자 한다.

3. 한국 한시의 주체적 변용과 사례들

한국한문학은 한문에 의지하여 중국의 문예 양식에 의지하고 있었
지만 내용적으로 우리 민족의 삶을 주체적으로 담으려고 노력해왔다.
그렇지만 한문학은 기법과 주제 면에서 전통의 구속성이 강하고 중국
문학 사조의 영향력도 컸기 때문에 그러한 모색이 충분히 개화·결실
하지 못하다가 조선후기에 접어들면서 문학의 민족적 특성을 비교적
선명하게 부각시키기에 이르렀다고 보았다.[6] 이것은 한국한문학이 중

---

6 심경호는 이 시기 민족문화의 위상에 대한 논의를 통해 '내용상 외세에 대한 저항의
식의 표출, 국경의식의 고양, 민족 역사에 대한 관심 표명, 자국 언어 및 국문문학에
대한 관심 표명, 독자적인 문명의식, 민족 정서의 재발견과 소외된 민족 성원에 대한
재인식, 국토산하의 재발견 등을 주제로 삼아 민족주의적인 지향을 뚜렷이 드러내고
있다고 보았다. (심경호, 「18세기 후반, 19세기 전반의 한국한문학에 나타난 실학적
특성에 관한 일 고찰」, 『한국실학연구』 제5호, 한국실학학회, 2003, 247~290면.)

국고전문학의 일부에 지나는 것이 아니라, 중국과 다르게 우리 민족
고유의 문학적 특질을 획득하고 있었다는 말이 된다.

그것은 문학 세계에만 국한되는 것이 아니었다. 다른 측면으로 우리
민족은 중국의 시가 양식에서 벗어나 한국 한문시가의 문예 양식을
새롭게 창출하면서 그것을 주체화하고 있었다는 사실이다. 이 논문에
서는 그러한 한국 한문시가 양식의 주체적 변용을 한국의 과체시, 〈소
악부〉와 같은 한국형 한문시가 양식, 김삿갓의 한시 해체와 파격시를
예로 들어 살펴본다.

3.1. 한국 과체시의 성립과 독자적 성격

한국의 과체시는 고려조와 조선조에 관리를 뽑기 위해 만들어진 독
자적인 시체의 일종이다. 고려의 과체시는 '시율시(試律詩)'라고 하는
중국 당나라의 과체시에서 유래하였다고 하지만, 고려조를 거쳐 조선
조에 들어와 점차 독자적인 형식으로 변모하였다.[7] 고려시대에 5언6운
시와 6언10운 시를 쓰다가 조선조에 와서 7언18운의 36구 내지 44구
에 이르는 장형으로 바뀌었다. 그러나 세종 20년(1438)에 고부(古賦)
10운 시를 사용한다든가, 단종 원년(1453)의 진사시에서 10운 시를 고
시로 바꾼 기록도 없지 않다. 그렇지만 조선후기에 이르러서는 대체적
으로 18운 36구의 과체시로 고정되었다. 이러한 한국의 과체시는 송나
라 이후로 과거 시험에서 시를 부과하지 않았던 중국과는 매우 다른
현상이었다.

---

7 장유승, 「조선시대 과체시 연구」, 『한국한시연구』 11권, 한국한시학회, 2003, 419~
424면.

　과체시는 작법과 관련하여 형식이나 포치 방식이 독특하였다. 과체시에서는 7언1구를 1척으로 하고, 2척을 1구로 칭하여 매 행 3구씩 배정하였다. 오늘날 기준으로 계산하면 18운 36구가 되는 셈이다. 대체적으로 평측은 내구에 이평삼측(二平三仄), 외구에 이측삼평(二仄三平)을 유지하였다. 포치 방식은 첫귀·첫귀 받침·입제(立題)·포두(舖頭)·포두 받침·포두 느림·첫목·첫목 받침·첫목 느림·두목·두목 받침·회제(回題)·회하(回下) 등을 지켜야 했다. 운자는 제목 중의 한 글자에서 정해지며 하나의 운을 고수하였다. 그 중에서 첫귀·포두·첫목·두목·회제·회하 등의 받침은 반드시 대구(對句)로 하였다.[8]

　과체시는 체재가 복잡하고 작법 규칙도 쉽지 않았다. 시제목도 경전이나 역사서와 같은 고전에서부터 시문 작품, 또는 우리 역사에서 취해오기도 하였다. 게다가 과체시가 본래 인재를 뽑기 위해 채택된 시체(詩體)인지라 작자의 자유로운 정서를 표출할 수 있는 시형은 아니었다. 주어진 과제를 과체시라는 형식에 담기위해서는 무엇보다도 지식과 교양이 필요하였고, 그것을 작성하기 위한 고도의 기술이 요구되었다.

　과체시가 관인을 뽑기 위해 만들어진 문예 양식의 하나였기 때문에 오랜 세월 동안 사람들의 비상한 관심을 받아왔다. 위정자들도 나라를 이끌어갈 우수한 인재를 발탁하기 위해 과거 시험을 공정하게 운용하려고 노력하였다. 그렇지만 후대로 내려오면서 과거 시험이 부정으로 혼탁해지며 기강이 무너진 사례도 얼마든지 찾을 수 있었다. 한편, 역대 위정자들은 풍조와 풍속이 문체와 밀접한 관련이 있다고 보았고, 그것의 중심에서 과체시를 파악하였다. 그래서 과체시가 지나치게 기

8 이가원, 『조선문학사』(중), 태학사, 1997, 919면.

교로 흐르거나 유약한 표현을 경계하였다.

역대 위정자들은 문체를 그 자체로 인식하지 않고 세상을 다스리고 백성을 교화하는 수단으로 받아들였다. 영조를 비롯한 많은 고문가들이 순박하고 진실한 문체를 숭상했고 기교를 내세우는 금문을 배척하였다. 이것은 과체시에 대해서도 마찬가지여서 조선초기 변계량, 서거정을 시작으로 조선후기 당송고문론자들이 그러한 견해를 계승하였다. 그렇지만 현실은 그렇지 못하여 과체시의 효용성에 대한 회의적인 시각도 없지 않았고, 과체시의 폐해에 대한 논의도 뒤를 이었다. 조선 후기의 실학자이었던 실암(實菴) 이영옥(李英玉, 17세기 말엽~18세기 초기)도 그러한 관점에서 과체시를 논의하였다. 그는 조선초기에 과체시가 박실(朴實)하고 창건(蒼健)하여 바른 소리를 지녔었는데, 중엽 이후로 문체가 기려(綺麗)하고 섬교(纖巧)해져서 서곤체(西崑體)처럼 쇠약(衰弱)해졌다가 후대에 이르러서는 지나치게 험궤천착(險詭穿鑿)하여 온유돈후의 본질에서 멀어졌다고 비판하였다.[9]

과체시가 형태적으로 고정되어 있었지만 문예적 성향은 후대로 내려오면서 변모 과정을 거치게 된다. 예로써 조선중기에 과체시에 능숙했던 허균은 그 형식을 지키면서도 독자적으로 자기 취향의 궁사(宮詞) 분위기를 이끈 사례를 보이고 있었다.[10] 한국의 과체시가 제한된 형식 범위 안에서 내용을 더욱 창의적이고 기발하게 생산해 내려는 노력의 결과 상당한 문학적 성취를 이루었다는 것이 그것을 두고 한 말이다.[11]

---

9 李英玉, 『實菴遺稿』, 〈科詩百選序〉.
10 허경진, 「『동시품휘보』와 허균의 과체시」, 『열상고전연구』 14집, 열상고전연구회, 2001, 101~122면.
11 남궁원, 「조선시대 과체시의 문학성 탐구」, 『한문고전연구』 7집, 한국한문고전학회,

심경호는 과체시가 경서나 고인의 시문 가운데 한 구절을 제목으로 삼아 그것을 부연하는 독특한 내용으로 이루어져 있으므로, 표면적으로는 현실의 사정과 동떨어진 듯 보이지만 그러한 형식은 문학의 우의성(寓意性)을 극대화시키는 측면이 있다고 평가하였다.[12] 조선후기에 지어진 다음 〈호남시(湖南詩)〉를 통해 과체시가 양식을 유지하면서 시적 성격이 어떻게 변모되고 있는지 확인할 수 있다.

> 〈호남시(湖南詩)〉
> 하늘은 高山으로 長城을 쌓고　　　　　　　　天以高山作長城
> 온 나라의 咸平은 全州로 통한다.　　　　　　一國咸平通全州
> 靈巖의 형세는 海南을 보호하고,　　　　　　靈巖形勢鎭海南
> 寶城의 화려함은 金溝에 겹쳐 있네.　　　　　寶城奇麗重金溝
> 臨陂는 바다로 이어지니 井邑은 얼마인가?　　臨陂連海幾井邑
> 古阜의 새 언덕은 萬頃의 물결이라네.　　　　古阜新阡萬頃波
>
> 군신이 同福하니 태평 세상이요,　　　　　　君臣同福太平世
> 국세가 扶安하길 천만년이라.　　　　　　　　國勢扶安千萬秋
> 雲峯이 하늘에 꽂혀 있어 益山이 높이 솟고　　雲峯揷天益山高
> 沃溝가 강으로 이어지니 長水가 흘러간다.　　沃溝連江長水流
> 민심이 咸悅하니 鎭安에 살고지고　　　　　　民心咸悅鎭安居
> 왕업이 長興하니 順天이 아름답도다.　　　　王業長興順天休
>
> 동녘에 뜨는 붉은 해는 光州에 둘러있고　　　扶桑紅日遍光州

2003, 220면.

12 심경호, 「한국한문학의 독자성과 중국 고전문학의 접점에 관한 규견」, 『중국문학』 52집, 한국중국어문학회, 2007, 11면.

오얏나무 가지 위에는 玉果가 맺혀있네.　　　　　仙李枝頭玉果留
임금이 능히 務安과 求禮에 힘쓰고　　　　　　君能務安求禮勤
나라가 또한 昌平하여 興德을 닦는다.　　　　　國亦昌平興德修
綾州와 錦山은 비단으로 짜여있고　　　　　　綾州錦山繡錦錯
珍島와 金堤는 재물 보화가 넉넉하다.　　　　　珍島金堤財寶優

南原의 꽃다운 풀은 茂長의 봄이요　　　　　南原芳草茂長春
상서로운 태양의 光陽은 高敞樓에 비춘다.　　　瑞日光陽高敞樓
淳昌의 민속은 樂安이 오래되고　　　　　　淳昌珉俗樂安久
泰仁의 인심은 和順의 조화이다.　　　　　　泰仁人心和順調
상서로운 성세에 茂州의 풀빛이요　　　　　禎祥聖世茂州草
보배로운 세상에 靈光이 떠 있다.　　　　　貨寶天地靈光浮

龍潭은 물결이 넘실대어 龍安의 집이고　　　　龍潭波瀾龍安宅
밝은 대낮의 潭陽에는 뇌우가 거두어지네.　　　白日潭陽雷雨收
興陽의 봄날은 만물이 화창하고　　　　　　興陽春日萬和暢
谷城의 꽃 사이에는 산채가 그윽하다.　　　　谷城花間山牒幽
珍山의 섬으로 물품을 실어 나르고　　　　　珍山一島走貨肆
康津에 두둥실 장사배가 떠있구나.　　　　　泛彼康津商客舟

羅州에 벌인 고을들은 목민관이 몇이나 되는가.　羅州列郡幾牧使
任實의 길쌈하는 아이들은 알고나 있는 것인지.　任實織兒曾識否
사나이가 礪山石에 칼을 가는 것은　　　　　男兒磨劍礪山石
섬 오랑캐를 南平하여 괴수의 목을 베고자.　　島夷南平將馘頭
호남의 濟州에는 바다가 잔잔하고　　　　　湖南濟州海不揚
旌義(?)와 大靜(?)은 푸른 물결이 휘날리네.　　貞義大旌滄波洲

〈호남시〉는 한시이고, 〈호남가〉는 신재효가 지은 단가이다. 〈호남시〉는 한시 형식으로 그동안 작자 미상으로 알려져 있었는데, 필자가 소장하고 있는 『동시(東詩)』에 김삿갓의 작품으로 기록되어 있다.[13] 〈호남가〉는 조선후기 가사작품인 〈팔도가〉의 전라도 부문과 내용이나 표현 기법이 비슷하다. 〈호남가〉는 신재효가 독창적으로 지은 것이 아니라, 이미 전승되고 있던 〈팔도가〉의 전라도 부문을 개작하거나 정리한 것으로 짐작된다. 필자가 보기에 이들 세 작품은 모두 조선후기에 유행했던 동음이의어나 이중자의와 같은 유희적 언어 표현 방식의 영향을 입고 있다.

〈호남시〉의 양식은 과체시이다. 7언 18운 36구로 되어 있고, 평성 '우(尤)'자로 압운하고 있다. 평측법은 대체적으로 내구에는 이평삼측(二平三仄), 외구에는 이측삼평(二仄三平)을 지키고 있다. 7언1구를 1척으로 하고, 2척을 1구로 칭하여 매 행에 3구씩 배정하였다. 포치 방식도 지키면서 첫귀·포두(舖頭)·첫목·두목·회제(回題)·회하(回下) 등의 받침에 대구(對句)를 하고 있다. 〈호남시〉는 전체적으로 과체시 양식이 요구하는 형식을 극히 일부를 빼고는 준수하고 있다.

과체시 〈호남시〉와 관련하여 주목되는 것은 그것의 표현 기법이다. 〈호남시〉는 과거와는 관계없이 과체시라는 양식을 빌려서 호남의 56개 지명을 사용하여 그것이 지니고 있는 이중자의를 통해 희작화하고 있다. 〈호남시〉는 지명을 살려서 해석할 수도 있고, 풀어서 해석할 수도 있다. 지명을 어떻게 해석하느냐에 따라 〈호남시〉의 내용은 같거나

---

13 구사회, 「새로 발굴한 김삿갓의 한시 작품에 대한 문예적 검토」, 『국제어문』 35집, 국제어문학회, 2005, 133~161면.

달라진다. 지명을 살려 해석한 예문과 달리, 풀어서 해석하면 의미가 달라진다. 제 1구는 '하늘이 높은 산으로 긴 성을 쌓고, 온 나라가 두루 화평함은 모든 고을로 통한다.'가 되고, 제 2구는 '신령스런 바위의 형세는 바다 남쪽을 누르고, 보배로운 성곽의 화려함은 금으로 만들어진 도랑에 겹쳐 있네.'라는 해석이 된다. 제3구는 '비탈에서 이어진 바닷가에는 정전 고을이 얼마인가? 옛 언덕과 새 언덕이 일만 이랑의 물결이라네.'라는 식의 의미가 된다. 이것은 이중자의를 통한 언어유희의 일종이다. 물론 이러한 표현 방식은 김삿갓만의 독자적인 것이 아니었고, 조선 후기에 이르러서 시조나 잡가, 또는 한시 작품에서 폭넓게 나타나는 시적 특질 중의 하나이기도 하였다.

따라서 〈호남시〉는 한국 과체시의 형식을 지키면서 내용상으로 작자의 독자적 취향을 드러내고 있다고 하겠다. 그리고 조선후기 언어유희의 시적 성향을 반영시켜서 창의적인 문학적 성취를 획득하였다고 여겨진다. 이것은 한국 과체시가 중국 한시와 구별되는 독자적 한시 양식일 뿐만 아니라, 내용상으로도 한국 한시가 중국과 다르게 주체적으로 변용하였다는 증거가 된다.

3.2. 국문시가의 한역과 한국형 한문시가의 양식

오늘날 남아있는 한국의 고대가요는 모두 한역가요이다. 〈공무도하가〉가 그렇고, 〈황조가〉나 〈구지가〉가 그렇다. 그것은 우리 고유의 글자가 없었기 때문에 한자를 가져다 기록하였기 때문이다. 신라시대에는 한자의 음과 뜻을 빌린 향찰로 향가를 기록하였고 고려 초기의 최행귀는 아예 향가인 〈보현십원가〉를 한시로 번역하였다. 고려말에는 구전되던 노래가 한역되기도 하였다. 익재(益齋) 이제현(李齊賢, 1287~1367)과 급암(及庵) 민사평(閔思平, 1295~1359)의 〈소악부(小樂府)〉가 바로 그것이다.

조선초기에는 국가적 차원의 시가 작품에 대한 한역 작업이 있었다. 〈용비어천가〉는 조선 세종 때 선조인 목조(穆祖)에서 태종(太宗)에 이르는 여섯 대의 행적을 125장으로 노래한 것인데, 국문과 한문으로 지어졌다. 우리말 노래를 먼저 짓고 한시로 번역하였는지, 아니면 그 반대인지 확실하지 않다. 여기에서 국문시가의 한역을 생각할 수 있다.

우리 가요에 대한 한역 작업은 한글이 만들어진 이후에도 계속되었는데, 조선후기에 이르러 더욱 왕성해졌다. 조선후기에는 시조와 가사가 흥성하였고 나중에는 잡가도 나왔다. 가객과 문인들은 시조를 수집하여 가집으로 편찬하였다. 가사집이 나왔고 이들 시조, 가사, 민요에 대한 한역 작업이 뒤를 이었다.[14] 시조 한역은 15세기 김정국(金正國, 1485~1541)의 「향촌십일가(鄕村十一歌)」를 시작으로 근대계몽기에 이르기까지 750여 종의 시조가 한역되었는데 총수가 1200여 수에 달한다.[15] 가사는 시조보다 늦게 이뤄져서 17세기경부터 시작되어 18~19세기에 절정을 이루고 있었다.[16]

시조나 가사에 대한 한역하고 그것을 '번사(飜辭)'라고 하였다. 예로써 송강 정철의 〈관동별곡〉은 청호 이양렬, 청음 김상헌, 서포 김만중,

---

14 이 점에 대해서는 다음 논저로 미룬다. (김문기·김명순, 『조선조 시가 한역의 양상과 기법』, 태학사, 2005, 13~435면.; 조해숙, 『조선후기 시조 한역과 시조사』, 보고사, 2005, 11~243면.)

15 김문기·김명순, 위의 책, 29면.

16 김문기·김명순, 같은 책, 279면.

춘담 신승구 등에 의해서 7언고시체, 5·7언고시, 초사체 등으로 한역
되고 있었다. 이들은 그것을 〈관동별곡번사〉라고 하였다. 이들 번사
양식은 원문을 그대로 번역하는 것이 아니라, 한역자의 시각과 생각에
따라 확대와 부연, 축소와 생략의 과정을 거쳤다.[17] 말하자면 번사 양식
은 제2의 창작인 셈이었다. 그리고 한시 문체를 사용한 이들 번사 양식
은 중국에서 찾을 수 없는 우리만의 새로운 한문시가 양식인 셈이다.

예로써 〈관동별곡〉이 처음 시작하는 "강호애 병이 깁퍼 듁님의 누엇
더니" 부분을 살펴보자.

① 江湖多病竹林臥(청호 이양렬)
② 江湖抱病一老身, 永辭風塵臥竹林(청음 김상헌)
③ 江湖多病故人疎, 竹林閒臥幽懷寂(서포 김만중)
④ 伊江湖兮病深, 高余臥乎竹林(춘담 신승구)

위에서 이양렬은 7언고시 1구로 직역하고 있고, 김상헌과 김만중은
같은 형식의 2구로 옮기고 있다. 김상헌은 '江湖抱病一老身, 永辭風塵
臥竹林'을 '江湖抱病臥竹林'으로 직역할 수도 있는데, 가사의 원문 내
용을 훼손시키지 않는 범위에서 '일노신(一老身)'과 '영사풍진(永辭風塵)'
을 부연하고 있다. 마찬가지로 김만중의 '江湖多病故人疎, 竹林閒臥幽
懷寂'도 '江湖多病臥竹林'으로 직역할 수 있는데, 일부러 '고인소(故人
疎)'와 '유회적(幽懷寂)'을 덧붙여서 내용을 확대하고 있다. 번사의 내용

---

17 윤승준, 「청음 김상헌의 관동별곡번사에 대하여」, 『한문학논집』 12집, 근역한문학회,
1994, 611~631면.; 최규수, 「서포 김만중의 〈관동별곡 번사〉에 나타난 한역의 방향과
그 의미」, 『한국시가연구』 14집, 한국시가학회, 1998, 257~286면.

대로라면 김상헌은 강호에 대한 그리움으로 늙은 자신이 세속을 버렸다는 것이고, 김만중은 강호에 대한 그리움으로 자신이 지인들로부터 소외되어 한가로이 죽림에 누워있노라니 회포가 적막하다는 말이다.

표면적으로 김상헌이 강호에 대한 능동적 태도를 보인다면, 김만중은 수동적인 태도를 드러내고 있다. 위에서 신승구는 초사체 2구로 바꾸고 있는데, 가사 원문의 내용에서 크게 벗어나지 않는다. 위의 예문만 보더라도 이들 번사자들이 가사 작품을 대하는 태도나 한역방식에 있어서 각각의 특징과 차이를 보이고 있다. 대체적으로 이양렬과 신승구는 가사의 원문을 정확하게 한역하려는 태도를 보이고 있다. 반면에 김상헌과 김만중은 가사를 한역하면서 내용을 덧붙이고 있다. 김상헌과 김만중을 비교해보면, 전자는 가사의 원문에서 크게 벗어나지 않고 있는데 비해서 후자는 텍스트를 자신의 주체적 관점에서 접근하려는 태도를 보인다. 〈관동별곡번사〉를 남겼던 이들의 한역 작품을 살펴보면, 이들은 그것을 단지 번역으로 여기지 않았고 일정한 문예의식을 갖고서 작업을 수행했던 것으로 보인다.[18]

한국 한문시가의 주체적 변용과 관련하여 소악부 양식을 주목할 필요가 있다. 소악부라는 명칭은 14세기 고려말엽에 익재 이제현이 속요 11수를 7언절구로 한역하며 처음 사용하였고, 이어서 급암(及庵) 민사평(閔思平, 1295~1359)이 속요 6수를 7언절구로 한역하면서 다시 사용하였다. 소악부는 조선후기에 다시 나타났는데, 자하(紫霞) 신위(申緯, 1769~1845)가 시조 40수를 7언절구 한시로 번역하고 소악부라고 하였

---

18 구사회, 「〈관동별곡번사〉의 역대 작품과 문예적 검토」, 『동양고전연구』 26집, 동양고전학회, 2007, 105~123면.

기 때문이다. 신위의 〈소악부〉는 이제현의 〈소악부〉에 영향을 받아
지은 것이다. 신위의 제자인 귤산(橘山) 이유원(李裕元, 1814~1888)도 시
조 45수를 7언절구의 한시로 번역하고 소악부라고 하였다. 이유원은
자신의 〈소악부〉가 스승인 신위의 〈소악부〉를 보고 모방하여 지었다고
하였다. 이어서 이유원의 집안 아우인 이유승이 〈속소악부(續小樂府)〉
(10수)를, 원세순(1864~1906)이 〈속소악부인(續小樂府引)〉(17수)을 7언절
구의 형식으로 시조를 한시화하고 소악부라는 이름을 사용하였다.

한편, 소악부라는 명칭을 사용하고 있지 않았지만 이것도 소악부
양식에 해당하는 것이 있다. 시조 26수와 잡가 등 30수를 7언절구의
한시로 번역한 권용정(權用正, 1801~?)의 『동구(東謳)』가 있었다. 근대
시기에 이르러서는 권상로(權相老, 1879~1965)가 시조 312수를 7언절구
의 한시로 번역한 일이 있었다. 여기에서도 이들 작자는 7언절구의 시
조 한역에 대해 소악부라는 이름은 쓰지 않았지만, 소악부라는 양식의
범주에 들어간다고 말할 수 있다.

여기에서 〈소악부〉가 중원인 대국에 대한 소국이란 사대와 자기 폄
시에서 온 동방 시골의 전승 민요란 의미로 본다면,[19] 〈소악부〉를 가지
고 한국 한문시가의 주체적 변용에 대해 거론할 수 없다. 그런데 이종
찬에 의하면 소악부란 속요 한역의 칠언절구를 말함이지, 결코 소화(小
華)와 같은 자폄(自貶)이 아니라는 것이다.[20] 그리고 형태에 있어서 칠
언절구라 하더라도 모두 소악부라 하지 않고 어떠한 특수한 작품에만

---

19 서수생, 「고려가요의 연구–익재 소악부에 한하여」, 『경대논문집』 5집, 경북대학교,
    1962, 277~326면.
20 이종찬, 「小樂府試攷」, 『동악어문론집』 창간호, 동악어문학회, 1965, 181면.

소악부라는 이름을 붙였는데, 그것은 우리 노래인 고려속요나 시조 등
에서처럼 당대의 노래를 한역한다는 공통점이 있었다. 그래서 시조나
잡가의 한역이더라도 7언 절구 형식이 아니면 소악부라는 이름을 쓸
수 없었다는 사실이었다.[21]

3.3. 김삿갓의 한시 해체와 파격시

조선후기에 이르러 한시가 지닌 전통적인 시형을 깨기도 하고 기발
한 표현으로 이름을 날린 시인이 있었다. 그가 바로 김삿갓, 또는 김립
(金笠)으로도 불렸던 난고(蘭皐) 김병연(金炳淵, 1807~1863)이었다. 한
마디로 김삿갓은 한국한문학사에서 가장 이단적인 존재였다. 그는 기
존의 한시 형태를 파괴하여 파격을 일삼았고 동음이의어(同音異義語)
나 이중자의(二重字義)와 같은 언어유희를 통해 세태를 풍자하거나 조
롱하였다. 더 나아가 한시에 언문을 뒤섞거나 음담패설도 꺼리지 않았
다. 마침내 이를 두고 이가원은 조선의 시는 김삿갓에 이르러 망했다
고 선언하였다.[22]

하지만 세간의 평가는 달라서 지금도 많은 사람들이 김삿갓을 좋아
하여 모르는 사람이 없을 정도이다. 김삿갓의 한시 작품은 그의 발길
을 따라 흩어졌다. 그러다가 그가 죽은 지 70여 년이 지난 일제강점기

---

21 한편, 이유원이 이제현의 소악부를 따라 옛부터 전해 오는 노래 제목을 추적하여 7언
절구의 형식으로 지은 〈海東樂府〉 100수가 있다. 그렇지만 이것은 국문시가의 원전
작품을 한역한 것이 아니기 때문에 소악부가 아니다.

22 이가원, 『조선문학사』(하권), 태학사, 1997, 1498면.
김삿갓의 시에 대한 제가의 평가는 대체적으로 부정적이었다. 하정 여규형, 홍기문,
석전 이병주도 그런 선상에 있었다. (呂圭亨, 『荷亭集』 권1, 「論詩十首」.; 홍기문,
『조선문화사총설』, 정음사, 1947.; 이병주, 『한국한시의 이해』, 민음사, 1987, 210면.)

에 이응수가 수집하여 『김립시집』이라는 책명으로 1939년에 출판하였다. 이후로 개정과 증보를 거듭하여 오늘에 이르고 있다.[23] 지금도 김삿갓이 지었다는 한시가 이따금 발굴되고 있는데, 설령 작자명이 김삿갓으로 적시되어 있더라도 그것을 김병연이 지었다고 보장할 수는 없다. 후대 사람이 그의 이름을 가탁할 수도 있고 수록자가 김삿갓으로 확신하고 필사해 놓았더라도 아닐 수 있기 때문이다. 그렇지만 지금도 세태를 비꼬거나 언어유희가 두드러지는 새로운 한시 작품이 나오면 사람들은 김삿갓을 먼저 연상하게 된다.

한국한시사에서 김삿갓 이전에도 이중자의나 동음이의어의 한시 작품, 파자시가 없었던 것은 아니다. 그렇지만 그것은 어쩌다 눈에 띄는 일회성의 유희에 지나지 않았고, 대부분은 자신의 저작물에 그것을 수록하지 않았다. 그것을 한시 작품에 전면적으로 적용한 것은 김삿갓이 유일하지 않았나 싶다. 주지하다시피, 한시는 오랜 세월에 걸쳐 성립된 정형시로써 엄격한 형태와 형식을 지니고 있었다. 여기에는 음수와 압운, 평측과 댓구가 모두 포함된다. 그런데 김삿갓은 한시가 지닌 그런 전형성을 깨고 있었다는 사실이다.

허다한 운자 중에 하필이면 '멱'자요	許多韻字何呼覓
앞서 멱자도 어려웠는데 또 다시 멱자야	彼覓有難況此覓
하룻밤 잠자리가 멱자에 달려 있으니	一夜肅寢懸於覓
산골 훈장은 단지 멱자만 아는가보다.	山村訓長但知覓

제목을 잃어버린 이 시의 형식은 근체시 7언절구이다. 절구시는 1,
2, 4구나 2, 4구에 압운을 해야 한다. 그런데 이 시에서는 압운이고 뭐
고 할 것 없이 '멱(覓)'을 내리 네 번 사용하여 짓고 있다.[24] 같은 글자가
한편에 두 번 이상 중복되어서는 안 된다는 압운상의 규칙도 필요가
없다. 게다가 기구와 승구, 전구와 결구에서 대구도 쓰지 않고 있다.
형태만 7언 절구이지, 실제로는 형식이 해체되고 있다는 것을 알 수
있다. 이러한 김삿갓 한시의 해체적 성향은 다음 예로 드는 〈언문풍월
(諺文風月)〉에서처럼 한시도 아니고 국문시도 아닌, 새로운 시형을 실
험하고 있었다.

〈언문풍월(諺文風月)〉
푸른 소나무가 듬성듬성 섰고   靑松은듬성듬성立이요
인간은 여기저기 있네.   人間은여기저기有라
엇득빗득 다니는 나그네가   所謂엇뚝삣뚝客이
평생 쓰나 다나 술만 마시네.   平生쓰나다나酒라

〈봄을 시작하는 시회(開春詩會作)〉
데걱데걱 높은 산에 오르니   데각데각登高山하니
씨근벌떡 숨결이 흩어지네.   시근뻴뜩 息氣散이라
몽롱하게 취한 눈으로 굽어보니   醉眼朦朧굽어觀하니
울긋불긋 꽃들이 난만하네.   욹읏붉읏花爛漫이라

〈언문풍월〉은 언문을 넣어 풍월을 읊는다는 뜻으로 한시 형태가 우

---

24 김삿갓이 '難'자를 사용하여 지은 그와 비슷한 형태의 한시 작품도 보인다.("難之難
    之蜀道難, 世上難之大同難, 我年七歲失父母, 吾母青春寡婦難.")

스꽝스럽지만 삶의 고뇌와 스산한 분위기가 느껴진다. 이 시는 일정한 형태가 없는 것 같지만, '有'자와 '酒'자 운에 맞춰 지은 것으로 보인다. 게다가 '~은', '~이요', '~라'와 같은 토씨를 빼면 자수가 7언절구 형태인 '青松듬성듬성立/人間여기저기有/所謂엇뚝삣뚝客/平生쓰나다나酒/'가 된다. 〈개춘시회작(開春詩會作)〉도 마찬가지이다. '散'자, '觀'자, '漫'자 운에 맞춰 지은 것이다. '~하니', '~이라'라는 토씨만 빼면 〈언문풍월〉에서처럼 7언절구의 형태가 된다. 김삿갓은 이처럼 언문을 넣어 섞어지은 여러 편의 시들을 남겼다.

김삿갓은 한시의 형식과 형태만을 파괴한 것이 아니었다. 다른 한편으로 이중자의(二重字義)와 동음이의(同音異義)를 통해 한시가 지니고 있던 전통적인 미적 취향을 전복시키고 있었다.

〈길주명천(吉州明川)〉
길주 길주하더니 길하지 않는 고을   吉州吉州不吉州
허가 허가하지만 허가하는 것은 없네.   許可許可不許可
명천 명천하지만 사람은 밝지 못하고   明川明川人不明
어전 어전하지만 밥상에 고기는 없네.   漁佃漁佃食無漁

〈서당을 욕하다(辱說某書堂)〉
서당을 일찍부터 알고 와보니   書堂乃早知
방안에 모두 귀한 분들일세.   房中皆尊物
생도는 모두 열 명도 못되고   學生諸未十
선생은 와서 뵙지도 않네.   先生來不謁

위의 〈길주명천(吉州明川)〉은 김삿갓이 함경도 '길주(吉州)', '명천(明川)', '어전(漁佃)'이라는 지명과 성씨를 뜻하는 '허가(許可)'를 사용하여 지은 것이다. 그런데, 이들 어휘는 지명과 성씨만을 뜻하는 것이 아니라, 어휘의 자의적 의미를 뜻한다. 이를 이중자의(二重字義)라고 말한다. 길주는 지명이지만 부길주(不吉州)는 길하지 못하다라는 의미이고, 명천은 지명이지만 인부명(人不明)에서는 사람이 명석하지 못하다는 비아냥거림이 된다. 어전은 지명이지만 식무어(食無漁)는 밥상에 고기가 없다는 불평의 뜻이다. 김삿갓은 길주와 명천, 그리고 어전이라는 지명 어휘를 통해 함경도에서 받은 푸대접을 풍자하며 비아냥거린 것으로 여겨진다.

〈욕설모서당(辱說某書堂)〉은 사람들에게 널리 알려진 작품이다. 언뜻 보면 내용상으로 이상할 게 없다. 그런데 읽다가 뒤의 세 글자를 음독하면 '서당은 내조지/방안은 개좆물/생도는 제미씹/선생은 내불알'이라는 차마 입에 담지 못할 욕설이 되어버린다. 이 시에서는 동음이의(同音異義)를 활용하여 시적 효과를 극대화시킨 김삿갓의 해학과 기지가 돋보인다. 이들 작품은 일차적으로 이중자의와 동음이의어를 활용한 희작적 성격을 지니고 있지만, 한편으로 대상에 대한 야유와 풍자의 성격도 함께 지니고 있다.

한편, 김삿갓의 한시에 대한 실험은 그것에 머물지 않았고 파자나 글자 모양을 활용하여 대상을 희화화시키거나 풍자하기도 하였다.

〈파자시(破字詩)〉

신선은 山 사람이고 부처는 사람이 아니며	仙是山人佛不人
기러기는 강의 새이지만 닭이 어찌 새이리오.	鴻惟江鳥鷄奚鳥
얼음에서 한 점을 떼 내면 다시 물이 되고,	氷消一點還爲水
나무 두 그루 마주서니 곧 숲을 이루도다.	兩木相對便成林

〈윤가촌을 욕하다(辱尹哥村)〉

동림산 아래에 봄풀이 푸른데	東林山下春草綠
큰 소 작은 소가 긴 꼬리를 흔드네.	大丑小丑揮長尾
오월 단오에는 근심으로 지나갔지만	五月端陽愁涅過
팔월 추석은 어찌 넘길지 두렵구나.	八月秋夕亦可畏

예로부터 글자를 파자하여 정치적 징후를 암시하거나 사회 현실을 풍자하는 경우가 많았다. 그것은 도참사상이나 정치적 담론을 비롯하여 여러 방면에 걸쳐서 두루 활용되었다. 이것이 노래로 유포되면 참요 (讖謠)라고 하는데,[25] 신라의 멸망과 고려의 건국을 예언한 〈계림요(鷄林謠)〉나 고려의 멸망과 조선의 건국을 암시했다는 〈목자요(木子謠)〉 등이 그것에 해당한다.

김삿갓도 글자를 파자하여 지은 시들이 있다. 그런데 김삿갓의 그것은 글자를 파자하여 정치적 징후를 예건하는 참요와는 성격이 다르다. 참요가 예언시라면 김삿갓의 한시는 언어의 희화화이거나 풍자적 성격이 강하다. 위의 〈파자시(破字詩)〉에서는 '선(仙)', '불(佛)', '홍(鴻)' '계(鷄)', '빙(氷)', '목(木)'을 파자하거나 더하여 시로 형상화하고 있다. 그래서 파자하여 '선'은 산인(山人), '불'은 불인(弗人), '홍'은 강조(江鳥), '계'는 해조(奚鳥), '빙'에서 일점(一點)을 빼서 수(水)가 되고, 반대로 '목'과 '목'을 더하여 임(林)이 되고 있다. 김삿갓은 파자를 통해 해학적인 언어유희를 즐기고 있었다.

반면에, 〈욕윤가촌(辱尹哥村)〉는 윤씨들을 희롱하며 야유한 작품으

---

25 심경호, 『참요, 시대의 징후를 노래하다』, 한얼미디어, 2012, 593~631면.

로 여겨진다. 김삿갓은 함경도 단천동림에 모여 사는 윤씨들이 마음에 들지 않았는지, 그들을 꼬리를 흔드는 '소(丑)'로 빗대고 있다. '소'에 긴 꼬리를 달아주면 '윤(尹)'자가 되기 때문이다. 3구에서 '수리(愁理)'는 음독하면 단오를 뜻하는 '수리'가 된다. 4구의 '가외(可畏)'도 두렵다는 뜻이지만 추석이라는 '한가위'를 뜻하기도 한다. 〈욕윤가촌〉는 파자와 동음이의어의 활용을 통해 시적 흥미를 높이면서 함경도 단천군 동림에 사는 윤씨들을 야유하고 비아냥거린 내용이다.

이상에서처럼 김삿갓은 한시에서 지켜야 할 규칙을 아예 무시하거나 언문이나 파자를 사용하여 한시 양식을 실험하고 있었다. 게다가 한자와 우리말을 교묘히 활용한 동음이의어나 이중자의의 수법은 기존의 한시가 지녔던 미적 전형성을 무너뜨리고 해학적이거나 풍자적인 시적 효과를 극대화시키고 있었다. 이러한 시적 경향에 대해 후대 논자들은 김삿갓을 불량한 시인으로 폄하를 마다하지 않았다. 물론, 김삿갓이 한국한시사에서 독특하고 이단적인 존재임에는 틀림없다. 그렇지만 다른 측면으로 보자면, 김삿갓은 그동안 조선 시단을 지배해 온 한시문학의 보편적 흐름을 벗어나서 그만의 독창적인 창작 수법으로 한국적 한시문학을 추구한 것으로 평가된다.

4. 맺음말: 문학사적 의의와 함께

이 논문은 중국에서 시작된 한문시가가 한국에 들어와서 양식적 변모 과정을 거치면서 어떻게 주체화되고 있는지 살펴보고자 하였다. 이를 위해 중국과 한국의 한문시가 양식을 비교해보고, 한국에서의 주체적 변용 사례를 중심으로 탐색하였다.

중국에서의 문예 양식은 문체론이라는 이름으로 논의되었고, 시가 양식도 문체의 분류 체계에서 통합적으로 이뤄졌다. 중국에서의 문체 분류에 대한 논의는 수천 년에 걸쳐서 다양하게 전개되었다. 그리고 그것은 후대로 내려올수록 새로운 양식이 더해지면서 문체 분류의 체계화 과정이 이뤄지고 있었다.

한국에서의 대표적인 문체 분류 저작물은 조선전기에 간행된 『동문선(東文選)』을 꼽았는데, 대체적으로 중국 체재의 연장선상에 있었다. 그것에 대한 한국에서의 독자적 입론은 근대 한문학자 이가원의 문체 분류를 꼽았다. 그는 한문 문체를 모두 14류로 구분하고, 그 중 시가류를 39자목으로 세분화하였다. 그런데 여기에서 기존의 분류 체계에서 볼 수 없었던 '동시(東詩)' 양식의 편입이었다.

한국 한문시가 양식의 주체적 변용과 관련하여 한국한문학은 한문에 의지하여 중국의 문예 양식에 의지하고 있었지만 내용적으로 우리 민족의 삶을 주체적으로 담으려고 노력해온 것으로 파악하였다. 그것은 문학 세계에만 국한되는 것이 아니라, 다른 측면으로 중국의 시가 양식에서 벗어나 한국 한문시가의 새로운 문예 양식을 창출하면서 주체화하고 있는 사례를 찾을 수 있었다. 본고에서는 한국 한문시가의 주체적 변용 사례로 '한국의 과체시', '〈번사〉나 〈소악부〉와 같은 한국형 한문시가의 양식', 그리고 '김삿갓의 한시 해체와 파격시'를 꼽았다.

첫째, 고려조와 조선조에 관리를 뽑기 위해 만들어진 과체시를 독자적인 한국형 한문시가의 하나로 보았다. 과체시는 중국에 없는 한국에만 있는 시가 양식이었다. 게다가 한국의 과체시는 후대로 내려오면서 공령의 성격을 벗어나 그것의 제한된 형식 범위 안에서 내용을 더욱 창의적으로 창작하여 상당한 문학적 성취를 이루고 있었기 때문이다.

둘째, 국문시가를 한역하는 과정에 중국에 없는 한국형 한문시가의 양식을 창출해냈다. 그것은 조선후기에 시조나 가사의 한역 양식인 '번사(飜辭)'가 그렇고, 속요나 시조처럼 당대의 노래를 7언절구의 한시로 한역한 '소악부'를 그런 사례로 꼽았다. 그리고 이들 번사와 소악부는 단순한 번역이 아니라, 한역자의 관점과 문예 의식에 따라 하나의 새로운 한문시가 양식으로 자리를 잡았다.

셋째, 조선후기 김삿갓의 한시 해체와 그가 창출한 파격시도 한국 한문시가의 주체적 변용의 한 사례로 꼽았다. 그는 한시에서 지켜야할 규칙을 무시하거나 언문이나 파자를 사용하여 한시를 실험하였다. 게다가 한자와 우리말을 교묘히 활용한 동음이의어나 이중자의의 수법은 기존의 한시가 지녔던 미적 전형성을 무너뜨리며 시적 효과를 극대화시키고 있었다. 이것은 그동안 조선 시단을 지배해온 한시문학의 보편적 흐름을 벗어나서 김삿갓만의 독창적인 창작 수법으로 새로운 한국적 한시문학을 추구한 것으로 여겨진다.

〈수조가두〉의 성립 과정과 한국 전승의 맥락

1. 머리말

다산 정약용이 강진에서 유배 생활을 하면서 가르쳤던 제자 중에 치원(后園) 황상(黃裳, 1788~1870)이라는 사람이 있었다. 황상은 스승인 다산의 가르침을 받들어 일생을 두고 시 짓기에 몰두하여 뛰어난 시인으로 성장하였다. 훗날 그는 강진에서 천리 길을 마다않고 남한강가의 마재에 있는 다산가를 다섯 차례나 방문하였다. 4차 상경 시기인 1854년 봄에 황상은 다산의 큰 아들인 유산 정학연의 안내로 과천에 살고 있던 추사 김정희를 방문한 적이 있었다. 황상이 과천을 떠나올 때, 추사는 그에게 〈수조가두(水調歌頭)〉를 지어주었다. 황상은 그것을 세상에서 좀처럼 있지 않는 깜짝 놀랄 일로 감격하여 강진에 돌아와서 〈완당공의 수조가두를 읊으며(詠阮公水調歌頭)〉를 지었다.[1] 당시 추사가 지어준 〈수조가두〉에 대해 황상이 그렇게 놀랐던 것은 그것이 지닌 문학적 상징성 때문이었다.[2]

---

1 黃裳, 『后園遺稿』 卷4, 〈詠阮公水調歌頭〉.
2 이와 관련된 내용에 대해서는 다음 논문을 참고하기 바람. (구사회·김규선, 「黃裳의 秋史家와의 교류와 시적 형상화」, 『동양고전연구』 59집, 동양고전학회, 2015, 157~181면.)

〈수조가두〉는 중국 사패(詞牌)의 일종이다. 본래 수양제가 황하와 회하를 연결한 운하를 개통할 때에 〈수조가〉를 지었다. 당나라 때에는 대곡(大曲)으로 연주되었고 가두(歌頭)가 그것의 일부였다. 소동파는 희녕(熙寧) 9년(1076)에 아우 소철(蘇轍)을 몹시 그리워하면서 〈수조가두(水調歌頭), 명월기시유(明月幾時有)〉를 지은 적이 있었다. 이 노래는 소동파가 타향에서 자신의 심정을 자연과 더불어 나누면서 멀리 떨어진 아우 소철을 그리워하며 지은 것이다. 추사가 돌아가는 황상에게 〈수조가두〉를 지어주었다는 것은 소동파가 아우 소철을 그리워하는 것처럼 황상에 대한 추사의 마음이 잘 드러났기 때문이다.

〈수조가두〉는 곡조 명칭의 하나였고, 역대 문인들이 그것에 노랫말을 붙였다. 〈수조가두〉라는 명칭에 별도의 부제가 붙은 것이 그런 까닭이다. 소동파도 〈수조가두〉에 부제를 붙인 사(詞) 작품(作品) 4편을 남겼다. 중국에서 〈수조가두〉는 근대 시기까지 지속적으로 창작되었다. 예로써 모택동도 1956년 6월에 〈수조가두, 유영(游泳)〉을, 1965년 5월에는 〈수조가두, 중상정강산(重上井崗山)〉을 남겼다. 이러한 〈수조가두〉는 한국에도 전해져서 이미 고려조에 익재 이제현이 〈수조가두, 과대산관(過大散關)〉과 〈수조가두, 망화산(望華山)〉를 남겼다. 조선 초기에는 점필재 김종직의 〈수조가두, 희우(喜雨)〉가, 조선 중기인 선조조에는 고청(孤靑) 서기(徐起, 1523~1591)의 〈고청음(孤靑吟), 수조가두〉가 있었다. 조선 말기 1900년 봄에는 운양 김윤식이 제주에서 유배생활을 하면서 〈수조가두〉를 남겼다. 이외에도 한국에서는 많은 〈수조가두〉 작품이 지어졌다.

이 논문에서는 먼저 사패의 하나였던 〈수조가두〉가 어떻게 성립되어 중국과 한국에서의 전승 과정을 알아본다. 이어서 그것이 한국으로

유입되어 창작 전승된 맥락과 함께 그것의 문예적 특징을 살펴보고자
한다.

2. 〈수조가두〉의 성립 과정과 중국의 후대 전승

2.1. 성립 과정

시(詩)와 사(詞)는 시가 양식의 일종이다. 시는 악곡보다는 주로 읊
기 위해, 사는 읊기보다는 악곡에 얹어 부르기 위해서 지어졌다. 시는
그것에 맞춘 악곡이 뒤따르고, 사는 악곡에 맞춰 짓다보니 전사(塡詞)
라고도 한다. 자연히 시보다는 사가 음악과 밀접한 관계를 맺고 있다.
시는 역사가 길어 이미 기원전 6세기경부터 있었고, 사는 중당 시기에
모습을 드러내어 오대십국을 거쳐 송대에 이르러서 크게 성흥하였다.
물론 사의 형성 과정을 살펴보면, 한대의 청상악(淸商樂)이나 위진남북
조를 거쳐 수대에 성흥한 연악(燕樂)의 영향이 없지 않았다.

사는 시와 달리, 악곡에 의존할 수밖에 없어서 하나의 악곡에 수많은
사가 지어졌다. 하나의 곡조명에 이름을 같이하는 사 작품이 많은 것은
모두 이 때문이다. 청나라 강희 연간에 정리된 『흠정사보』에는 무려
826조에 2306체가 수록되어 있다. 예로써 소동파의 〈수조가두(水調歌
頭) – 쾌재정작(快哉亭作)〉에서 그의 〈수조가두〉는 826악곡의 하나에
해당하고, 〈쾌재정작〉이 2,306편에 포함된다는 말이다.

역사적으로 시와 악은 밀접한 관계를 맺고 있었다. 『시경』의 국풍이
나 아송은 모두 노래였다. 그러나 주나라가 멸망하고 아송이 시들면서
시와 악이 분리되었고 초사란 새로운 문학이 생겨났고, 부의 발달에

이르러서는 완전히 불가이송으로 음악이 제거되었다. 여기에 악부가 등장하여 음악으로 연주되었다. 악부는 시경의 정신을 이어받았다고 말할 수 있지만 후대에 다시 음악이 탈락하고 시로 존재하게 되었다. 당에 이르러서 악부는 가곡의 기능을 대부분 상실하였고 압운이나 운율이 자유로운 시로 남게 되었다. 다만 일부 시가가 여전히 음악으로 가창되었는데, 그것이 시와 구별되어 사(詞)라는 양식으로 자리를 잡았다.

여기에서 사는 시와 분리되어 노래 곡조에 맞춰서 전사되었고 사패의 격식을 좇아 압운, 평측, 대구, 자수 등이 갖춰졌다. 그렇지만 사도 원·명·청을 지나면서 악조가 없어져 버리고 기존 사체에 의거하여 의작되는 시체(詩體)의 하나로 변해버렸다. 이 말은 826체 원작의 사체만 따르고 내용이 전혀 다른 것으로 바뀌었다는 것을 의미한다. 그래서 작자가 사를 지으면서 사체를 표시하고 내용에 따라 제목을 다시 덧붙였던 것이다. 예로써 육유가 지었던 〈수조가두 – 다경루(多景樓)〉에서 '수조가두'가 사체(詞體)이고 '다경루'가 제목이 된다. 근대시기 모택동이 지은 〈수조가두, 유영(游泳)〉과 〈수조가두, 중상정강산(重上井崗山)〉에서도 사체는 '수조가두'이고 제목이 '유영'과 '중상정강산'인 셈이다.

사의 황금시대는 송대(宋代)였다. 사 작품이 싹수를 보인 것은 남북조(439~589) 시대였지만 독자적인 형식을 갖추게 된 것은 수(隋)를 지나서 당대의 중엽과 말엽이었다. 송대에는 천자로부터 악공과 기녀에 이르기까지 사를 짓지 못하는 사람이 없었을 정도였다고 한다. 이와 같은 송대의 사는 시대에 따라 특성이 달라지는데, 크게 북송과 남송으로 구분한다.[3] 이중에서 사의 성립과 발전의 측면에서 볼 때에 소동파가

---

3 북송은 네 개의 시기로 구분된다. 제1기가 小詞 시기, 제2기가 慢詞 시기, 제3기가

활동했던 북송 시기는 중요한 의미를 지닌다. 왜냐하면 소동파는 독특한 사의 경지를 창조하였는데, 이 점에 대해 오웅화(吳熊和)는 사에 대한 소식의 성과를 '①사의 품격을 높였다. ②사의 경계를 확대하였다. ③사풍(詞風)을 바꾸었다. ④사율(詞律)을 추진하였다.'라고 보았기 때문이다.[4] 〈수조가두〉는 일명 〈원회곡(元會曲)〉, 〈개가(凱歌)〉, 〈대성유(臺城游)〉, 〈강남호(江南好)〉, 〈화범염노(花犯念奴)〉, 〈수조가(水調歌)〉라고도 한다. 형태는 쌍조(雙調) 95자이고 上片九句四平韻、下片十句四平韻을 사용한다. 〈수조가두〉는 본래 수나라 양제 때에 출현하였다고 하지만 본격적인 발흥이 북송의 소동파에서 시작되었다. 물론 『전당시』에 「잡곡가사(雜曲歌辭)」란 편명으로 왕건(王建)의 〈수조가〉 5편이 남아 있지만,[5] 그것은 오늘날 전하는 쌍조 95자가 아니라 7언체이다. 〈수조가두〉는 아래에 제시하는 소동파의 〈중추(中秋)〉를 정격으로 보고 있다.[6]

〈수조가두(水調歌頭)〉
- 병진년(1076) 추석에   - 丙辰中秋,
새벽까지 즐겁게 술을 마시고 크게 취하여   歡飮達旦, 大醉,
이것을 짓고 아울러 자유를 그리워하다. -   作此篇, 兼懷子由. -

시인의 사시기, 제4기가 樂府詞의 시기였다. 남송은 전기와 후기로 나뉜다. 전기에는 白話詞가, 후기에는 樂府詞가 성흥하였다. (胡雲翼 저, 張基槿 역, 『중국문학사』, 대한교과서주식회사, 1983, 229~266면.)

4   吳熊和(李鴻鎭 譯), 『唐宋詞通論』, 계명대학교 출판부, 1991, 334~359면.

5   『全唐詩』 27卷, 「雜曲歌辭·水調歌」(第1~5).

6   소동파의 사작품은 가장 최근에 간행된 추왕본을 기준으로 모두 350수이며, 그 중에서 〈水調歌頭〉는 모두 4편이다. (류종목, 「소식사에 대하여」, 『소동파사』, 서울대학교 출판문화원, 2010, 903~926면.)

밝은 달은 언제부터 떠있었는지	明月幾時有
술잔 들고 푸른 하늘에 물어본다.	把酒問靑天
모르겠노라. 천상 궁궐에서도	不知天上宮闕
오늘 밤이 어느 해쯤 되었는지.	今夕是何年
나는 바람 타고 돌아가고 싶지만	我欲乘風歸去
두려운 건 옥으로 만든 월궁에선	又恐瓊樓玉宇
너무 높아 추위를 견디지 못하리라.	高處不勝寒
일어나 춤추며 달그림자를 희롱하니	起舞弄淸影
어찌 인간 세상에 이런 곳이 있으리.	何似在人間
달빛은 붉은 누각을 돌아	轉朱閣
비단 창가 드리우니	低綺戶
잠 못 드는 사람을 비춘다.	照無眠
달은 한을 품을 리 없는데	不應有恨
어이하여 헤어져 있을 때만 둥근가.	何事長向別時圓
인간에겐 슬픔과 기쁨, 헤어짐과 만남이 있고	人有悲歡離合
달은 흐렸다 개고 찼다가 이지러지니	月有陰晴圓缺
이런 일은 예로부터 온전키 어려운 것이리.	此事古難全
다만 바라는 건, 우리 오래오래 살아서	但願人長久
천 리 밖에서라도 고운 달을 함께 보았으면.	千里共嬋娟

이것은 송(宋) 신종(神宗) 희녕(熙寧) 9년(1076) 추석에 소동파가 밀주 지주(密州知州)로 있으면서 자신의 심정을 자연과 더불어 나누면서 멀리 떨어진 아우인 소철(蘇轍)을 생각하며 지었다. 소동파는 그에 앞서 1071년에 왕안석과 대립하다가 항주통판(杭州通判)을 거쳐 밀주지주로 전근되어 지방 관리로 있었다. 그는 아꼈던 아우 소철을 오랜 동안 만나지 못한 상태에서 〈수조가두〉를 지어 아우를 그리워하였다고 밝히

고 있다. 한편, 위에서 보이는 '경루옥우(瓊樓玉宇)'란 어휘는 신화 속에
나오는 월궁 속의 누각으로 임금이 있는 대궐을 비유되기도 한다. 그
래서 조선시대에는 이 작품을 소동파가 신종을 그리워하는 연군지사
로 보기도 하였다. 한편, 소철도 희녕 10년(1077)에 7년 만에 형인 소동
파를 만나 〈수조가두, 서주중추(徐州中秋)〉를 지었다.

〈수조가두〉의 기원은 수양제가 황하와 회하를 연결한 운하 변하를
개통하면서 지은 〈수조가〉에서 비롯되었다. 그것은 당 시기에 이르러
대곡으로 연주되었는데, 이 때 산서와 중서, 그리고 입파로 이뤄진 대
곡에서 중서의 첫 장이 가두(歌頭)였고, 훗날 소동파가 그것에 노랫말
을 붙인 것이 〈수조가두, 명월기시유(明月幾時有)〉로, 일명 〈중추(中
秋)〉로 불려진다. 소동파의 그것은 전후 쌍조로 95자 내외로 이뤄졌고
전편과 후편에 각각 네 개의 평운을 사용하였다. 이것은 〈수조가두〉의
전형이 되었고, 후대에 전후 쌍조 중에서 2개의 6자구에 측운을 사용
하는 이체도 나타났다.

2.2. 후대 전승

〈수조가두〉는 송(宋) 신종(神宗) 희녕(熙寧) 9년(1076)에 소동파의 〈수
조가두, 명월기시유(明月幾時有)〉가 지어진 이래로 북송과 남송 시대에
많이 지어졌다. 〈수조가두〉는 북송의 황정견(黃庭堅), 미불(米芾), 하주
주(賀鑄鑄)를 비롯하여 남송의 육유(陸游, 1125~1210)와 주희(朱熹, 1130~
1200), 그리고 신기질(辛棄疾, 1140~1207)도 여러 편을 남겼다. 이후로
〈수조가두〉는 명청 시기에도 꾸준히 지어졌고 근대시기에 이르러 모택
동도 〈수조가두〉 2편을 남겼다. 소동파 이래로 나온 〈수조가두〉의 역

대 작자를 목록화하면 아래와 같다.

가. 宋代 (작자 215명, 작품 727편. 출전:『全宋詞』)

蘇軾(4편), 黃庭堅(2), 晁元禮(1), 米芾(1), 賀鑄(2), 陳□(1), 毛滂(3), 葛勝仲(3), 張繼先(1), 葉夢得(8), 李光(5), 劉一止(2), 朱敦儒(6), 周紫芝(4), 張元幹(14), 李綱(6), 趙鼎(1), 向子諲(4), 蔡伸(3), 王灼(1), 李彌遜(6), 王以寧(2), 呂渭老(11), 王之道(6), 楊無咎(4), 曹勛(1), 仲並(2), 曾覿(3), 倪偁(2), 葛立方(1), 曾協(2), 毛幹(5), 韓元吉(7), 侯寘(4), 趙彦端(3), 王千秋(5). (이상 卷1). 李呂(1), 李流謙(1), 袁去華(7), 程大昌(4), 曹冠(3), 姚述堯(4), 管鑒(7), 陸遊(1), 範成大(3), 趙□老(1), 王質(8), 沈瀛(3), 楊萬裏(1), 張孝祥(16), 李處全(9), 丘崈(5), 趙長卿(4), 廖行之(7), 京鏜(10), 王炎(4), 楊冠卿(2), 辛棄疾(40), 趙善括(7), 陳三聘(2), 石孝友(6), 韓玉(4), 趙師俠(8), 陳亮(4), 楊炎正(7), 張□(2), 劉過(2), 盧炳(4), 姜夔(1), 汪莘(9), 韓淲(7), 汪□卓(1), 程□必(5), 徐鹿卿(4), 魏了翁(39), 劉學箕(1), 洪咨夔(2), 黃機(2), 葛長庚(22), 劉克莊(10), 馮取洽(2), 吳淵(1), 李好古(1), 李曾伯(35), 夏元鼎(13), 吳潛(22), 方嶽(9), 李公昴(4), 吳文英(1), 衛宗武(1), 家鉉翁(1), 陳著(2), 王義山(2), 牟巘(2), 劉辰翁(24), 王奕(3), 趙必象(1), 黎廷瑞(1).

(이상 卷2). 陳德武(5), 張炎(1), 劉將孫(1), 呂頤浩(1), 胡寅(1). (이상 卷3). 何大圭(1), 吳芾(1), 關註(1), 王識(1), 鄭庶(1). (이상 卷4). 劉潛(1), 尹洙(1), 蘇舜欽(1), 曾布(1), 蘇轍(1). (이상 卷5). 黃格(1), 劉之翰(1), 劉望之(1), 向滈(1), 葛郯(3), 甄龍友(1), 陳居仁(1), 李泳(1), 朱熹(5), 張□式(1), 崔敦禮(1), 陳造(1), 邵懷英(1), 羅願(1), 舒邦佐(1). (이상 卷6). 傅大詢(1), 吳鎰(2), 吳鎰(2), 林淳(4), 張顧(1), 蔡戡(1), 劉光祖(1), 馬子嚴(1), 李謹(1), 劉襄(1), 崔與之(1), 張祥(1), 張祥(1), 李廷忠(1), 易祓(1), 章斯才(2), 俞國寶(1), 徐沖淵(1), 程準(1), 彭叔夏(1), 戴復古(2), 陳楠(1), 李劉(2). (이상 卷7). 程公許(1), 包恢(1), 岳甫(1), 王邁(1), 徐經孫(1), 吳千能(1), 葉路鈐(1), 嚴仁(1), 劉克壯(2), 劉克遜(2), 劉

淸夫(1), 哀長吉(1), 戴翼(2). (이상 卷8). 江萬裏(1), 祖吳(1), 魏庭玉(1), 虞□(1), 章謙亨(1), 曾宏正(1), 利登(2). (이상 卷9). 吳叔虎(1), 張伯壽(1), 馬伯升(2), 侯□(1), 衛時敏(1), 徐明仲(2), 甄良友(1), 鄭元秀(1), 邵元實(1), 王□高(2), 王□高(2), 華嶽(2), 趙希蓬(1), 程伯春(1), 朱子厚(1), 劉仲訥(1), 蔣思恭(2). (이상 卷10). 沈元實(1), 黃庭佐(1), 姚勉(2), 姚勉(2), 譚方平(1), 馬遷鸞(2), 鄭雪巖(1), 榮樵仲(1). (이상 卷11).

翁溪園(1), 汪宗臣(1), 胡幼黃(1), 孫銳(1), 梅坡(1). (이상 卷12). 鐘辰翁(1), 石麟(2), 程節齊(1), 魏順之(1), 陳惟哲(1), 梁大年(1). (이상 卷13). 翠微翁(1), 曹遇(1), 白君瑞(1), 賈應(1), 劉鸁(1), 曾中思(1), 黃子功(1), 張嗣初(1), 沈明叔(1), 萬某(2), 覃懷高(1), 巴州守(1). (이상 卷14). 기타(29). (이상 「補輯」篇.)

나. 金·元 時代 (작자20명, 작품 84편. 출전: 『全金元詞』)

白樸(17), 白雲山翁(1), 蔡松年(10), 曹伯啓(3), 陳櫟(3), 段成己(1), 段克己(3), 顧阿瑛(1), 洪希文(1), 胡炳文(1), 胡祗遹(4), 姬翼(5), 李道純(11), 李齊賢(2), 李庭(2), 李孝光(7), 廉希憲(1), 廉希憲(1), 林轅(6), 劉敏中(3), 劉因(1).

다. 明代 (작자 47명, 작품 57편. 출전: 『全明詞』)

楊廉(1), 邵寶(1), 趙珏(1), 陳霆(3), 許讚(1), 郭維藩(1), 張壁(1), 王激(2), 劉節(2), 鐘芳(1), 張邦奇(1), 方獻夫(1), 霍韜(1), 張綖(1), 童承敍(1), 吳子孝(1), 費懋賢(1), 姜恩(1), 龔用卿(1), 楊育秀(1), 陳德文(1), 許穀(2), 郭廷序(3), 尹耕(1), 劉雲漢(1), 王圻(1), 畢木(2), 焦竑(1), 沈璟(1), 龍膺(1), 顧起元(1), 唐世濟(1), 陶奭齡(1), 俞彥(2), 朱之臣(1), 張廷玉(1), 李孟蓮(1), 陶汝鼐(1), 歸起先(1), 薛敬孟(1), 吳時行(1), 顧氏(1), 鄒枚(2), 林時躍(1), 翁吉柵(1), 嚴振(1), 陣昌言(1).

라. 淸代 (작자 195명, 작품 261편. 출전: 『全淸詞』)

王廷(3편), 陳世祥(2편), 王翊(이하 각 1편), 徐士俊, 徐籀, 來鎔, 彭而述, 吳偉業.(이상 권1). 余懷(3편), 李漁(이하 각 1편), 杜濬, 宮偉鏐, 高珩, 周茂源, 曹溶, 宋琬, 金堡, 陸瑤林.(이상 권2). 曹爾堪, 陸求可, 王夫之(이상 각2편), 尤侗, 陳見鑨, 張綱孫, 吳綺, 趙維烈, 徐旭旦(이상 각 1편, 권3.) 梁淸標(2편), 郭士璟(이하 각 1편), 毛先舒, 諸匡鼎, 宋徽壁, 李標, 錢廷枚, 沈熊, 沈湛, 許朝聘, 淩如恒, 袁揆燮, 黎景義.(이상 권3). 鄒祇謨(2편), 魏學渠(이하 각 1편), 邵錫榮, 馮雲驤, 蔣玉立, 張洲懿, 黃永, 田茂遇, 任繩隗, 趙鑰, 徐喈鳳.(이상 권5). 董漢策(4), 金鎭(이하 각 1편), 丁澎, 董元愷, 趙子瞻, 潘睿隆, 徐倬, 顧諟, 王倩, 楊在浦, 毛奇齡.(이상 권6). 顧眞立(3편), 潘高(이하 각 1편), 陳維崧, 韓純玉.(이상 권7). 陸進(3편), 佟世南(2편), 兪士彪(이하 각 1편), 沈豐垣, 何采, 王士祿, 仲恒.(이상 권8). 安致遠(이하 각 1편), 趙吉士, 董以寧, 朱彝尊, 魏憲, 朱萬錦, 陳維嵋, 徐森.(이상 권9). 陸棻(2편), 萬樹(이하 각 1편), 方炳, 周金然, 彭孫適, 宋俊, 董兪, 彭桂, 龔騰玉.(이상 권10). 毛際可(10편), 丁褘(2편), 吳棠楨(이하 1편), 吳興祚, 賀國璘, 賀巽, 荊揗, 曹眞吉, 曹霂, 宋犖, 陳維岳, 李良年, 陶孚尹.(이상 권11). 周斯盛(7편), 曹亮武(5편), 先著(3편), 徐釚(이하 1편), 葉奕苞, 陸次雲, 韓銓, 江闓, 陳維岱, 秦松齡, 吳唐, 顧眞觀, 顧衡.(이상 권12). 錢芳標(3편), 李符(2편), 黃坦(이하 1편), 黃垍, 何鼎, 汪懋麟, 王度.(이상 권13). 周在浚, 徐吳昇, 傅爕詷(이상 2편) 蒲松齡(이하 1편), 薛斑, 石洢, 葉潘, 孫致彌, 鄭容, 徐寶.(이상 권14). 尤珍(이하 각1편), 董儒龍, 陸楣, 許尙質, 蔣景祁, 金人望, 林麟焻, 張潮, 周稚廉, 顧彩.(이상 권15). 沈岸登(이하 각 1편), 余光狄, 汪森, 李興祖, 葛筠, 鄭熙績, 毛淑, 陸令貽, 兪公穀, 周在建, 張純修, 姚士陛.(이상 권16). 汪灝(6편), 蔣光祖(5편), 宮鴻曆(4편), 曹寅(4편), 張梁(2편), 沈鉽(이하 각 1편), 徐瑤, 路傳經, 吳垪, 許嗣隆, 林企忠.(이상 권17). 陳聶恒(2편), 吳啓元(이하 각 1편), 吳潔, 張榮, 陳汝楫, 陳仲永, 顧舜年, 段昕, 談九敍, 孫在中, 汪文栢. (이상 권18). 柯煜(3편), 朱經(이하 각 1편), 蔣觀光, 王用說,

盛楓, 盛禾, 趙執信, 傳世㘴, 陳鵬年, 程庭, 華侗, 杜詔, 王惠.(이상 권 19). 陸震(이하 각 1편), 鄭天嘉, 沈時棟, 韓雲, 王崇炳.(이상 권20).

이상에서 제시한 것은 『(경인) 문연각(文淵閣) 사고전서(四庫全書)』에 수록된 송대(宋代)로부터 금(金)·원조(元朝)를 거쳐서 명(明)·청조(淸朝)에 이르는 〈수조가두〉의 역대 작자와 작품수를 집계한 것이다. 송대에는 215명의 작자가 727편을, 금과 원대에는 20명의 작자가 84편의 〈수조가두〉를 남겼다. 명대에는 47명의 작자가 57편을, 청대에는 195명의 작자가 261편의 〈수조가두〉를 남겼다. 따라서 역대 〈수조가두〉는 477명의 작자가 1129편을 지은 것으로 집계된다. 이외에도 사고전서에 수록되지 않은 〈수조가두〉를 감안하면 〈수조가두〉의 작품은 더욱 늘어날 것이다.

분석해보면 〈수조가두〉는 사의 전성기였던 송대에 많이 지어졌고, 그 중에서도 남송시대에 많이 나왔다. 금과 원대에는 산곡이 유행하며 상대적으로 사가 쇠퇴하였고, 자연히 〈수조가두〉의 작자와 작품이 급감하였다. 그렇지만 명대를 지나고 청대에 이르러 사가 부흥하였는데, 〈수조가두〉도 그것과 맥락을 함께 하였다. 청대에 지어진 〈수조가두〉의 작자가 195명이고 작품수가 261편인 것도 하나의 방증이다.

오늘날 전하는 〈수조가두〉는 소동파의 〈중추〉를 전범으로 삼고 있다. 〈수조가두〉의 형태는 쌍조 95자 내외이고, 상편 9구4평운 하편 10구 4평운을 정격으로 삼고 있다고 앞서 언급하였다. 이러한 〈수조가두〉는 소동파 이래 역대 작가들은 다양한 내용을 담았다. 그렇지만 〈수조가두〉는 아우를 그리워하는 소동파의 〈중추〉가 전승 과정에서 각인되었다. 이어서 도학적 내용을 담고 있는 주희의 〈수조가두〉와 애국적 투쟁 내용을 담고 있는 육유의 〈수조가두〉가 조선 말기에 주목받았다. 근대시기에는 장정(長征) 중에 지어진 모택동의 〈수조가두〉 2편이 각광을 받았다.

3. 〈수조가두〉와 한국 전승의 맥락

3.1. 전승 내역

중국에서의 사(詞) 양식이 중당(中唐) 시기(766~820)에 자리를 잡고 본격적으로 창작된 것과 달리, 한국의 사문학은 고려후기를 지나서야 모습을 보이고 있다. 한국에서는 이규보(1168~1241)의 사 작품 6조11편을 가장 앞선 기록으로 꼽는데, 『동국이상국집』에는 '사(詞)'나 '사조(詞調)'가 아니라 '고율시'로 분류되어 있다.[7] 이것은 시와 사가 분명히 다름에도 불구하고 구분되지 않았다가 이제현(1287~1367)에 이르러서 비로소 사의 별칭인 '장단구'로 분류되었다. 이제현은 한시만이 아니라 사에 있어서 독보적인 존재였다.[8] 『익재난고』에는 그의 사 작품 15조 53편이 수록되어 있다. 그는 원나라 지배기에 고려 충선왕(재위 기간, 1310~1313)이 세운 만권당에 체류하였다. 이들 시제를 살펴보면, 이제현은 중국을 오가면서 사를 지었던 것으로 짐작된다. 여기에 〈수조가두〉라는 악곡에 붙인 〈과대산관(過大散關)〉과 〈망화산(望華山)〉이 보인다.

이처럼 한국의 〈수조가두〉는 고려후기 이제현의 〈과대산관〉과 〈망

화산〉에서 첫 모습을 찾을 수 있다. 하지만 한국의 〈수조가두〉는 다음 일람표에서 볼 수 있듯이 조선조에 들어와서 본격적으로 창작되었다.

번호	작자명	작품명	출전	비고
1	李齊賢	水調歌頭 – 過大散關	益齋亂稿 卷10	장단구
2	李齊賢	水調歌頭 – 望華山	益齋亂稿 卷10	장단구
3	金宗直	水調歌頭 – 喜雨	佔畢齋集 卷7	장단구
4	鄭士龍	效水調歌頭, 呈松岡	湖陰雜稿 卷5	잡기일록
5	盧景任	次晦菴詞, 贈金士悅	敬菴集 卷1	장단구
6	李衡祥	望採藥山, 水調歌頭, 次望華山	瓶窩集 卷3	악부
7	李衡祥	食無魚, 效水調歌頭	瓶窩集 卷3	악부
8	李滿敷	水調歌頭 –賦商山寄瓶窩令公	息山集 卷2	시
9	李瀷	寄洪古阜敍一相朝, 次東坡水調歌頭	星湖全集 卷5	시
10	徐起	孤靑吟, 水調歌頭	海東樂府星湖全集 卷8,	악부
11	南有容	用白雪樓分韻 余得樓字	雷淵集 卷8	雜詩, 詞令
12	李光靖	三角山 用水調歌頭體	小山文集 卷1	시
13	黃胤錫	水調歌頭 – 寄師道	頤齋遺稿 卷5	악부
14	丁若鏞	水調歌頭 – 思鄕	與猶堂全書	시(詩文集, 卷5)
15	許薰	水調歌頭 – 閒情	舫山集 卷2	시
16	金𠃔植	水調歌頭 – 鋤菜	雲養集 卷6	시
17	郭鍾錫	曺仲謹請次其壽親詞水調歌頭	俛宇集 卷9	악부
18	曺兢燮	家大人生朝 二闋, 水調歌頭	巖棲集 卷2	시
18	曺兢燮	家大人生朝 二闋, 水調歌頭	巖棲集 卷2	시
19	李潚	敬和水調歌頭	弘道遺稿 卷3	시
20	孟欽堯	水調歌頭 – 登華山	雷風齋集 卷2	시
21	趙冕鎬	水調歌頭 – 白牧丹	玉垂先生集	詩餘

필자가 '한국문집총간'과 개인 문집에서 찾아낸 〈수조가두〉는 모두
19명의 21편이다. 많지 않은 작품이지만 〈수조가두〉는 고려말엽 이래
로 꾸준히 창작되고 있었다. 〈수조가두〉의 작자들은 악부와 음악에
대해 관심이 많았던 특징이 있다. 이제현(李齊賢, 1287~1367)은 당시에
널리 불리던 고려속요를 한시로 번역한 〈소악부〉 11수를 남겼다.[9] 김종
직(金宗直, 1431~1492)은 〈회소곡(會蘇曲)〉처럼 우리 민족의 역사적 소재
를 악부로 남겼다.[10] 이형상(李衡祥, 1653~1733)은 고려 및 조선의 속악
(俗樂)과 악학(樂學) 등을 수록한 『악학편고』와 시조 1, 109수를 모아
놓은 『악학습령』의 편찬자이기도 하였다. 이만부(李萬敷, 1664~1732)와
황윤석(黃胤錫, 1729~1791)은 樂律에 밝았다. 정약용(丁若鏞, 1762~1836)
은 음악에 대한 학술적 이론서인 『악서고존(樂書孤存)』을 남겼다. 이들
작자들이 한국 악부에 해당하는 속요나 시조 등에 밝았던 까닭이 있었
다. 속요나 시조 등은 중국의 악부에 비견되는 양식이었고, 이것들은
공통적으로 음률에 바탕을 두고 있었기 때문이다. 이들 작자들이 〈수조
가두〉를 창작했던 것도 바로 그런 연장선상에 있었다.

〈수조가두〉가 우리나라에서 폭넓게 애호되었었음을 방증하는 기록
들도 많다. 이수광(李睟光, 1563~1628)은 송시를 논의하면서 당(唐) 현종
(玄宗, 685~762)이 〈수조가두〉를 좋아했다는 사실을 밝혔다.[11] 윤증(尹
拯, 1629~1714)은 숙종 22년(1696) 원일(元日)에 송나라 진량(陳亮)의 〈수
조가두〉를 인용하는 시를 지어 명나라가 망했지만 충절(忠節)을 지닌

---

9 이제현, 『益齋亂藁』 卷4, 〈小樂府〉.

10 김종직, 『佔畢齋集』 卷3, 「東都樂府」.

11 이수광, 『지봉유설』, 「문장부」, 〈송시〉. "蘇詩云, 詞頭夜下攬衣忙, 按凡有辭命,
書其題目, 于詞臣, 使製詞頭. 又唐明皇喜唱水調歌頭, 按歌頭猶言首章也."

사람이 없다는 것을 슬퍼했다.[12] 송상기(宋相琦, 1657~1723)는 〈수조가두〉를 주회의 작품에서 찾았고,[13] 이헌경(李獻慶, 1719~1791)은 두보의 〈추흥〉 8수에 차운한 〈차두추흥(次杜秋興)〉에서 〈수조가두〉를 다뤘다.[14] 위백규(魏伯珪, 1727~1798)와 이만운(李萬運, 1736~1820)은 산문에서 〈수조가두〉의 의미를 밝혔다.[15]

조선 문인들의 〈수조가두〉에 대한 관심은 19세기에서 20세기로 이어지는 근대 시기에도 지속되었다. 심상규(沈象奎, 1766~1838)는 〈기숙도(寄叔度)〉라는 시에서 〈수조가두〉를 언급하고 있다.[16] 여기에서 심상규는 소동파가 아우를 그리워하면서 〈水調歌頭, 明月幾時有〉를 언급하며 자신의 울적한 마음을 읊었다. 〈수조가두〉에 대한 관심은 근대시기에 이르기까지 계속되었다. 일제의 침략에 자결로 맞섰던 매천(梅泉) 황현(黃玹, 1855~1910)과[17] 향산(響山) 이만도(李晩燾, 1873~1933)[18], 그리

---

12 尹抍, 『明齋遺稿』, 「明齋年譜」 권2, 〈肅宗22, 丙子〉. "平陂往復若環然, 周甲崇禎又九年, 四海不應無一箇, 悠悠何處問蒼天."

13 宋相琦, 『玉吾齋集』 卷2, 〈黃山〉.

14 李獻慶, 『艮翁先生文集』 卷6, 〈次杜秋興〉.

15 魏伯珪, 『存齋集』 卷15, 「雜著」, 〈格物說, 奇才〉.
李萬運, 『默軒先生文集』 卷3, 〈答鄭士元朱詩疑義〉.

16 沈象奎, 『斗室存稿』 卷4, 〈寄叔度〉. "東坡水調歌頭, 題以丙辰中秋歡飮, 達朝大醉, 作此篇兼懷子由. 辛卯仲秋, 病餘獨臥, 離懷別感, 幾不能自勝, 遂繹坡詞爲長句以寄. 東坡先生曾大醉, 水調歌成留替人. 我亦把酒欲問天, 天幸無語無可陳. 瓊樓玉宇最高處, 又恐寒宵未易曙. 雖有淸影在人間, 便欲起舞樂風去. 轉簷低戶何皎潔, 照人不眠增愁絶. 爲別銷寃本恨人, 月亦何恨兼憐別. 不時偏向別時圓, 倒是圓時偏覺別愁牽. 一年明月陰晴外, 能得團圓無幾番. 人生百年强半, 憂患疾病相纏綿. 又此離別動經年, 莫謂此事古難全. 如此長久又可憐, 不如無別亦無月. 二身兄弟長得甘眠在一室."

17 黃玹, 『梅泉集』 권3, 〈戊戌稿〉.

18 李晩燾, 『響山集』 권14, 〈絅齋崔公墓碣銘, 幷序〉.

고 근대유학자였던 심재(深齋) 조긍섭(曹兢燮, 1873~1933)도 〈수조가
두〉를 다뤘다.[19]

한편, 〈수조가두〉는 한문학에 그치지 않고 조선후기 윤선도가 지은
〈어부사시사〉를 보면 국문시가에서도 수조가가 가창되었음을 확인할
수 있다.

> 긴날이 져므눈줄 흥(興)의 미쳐 모르도다
> 돌디여라 돌디여라
> 빗대롤 두드리고 슈됴가(水調歌)롤 블러보쟈
> 지국총 지국총 어스와
> 뉘라서 의내셩듕(疑乃聲中)에 만고심을 알리오

윤선도의 〈어부사시사〉는 그의 나이 65세 때인 조선 효종 2년(1651)
에 보길도에 은거하면서 봄·여름·가을·겨울(春夏秋冬) 각 10수씩 총
40수의 연시조 〈어부사시사〉를 남겼다. 이 중에서 수조가는 하사(河詞)
제6수에서 언급되고 있다. 〈어부가〉는 고려 시대부터 전하였는데, 조
선 중기에 이르러 이현보(李賢輔, 1467~1555)가 9장으로 고쳤고, 이어서
윤선도가 다시 시조 형식에 여음만 넣어 40수로 완성한 것이다.

위의 종장인 '빗대롤 두드리고 슈됴가(水調歌)롤 블러보쟈'에서 화자
가 수조가를 실제적으로 불렀는지, 아니면 흥에 겨워서 그렇게 표현한
것인지는 확실하지 않다. 〈어부사시사〉에서 화자가 부르자는 〈수조
가〉는 본래 뱃노래였다. 역사적으로 〈수조가〉는 수나라 양제(煬帝)가

---

19 曹兢燮, 『巖棲集』 권36, 〈雜識上〉.

황하(黃河)와 회하(淮河)를 연결하는 운하인 변하(汴河)를 개통할 때 지어서 불렀다는 노래이다. 당나라 때 이를 부연하여 대곡(大曲)이 되었는데, '산서(散序)', '중서(中序)', '입파(入破)'의 세 부분이 있다. 〈수조가두〉는 그 중에서 '중서'의 제1장에 해당하여 두 곡조로 94자에서 97자로 이루어져 있는데, 그 중에서 소식의 〈중추(中秋)〉가 유명하다.

중국에서 발원한 〈수조가두〉는 사 양식의 하나로 유명하였고, 중국뿐만 아니라 한국에 들어와서도 꾸준히 지어졌다. 한국의 〈수조가두〉는 양식에 맞춰져 주체적으로 수용되었고 한국인의 미감을 반영시키며 꾸준히 지어졌다고 말할 수 있다.[20] 내용상으로도 산수의 모습이나 자연의 섭리, 자연에 담긴 도의 실체, 또는 충절 의식이나 여수(旅愁)에 이르는 등 다양하였다.

3.2. 전승 맥락

'한국문집총간'은 역대 한국의 문집을 망라하고 있다는 점에서 한국판 사고전서라고 일컬을 만하다. 그것에는 17명의 작자가 남긴 19편의 〈수조가두〉가 수록되어 있고, 앞서 일람표에 제시한 맹흠요(孟欽堯)과 조면호(趙冕鎬)처럼 '한국문집총간'에 수록되지 않았던 사례도 있다. 이것으로 미루어보건대, 아직 확인되지 않은 〈수조가두〉는 훨씬 많을 것으로 짐작된다. 이밖에 '한국문집총간'에서의 수조가두에 대한 언급은 61차례에 이른다. 이를 통해 중국 사 양식의 하나였던 〈수조가두〉

---

20 한국의 중국 시가에 대한 주체적 수용과정은 다음 논문을 참조하기 바람. (구사회, 「중국의 시가양식과 한국의 주체적 변용」, 『열상고전연구』 46집, 열상고전연구회, 2015, 153~181면.)

가 고려말엽에 우리나라로 유입된 이래로 조선시대에 들어와서 문인
들에 의해 꾸준히 창작되며 전승되었다는 것을 의미한다.

　한국에서 최초의 〈수조가두〉는 고려말기 이제현이 지은 〈과대산관
(過大散關)〉과 〈망화산(望華山)〉이다.[21] 그는 중국의 음률에 밝았고 50
여 편의 사 작품을 남겼는데, 그의 〈수조가두〉는 중국에서도 인정을
받아 『전금원사(全金元詞)』에도 수록되었다.

〈화산(華山)을 바라보면서(望華山)〉	
천지의 조화가 진기하고 특이함 부여하여	天地賦奇特
천고에 걸쳐 서쪽 고장에서 웅장함 드러내고 있구나	千古壯西州
세 개의 산봉우리 우뚝 솟아 서로 마주보고 있는데	三峯屹起相對
긴 검 같은 무지개는 맑은 가을철에 써늘하다	長劍凜淸秋
철쇄교(鐵鎖橋)는 푸른 절벽에 높이 걸려 있고	鐵鎖高垂翠壁
옥정은 은하수를 차게 머금고 있을 것이니	玉井冷涵銀漢
그것들이 저 오색 구름 언저리에 있음을 안다	知在五雲頭
조물주는 형체가 없어야 할 터이지	造物可無物
그 손바닥 자국이 완연히 남아 있다	掌跡宛然留
기억하고 있지만 순(舜) 임금이	記重瞳
제사의 격식을 높여	崇祀秩
신명(神明)의 상서(祥瑞)를 보답하였다	答神休
진실된 정성이 만약에 진실된 경지와 합치한다면	眞誠若契眞境
푸른 새가 붉은 누각으로 인도하여 줄 것이다	靑鳥引丹樓
나는 바람 타고 돌아가고 싶지만	我欲乘風歸去
단지 두렵기는 안개 놀 깊은 곳	只恐煙霞深處

21　李齊賢, 『益齋亂藁』 卷10, 「長短句」.

그윽이 단절되어 사람을 시름겹게 하나니	幽絶使人愁
다리 저는 나귀 등에서 한바탕 휘파람 분	一嘯蹇驢背
반랑 역시 풍류객이다	潘閬亦風流

이는 이제현이 지었던 〈수조가두, 망화산(望華山)〉이다. 고려 충선왕은 1313년에 양위하고 원나라 수도로 가서 만권당을 설립하고 중국의 유명 문사들과 교류하면서 고려에 있던 이제현을 불러와 모임에 참여시켰다. 이제현은 그곳에서 조맹부(趙孟頫, 1254~1322)와 우집(虞集, 1272~1348)을 비롯한 원나라의 여러 문사들과 교류하였다. 그는 원 인종 6년(1316)에 임무를 맡아 성도(成都)로 가면서 화산(華山)을 지나며 그곳의 모습을 수조가두체로 읊었다.

화산은 중국 섬서성 화음현 남쪽 진령산맥에 있는 산으로 서안의 동쪽에 있다. 태화산(泰華山)이라고도 부르며 중국 오악(五岳) 중의 서악(西岳)에 해당한다. 〈망화산〉은 전단과 후단으로 나눠지는 쌍조 형태인데, 평운도저격(平韻到底格)으로 '우(尤)'운(韻) 사용하였다. 전단에서는 화산의 웅장한 형태와 신기에 가까운 모습을 그렸다. 후단에서는 순임금이 화산을 비롯한 사악에 제사를 지낸 고사와 연화봉에서의 우화등선의 이야기로 작자의 심회를 읊고 있다. 그런데, 후단에 있는 '我欲乘風歸去, 只恐煙霞深處'라는 구절은 소동파의 〈수조가두, 중추〉에 나오는 '我欲乘風歸去, 又恐瓊樓玉宇'라는 구절을 용사한 것이다. 아울러 마지막 구절의 '一嘯蹇驢背, 潘閬亦風流'은 화산을 몹시 사랑했던 송나라 반랑(?~1009)의 고사를 원용한 것이다.

이제현은 중국의 음률에 밝아서 온전한 사 작품을 지을 수 있었다. 하지만 후대인들은 그렇지 못하여 한국의 사 작품은 중국의 형태와 형식을 답습하되 일찌감치 음악을 버렸다. 〈수조가두〉도 마찬가지여서 우리나라에서는 대부분이 음악을 상실하고 음률만 남은 시 작품으로 바뀌었다. 그래서인지, 한국의 〈수조가두〉는 소동파의 〈충추〉 이래 전승된 형식과 형태를 바탕으로 그것에다 작자의 자유로운 시상을 담으면서 중국의 유명한 수조가두체를 전범으로 삼는 경우가 많았다.

다음으로 조선중기 고청(孤靑) 서기(徐起, 1523~1591)는 작자 자신의 은자적 삶과 더불어 자연에 내재된 도의 존재를 수조가두체로 담아내고 있다.

천지는 본래 공활하며	天地本空闊
산과 물은 절로 높고 깊으니	山水自高深
이름 감추고 어디 간들 살 곳 없으랴	藏名何去無地
지사는 다만 마음만 간직할 뿐이네	志士但存心
대지팡이에 짚신 신고 들어가니	竹杖芒鞋
이로부터 고청봉만 홀로 우뚝하여	從此惟見孤靑獨秀
송백이 울창하게 숲을 이루었도다	松柏鬱成林
성현의 도를 지니고 있으니	負抱聖賢道
음미할수록 맛이 있어 흠앙을 더하네.	咀嚼味增欽
향기로운 두약 캐고	採芳杜
숙무를 뽑으며	搴宿莽
길이 노래하노니	發長吟
향기가 있으면 반드시 퍼져 나가	有馨必發
바람을 타고 만 겹의 산을 건너네	風便吹度萬重岑
이 몸은 나무꾼 어부 사이에 있거늘	身在樵蘇漁釣
객이 헌원, 복희와 순, 우의 도를 묻네	客問軒義姚似

시내 골짝에 지음이 있나니	磵壑有知音
이 사람의 자취를 알고자 하면	欲識伊人迹
달 비친 강과 단풍나무 언덕을 찾으라.	江月岸楓尋

고청 서기는 조선전기 성리학자였던 서경덕(徐敬德)·이중호(李仲虎)·이지함(李之菡)을 사사했던 문인이다. 그는 지리산을 거쳐 만년에 계룡산 고청봉(孤青峯) 공암(孔巖)에다 터전을 마련하고 후학 양성에 심혈을 쏟았다. 서기의 〈고청음(孤青吟), 수조가두(水調歌頭)〉는 당시 그곳에서 지어졌다.

서기는 전후단의 쌍조 형태로 주희가 〈수조가두〉에서 선보였던 평운도저격(平韻到底格)의 '침(侵)'운(韻)을 사용하였다. 먼저 전단에서는 속세를 벗어나 자연에 은거하려는 작자의 내면을 드러내고 있다. 여기에서 고청봉은 작자가 자신의 몸을 숨기고 의지하려는 대상인데, 그곳에 성현의 도가 서려있다고 작자는 믿고 있다. 후단에서는 그곳에서의 은자적 삶을 묘사하고 있다. '채방두(採芳杜)'는 '향기로운 두약을 캐고, 바위틈의 물을 마시고, 송백의 그늘에서 쉬다'라는 전고에서처럼[22] 산중에 숨어사는 은자의 생활을 묘사한 말이다. 그리고 '건숙망(搴宿莽)'은 '아침에는 비산의 목란을 캐고, 저녁에는 물가의 숙무를 뜯네'[23]라는 언급에서 알 수 있듯이 은자의 깨끗한 생활을 뜻한다.

서기의 〈수조가두〉는 남송시대 주희(朱熹, 1130~1200)가 지었던 〈수조가두〉의 영향을 받은 것으로 보인다. 주희는 모두 5편의 〈수조가두〉

---

22 屈原, 『楚辭』, 「九歌」篇. "山中人兮芳杜若, 飲石泉兮蔭松栢…"
23 屈原, 『楚辭』, 「離騷」篇. "朝搴阰之木蘭兮, 夕攬洲之宿莽."

를 남겼는데, 그 중에서도 자신의 뜻을 이루고 나서 이름을 바꾸고 강
호(江湖)에 몸을 숨기고 유유자적하면서 살았던 은자의 삶을 형상화한
작품을 남겼다.[24]

반면에 19세기 전기에 다산(茶山) 정약용(丁若鏞)은 유배 생활을 하면
서 고향을 그리워하는 내용을 〈수조가두〉에 담았다. 다산은 신유사옥
으로 1801년 겨울에 강진으로 이배되어 읍내 주막집에 머물다가 1805
년 10월에 보은산방으로 올라가 1808년 봄에 거처를 다산초당으로 옮
겼다. 〈수조가두〉는 그가 보은산방에서 겨울을 지내고 다음 해 봄에
고향을 그리워하며 지은 것이다. 그는 〈수조가두〉에 앞서 〈만강홍(滿江
紅)〉·〈낭도사(浪淘沙)〉·〈장상사(長想思)〉·〈보살만(菩薩蠻)〉·〈완계사
(浣溪沙)〉 등의 사 작품도 함께 남겼다.

〈수조가두 – 고향을 생각하며(水調歌頭, 思鄉)〉

티없이 깨끗한 월계수요	瀟洒粵溪水
한없이 조용한 백병산인데	澹蕩白屛山
우리 초막집은 붙어 있는 곳은	我家茅屋寄在
안개와 노을 속에 자리 잡은 아득한 사이	煙靄杳茫間
구름 가 기러기 따라 높이 날고 싶어도	欲與雲鴻高擧
이상하게 중중 첩첩 산들이 막고 있다네	怪有重巒疊嶂
너와 함께 돌아갈 수 없어	不許爾同還
낙화 밑에서 술이나 취해보지만	一醉落花底

---

24 朱熹, 『晦菴集』卷10, 〈水調歌頭〉. "富貴有餘樂, 貧賤不堪憂. 誰知天路幽險, 倚伏
互相酬. 請看東門黃犬, 更聽華亭淸唳, 千古恨難收. 何似鴟夷子, 散髮弄扁舟. 鴟夷
子, 成霸業, 有餘謀. 致身千乘卿相, 歸把釣漁鉤. 春晝五湖煙浪, 秋夜一天雲月, 此
外盡悠悠. 永棄人間事, 吾道付滄洲."

돌아가고픈 꿈이 모래톱을 맴돈단다	歸夢繞沙灣
고기 낚는 사람은	釣魚子
진세 그물을 벗어나	塵網外
그렇게 한가할 수 없는데	十分閒
옛날에 무슨 일로	昔年何事
미친듯이 떠돌다가 이렇게 늙어 버렸을까.	狂走漂泊抵衰顏
바람 불면 둥그런 황모 하나	風裏一團黃帽
비 내리면 뾰족한 청약	雨外一尖靑蒻
그것이면 벼슬아치 의관보다 낫지	此個勝簪綸
어느 날에나 호수 정자 위에	幾日湖亭上
덩그렇게 누워 물여울이나 구경할까	高枕看波瀾

다산의 〈수조가두〉는 고향을 그리워하는 내용이다. 전·후단 쌍조 형식의 95자로 짜여져 있고, 평운도저(平韻到底)의 '산(刪)'운(韻)을 사용하고 있다. 주지하다시피, 다산 정약용의 고향은 남양주 마현이다. 앞으로는 한강이 흐르고 뒤쪽 가까이에 운길산이 있고 중턱에 수종사가 있다. 수종사에서 굽어보면 왼편으로 두모(豆毛)가, 우편으로 월계(粵溪)가 있다. 다산은 유배되기 이전에 수종사와 마현을 오갔고 배로 월계를 건넜다.[25]

그는 월계에서 고기를 잡고 다음 날에는 반대로 한강을 거슬러 올라가 양평의 여울에서 고기를 잡기도 하였다. 그래서인지 〈수조가두〉의 전단에서는 고향의 모습과 정경을 내세워 고향에 대한 자신의 간절한

---

25 정약용, 『茶山詩文集』 卷3, 〈舟過粵溪〉.

그리움을 묘사하고 있다. 후단에서는 지난 세월을 되돌아보면서 세사로부터 어느 정도 비껴나 호숫가 정자에 누워서 상념에 젖어 있는 작자의 내면이 읽혀진다.

이상 거론했던 한국의 〈수조가두〉를 보면 다음과 같이 요약할 수 있다. 〈수조가두〉는 한국에 유입되어 다수의 후대 작품이 나왔는데, 그것의 형식과 형태를 유지하면서 한국인의 미감에 맞춰지며 전승되었다고 말할 수 있다. 작품 내용도 자연에 내재되어 있는 도의 모습, 세속을 벗어나 살아가는 은자의 삶이나 유배지에서의 고향에 대한 그리움에서처럼 다채롭고 다양했다고 말할 수 있다. 그리고 이들 한국에서의 〈수조가두〉는 소동파와 주희, 그리고 육유를 전범으로 꼽았다. 소동파의 〈수조가두〉는 아우에 대한 그리움으로, 주희의 〈수조가두〉는 도학적으로 규범화되어 수용되었다. 그리고 육유의 〈수조가두〉는 우국과 애국의 표상으로 자리를 잡았다.

4. 맺음말

본고에서는 전사(塡詞)의 하나였던 〈수조가두(水調歌頭)〉가 어떻게 성립되어 중국과 한국에서의 전승 맥락을 살펴보고자 하였다.

〈수조가두〉의 기원은 수양제가 황하와 회하를 연결한 운하를 개통하면서 지은 〈수조가〉에서 비롯되었다. 그것은 당나라에 이르러 대곡으로 연주되었는데, 그 중에서 중서의 첫 장이 가두(歌頭)였다. 송(宋) 신종(神宗) 희녕(熙寧) 9년(1076)에 소동파가 그것에 노랫말을 붙인 것이 〈수조가두, 명월기시유(明月幾時有)〉로, 일명 〈중추(中秋)〉가 지어졌다. 이것은 쌍조 95자 내외이고, 상편 9구4평운 하편 10구 4평운으로 후대 〈수조가두〉의 전범이 되었다.

중국의 〈수조가두〉는 송대(宋代) 소동파의 작품을 기점으로 금(金)·원조(元朝)를 거쳐서 명(明)·청조(淸朝)에 이르는 역대 작자와 작품수가 『사고전서(四庫全書)』에 수록되어 있다. 집계해 보면, 송대에는 215명의 작자가 727편을, 금과 원대에는 20명의 작자가 84편의 〈수조가두〉를 남겼다. 명대에는 47명의 작자가 57편을, 청대에는 195명의 작자가 261편의 〈수조가두〉를 남겼다. 따라서 역대 〈수조가두〉는 477명의 작자가 1129편을 지은 것으로 집계된다. 이외에도 사고전서에 수록되지 않은 〈수조가두〉를 감안하면 〈수조가두〉의 작품은 더욱 늘어날 것이다.

소동파 이래로 역대 〈수조가두〉에는 다양한 내용이 담겼다. 그렇지만 〈수조가두〉는 아우를 그리워하는 소동파의 〈중추〉가 전승 과정에서 깊게 각인되었다. 이어서 도학적 내용을 담고 있는 주희의 〈수조가두〉와 애국적 투쟁 내용을 담고 있는 육유의 〈수조가두〉가 주목을 받았다. 근대시기에는 장정(長征) 중에 지어진 모택동의 〈수조가두〉 2편이 각광을 받았다.

한국의 〈수조가두〉는 고려말기 이제현의 〈과대산관(過大散關)〉과 〈망화산(望華山)〉에서 첫 모습을 찾을 수 있다. 하지만 한국의 〈수조가두〉는 조선조에 들어와서 본격적으로 창작되었다. 내용상으로도 산수의 모습이나 자연의 섭리, 자연에 담긴 도의 실체, 또는 충절 의식이나 여수(旅愁)에 이르는 등 다양하였다. 한국의 역대 문집을 망라하고 있는 '한국문집총간'에는 17명의 작자가 남긴 19편의 〈수조가두〉가 수록되어 있다. 그리고 '한국문집총간'에 수록되지 않았던 사례도 있다. 〈수조가두〉는 한국으로 유입된 이래 꾸준히 창작되며 전승되었다고 말할 수 있다.

결론적으로 〈수조가두〉는 중국과 한국에서 그것의 형식과 형태를 유지하면서 전승되었는데, 작품 내용도 다채롭고 다양하였다. 특히 한국에서는 소동파와 주희, 그리고 육유가 〈수조가두〉의 전형으로 자리를 잡았다. 소동파의 〈수조가두〉는 아우에 대한 그리움으로, 주희의 〈수조가두〉는 도학적으로 규범화되어 수용되었다. 그리고 육유의 〈수조가두〉는 우국과 애국의 표상으로 자리를 잡았다.

신라의 성기 숭배와 지증왕의 음경

1. 머리말

인간은 문명 이전부터 생식기를 생명의 근원으로 여기고 숭배해온 것으로 알려졌다. 이는 어느 특정 지역에 한정된 것이 아닌, 인류의 보편적인 현상이었다. 남녀 교합이 새로운 생명을 탄생시켰고 그것은 당시의 지적 능력으로 헤아릴 수 없는 신비한 영역이었다. 인류가 생식기를 숭배 대상으로 삼은 것은 생물학적 토대보다는 그것을 생명력의 원천으로 신성시하면서 상징화하였기 때문이다. 이 과정에서 생식기는 다산과 풍요를 가져다주는 영험한 신물로 숭배되거나 하나의 상징 체계로 자리를 잡았다.

성기 숭배와 관련된 선사 유적은 지금도 지구상에 광범위하게 남아 있다. 구석기 유적인 스페인의 알타미라나 빌렌도로푸의 비너스상에서, 신석기 유물인 지중해나 도나우 강 유역의 토우에서처럼 성 숭배와 관련된 유적이나 유물이 확인되고 있다. 굳이 다른 나라를 거론하지 않더라도 우리나라에서도 기원전 7세기경의 울산 반구대 암각화나 기원전 4세기경의 남해 양아리 암각화에서 성기 숭배의 유적을 확인할 수 있다. 뿐만 아니라 청동기 시대의 유물인 농경문 청동의기에서도 돌출된 남성 성기를 통해 풍작을 기원하는 모습을 확인할 수 있다. 그밖에도 성기 숭배와 관련된 유적이나 유물은 국내 곳곳에서 확인할 수 있다.

선인들의 성기 숭배는 무속이나 풍수, 또는 음양이나 남아선호사상 등과 결합되고 내재화되면서 문화적으로도 다양하고 다채롭게 전개되었다. 그런데 성기 숭배에 대한 유물과 문헌 자료를 본격적으로 확인할 수 있는 것은 신라시대부터이다. 신라시대 돌출된 남근이나 여성의 가슴과 성기를 강조한 토우가 다량으로 발굴되었다. 심지어 출산하는 여성 토우를 비롯하여 남녀가 성교하는 토우도 많다. 때로는 남근이 발기했을 때의 모습을 형상화한 남근이 출토되기도 하였다. 이런저런 유물이나 문헌 자료를 살펴보면, 어느 시대보다 신라사회에서 성기 숭배와 관련된 풍습이나 민속 신앙이 자리를 잡고 있었다는 것을 짐작할 수 있다.[1]

그런데, 『삼국유사』 「기이」편에는 지증왕과 관련하여 신라사회에서의 성기 숭배가 어떠했는지 단서를 찾을 수 있는 기록이 있다. 기록에 의하면, 지증왕은 음경이 한자 다섯 치(40센티 내외)나 되어서 짝을 찾기 어려웠다고 한다. 그래서 국왕은 북만큼 많은 똥을 쌌던 7척 5촌

---

1 성기 숭배에 대한 용어로 김태곤은 '성기신앙'을, 장장식은 성에 관한 신앙 행위인 '성신앙'과 성기를 신앙의 직접적 모티브로 삼거나 성행위를 직접적인 신앙 관념으로 수용하는 '성기신앙'로 구분하였다. 반면에 이종철은 '남녀 성기 및 성행위의 상징과 관련된 주술종교적 행위와 그 믿음의 체계'를 가리키는 '성숭배'라는 용어를 사용하고 있다. '성숭배'는 성기 상징체계와 같은 직접적인 신앙 대상물을 숭배하는 것을 포함하여 성교 모의를 통해 생산력을 기원하는 믿음을 상징하는 형상화한 자료들까지 아우르고 있다(이종철, 『한국의 성 숭배 문화』, 민속원, 2003, 20~24면). 이 논문에서는 성(sex)과 성기에 대한 숭배나 그것의 신앙 체계에 대한 포괄적인 개념으로 각각 '성숭배'와 '성기 숭배'를, 때로는 성기에 대한 구체적 신앙에 대해서는 '성기신앙'이라는 용어를 사용하기로 한다.

(220센티 정도)의 여자를 맞이하여 왕후로 삼았다는 다소 황당한 기록
이 남아 있다. 이 논문에서는 신라시대에서의 성기 숭배가 어떠했는지
살펴보고, 그중에서도 지증왕의 관련 설화를 탐색고자 한다.

2. 신라의 성기 숭배

신라는 기원전 57년부터 935년까지 천 년 가까이 존속하다가 고려
에 복속되었다. 이후로 다시 천 년 이상이 지났다. 이 시점에서 신라
시대의 성기 숭배에 대한 전모를 확인한다는 것은 난해한 작업이다.
이런저런 역사적 편린을 통해 추정할 수밖에 없다. 신라시대의 성기
숭배가 어떠했는지 확인할 수 있는 방법은 크게 두 가지이다. 하나는
성기 숭배와 관련된 신라 시대의 유적과 유물을 확인하는 것이고, 다
른 하나는 문헌에서 관련 자료를 찾아내어 분석하는 것이다. 전자는
신라시대의 성기숭배와 관련된 단서이자 물증이다. 반면에 후자는 성
기 숭배가 신라인들 사이에서 어떻게 내면화되며 정신세계로 자리를
잡아갔는지를 보여준다.

2.1. 유적과 유물

한국인의 성기 숭배는 선사 시대에도 존재하였겠지만 오늘날 남아
있는 가장 오래된 유적은 경남 울주군 반구대 암각화이다. 이를 구석
기시대나 신석기시대의 유적으로 추정하기도 하지만 대체적으로 청동
기시대에 만들어진 것으로 보고 있다. 암각화에는 사람들의 사냥이나
고래잡이의 모습이 들어 있고, 그 외에도 물고기, 사슴이나 멧돼지,

또는 호랑이나 곰 등의 동물들이 조각되어 있다. 그것에는 동물들의 교미하는 모습이나 성기를 드러낸 사람들의 모습이 보인다.

한국인의 성기 신앙을 추측할 수 있는 청동기시대의 다른 유물도 있다. 1989년에 발굴된 여수시 오림동의 지석묘를 들 수 있다. 이곳 고인돌에는 사람 형상과 함께 돌칼이나 돌화살촉 등이 새겨져 있는데, 돌칼은 남녀의 성기가 결합된 모습을 연상시켜 준다.[2] 청동기 시대에서 철기시대 사이에 만들어진 충남 대전에서 나온 농경 의기도 이 시기의 성기 숭배를 추측할 수 있는 유물이다. 이 농경 의기에는 당시의 농경 생활과 함께 남근을 드러내놓고 일하는 남자의 모습을 확인할 수 있다.

성기 숭배와 관련된 삼국시대 초기의 유적으로는 경남 김해 부원동과 충남 부여의 논티에서 나온 농경 유적을 들 수 있다. 김해에서는 삼국시대 초기에 사용되었던 생활 용품과 함께 남근이 발굴되었다. 부여에서는 다량의 농경 기구가 나왔는데 항아리에서 남근 형태의 손잡이가 있었다. 이것들은 신라 이전인 신석기나 청동기, 철기 시대에 존재했던 우리 한국인의 성기 숭배가 어떠했는지를 보여주는 유적이나 유물들이다.

삼국시대 신라의 성기 숭배는 경주 금령총에서 나왔던 배를 본떠 만든 모양의 토기에서 남근을 드러내놓고 노를 젓는 토우를 들 수 있다. 그리고 5세기 이전에 만들어진 고분에서 나온 부장품인 남녀 토우에서 보이는 과장된 성기나 성적 교합의 모습에서도 고대 신라의 성기 숭배를 확인할 수 있다. 1973년 경주 미추왕릉 30호분에서 나온 목이 긴 항아리 1점에는 힘찬 남근을 강조하거나 남녀가 성교하는 토우가

---

2 이태호, 『미술로 본 한국의 에로티시즘』, 여성신문사, 1998, 50~51면.

있었다. 그 중에는 여자가 엎드려 엉덩이를 벌리고 있는데 그 앞에는 묵직한 남근을 음부에 삽입하려는 모습의 토우도 있었다. 어떤 것은 여성 음부에 커다랗게 구멍을 뚫어놓고 출산하는 임산부의 모습을 형상화한 것도 있었다.

1976년에는 삼국시대 말기에 조성된 것으로 보이는 안압지에서 목제 남근 2점이 발굴되었다. 길이는 각각 13.5㎝, 17.5㎝, 직경 4.3㎝~3㎝이고 남근의 기부는 3㎝이고, 두부로 가면서 점차 굵어져 4.5㎝인데, 정교한 솜씨로 사실감 있는 형상화가 돋보인다.[3] 1978년과 1996년도에는 7세기 말엽이나 8세기 초엽에 조성된 것으로 추정되는 경주 황룡사지 유적층에서 발기된 귀두나 요도를 정교하게 조각한 남근석 2점이 나왔다. 팽창하여 발기된 귀두 아래 중앙에는 요도를 사실적으로 표현하였고, 정교한 솜씨로 용두를 힘 있게 받쳐서 조각하였다.[4]

이들 유물들은 신라인들이 가지고 놀던 완물(玩物)이라기보다는 성기신앙의 유물로 여겨진다. 여기에는 이전부터 내려오던 생명력의 원천으로 믿었던 생식기가 지닌 다산과 풍요의 상징적 코드가 내재화된 것들이다. 물론 이들 유물들은 신라시대에 국한된 것이 아니라, 그 이전부터 한국인들 사이에 자리를 잡고 내려온 성기신앙의 산물이었다.

2.2 문헌 자료

유적과 유물이 성기 숭배에 대한 유형적 물증이라면, 문헌 자료는

---

3 이종철, 앞의 책, 2003, 66~67면.
4 이 중에서 하나는 실물처럼 사실적으로, 다른 하나는 다소 추상적으로 표현하였다 (이종철, 앞의 책, 2003, 67면).

그것의 문화적 내용물이다. 이 땅에 있었던 이른 시기의 성기 숭배에 대한 문헌은 국내보다 중국에 의존할 수밖에 없다. 중국 기록에 의하면, 고구려의 국중 대회에서는 나무로 만든 수신(隧神)을 모셔놓았다고 한다.[5] 그런데 여기에서 '수'가 목제 남근이라는 것이다.[6] 『신당서』에 기록된 주몽 사당의 기록에서도 그것을 엿볼 수 있다.

"성에 주몽 사당이 있었다. 사당에는 쇠사슬 갑옷과 날카로운 창이 있었다. 망령스럽게 전연(前燕) 때에 하늘로부터 내려왔다고 말한다. 바야흐로 포위되어 급해지자 미녀를 치장하여 부신(婦臣)으로 삼았다. 말로 미혹되어 주몽은 기뻐하여 성이 완전할 것이라고 기뻐하였다.[7]

여기에서 '쇠사슬 갑옷과 날카로운 창(鎖甲銛矛)'은 주몽사당의 성신체이며 주몽사당에 바쳐진 치장한 미녀, 곧 부신이라는 용어도 성기신앙과 관련이 깊다.[8] 삼한의 여러 나라에서는 소도에 큰 나무를 세우고 그곳에 방울과 북을 매달아놓고 귀신을 섬겼다고 한다.[9] 여기에서 "소도(蘇塗)는 수터, 곧 수컷의 터"로서 입대목(立大木)을 목제 남근의 상징물로 보았다.[10]

---

5 『三國志』「東夷傳」,〈高句麗條〉. "其國東有大穴, 名隧穴, 十月國中大會, 迎隧神, 還於國東上祭之, 置木隧於神坐"
6 양주동, 『국문학논고』, 을유문화사, 1952, 182면.
7 『新唐書』, 「列傳東夷」,〈高句麗條〉. "城有朱蒙祠, 祠有鎖甲銛矛. 妄言前燕世天所降, 方圍急飾美女以婦神. 誣言, 朱蒙悅城必完"
8 장장식, 「민간신앙으로 본 성」, 『한국의 민속과 성』, 지식산업사, 1997, 126면.
9 『三國志』「東夷傳」,〈韓〉. "又諸國, 各有別邑, 國, 各有別邑, 名之爲蘇塗, 立大木懸鈴鼓, 事鬼神, 諸亡逃至其中, 皆不還之."
10 양주동, 앞의 책, 1952, 같은 면.

그렇다면 문헌상에서 신라의 성기 숭배는 어떠했는지 살펴보자. 신라에서 성기 숭배와 관련된 내용을 짐작할 수 있는 내용은『삼국유사』「기이」편의 〈지철로왕조〉에 기록된 지증왕의 관련 설화이다. 지증왕의 관련 설화는 신라의 중고기인 5~6세기의 성기 숭배를 파악하는 데에 도움이 된다.[11] 왕의 음경이 한 자 다섯 치나 되어 배필을 구하기 어려웠다고 한다. 이 이야기가 무엇을 의미하는지 파악하기가 쉽지 않다. 이를 위해 문화인류학적 도움도 필요하고 컨텍스트적 맥락에서의 분석도 필요할 것이다.

신라의 성기 숭배와 관련된 7세기 전반의 기록으로는 선덕여왕 재위 기간(632~647)에 일어났던 옥문지(玉門池)의 여근곡(女根谷) 관련 설화를 들 수 있다.[12] 백제 군사 500명이 여자의 음부 형국인 옥문지에 숨어 있다가 남근으로 상징되는 개구리 울음소리 때문에 발각되어 몰살을 당했다고 한다. 남근이 여근에 들어가면 죽는 법인데, 남근인 백제군이 여근인 옥문지에 들어갔기 때문에 당했다는 것이다. 여근곡 설화에서는 남근과 여근이 생산과 풍요를 가져오기보다는 여근이 남근에 대해 상극적으로 작용하는 특징이 있다.

이어서 8세기 전반 신라의 성기 신앙이 어떠했는지 짐작할 수 있는 기록으로『삼국유사』의 「수로부인조」를 들 수 있다. 성덕왕 때 순정공이 강릉태수로 부임하면서 도중에 바닷가에서 점심을 먹고 있었는데, 곁에는 돌 봉우리가 병풍과 같이 바다를 두르고 있었다. 그 높이가 천 길이나 되고 그 위에 철쭉꽃이 만발하고 있었다. 공의 부인 수로가 그

---

11 성기 숭배와 관련된 지증왕의 관련 설화는 항목을 따로 마련하여 분석할 것이다.
12 『三國遺事』「紀異」제1, 〈善德王 知幾三事〉.

것을 보더니 사람들에게 꽃을 꺾어다 주기를 원했지만 너무 높고 험해서 아무도 나서지를 못했다. 그런데 암소를 끌고 지나가던 늙은이 하나가 부인의 말을 듣고 꽃을 꺾어다가 바치며 향가 〈헌화가〉를 불렀다고 한다. 순정공 일행은 다시 길을 가다가 임해정(臨海亭)에서 점심을 먹는데 갑자기 바다에서 용이 나타나서 부인을 끌고 바다 속으로 들어가 버렸다. 순정공이 발을 구르며 어쩔 줄 모를 때에 다시 한 노인이 나타나 지팡이로 강 언덕을 치면서 〈해가〉라는 노래를 부르게 해서 수로부인을 구출했다고 한다.

지금까지『삼국유사』의「수로부인조」에 실려 있는 기술문과 노래를 둘러싸고 다양하게 해석되어 왔었다. 이를 불교나 도교와 관련된 내용으로,[13] 또는 사랑의 노래로,[14] 때로는 주사적인 노래나[15] 기우제에서 불렀던 노래나[16] 복합적인 성격의 노래로 보았다.[17] 그런데 필자는 〈헌화가〉의 가사 중에 '자줏빛 바위 가에 잡은 암소 높게 하시고(紫布岩乎 過希執音乎手母牛放敎遣)'에서의 '자줏빛 바위'가 언어학적으로 '자지바위', 즉 남근석을 말하는 것으로 보았다.[18] 다시 말해 〈헌화가〉는 사랑

13 김종우,『향가문학연구』, 반도출판사, 1983, 28면.
   김운학,『신라불교문학연구』, 현암사, 1983, 243면.
   김광순,「헌화가」,『향가문학론』, 새문사, 1989, 273~276면.
14 윤영옥,『신라가요의 연구』, 형성출판사, 1980, 176면.
15 임기중,『신라가요와 기술물의 연구』, 이우출판사, 1981, 327면.
16 김문태,「헌화가·해가와 제의문맥」,『고전시가의 이념과 표상』, 임하 최진원 박사 정년기념논총 간행위원회, 1991, 95면; 여기현,「수로부인 이야기의 제의적 연구」, 성균관대 석사학위 논문, 1985, 60면; 현승환,「헌화가 배경설화의 기자의례 성격」, 『한국시가연구』12집, 한국시가학회, 2002, 27~53면; 신현규,「수로부인조 '수로'의 정체와 제의성 연구」,『어문론집』32집, 중앙어문학회, 2004, 13~14면.
17 홍기삼,「수로부인」,『향가설화문학』, 민음사, 1997, 109~164면.
18 구사회,「〈헌화가〉의 '자포암호(紫布岩乎)'와 성기 신앙」,『국제어문』38집, 국제어

의 노래나 불교가요가 아니라, 남근석 아래에서 굿을 행하며 아들 낳기를 기원하는 노래라는 것이었다. 따라서 「수로부인조」에 나오는 〈헌화가〉와 그것을 둘러싸고 있는 기술물이 성기 신앙과 관련된 것으로 판단해도 무방할 것으로 여겨진다. 아울러 용왕에게 납치되었을 때에 불렀던 〈해가〉도 같은 성격의 노래로 여겨지며 그것에는 성기 신앙이 내재되어 있다.

거북아 거북아 수로를 내놓아라   龜乎龜乎出水路
남의 아내 뺏어간 죄 얼마나 크랴.   掠人婦女罪何極
네 만약 거역하여 내놓지 않으면   汝若悖逆不出獻
그물을 넣어 잡아서 구워 먹으리.   入網捕掠燔之喫[19]

거북아, 거북아   龜何龜何
머리를 내놓아라.   首其現也
만약 내놓지 않으면   若不現也
구워서 먹으리.   燔灼而喫也[20]

위에서 〈해가〉를 〈구지가〉와 비교해보면, 〈해가〉가 성덕왕(702~737) 재위 시절에 처음 불렀던 노래만은 아니라는 것을 알 수 있다. 〈해가〉보다 700여 년이나 앞선 시기인 서기 42년에 가락국의 시조인 김수로왕을 맞이하며 〈구지가〉를 불렀기 때문이다.

위에서 〈해가〉는 〈구지가〉와 내용도 비슷하고 구조도 같다. 먼저

문학회, 2006, 201~223면.
19 『삼국유사』 권2, 「수로부인조」, 〈해가〉.
20 『삼국유사』 권2, 「가락국기」, 〈구지가〉.

〈해가〉의 '거북아 거북아 수로를 내놓아라(龜乎龜乎出水路)'는 〈구지가〉의 '거북아, 거북아 머리를 내어라(龜何龜何 首其現也)'의 반복이고 호칭만 '머리(首)'가 '수로(水路)'로 바뀔 뿐이다. 〈해가〉의 '네 만약 거역하여 내놓지 않으면(汝若悖逆不出獻)/ 그물을 넣어 잡아 구워 먹으리(入網捕掠燔之喫)'도 〈구지가〉의 '내어 놓지 않으면(若不現也)/ 구워서 먹으리.(燔灼而喫也)'의 반복과 변형에 지나지 않는다. 한 마디로 〈해가〉는 〈구지가〉와 상통하는 노래이다. 그런데, 노래에서 〈구지가〉에서 머리는 우두머리를 뜻하기도 하지만 남근[龜頭]을 상징하기도 한다.[21]

정리하자면 이렇다. 가락국의 시조인 김수로왕이 탄생하기 훨씬 이전부터 '거북아~'로 호칭하는 남근의 생명력을 불러일으키는 주술가요가 있었던 것으로 보인다. 그런데 이런 노래가 가라국의 시조인 김수로왕을 맞이하면서 불렀고, 이후로도 지속되었을 것으로 보인다. 이들 노래에서 거북의 목은 남근 숭배의 한 상징(Phallic symbol)이고, '구워서 먹으리(燔灼而喫也)'에서 '번작(燔灼)'의 도구인 '불'이 다름 아닌, 원시인들의 격렬한 욕정이 깃든 여자 성기의 은유라는 점이다.[22] 그리고 〈구지가〉로부터 700년이 지난 8세기 전반에 수로부인이 용왕에게 납치되자 〈해가〉로 다시 불렀던 것으로 여겨진다. 이들 주술가요는 가요의 저변에 성기 숭배가 자리를 잡고 있었고, 다시 말해서 한국의 성기 숭배는 오래된 신앙적 형태를 가지고 있었다고 여겨진다.[23]

---

21 김태식, 「紫色, 間色에서 絶大의 색깔로 – 地上의 天皇을 표방한 始祖들」, 『인문사회연구』 18호, 선문대학교 인문사회과학, 2016, 113면.

22 정병욱, 「한국시가문학사(上)」, 『한국문화사대계(Ⅴ)』, 고려대민족문화연구소, 1967, 764~776면.

23 오늘날에도 전승되는 수로왕 관련의 성기 설화가 있다. 가야국 김수로왕의 성기가

신라의 성기 숭배와 관련하여 『화랑세기』의 기록을 조심스럽게 거론할 수 있다. 12세 풍월주 「보리공(菩利公)」조에 보리공이 하종공을 따라 신궁에 들어가서 법흥과 옥진의 교신상(交神像)에 절하는 대목이 나온다.[24] 여기 교신상은 법흥과 옥진의 교합을 만들어놓은 형상이었지 않나 생각된다. 그렇다면 이는 당시 화랑도 사이에서 자리를 잡고 있던 성숭배 내지 성기신아의 단면을 추측할 수 있는 언급으로 여겨진다. 게다가 『화랑세기』에는 '색공(色供)'이나 '마복자(摩腹子)'에 대한 기록들이 나온다. 색공이란 남편을 둔 아녀자가 왕과 귀족에게 성적으로 수청을 드는 것을 말한다. 마복자란 아랫사람의 임신한 여자가 권력자의 남자에게 가서 보호를 받으면서 성관계를 맺고 태어난 아이를 뜻한다. 이렇게 태어난 아이는 해당 권력자의 친자식은 아니더라도 친자 이상의 보호와 후원을 받으며 사회적으로 성장하게 된다.

이는 정조와 정절을 중시하는 유교 이념이나 그 영향 아래에 있는 오늘날의 윤리 규범으로는 받아들이기 어렵다. 그렇지만 신라 시대에는 그들만의 가치 체계나 규범이 있었을 것이다. 그래서 색공이나 마복자의 관습이 당대 사회와 문화적으로 충돌하지 않고 존재하였을 것으로 보인다. 색공이나 마복자는 정치적인 권력 관계망보다는 인간의 몸과 성을 중시하는 신라인의 문화적 가치 체계에서 비롯된 것으로 보인다. 또한 그것은 중국의 유교적 윤리 규범이 이 땅에 본격적으로 자리를 잡기 이전부터 자리를 잡았던 다산과 풍요의 성기신앙이 내재

얼마나 컸던지 낙동강을 건널 수 있는 다리를 놓았다고 한다. 허황후도 키가 커서 낙동강 앞의 섬을 건너가는데 겨우 속곳 밑이 조금 젖었다고 한다. (정상복·류종목 편, 「경상남도 거제군편」, 『한국구비문학대계』(8-2), 한국정신문화연구원, 1980, 33~34면).
24 이종욱, 『화랑세기』, 소나무, 1999, 134면.

적으로 작동되었던 것으로 판단된다. 한 마디로『화랑세기』에서 보이는 색공이나 마복자의 관습은 신라인의 성숭배와 직간접적으로 연결되어 있었다고 여겨진다.

3. 지증왕의 관련 설화와 성기 숭배

3.1. 자료의 검토

신라 제22대 지증왕의 국가 경영에 관한 면모는『삼국사기』「신라본기」제4편의 〈지증마립간(智證麻立干)〉조와『삼국유사』「기이」제1편의 〈지철로왕(智哲老王)〉조에 수록되어 있다. 왕의 성기 숭배와 관련된 해당 기록은『삼국사기』에 없고『삼국유사』의 그것에 수록되어 있다. 지증왕의 관련 설화에 대한 실체를 파악하기 위한 예비 단계로『삼국유사』「기이」제1편의 〈지철로왕〉조를『삼국사기』의 〈지증마립간〉조를 통해 견주어 검토할 필요가 있다.『삼국유사』「기이」편의 〈지철로왕〉조는 아래와 같다.[25]

> ① 제22대 지철로왕(智哲老王)의 성은 김씨요, 이름은 지대로(智大路), 또는 지도로(智度路)이고, 시호(諡號)는 지증(智證)이라 하였다. 시호가 여기에서 시작되었다. 또 우리말로 왕을 마립간(麻立干)이라 하는 것도 이 왕으로부터 시작되었다. 왕은 영원(永元) 2년 경진(庚辰)에 왕위에 올랐다. (혹은 辛巳라고도 하는데, 그렇다면 3년이다).
>
> ② 왕은 음경 길이가 한 자 다섯 치로 배필을 얻기 어려워서 시자(使者)

---

25 참고로 숫자는 필자가 논의의 편의를 위해 붙인 것이다.

를 삼도(三道)에 보내어 구하였다. 시자가 모량부(牟梁部) 동로수(冬老樹) 아래에 이르니 두 마리 개가 북만큼 큰 똥 덩어리의 양쪽 끝을 다투며 먹고 있는 것을 보았다. 시자는 동네 사람을 방문하였는데, 한 소녀가, "이것은 모량부 상공(相公)의 따님이 여기에서 빨래하다가 숲속에 숨어 싼 것입니다."라고 알려주었다. 그 집을 찾아가 살펴보니 신장이 일곱 자 다섯 치였다. 이 사실을 갖추어 아뢰었더니 왕이 수레를 보내서 맞이하여 궁중으로 들게 하여 황후로 삼으니 뭇 신하들이 모두 하례하였다.

③ 또한 아슬라주(阿瑟羅州, 지금의 溟州) 동쪽 바다 가운데에 순풍으로 이틀을 가면 우릉도(羽陵島, 지금의 羽陵)가 있는데, 둘레가 2만 6,730보이다. 섬에 사는 오랑캐들이 그 물이 깊다는 것을 믿고 교만하여 신하되기를 거절하였다. 왕이 이찬(伊飡) 박이종(朴伊宗)에게 명하여 군사를 거느리고 가서 치게 했다. 이종은 나무로 사자를 만들어 큰 배의 위에 싣고서 위협하여, "항복하지 않으면 이 짐승을 풀어 놓겠다."라고 하였다. 섬 오랑캐들이 두려워하여 항복하였다. 이종에게 상을 주어 고을의 우두머리로 삼았다.[26]

『삼국유사』「기이」제1편의 〈지철로왕〉조는 세 개의 단락으로 이루어져 있다. 첫째 단락에 해당하는 예문 ①은 신라 제22대 지증왕에 대

26 『三國遺事』「紀異」卷1, 〈智哲老王〉條. "第二十二, 智哲老王. 姓金氏. 名智大路. 又智度路. 諡曰智證. 諡號始于此. 又鄕稱王爲麻立干者, 自此王始. 王以永元二年 庚辰卽位(或云辛巳則三年也). 王陰長一尺五寸. 難於嘉耦. 發使三道求之. 使至牟 梁部冬老樹下. 見二狗嚙一屎塊如鼓大, 爭嚙其兩端. 訪於里人. 有一小女告云. 此 部相公之女子洗澣于此, 隱林而所遺也. 尋其家檢之, 身長七尺五寸. 具事奏聞. 王 遣車邀入宮中. 封爲皇后, 群臣皆賀. 又阿瑟羅州(今溟州)東海中, 便風二日程有于 陵島(今作羽陵). 周迴二萬六千七百三十步. 島夷恃其水深, 驕傲不臣. 王命伊喰朴 伊宗將兵討之. 宗作木偶師子, 載於大艦之上. 威之云. 不降則放此獸, 島夷畏降. 賞 伊宗爲州伯."

한 소개로 이름과 시호 등을 기술하고 있다. 『삼국사기』에서는 〈지증
마립간〉조에 기술되어 있는 부분과[27] 비견된다. 지증왕의 혈통에 대해
서는 『삼국사기』가 보다 구체적이지만 『삼국유사』의 예문 ①도 그것에
못지않게 사실적이고 실증적으로 서술하려는 태도를 보이고 있다. 『삼
국유사』에서는 '지증(智證)'이란 시호를 처음 사용했다든가, 마립간이
우리말로서 왕을 뜻한다는 『삼국사기』에 없는 정보도 있다.

　문제는 본고에서의 분석 대상인 예문 ②이다. 지증왕의 음경이 너무
길어서 배필을 찾지 못하였다든가, 북만큼 큰 똥을 싼 여자를 찾아서
왕비로 삼았다는 다소 황당한 기술물이 편입되어 있기 때문이다. 이것
이 무엇을 의미하는지 분석을 해봐야겠지만, 여기에 대응하는 『삼국사
기』의 해당 기록은 다음 부분이다.

　　왕은 체격이 크고 담력이 남보다 뛰어났다. 전왕이 죽고 아들이 없었기
　때문에 왕위를 계승하였다. 이 때 나이가 64세였다.[28]

　여기 『삼국사기』에서는 지증왕의 풍채와 담력, 왕위 계승의 까닭을 사
실적으로 서술하고 있다. 반면에 『삼국유사』에서는 설화적 표현 방식을
취하고 있다. 지증왕의 예사롭지 않은 모습을 한 자 다섯 치나 되는 음
경에서 찾고 있고, 짝이 되는 여자도 일곱 치 다섯 자나 되는 키와 북처럼
많이 눈다는 똥에서 찾고 있다. 이러한 표현 방식은 역사보다 설화에서나
적합한 방식이다. 그렇지만 여기 『삼국사기』와 『삼국유사』의 해당 기록은

---

27 『三國史記』, 「新羅本紀」 제4편, 〈智證麻立干〉條. "智證麻立干立, 姓金氏, 諱智
　大路, 或云智度路, 又云智哲老. 奈勿王之曾孫, 習寶葛文王之子, 炤知王之再從弟
　也. 母金氏鳥生夫人, 訥祇王之女. 妃朴氏延帝夫人, 登欣伊湌女 ……"
28 『三國史記』, 「新羅本紀」 제4편, 〈智證麻立干〉條. "體鴻大, 膽力過人. 前王薨, 無
　子, 故繼位. 時年六十四歲."

둘 다 예사롭지 않았던 왕의 인물됨을 말하고자 한 것이다.

예문 ③은 신라 지증왕 치적의 하나인 울릉도 정복에 대한 기사이다. 『삼국사기』에서도 지증왕 13년 6월에 우산국 사람들이 지형적으로 험준한 것을 믿고 신라에 귀복지 않자 이사부가 징벌하는 내용이 수록되어 있다. 『삼국유사』에서는 지명과 정복자의 이름이 『삼국사기』와 다르게 기록되어 있지만 서사 맥락은 거의 같다. 당시 우산국은 신라의 통치 바깥에 독자적인 세력을 형성하고 있었던 듯한데, 이사부(『삼국유사』에서는 박이종)가 목제 사자로 섬사람들을 굴복시켰다는 내용이다.

신라 지증왕에 대한 이들 두 기록을 살펴보자면, 『삼국사기』가 『삼국유사』보다 정보량이 훨씬 많다. 『삼국사기』에는 『삼국유사』에 없는 국명 유래, 상복법, 축성, 주군현 제도의 정비 등의 여러 기사가 수록되어 있다. 반면에 세 개의 기사로 구성되어 있는 『삼국유사』에서는 예문 ②와 예문 ③이 이야기 방식으로 서술되어 있는데, 이 중에서 지증왕의 성기 관련 설화에 해당하는 예문 ②가 『삼국사기』에 없는 내용이어서 주목된다. 물론, 예문 ②는 앞서 언급한 것처럼 『삼국사기』에 기록된 지증왕의 체격과 담력이 뛰어났다는 기록에 대응되는 설화적 기술물이다. 따라서 지증왕의 성기 숭배와 관련된 『삼국유사』의 예문 ②는 따로 장을 마련하여 문학적 검토와 함께 문화인류학적 해석이 필요하다고 본다.

3.2. 관련 설화와 성기 숭배

예문 ②를 요약하자면, 신라 지증왕은 옥경이 너무 커서 짝을 찾지 못하다가 북처럼 큰 똥을 눈 일곱 자 다섯 치의 큰 여자를 맞이하여 어렵게 배필로 삼았다는 이야기이다. 한 마디로 지증왕의 왕비를 맞이한 내력을 밝히는 기술물이다. 이야기의 서사 구성은 다음과 같다.

① 왕의 음경 길이가 한 자 다섯 치였다.

② 짝을 얻기 어려워 시자를 삼도(三道)에 보냈다.

③ 모량부 동로수(冬老樹) 아래에서 북과 같은 큰 똥 덩어리를 발견했다.

④ 똥 덩어리의 주인공인 모량부 상공의 딸을 찾으니 신장이 일곱 자 다섯 치였다.

⑤ 왕은 수레를 보내 처녀를 궁중으로 맞이하여 황후로 삼았다.

⑥ 모든 신하가 하례하였다.

지문 ①에서는 신체의 일부를 통해서 지증왕이 예사로운 인물이 아니라는 것을 암시하고 있다. 그것도 다름 아닌, 성기가 한 자 다섯 치(오늘날 40센티 내외)나 되었다는 것을 강조하면서까지 비범함을 드러내고자 하였을까 궁금하지 않을 수 없다. 고대 사람들이 받아들인 유적과 유물의 성기가 생명력이 충만한 풍요로움을 상징하고 있었지만, 후대 문헌을 찾아보면 그것이 반드시 긍정적인 의미로 받아들여진 것 같지는 않다. 신라 선덕여왕(재위 632~647) 때의 여근곡 설화도 그렇고, 35대 경덕왕(재위 742~765)의 8치나 되는 큰 옥경도 해석 여부에 따라 부정적으로 해석될 수도 있다. 그렇지만 고대 이래로 남근은 대체적으로 긍정적 의미로 나타났고, 특히 왕의 옥경은 비범함과 권위를 상징하고 있었다. 앞서 언급한 수로왕이 큰 성기로 낙동강을 건널 수 있는 다리를 놓았다는 설화는 그가 예사롭지 않은 비범한 능력을 가진 왕의 권위를 담고 있기 때문이다. 이를 두고 조현설은 지증왕의 거대한 남근을 강력한 왕권과 같은 권력 담론으로 해석하기 한다.[29] 필자가

---

29 조현설은 권력 담론의 근거로써 왕의 업적을 들었다. 지증왕은 60세에 왕위에 등극하여 국호를 신라로 정하였고 처음으로 왕의 칭호를 사용하였다. 그리고 순장법을 폐

보기에 여기 지증왕의 옥경은 긍정적인 의미로써 당시 신라인들이 생각하고 받아들인 몸에 대한 보편적 인식을 담고 있다고 보는데, 그 중에서도 성기에 대한 숭배 의식이 내재되어 있다고 판단된다.

지문 ②에서 왕은 신라 곳곳에 시자를 보내 자신의 배필을 찾고 있다. 여기에서는 힘과 권위를 지닌 지증왕의 존재감을 드러내고 있다. 지문 ③에서는 앞서 비범함과 권위를 지닌 국왕이 자신의 배필을 하필 누군가 나무 아래에 싸놓은 큰 똥 덩어리에서 찾고 있다. 여기 똥 덩어리는 국왕의 짝으로 걸맞을 배우자의 분신이자 성적 매개물이다. 물론, 여기에서 똥은 불결하거나 좋지 않은 대상이 아니라, 오히려 신성함을 전제로 하고 있는 상서로운 존재이다. 이 점에 대해서 동서양에서 똥은 더럽다기보다는 신성시하는 관습이 있었다는 것을 인식할 필요가 있다. 예로부터 똥에는 정령이 있다고 믿거나 점을 치기도 하였다.[30] 더 나아가 똥이나 오줌과 같은 배설물이나 그러한 배설 기능은 성(性)과 동일시하거나 밀접하게 여기는 역사성을 갖고 있었다.[31]

시자는 모량부 동로수 아래에 북처럼 큰 똥 덩어리를 배설한 여자야말로 옥경이 한 자 다섯 치나 되는 국왕과 짝이 될 수 있는 대상으로 여긴듯하다. 북처럼 큰 똥을 쌌다는 것은 성적 궁합 이외에도 많은 자손의 출산을 통해서 나라의 풍요로움을 가져올 여자라는 것을 의미하

지시켰다든가 우경법을 시행하였고 우산국(울릉도)을 정벌하는 등의 국가 체제의 정비에 치적을 쌓았기 때문이다(조현설, 『우리 신화의 수수께끼』, 한겨레출판, 2006, 151~152면).

30 존 그레고리 버크(성귀수 옮김), 『신성한 똥』, 까치글방, 2002, 167~169면.
   랠프 A 레윈(강현석 옮김), 『똥』, 이소출판사, 2002, 233~239면.
   마르탱 모네스티에(임헌 옮김), 『똥오줌의 역사』, 문학동네, 2005, 375~388면.
31 존 그레고리 버크, 위의 책, 9~12면.

였기 때문이다. 여기 큰 똥 덩어리는 다산과 풍요의 등가적 상징물이다. 농경사회에서 많은 자손의 출산은 노동력과 생산력을 높이고 풍요로움을 가져다준다. 이것은 농경국가였던 신라 사회에 전승되며 자리를 잡고 있었던 성기 신앙의 한 측면을 말해준다고 하겠다.

지문 ④에서는 마침내 똥 덩어리의 주인공인 모량부 상공의 딸을 찾아냈는데, 키가 일곱 자 다섯 치나 된다는 것은 처녀도 예사롭지 않았다는 것을 말함이다. 이것은 여자가 절대적 권위를 지닌 국왕에 걸맞은 배필로 부합할 것임을 드러내고자 한 것이다. 이것은 김수로왕의 배필이었던 허황후가 낙동강 앞의 섬을 건너가는데 신장이 얼마나 컸던지 겨우 속곳 밑이 조금 젖었을 뿐이라는 설화와 비슷한 사례라는 것을 알 수 있다. 필자가 보기에, 『삼국유사』에 수록된 옥경이 큰 지증왕과 키가 큰 처녀의 설화나 오늘날에 전승되는 거대한 남근을 지닌 김수로왕과 키가 컸다는 허황후의 설화는 동일한 성기숭배 모티브를 갖고 있다. 이것은 신라 이전부터 내려오던 성기 숭배의 모티브가 설화로 만들어진 것으로 판단된다. 물론, 지증왕은 능력도 예사롭지 않았고 옥경도 컸을 것이다. 이것은 이야기로 유포되어 전승되면서 민중적 상상력이 더해졌고 일연의 『삼국유사』에 수록된 것으로 여겨진다.

다음으로 지문 ⑤와 ⑥에서는 기이한 결연을 통해 맺어진 왕과 황후의 결합은 장차 나라가 풍요롭고 번영할 것임을 암시한다고 하겠다. 한 마디로 『삼국유사』「기이」제1편의 〈지철로왕〉조에 수록된 지증왕의 결혼 이야기는 언뜻 보면 왕이 성기가 너무 커서 합궁할 여자를 어렵게 찾았다는 내용이다. 하지만 그것의 이면에는 당시 신라사회에 자리를 잡고 있던 성기 숭배라는 문화적 코드가 내재되어 있었다는 사실이다.

4. 맺음말: 문화사적 의미를 대신하여

이 논문에서는 신라시대의 성기 숭배와 그것에 대한 『삼국유사』「기이」편의 〈지철로왕〉조에 수록된 지증왕의 관련 설화를 분석하였다.

먼저 신라시대의 성기 신앙을 살펴보았다. 우리 조상들은 신라보다 훨씬 이전 시기부터 성기를 생산과 풍요를 가져다주는 생명의 원천으로 인식해왔다는 것을 유적이나 유물, 그리고 문헌 자료를 통해 확인할 수 있었다. 한반도에는 지금도 청동기시대 울산 반구대 암각화나 농경의기 등에 성기신앙의 유적과 유물이 남아 있다. 문헌 자료에서도 고구려의 국중대회에서 남근을 모셨다는 기록을 확인할 수 있다. 신라의 성기신앙은 갑자기 생겨난 것이 아니고 그것의 연장선상에서 전개되었다고 판단된다. 다만, 신라의 성기신앙이 구체적으로 어떠했고 어떤 성격을 지니고 신라인의 삶속에 용해되어 작용하고 있었는지를 살펴보는 것이 중요하다고 본다.

삼국시대에 신라인의 성기신앙을 확인할 수 있는 것은 고분에서 나온 교합하는 토우나 안압지에서 나온 목제 남근과 같은 유물을 통해서 충분히 짐작할 수 있다고 본다. 문헌 자료에서도 신라인의 성기신앙을 충분히 짐작할 수 있고 그것이 신라사회에서 얼마나 깊이 자리를 잡고 있었는지 확인할 수 있었다. 이 과정에서 필자는 『삼국유사』「기이」편의 〈수로부인〉조에 수록된 향가 작품인 〈헌화가〉야말로 성기신앙에서 비롯된 노래인 것으로 파악한 바 있었다. 왜냐하면 이 노래에 나오는 '자포암호'가 바로 남근석을 의미하였기 때문이었다.

또한 본고에서는 『화랑세기』에 나오는 법흥과 옥진의 교신상에서부터 '색공'이나 '마복자' 제도를 인간의 몸과 성을 중시하는 신라인의 문화적 가치체계에서 비롯된 것으로 파악하였다. 그리고 그것의 이면에는 신라인의 성숭배와 관련된 다산과 풍요의 성기신앙이 내재되어 직간접적으로 작동된 것으로 보았다.

　『삼국유사』「기이」편의 〈지철로왕〉조에 수록된 지증왕의 성기 관련 설화는 신라인들 사이에서 내려온 성기 숭배가 자리를 잡고 있었다고 보았다. 특히, 한 자 다섯 치나 되는 왕의 옥경은 왕의 비범함과 권위를 상징하며, 여기에는 신라인들이 생각하고 받아들인 몸에 대한 보편적 인식을 담고 있었다고 여겨진다. 왕비로 간택된 처녀의 큰 똥도 성적 매개물로 파악하였다. 여기 지증왕의 성기 관련설화는 당시 신라사회에 자리를 잡고 있던 성기 숭배라는 문화적 코드가 내재하고 있었던 것으로 파악하였다.

새로운 한글 유산록
<금강산졀긔 동유록>의 작자와 작품 분석

1. 머리말

우리 선인들에게 산수 유람은 단순히 산행 체험이나 기행에 머물지 않았다. 그들은 산수 유람을 통해 심성을 연마하고 자연 속에 내재된 이치를 탐구하며 자신의 정신세계를 고양하고자 하였다. 그래서 우리 선인들은 산수를 유람하기 위해 일부러 시간을 내서 명산대천을 향해 길을 떠났고 그것을 기록으로 남겼다. 이러한 움직임은 이미 고려시대에 나타났거니와 조선조에 이르러서는 부쩍 많아졌다. 조선시대를 통틀어 유산기·유산록이란 제명 아래 약 560여 편의 작품이 남아 있다.[1] 이처럼 조선조에 들어와서 산수 유람을 기록으로 남긴 일련의 문학 행위는 조선조의 문화 기조 전반과 일정한 관계를 갖고 이뤄진 것이었다.[2]

이러한 바탕 위에서 금강산을 시작으로 지리산·청량산·소백산·묘향산·한라산을 비롯하여 삼각산·계룡산에 대한 산행 체험을 기록으로 남겼다. 더 나아가 무주의 적성산이나 아산의 도고산, 또는 보령의

---

1 호승희, 「조선전기 유산록 연구」, 『한국한문학연구』 18집, 한국한문학회, 1995, 100면.
2 이혜순 외, 『조선중기의 유산기 문학』, 집문당, 1997, 14면.

성주산처럼 사람의 발길이 잘 닿지 않는 시골의 궁벽진 산을 등정하고
지은 유산기도 나왔다. 조선시대에 유산기·유산록이란 제명 아래 현
존하는 600여 편의 기록물은 대체적으로 이름이 있는 문인들이 명산
대천을 다녀와서 지었던 활자화된 문집 형태로 전해진다. 반면에 고을
주변에 있는 산을 다녀와서 지은 유산기는 잘 알려지지 않은 무명의
작자가 지은 바, 활자본보다는 묵서본 형태로 전하는 사례가 많았다.

유산기는 대부분 한문으로 지어졌고 한글로 지어진 것은 손으로 꼽
을 정도이다. 게다가 그것도 산문보다는 기행가사가 대부분을 차지하
고 있다.[3] 그런 점에서 이번에 새로 나온 〈금강산결긔 동유록〉은 19세
기 중엽에 지어진 한글 유산록으로서의 자료적 가치가 높다. 이 작품
은 1863년에 강원도 관찰사로 부임했던 작자가 관내를 순행하는 명분
으로 한 달에 걸쳐서 금강산을 다녀온 유산록이다.

〈금강산결긔 동유록〉은 아직까지 학계에 소개된 적이 없었다. 따라
서 이 논문에서는 먼저 자료에 대한 소개와 함께 기록물을 통해 작자를
고증할 것이다. 이어서 〈금강산결긔 동유록〉에 대한 작품 분석을 통해
서 그것의 서술 방식과 기행 내용을 고찰할 것이다. 마지막으로는 자
료적 가치와 함께 작품 전문을 부록으로 제공하고자 한다.

---

3 염은열, 「19세기 금강산 가사의 특징과 문화적 의미 -〈금강산유산록〉과 〈관동신
   곡〉을 중심으로」, 『고전문학연구』 14집, 한국고전문학회, 1998, 55~86면.
   유정선, 「18·19세기 기행가사 작자층의 성격변화 연구」, 『한국시가연구』 6집, 한국
   시가학회, 2000, 235~261면.
   김기영, 「금강산유산록의 작품 실상과 교육적 함의」, 『한국문학이론과 비평』 15집,
   한국문학이론과 비평학회, 2002, 415~441면.
   조규익, 「〈박금강금강산유산록〉 소고」, 『숭실어문』 22집, 숭실대학교 국어국문학과,
   2006, 255~273면.

2. 〈금강산졀긔 동유록〉의 서지와 작자

한글유산록 〈금강산졀긔 동유록〉는 『양전편고(兩銓便攷)』[4] 제1권의 이면에 모필로 필사되어 있다. 실끈으로 책을 묶는 서배(書背) 부분을 풀고 그 이면에 적어 놓았기 때문에 절첩본의 모습을 띤다. 이면에는 〈금강산졀긔 동유록〉 외에 〈유충열전〉과 〈괴똥전〉도 함께 필사되어 있다. 겉표지에는 '금강산졀긔 동유록 권지일', 표지 안쪽에는 '금강산 목녹', '동유록 권지일', '금강산목녹이라'라고 적고 있다. 크기는 가로 19.5cm, 세로 30cm이다. 〈금강산졀긔 동유록〉은 전체 56면에 걸쳐 필사되어 있다.

〈금강산졀긔 동유록〉은 작자가 1863년 가을에 유람하고 지어진 것이지만, 『양전편고』의 간행년도가 1865년도인 점으로 미루어 필사 시기는 1865년 이후일 것으로 판단된다. 이 자료는 선문대 박재연 교수가 소장하고 있다.

필사 자료에는 작자명을 적시하고 있지 않다. 하지만 내용을 검토해 보면, 〈금강산졀긔 동유록〉의 작자는 승산(勝山) 김영근(金泳根, 1793~1873)이 확실하다. 김영근은 본관이 안동(安東)으로 정묘호란 때에 척화 대신으로 이름이 높았던 청음(淸陰) 김상헌(金尙憲, 1570~1652)의 9대손이다. 주지하다시피, 청음 김상헌의 후손은 조선후기에 세도가로 이름이 높았다. 그 중에서도 청음의 셋째 손자로 노론의 영수였던 김수항(金壽恒, 1629~1689)의 후손이 조선후기 세도정치의 중심 세력이 되었다.

---

4 『양전편고』는 고종 2년(1865)에 남병길 등이 편찬한 문무관의 임면·전보·승진·징계·복무 등과 같은 인사 관계 법령과 관례를 모아 놓은 서책이다.

〈금강산졀긔 동유록〉의 작자인 김영근은 김상헌 – 김수항 – 김창집으로 이어지는 그의 직계 후손이었다. 김영근이 유산록의 작자라는 것을 아래의 예문에서 단서를 찾을 수 있다.

〈예문 1〉

"우리집 쳥음(清陰) 션조 글지어 칭찬ᄒ신 말슴 우리ᄂ라 강산 누디 못 보신더 업건마는 경치의 그 유(類) 업기 이 졍즈라 ᄒ셧시미 션싱의 일은 말슴 과연 그러ᄒ실지라"[5]

〈예문 2〉

"길가의 큰 니물이 셔편으로 ᄂ려오니 곡운구곡(谷雲九曲)으로 흘녀 오ᄂ지라 곡운은 츈천 짜히요 화악산 셔편이라 족(族) 뉵디조 곡운션싱(谷雲先生)이 산슈를 스랑ᄒᄉ 여려 ᄒ 게신 데라."

위의 예문 1과 2를 보면 한글 유산록 〈금강산졀긔 동유록〉의 작자는 쳥음 김상헌의 후손이고 곡운(谷雲) 김수증(金壽增, 1624~1701)이 족6대조가 된다. 따라서 여기에서 작자는 안동김씨이고 김수증의 아우였던 김수홍(金壽興, 1626~1690)이나 김수항(金壽恒, 1629~1689)의 후손이라는 것을 알 수 있다.

〈예문 3〉

"셩은으로 관동 팔악이 박명을 맛기시니 승뉴쳔화ᄒ려니와 슌력인들 아니ᄒ랴"

---

5 인용문의 한자 병기는 필자가 넣은 것이다.

〈예문 4〉
"계히 츄팔월 초뉵일의 슌부 길을 쩌나가니 셋지아희 방비들과 쏘로ᄂ
니 만터라"

그런데 〈예문 3〉과 〈예문 4〉를 보면 작자가 강원도 관찰사로 제수
되었고, 계해년(癸亥年)에 8월 초6일에 관내 순부의 길을 떠나고 있음
을 확인할 수 있다. 아울러 셋째 아들이 동행하고 있다는 것도 알 수
있다. 여기에서 김수홍(金壽興, 1626~1690)을 족6대 선조로 하는 후손
이 살았던 계해년에 해당하는 것은 1783년, 1803년, 1863년 정도로
압축된다.

〈예문 5〉
"일힝이 일즉 쩌나 즁노의 이른즉 둘지아희 편지 왓다 어적긔 츈쳔 와셔
기다인다 ᄒ여시니 (중략) 둘지아희 호조판셔 어영ᄃ장 겸ᄃᄒ되 나라의
승소ᄒ고 근친차로 이리 오ᄆᆡ 긱지의 맛ᄂ 보니 반갑기도 층양업고 심계
가 더옥 조타"

위의 〈예문 5〉는 작자가 관내를 순부(巡府)하고 있는 도중에 호조판
서이자 어영대장을 겸임하고 있는 둘째 아들이 춘천에 와서 기다려
서로 상봉하는 대목이다.

예문 1에서 5까지의 내용을 정리하자면 작자는 안동김씨로서 청음
김상헌의 후손이고 김수증의 족7대손인 인물이다. 그리고 작자는 계
해년에 강원도 관찰사를 맡고 있었고 둘째 아들이 호조판서와 어영대
장을 겸임해야 한다. 이를 충족하는 인물이 바로 〈금강산졀긔 동유록〉
의 작자가 된다. 그런데 이러한 사실은 『조선왕조실록』에서 그대로 확

인된다.

〈예문 6〉
"철종 14년 4월 15일. 강원감사 남병길을 수원유수 김영근과 서로 바꾸
게 하다."[6]

〈예문 7〉
"철종 13년 윤8월 6일. 김병기를 어영대장에 임명하다."[7]

〈예문 8〉
"철종 14년 2월 7일. 김병기를 호조판서로 삼다."[8]

작자는 철종 14년(1863) 8월에 강원도 관찰사로 있으면서 관부를 순
력할 수 있었던 인물이어야 한다. 그런데 위의 〈예문 6〉을 보면 그
해 4월에 15일에 김영근(金泳根, 1793~1873)이 수원유수로 있다가 강원
감사로 전임된 것을 확인할 수 있다. 〈예문 7〉과 〈예문 8〉에서는 당시
호조판서와 어영대장을 맡고 있던 인물이 김병기(金炳冀, 1818~1875)라
는 것을 알 수 있다. 그렇다면 김영근과 김병기는 어떤 관계인지 좀
더 살펴보자.

작자인 김영근은 조선말기 세도정치의 권문세가였던 안동김씨 출신
이었다. 그는 병자호란 때에 척화파 청음 김상헌의 9대손이다. 그리고
그는 조선후기의 문신이자 성리학자인 김수증(金壽增, 1624~1701)의 7대

---

6 『철종실록』13권, 신묘2번째 기사. "命江原監司南秉吉, 水原留守金泳根, 相換."
7 『철종실록』14권, 병술1번째 기사. "以許棨爲禁衛大將, 金炳冀爲御營大將."
8 『철종실록』15권, 계미1번째 기사. "以金炳冀爲戶曹判書."

손이고 김창집(金昌集, 1648~ 1722)이 5대조 할아버지가 된다. 조선후기
순조 재위 시에 세도정치로 이름이 높은 김조순(金祖淳, 1765~1832)이
그의 족4촌이었고, 아들 김좌근(金左根, 1797~1869)이 족5촌이었다.

〈금강산졀긔 동유록〉의 작자인 김영근은 다섯 아들이 있었는데, 둘
째 아들인 김병기가 세도정치의 중심 집안이었던 김좌근에게 입양되었
다. 그리고 작자를 동행했던 셋째 아들은 김병려(金炳驪, 1829~1883)였
다. 작자인 김영근은 황해도·강원도 관찰사, 광주·수원유수, 동부승
지, 공조·형조판서, 한성판윤, 판의금부사 등 중앙 요직을 두루 거쳤
다. 고종 12년(1875)에는 효정(孝貞)이란 시호(諡號)를 받았다. 따라서
〈금강산졀긔 동유록〉의 주인공이자 작자는 김영근임이 분명하다.

3. 〈금강산졀긔 동유록〉의 작품 분석

3.1. 유산록과 기행 노정

〈금강산졀긔 동유록〉의 작자인 김영근은 철종 14년(1863) 4월 15일
에 강원감사로 임명되었고 음력 8월 6일에 각 고을을 순시한다는 명분
으로 원주 감영에서 금강산을 향해 길을 떠난다. 원주에서 북상하여
횡성으로, 횡성에서 홍천을 지나 춘천과 화천을 거쳐 단발령을 넘어
금강산으로 들어간다. 금강산 곳곳을 유력하고서 온정과 통천, 고성과
양양을 거쳐 대관령을 넘어 횡계와 횡성을 통해 원주 감영으로 귀환하
였다. 작자 일행은 출발지에서 북동쪽으로 가서 금강산을 유람하고 동
해안을 타고 내려오다가 서남쪽으로 방향을 돌려 음력 9월 초4일에
감영으로 귀환한다. 작자의 유람은 28일이 걸렸고, 관내 10여 고을을

거쳤다. 이 때 작자가 나아간 날짜와 여정은 다음과 같다.

　　1863년 음력 8월6일(양력 9월 18일) 원주 감영 출발→횡성(7일)→창봉역
　　→홍천(8일)→범파정→원창역→춘천(9일)→문소각→오리정→소양정→소양
　　강→우두촌→인남역→은계역마(10일)→곡운구곡→낭천읍(현, 화천)→산양
　　역→서운역(11일)→김성읍→창도역(12일)→단발령→장북참→장안사(13일)
　　→지장암→백천동→명경대→백탑동→망군다→영원암→옥초대→표훈사→
　　명연담→천왕바위→삼불암→백화암→함영교→표훈사→정양사(14일)→혈
　　성루→천일대→정양사→표훈사→만폭동→원통동→용곡담→수미탑→만폭
　　동→팔담→보덕굴→마하연(15일)→혈망봉→묘길상→선천담→백화담→안
　　무재→은선대→효운동→유점사(16일)→구룡사→선담→산영루→유점사→
　　백천교→상운영→마대령→경고촌→신계사→구룡연→옥류동→온정(17일)
　　→양진→백정봉→통천(18-20일)→총석정→사선봉→화선정→고제촌(21-
　　22일)→통천읍→조진(23일)→장전진→삼일포→사선정→몽천암→고성읍
　　(24일)→해금강→간성읍(25일)→아야촌(26일)→청간정→낙산사(27일)→
　　보타굴→의상대→양양→등산창(28일)→호해정→경포대→홍장암→구산(29
　　일)→대관령→횡계→오대산월정사→진보역(9월1일)→대화중방(2일)→운
　　고→횡성오원(3일)→오대정→원주감영(음력 9월 4일/양력 10월 16일)

　　살펴보면, 작자인 김영근은 강원도 관찰사로 부임하여 원주 감영을
출발하여 북상하여 횡성으로 갔다. 그곳에서 홍천, 춘천 소양강 일대
와 낭천(현, 화천), 김화를 거쳐 단발령을 넘어서 금강산으로 진입하였
다. 원주 감영을 출발하여 7일 만에 금강산 장안사에 이르렀다. 그는
내금강과 외금강의 명승지를 열흘 정도에 걸쳐서 두루 구경하였다. 일
행은 동해안을 따라 내려오며 여러 고을을 지나 횡계와 오대산 월정사
등을 들러서 다시 원주 감영으로 돌아오는 노정을 택하였다.

그런데 유산록을 보면 작자는 오로지 유람을 위해 길을 떠난 것이 아니라, 예하 고을의 순시를 병행하고 있다는 것을 확인할 수 있었다. 그는 관내 고을과 역참을 통해 금강산을 향해 나아가면서 군수나 현감과 같은 고을 책임자로부터 업무를 보고받으며 처리하였다. 작자의 금강산 유람에는 강원도 감영에서 근무하던 아전을 비롯하여 여러 관리들이 뒤따랐다. 셋째 아들인 김병려도 있었다. 그리고 당시 호조판서 겸 어영대장을 맡고 있던 둘째 아들 김병기가 춘천에 왔다가 들러서 인사를 올렸다. 그는 공무로 다른 곳에 갔다가 금강산 장안사에서 다시 합류하였다. 이들 부자는 장안사부터 내금강 여러 곳을 함께 유람하다 14일에 정양사에서 헤어졌다.

3.2. 작품 구성과 서술 방식

대부분의 유산록은 산천 유람을 떠나게 된 동기를 밝히는 '서사(序辭)', 노정에 따라 유람하면서 보고 겪은 내용을 기록한 '본사(本辭)', 마지막으로 유력에 대한 소회를 밝히는 '결사(結辭)' 부분으로 나뉜다. 그런데 〈금강산졀긔 동유록〉에서는 서사와 본사가 있는데 결사 부분이 없다.

〈금강산졀긔 동유록〉의 '서사' 부분은 '금강산은 쳔하명산이요'에서 '이도 쏘흔 일운 비라'까지이다. 여기에서는 금강산과 관동팔경에 대한 소개와 그것에 대한 작자의 포부를 밝힌다. 그리고 강원도 관찰사가 되어 예하 고을에 있는 수령과 백성들의 수고로움을 살피고, 아울러 산천 구경을 나선다고 유람 동기를 적고 있다. '서사'부분에서 '중원 스람도 원ᄒ여 글을 지으되 고려국의 나셔 금강산 ᄒᆞᆫ 번 보기를 원ᄒ노

라'와 '셩은으로 관동 팔악(八嶽)이 박명(方面)을 맛기시니'에서처럼 소
동파의 시구를 원용하거나 송강 정철의 〈관동별곡〉 어구를 활용하여
작자 자신의 소감을 강조하고 있다. 여기 '서사' 부분에서는 이전의 문
헌에서 나온 관습적인 문구가 두드러지는 특징이 있다.

'본사' 부분은 '계히 츄팔월 초뉵일'부터 유람록의 마지막인 '군례로
문안ᄒ더라'까지이다. 본사는 순력 과정과 유람 내용을 적은 곳인데
유람이 구체적으로 어떻게 이뤄지고 있는지를 확인할 수 있다. 뿐만
아니라 유람을 하면서 사물과 자연을 대하는 작자의 태도를 엿볼 수
있다. 작자가 강원도 관찰사로서 예하 고을을 순력하며 민생을 살핀다
고 하였지만 그것에 대한 내용은 포괄적이고 소략하다. 반면에 작자의
유람 내력과 감회는 그것에 비해 구체적이다.

> "계히 츄팔월 초뉵일의 순부 길을 쩌나가니 셋지아희 방비들과 쏘로ᄂ
> 니 만터라. 횡셩읍 드러가셔 아스의 슉소ᄒ니 횡셩현감 현알ᄒ고 범빅(凡
> 百)이 초ᄎ치 아니터라. 아오게션 횡셩으로 잇슬 쩍의 늬 맛참 구산길노
> 이 아중의 슉쇼ᄒ니 읍터이 명낭ᄒ고 압뒤의 큰 늬 잇셔 그 가히 볼만ᄒ
> 다. 십연젼 과긱이요 오날ᄂ 도빅이라."

예문은 1863년 8월 6일에 강원도 관찰사였던 작자가 여러 관내 고
을을 살피려고 셋째 아들과 비복들을 데리고 순력의 길을 떠나는 장면
이다. 이들은 원주 감영을 출발하여 횡성으로 가서 숙소를 정하고 횡
성 현감으로부터 업무를 보고받고 있다. 횡성 현감의 업무 보고가 치
밀하다고 간략히 언급하고 있다. 반면에 작자는 그것보다는 십여 년
전에 집안 아우가 횡성 현감으로 있었다는 것과 함께 당시에 작자 자신
이 과객으로 그곳에서 머물렀다는 것을 구체적으로 드러내고 있다. 그

리고 이제는 자신이 강원도 도백으로 횡성 고을을 순시하는 처지에 있다고 감회를 드러내고 있다.

"진보역 슉소ᄒ고 초이일 디화즁방님 슉소ᄒ고 초ᄉᆞᆷ일 운교 즁화ᄒ고 오원 슉소ᄒ고 초ᄉᆞ일 환영ᄒ니 돌모로 십닌졍의 아희들 나왓더라. 오더졍 드러가니 겸즁군이 구갑쥬ᄒ고 긔긔치 거ᄂᆞ리고 군병으로 긴치고 방포 슴셩의 진문을 크게 여려 노코 군례로 문안ᄒ더라"

위의 예문은 작자가 유력을 마치고 원주 감영으로 돌아오는 장면이다. 진보 역사에서 나와 2일에 대화 중방에 와서 숙박하고 3일에는 운교에서 점심하고 오원에서 숙박하고, 4일에 원주 감영에 도착하고 있다. 유산록의 서술 방식이 노정 중심으로 기술되고 있다. 〈금강산졀긔 동유록〉은 순차적으로 날짜를 밝히고 이어서 노정 내용을 서술하는 일기체 유산록이라고 하겠다.

다음 예문을 보면, 〈금강산졀긔 동유록〉은 작자가 유람하면서 보고 들은 이야기를 기술하면서 작자의 주관적인 생각이나 느낌을 배제하고 객관성을 유지하고자 하였다. 표현 방식에서도 주관적인 묘사를 삼가고 사실성을 중시하고 있다는 것을 알 수 있다.

"보덕굴 지여시니 한편은 창벽이요 한편은 허공이라. 졍쇄헌 암ᄌᆞ집을 공즁의 지여노코 구리기동 열 아홉 죽더로 아리을 밧쳐 잇고 시우쇠 ᄉᆞᆯ 치여 좌우 창벽의 구멍 ᄯᅮᆶ코 얼거ᄂᆞᆫ디 한 간은 부쳐 안고 한 간은 즁의 방을 소쇄ᄒ게 ᄭᅮ민지라 그 우희 올나 안져 아리을 구버보면 아득ᄒ여 현긔 나니 놉기도 ᄒ거니와 위틱ᄒ여 못 볼너라."

1863년 8월 14일에 작자는 금강산 정양사를 출발하여 만폭동과 팔담을 거쳐 보덕굴에 도착하여 그곳을 숙소로 삼고 있다. 위의 예문은 당시 작자가 목격한 보덕굴에 대한 서술이다. 허공 절벽에 보덕굴이라는 암자를 지었는데, 아래로 구리 기둥 19개로 지주를 삼았고 쇠사슬로써 좌우 푸른 바위 절벽을 뚫고 얽어서 만들었다고 적고 있다. 방 한 칸은 부처님을 모시고 있고, 다른 한 칸은 스님들이 쓰고 있다고 하였다.

여기 사례로 들고 있는 보덕굴에 대한 기술 태도를 보자면, 작자는 대상을 객관성과 사실성을 중시하고 있다는 것을 알 수 있다. 전체적으로 작자가 거쳤던 곳이나 유람했던 내력을 일목요연하게 적고 있다. 반면에 작자가 유력하면서 느꼈던 작자의 내면세계나 자연에 대한 감흥을 깊이 있게 담아내지 못한 아쉬움이 없지 않다.

3.3. 유람 태도와 가문의식

작자가 원주 감영을 출발하여 금강산 유람을 마치고 돌아오는데 한 달이 걸렸다. 그는 금강산을 다녀오면서 거쳤던 고을과 장소를 빠뜨리지 않고 꼼꼼히 기록하고 있다. 작자가 거쳤던 고을과 명소도 백여 곳에 이른다. 그는 유람하면서 보고들은 견문이나 체험을 사실대로 적어나가고 있다. 이 과정에서 그의 〈금강산졀긔 동유록〉은 다른 유산록에 비해 기행 과정이 일목요연하게 기록될 수 있었다. 상대적으로 작자의 소감이나 견문에 대한 세부적인 묘사가 소략한 측면이 없지 않다.

한편, 〈금강산졀긔 동유록〉을 읽다보면 자신의 조상과 가문에 대한 자부심을 유산록 곳곳에 쏟아놓고 있었다. 이것은 산수 유람을 통해 심성을 다스리고 자연의 불변적인 이치를 탐색하려는 대다수의 유산록과 대조된다.

〈예문 1〉

"초팔일...... 둘지 아희 편지 왓다. 어젹긔 츈쳔 와셔 기다인다 ㅎ여시니...... 둘지 아희 호조판셔 어영디장 겸딕ㅎ되 나라의 슝소ㅎ고 근친차로 이리 오미 긱지의 맛느 보니 반갑기도 층양업고 심계가 더옥 조타. 부ᄌ 형졔 흔가지로 희산 풍경 구경가니 우리도 조커니와 남 보기도 희귀ㅎ다."

〈예문 2〉

"나는 츄후 쩌느 오리졍 소양졍의 즁간 올나보니 강슨 풍경이 과연 허명이 아니로다... 우리집 쳥음 션조 글지어 칭찬ㅎ신 말슴 우리느라 강산 누디 못 보신디 업건마는 경치의 그 유 업기 이 졍ᄌ라 ㅎ셧시미 션싱의 일은 말슴 과연 그러ㅎ실지라 녯말슴 싱각ㅎ여 다시곰 살펴보니 경긔도 졀승흔디 단적셩이 더욱 좃타."

〈예문 3〉

"길가의 큰 너물이 셔편으로 느려오니 곡운구곡으로 흘녀 오는지라 곡운은 춘쳔 싸히요 화악산 셔편이라 즉 뉴디조 곡운션싱이 산슈를 ᄉ랑ㅎᄉ 여러 히 게신 데라. 신려협아 룡담과 아홉 구뷔 경긔 좃타 영당이 계신지라 구경도 ㅎ려니 봉심을 아니ㅎ랴."

〈예문 1〉은 작자가 관내 고을을 순력하면서 금강산을 향해 가다가 춘천에 이르러 자신의 둘째 아들인 김병기를 만나는 장면이다. 작자는 원주 감영에서부터 동행했던 셋째 아들인 김병려와 함께 둘째 아들인 김병기를 춘천에서 만나고 있다. 그런데 여기에서 작자는 자신의 둘째 아들이 호조판서이자 어영대장을 겸직하고 있다는 사실을 밝히며 '우리도 조커니와 남 보기도 희귀ㅎ다'에서처럼 은근히 집안에 대한 자부심을 드러내고 있다.

〈예문 2〉에서 작자는 춘천 소양정에 올라서 그곳 풍광이 조선 최고라고 말했던 청음 김상헌의 언급을 상기하고 있다. 주지하다시피, 청음은 그의 8대조로 병자호란 때에 척화파의 핵심 인물이다. 여기에서 작자는 김상헌의 언급을 상기하며 조상에 대한 자부심을 드러내고 있다.

〈예문 3〉에서는 작자가 금강산을 가다가 곡운산을 지나면서 족6대조 할아버지인 김수증(金壽增, 1624~1701)을 기리는 장면이다. 이곳은 춘천에서 소양강을 지나 화천으로 가는 도중에 있다. 김수증은 숙종 15년(1689)에 기사환국으로 동생 김수항이 사사(賜死)되자 관직에서 물러나 이곳 곡운산(谷雲山)에 은거하며 주자(朱子)의 무이구곡을 본떠 곡운구곡(谷雲九曲)을 경영한 바 있다.

〈예문 2, 3〉을 보면, 작자는 금강산을 향하여 나아가면도 선조인 청음 김상헌과 곡운 김수증의 행적과 자취를 찾아 기리고 있는 것을 확인할 수 있다.

〈예문 4〉
"모양이 방불ᄒ게 각ᄼ으로 되여시며 스십 니 길가의 오리바회 완연이 오리갓치 산 우희 안ᄌ시며 물을 ᄯ라 ᄂ려오니 기울가 큰 바회의 니 일홈과 호판형뎨 일홈 졔명ᄒ고 삭이다. 포운스로 ᄎ자가니…"

〈예문 5〉
"…만폭동이라. 곡운션싱 글시의 천하졔일명산이라 여섯 글ᄌ 삭여 잇고 양봉니 큰 글시는 봉니풍악원화동천이라 삭여 잇고 옛 스롬 셰히 돌 우희 졔명ᄒ여 뷘 틈 업시 ᄲ엿더라."

　〈예문 4〉와 〈예문 5〉에서도 작자는 금강산에 올라서 바위 곳곳에 새겨진 조상들의 자취를 확인하고 있다. 먼저 〈예문 4〉에서 작자 일행은 영원암에서 표훈사로 가는 길목 곁에 있는 바위에다 작자 자신의 이름과 동행했던 두 아들의 이름을 새기고 있다. 〈예문 5〉에서는 만폭동에 새겨진 족6대조 김수증의 글씨를 보고 작자 자신과 동행했던 두 아들의 이름을 기념하여 그 옆에 정성들여 새기고 있다. 작자의 이런 행위는 자신들의 금강산 유람을 기념하기 위한 일련의 행동으로 보이지만 이면에는 안동김씨 가문에 대한 애정과 자부심이 깔려 있다고 여겨진다.

　　〈예문 6〉
　"은션디 바회 우희 션왕고 션부군 졔명이 계신지라. 소자가 감스ㅎ여 슌력으로 이곳 오니 봉심ㅎ게 도라 ㅎ인 츄죵을 ㅂ리고 다만 슈스인만 다리고 디 우의 올나가니 고봉졀졍의 층ᄼ헌 바회 잇셔 놉흔 디가 되여더라. 경치도 보련이와 졔명을 봉심ㅎ니 션죠고 휘ᄌ와 션부군 삼형졔분 졔명이 겨신지라 옛일을 싱각ㅎ니 감챵ㅎ믈 금치 못헐너라. 셰월이 오라니 졔명 글ᄌ가 희미헌지라 돌을 다시 조아 너르게 다듬고 휘ᄌ을 다시 삭인 후의 닉일홈 겨히 쓰고 산님 호판과 용담의 일홈을 겻흐로 각ᄼ 뼈셔 삭이라 지휘ㅎ고."

　　〈예문 7〉
　"한편으로 도라보니 동희 바다 만경창파 슬하의 구버 뵈니 흉금도 상연ㅎ고 경치도 졀승ㅎ다. 경치을 의논ㅎ면 너외산의 졔일이라. 너 소견 너러 ㅎ니 남의 소견 엇더헐고. 션왕고 고셩군슈로 겨오실 찌 구경ㅎ시고 부ᄌ분 졔명ㅎ신지라. 소ᄌ 이제 올나 보고 다시 이어 졔명ㅎ니 이후의 너 ᄌ손이 멋ᄼ치고 다시 와셔 젼ㅎ여 졔명ㅎ면 그 아니 죠흘소냐."

〈예문 6〉에서 작자는 금강산 은선대에 올라 할아버지 김이장과 아버지 삼형제의 이름이 새겨진 바위를 확인하고 살피면서 감정을 주체하지 못하고 있다. 그러고는 그 곁에 자신과 함께 동행한 두 아들의 이름을 새겨서 기념하고 있다. 〈예문 7〉에서 작자는 금강산을 내려와 고성을 지나다가 조부이셨던 김이장이 고성군수를 역임했던 사실을 떠올리고 있다. 그리고 당시 할아버지가 고성의 내외산을 유람하면서 그곳에 자신의 이름을 새겼다는 사실을 확인하고 있다. 그리고 그 옆에 자신의 이름을 새기면서 언제가 후손들이 기억해주기를 기원하고 있다.

〈금강산졀긔 동유록〉은 강원도 관찰사로 임명된 작자가 관내 고을을 순력하면서 금강산을 유람하는 유산록이다. 이 유산록에는 당시 권문세력의 중심이었던 작자가 자신의 가문에 대한 자부심이 곳곳에 배여 있는 특징이 있다. 그는 강원도 고을을 돌아다니고 금강산을 다녀오면서 곳곳에 남아 있는 조상들의 자취를 확인하며 일관되게 감격하면서 추모하고 있었다.

4. 맺음말: 자료적 가치와 함께

〈금강산졀긔 동유록〉은 지금까지 학계에 알려지지 않았던 새로운 한글 유산록이다. 그러니만큼 본격적인 작품 분석보다는 자료 발굴의 과정과 함께 서지 사항과 작자를 구명하고자 하였다. 그리고 이를 바탕으로 간략한 작품 분석과 함께 작품을 해독하여 원문을 제공하고자 하였다.

이 자료는 선문대 박재연 소장본인데 필자가 검토해보고 새로운 한글 유산록이라는 것을 확인하였다. 〈금강산졀긔 동유록〉은 어디에도 작자 이름을 구체적으로 언급한 곳은 없다. 하지만 작품 분석을 통해 그것이 19세기 중기에 활동했던 승산(勝山) 김영근이 지은 것이 분명하다. 김영근은 안동이 본관으로 정묘호란 때에 척화대신으로 이름이 높았던 청음 김상헌의 9대손이고, 노론의 영수였던 김수항(金壽恒, 1629~1689)의 직계 후손이다.

〈금강산졀긔 동유록〉은 강원도 관찰사로 있던 작자가 1863년 음력 8월에 관할 고을을 순시한다는 명목과 함께 금강산을 다녀온 내용을 적은 것이다. 서술 형태는 노정에 따라 날짜를 밝히고 내용을 기록한 일기체 유산록이다. 표현 방식은 주관적인 비유나 묘사를 피하고 대상을 객관적으로 서술하여 사실성을 중시하였다. 그래서 작자가 거쳤던 곳이나 유람한 내력이 일목요연하게 정리되어 있었다. 하지만 유력하면서 느꼈던 작자의 내면세계나 자연에 대한 감흥을 깊이 있게 담아내지 못하는 한계가 보인다.

〈금강산졀긔 동유록〉을 읽다보면 다른 유산록에서 찾을 수 없는 특이점이 보인다. 대다수의 유산록에서는 작자가 산수 유람을 통해 심성을 연마하고 자연 속에 내재된 이치를 탐구하면서 자신의 정신세계를 고양하고자 태도를 보인다. 그런데 〈금강산졀긔 동유록〉에서는 그것보다는 안동김씨인 자신의 조상과 가문에 대한 자부심을 곳곳에 쏟아내고 있었다.

지금까지 알려진 금강산 유람 기록은 100여 편이 넘고 대부분 한문으로 기록되어 있다. 반면에 국문으로 기록된 것은 10여 편에 지나지 않고 대개 19세기 말엽에서 20세기 전반기에 나왔다. 그리고 김영근 이전에 나온 한글 양식은 거의 가사 양식이었다. 그런 측면에서 보자

면 김영근의 〈금강산졀긔 동유록〉은 앞선 시기에 나온 한글로 지어진
유산록이라는 자료적 가치가 있다.

[부록]: 작품 원전

금강산절긔 동유록 권지일

【1】금강산은 천하명산이요 관동팔경[9]은 여덜 고을 경쳐로다. 통쳔
총셕졍 고셩 슴일포 간셩 쳥간졍 양ᆞ 낙산ㅅ 강능 경포더 슴쳑 죽셔
루 울진 망양졍 평ᆞ 월송졍이라. 즁원 ᄉ람도 원ᄒ여 글을 지으되 고
려국의 나셔 금강산 ᄒᆫ 번 보기를 원ᄒ노라 ᄒ여시니[10] 하믈며 아국(我
國)의 난 ᄉ롭이야 금강 팔경 못 보고 늘게 되면 지극ᄒᆫ 한(恨)이 되여
인인(人人)이 원ᄒ것만 ᄉ람마다 쉬울소냐. 갈스록 【2】셩은으로 관동
팔악(八嶽?)이 박명(方面)을 맛기시니 승뉴쳔화(勝遊天下)ᄒ려니와 슌
력[11]인들 아니ᄒ랴 슈령 빅셩 질고(疾苦)와 쳔ᄒ 명산 풍경 구경ᄒ니
이도 ᄯᅩᄒᆫ 일운 비라

계ᄒᆡ(癸亥)[12] 츄팔월(秋八月) 초뉵일(初六日)의 슌부(巡府) 길을 ᄯ여나가
니 셋지아회 방비(傍婢)들과 ᄯ로ᄂ니 만터라. 횡셩읍(橫城邑) 드러가셔
아ᄉ(衙舍)의 슉소ᄒ니 횡셩현감(橫城縣監) 현알(見謁)ᄒ고 범빅(凡百)[13]
이 초ᆞ(草草)치[14] 아니터라 아오게션 횡셩으로 잇슬 ᄯ의 ᄂ니 맛참 【3】

---

9 관동팔경: 관동팔경(關東八景). 강원도 동해안에 있는 여덟 명승지. 간성의 청간정,
　강릉의 경포대, 고성의 삼일포, 삼척의 죽서루, 양양의 낙산사, 울진의 망양정, 통천의
　총석정, 평해의 월송정을 이르며 평해의 월송정 대신에 흡곡의 시중대를 넣기도 한다.
10 중국 송대 소동파(蘇東坡)가 언급한 '願生高麗國 一見金剛山' 문구를 인용한 것임.
11 순력: 순력(巡歷). 관찰사가 도내의 각 고을을 순회하던 일.
12 여기에서 계해년은 철종 14년(1863)이다.
13 범빅: 범백(凡百). 갖가지의 모든 것. 온갖 것.

구산길노 이 아즁의 슉쇼ᄒ니 읍터이 명낭(明朗)ᄒ고 압뒤의 큰 ᄂᆡ 잇셔 그 가히 볼만ᄒ다. 십연젼 과긱(過客)이요 오날ᄂᆞᆫ 도빅(道伯)이라. 긔구ᄂᆞᆫ 잇다마ᄂᆞᆫ 한가ᄒᆞᄆᆡ 현격ᄒ다 읍즁의 디소스를 셰ᄂᆞ히 슬핀 후의 초칠일 조발(早發)ᄒ여 창봉녁(蒼峯驛) 즁화(中火)ᄒ고 홍쳔읍 드러 범파졍(泛波亭) 올ᄂᆞ가니 산쳔도 조커니와 경치가 볼만ᄒ다 장마곳 치게 되면 압ᄂᆡ가 바다 되여 졍ᄌᆞ가 뜰듯ᄒ여 현판의 속여시되 범파졍이라 ᄒ다. 홍쳔현감(洪川縣監) 닌졔현감(麟蹄郡縣監) 한가【4】지로 현알ᄒ다.

초팔일 임오(壬午)의 비가 오나 각 읍폐(邑弊)[15]을 싱각ᄒ니 비오신들 묵을소냐 일ᄒᆡᆼ이 일즉 쩌나 즁노의 이른즉 둘지아희 편지 왓다 어젹긔 츈쳔(春川) 와셔 기다인다 ᄒ여시니 우즁의 가는 마음 더옥 아니 밧블소냐. 원창녁(原昌驛)의 즁화ᄒ니 츈쳔부스(春川府使) 현알ᄒ다. 츈쳔읍 드러가셔 문소각(聞韶閣) 올나보고 아ᄉᆞ로 슉소ᄒ니 둘지아희 호조판셔(戶曹判書) 어영ᄃᆡ장(御營大將) 겸ᄃᆡ(兼帶)[16]ᄒ되 나라의 슝소ᄒ고 근친차(覲親者)로 이리 오ᄆᆡ 긱지의 맛ᄂᆞ 보니 반갑기도【5】층양업고 심계(心界)가 더옥 조타. 부ᄌᆞ 형졔 ᄒᆞᆫ가지로 ᄒᆡ산(海山) 풍경 구경가니 우리도 조커니와 남 보기도 희귀ᄒ다

초구일 비가 기고 일긔 쳥명ᄒ다 십이일 장안스(長安寺)로 만ᄂᆞᄌᆞᆨ고 언약ᄒ고 호판(戶判)은 몬져 쩌ᄂᆞ고 나는 츄후 쩌ᄂᆞ 오리졍 소양졍(昭陽亭)의 졈간 올나보니 강산 풍경이 과연 허명(虛名)이 아니로다. 슈십니 광활ᄒᆞᆫ 들을 안ᄒᆞ(眼下)의 버려노코 소양강(昭陽江) 말근 물은 난간

---

14 초초ᄒ-: 초초(草草)하다. 1. 몹시 간략하다. 2. 갖출 것을 다 갖추지 못하여 초라하다.
15 읍폐 : 읍폐(邑弊). 고을에 폐를 끼침.
16 겸ᄃᆡᄒ- : 겸대(兼帶)하다. 겸임(兼任)하다.

아리 흘녀 잇고 모진강 느린 물은 셔편으로 느려와셔 오리 밧 빅노쥬
(白鷺洲)의 합유(合流)ᄒ여 흘녀가니 좌우 봉만(峰巒)이 슈려【6】ᄒ여 긔
묘ᄒ게 둘너 잇다. 우리집 청음(淸陰)[17] 션조 글지어 칭찬ᄒ신 말ᄉ음 우
리ᄂ라 강산 누듸 못 보신듸 업건마는 경치의 그 유(類) 업기 이 경즈라
ᄒ셧시민 션싱의 일은 말ᄉ음 과연 그러ᄒ실지라 녯말ᄉ음 싱각ᄒ여 다시
곰 살펴보니 경긔(景槪)도 졀승(絶勝)ᄒ듸 단젹셩(短笛聲)이 더욱 죳타
슈륙진찬 가즌 음식 슈슘 비로 표젹ᄒ니 쩌날 마음 바이 업고 이 압
경치 뉘 아니랴. 련ᄎ(戀戀) 심회 억졔ᄒ여 부득이 이려셔니 십년을
묵다 ᄒ되 후긔 업시 못 쩌날 곳시라. 일단졍신(一團情神) 소양졍의 몸
은 발셔 쩌ᄂ왓네 셔편 산승 목임간의 슈간 치옥 소쇄ᄒ다 표묘ᄒ 비션
그림 속【7】의 집이로다. 그 우희 바회 잇셔 ᄉ롬 모양 완연ᄒ다 경즈
직힌 ᄉ람인가 바회라 ᄒ기 의외로다 소양강 근녀 가셔 우두촌(牛頭村)
드러가니 지형을 잠간 보고 뒤산의 올나가셔 동셔남북 술펴보니 집짓
고 술만ᄒ다. 뒤 뫼 일홈은 소슬뫼라 그 우의 뫼 ᄒᄂ이 청ᄂ라 조상
뫼라. 그 뫼로 발복ᄒ여 천즈가 되다 ᄒ네. 인남역 슉소ᄒ고 초십일
조발ᄒ여 모진강 근녀가니 은계(銀溪) 역마(驛馬) 듸령이라 쳬마(遞馬)
를 ᄒ연 후의 물을 짜라 올나가니 벼로길[18] 험ᄒ더라. 길가의 큰 니물
이 셔편으로 느려오니 곡운구곡(谷雲九曲)으로 흘녀 오ᄂ지라 곡운은
츈천 짜히요 화악산 셔편이라 족(族) 뉵듸조 곡운션싱(谷雲先生)[19]【8】이

---

17 청음(淸陰). 조선 중기의 문신 김상헌(金尙憲, 1570~1652)의 호.
18 벼로길: 벼랑길.
19 김수증(金壽增, 1624~1701). 조선 시대의 문신. 자는 연지(延之). 호는 곡운(谷雲).
    숙종 15년(1689) 기사환국으로 동생 수항이 사사(賜死)되고 이듬해 동생 수흥도 배소
    (配所)에서 죽자 벼슬을 그만두고 곡운산(谷雲山)에서 은거하였다. 저서에 《곡운집》

산슈를 소랑흐소 여러 히 게신 데라. 신려협(神女峽)아 룡담(龍潭)과 아
홉 구뷔 경기 죳타 영당이 계신지라 구경도 흐려니 봉심(奉審)을 아니
흐랴. 츄종(騶從)²⁰을 다 썰치고 단긔(單騎)로 가련마는 협중(峽中) 길
늑십 니가 지극히 험헌지라 시길을 니즈 흐니 민폐가 디단흐고 흐로
길 더흐즈니 노문(路文)²¹을 엇지헐고. 죄 만흐고 셥 : 흐니 경치가 소
삭(蕭索)흐다²². 낭천읍(狼川邑) 중화흐고 산양녁(山陽驛) 슉소흐다.

십일 : 조발흐여 산곡(山谷)으로 드러가니 놉고 나진 여러 고기 벼
로길 험헌 디로【9】셔운녁(瑞雲驛) 드러가셔 인마(人馬)을 쉬운 후 김셩
읍(金城邑) 드러가 중화흐고 창도력(昌道驛) 슉소흐다. 김셩읍 명긔(明
氣) 잇셔 너아(內衙)의셔 슈퇴흐면 아들 ᄂ하 급졔흐여 귀히 된다 이르
더라. 창도역 번화흐니 합[함]경도 통한 더라. 상고(商賈)²³가 마니 오고
힝인이 끈치지 아니흐여 산중도방(山中道傍)일너라.

십이일 죠식 후의 춍구참 잠간 슈여 단발영(斷髮嶺) 올나가니 구비 :
험헌 길의 어느덧 올나오니 인역(人役)도 금직흐고 긔구도 그록흐다.
동편을 바【10】라보니 금강산 거긔 잇데 봉만이 쳡 : 흐여 일만 이쳔봉
이 되고 옥셜갓치 놉고 흰빗 반공(半空)의 소사시니 멀이셔도 이려홀졔
가셔 보면 엇더홀고 예젹의 흔 소롭도 금강산 구경츠로 단발령 너머갈
졔 금강산 바라보고 삭발위승(削髮爲僧)흐다 흐여 그 후로 이 녕 일홈을

이 있다.
20 츄종 : 추종(騶從). 상전을 따라다니는 하인이나 종.
21 노문 : 노문(路文). 조선 시대에, 공무로 지방에 가는 벼슬아치의 도착 예정일을 미
리 그곳 관아에 알리던 공문.
22 소삭흐- : 소삭(蕭索)하다. 소조(蕭條)하다. 고요하고 쓸쓸하다.
23 상고 : 상고(商賈). 장사치.

단발령이라 ᄒ니 속셜(俗說)이라 ᄒ려니와 인심은 일반이라 홀연이 살펴보니 즁 셔녀희 겻희 잇니 션승(禪僧)인가 속승(俗僧)인가 결과 즁을 보려 ᄒ면 금강산 밧 쏘 잇스랴 합장비예(合掌拜禮)ᄒᄂ 거동【11】즁이라도 이갓치 못ᄒᆞᆯ너라. 장북참 즁화ᄒ고 쳔니 고기 너머가셔 동구의 다ᄃᆞ르니 난ᄃᆡ 업슨 호적(胡笛) 소리 어영쳥 사악슈(司樂手)²⁴라 만쳔고 져문 날의 중안ᄉ의 드려가니 호판은 몬져 와셔 기다린지 오란지라. 통쳔군슈(通川郡守) 회양부ᄉ(淮陽府使) 철원부ᄉ(鐵原府使) 문안ᄒ다. 장안ᄉ라 ᄒᄂ 졀은 신라 법흥왕 시의 이룩ᄒ온 도장이라. 셕가봉(釋迦峰) 지장봉(地藏峰)과 관음봉(觀音峰)이 압희 잇셔 압 ᄒᆞᆫ모양 가치 셧고 디웅젼(大雄殿) 십왕견각(十王殿閣) 법당이 동셔로 지어 잇고 그 즁의 용션젼은 셰조와 의종 셩종디왕 셰 분 원당(願堂)이라 위퍼를 뫼와두고 졔향을 지니더라. 법당과 즁의 방이【12】슈빅 간 더 되더라. 압희 잇ᄂ 누 일홈은 신션누(神仙樓)라 ᄒ여더라. 구경군의 일홈을 누 우희 부쳐시니 남게다 마니 삭여 누 우희 붓쳐시니 구경 오니 못 쓴 스람 몃ᄎᆞ칠고. 원나라 황졔 쎠의 향촉을 갓초고 지믈을 마니 ᄂᆡ여 이 졀의 시쥬ᄒᄆᆞᆯ 큰 일을 숨으시고 오동화로 향노 초로 불젼의 놋타 ᄒ되 젼문이ᄎᆞ러ᄒ고 화로는 어듸 갓다 디찰(大刹)이 퇴락ᄒ여 문허지게 되여더니 연젼의도 풍운이 구경 왓다 보고 ᄌᆞ연이 ᄌᆞ비【13】지심(慈悲之心)이 나 쳔금(千金)으로 시쥬ᄒ고 탑젼(榻前)의 엿ᄌᆞ와 만금을 더 ᄂᆡ여 일신ᄒ게²⁵ 등슈ᄒ니 즁더리 감은ᄒ여 비도를 삭여 셰워 쳔셰 만셰 부쳐 압희 ᄌᆞᄌᆞ손손(子子孫孫) 축원ᄒ니 징험(徵驗)ᄒ미 잇고 업고 그도 과연 할만ᄒ다. 제

---

24 사악슈: 사악수(司樂手). 궁중의 악사.
25 일신ᄒ-: 일신(一新)하다.

승(諸僧) 중 노승 ᄒ나히 ᄒᆞᆫ 졀지 오린 조희 두 손으로 밧친 후의 향진ᄒᆞ고 반겨ᄒᆞᄂᆞ 오십년 전 쩌난 안면(顔面) 창졸(倉卒)의 ᄉᆞᆼ각ᄒᆞ기 어려워라. 즉시 조희를 바다보니 닉가 짓고 쁜 글시라 네 아니 영철이냐 네 본ᄃᆡ 벽졀²⁶ 잇다 어ᄂᆞ 쩌 여긔 와셔【14】늘거ᄂᆞᆫ냐 우리들 소시젹의 벽졀 가셔 공부할 졔 니미랑 셔싱원 윤셔방과 ᄒᆞᆫ가지로 각ᄼ 지여 글ᄒᆞᆫ 귀식 영철을 쥰 거시라. 잇쩌가지 일치 안코 오십년 후 긔봉ᄒᆞ니 글츅도 다시 보니 반갑기도 ᄒᆞ거니와 신기ᄒᆞ미 층양업다. 두어 가지 물종(物種)으로 고졍(故情)을 표졍(表情)ᄒᆞ니 황공감은ᄒᆞ여 일러 치사ᄒᆞ니 아니 쥬니만 못ᄒᆞ더라.

십습일 남녀(藍輿) 타고 지장암(地藏庵)을 나가니 졍쇄ᄒᆞᆫ²⁷ 암ᄌ로다. 빅쳔동(百川洞) 드려셔ᄼ 면경ᄃᆡ 올ᄂᆞ가니 비셕 ᄒᆞ나 거긔 잇네. 셕상의 나려 안ᄌ 남역흘 바라보니 변[면]경ᄃᆡ가 압ᄒᆡ 잇네. 이습십 길 놉흔 바회 ᄉᆞ면 졍졔ᄒᆞ게【15】동구의 잇셔시니 들빗치 거울갓치 식로 닥근 오갑경(烏匣鏡)²⁸을 경ᄃᆡ 우희 ᄶᅩ즘 갓다. 홍장(紅粧) 미인 예 잇시면 거울 업시 단장헐듯 그 밋ᄒᆡ 누른 물이 금빗갓치 소가 되여 중들이 일홈ᄒᆞ되 황쳔슈(黃泉水)라 일컷더라. 동북편 층암(層巖) 상의 돌문이 열여시니 고금의 일너오더 지옥문(地獄門)이라 ᄒᆞ다. 면경ᄃᆡ 노운 편의 조고마ᄒᆞᆫ 굴이 잇셔 바회의 구멍이 지장보슬(地藏菩薩) 도 닥글 졔 황금시가 나라가셔 인ᄒᆞ여 일홈ᄒᆞ되 농시굴이 도엿더라.

동구로셔【16】슈빅 보 드러가면 돌노 ᄲᅡ혼 셩 ᄒᆞ나이 거의 다 문허지

---

26 벽졀: 벽졀. 경기도 여주 신륵사(神勒寺)의 속칭.
27 졍쇄ᄒᆞᆫ- : 졍쇄(精灑)하다.
28 오갑경: 오갑경(烏匣鏡)

고 형지(形址)가 약간 남아 지금가지 젼한 말이 신나 젹 금보왕[金傳王]이 고려국 틱죠(太祖)의게 항복을 ᄒ려 ᄒ니 아들 세히 낙누(落淚)ᄒ고 간ᄒ여 엿ᄌ오되 쳔여 연 이은 국가 일조(一朝)의 남을 쥬고 도로혀 신하 도여 죠졍 참녜 ᄒ여시니 눗이 간ᄒ여도 죵시 듯지 아니시ᄂᆞᆫ지라 항복혼 후 즉시 쪄나 금강산 드러와셔 셩을 짓고 셕젼【17】을 깁히 닷고 초식(草食)으로 늘거더라. 교젹은 희미ᄒ나 젼셜이 이러ᄒ다. 이십 니 드러가셔 빅탑동(百塔洞) 드러가면 다보탑 지[즁]명탑의 문탑(門塔)이 되여시니 탑 모양 갓ᄒᆫ 돌이 십여 길식 각각 셔셔 벽돌노 괴와논 듯 인공으로 모혼 듯 쳔연이 완연ᄒ게 탑쳐럼 슴겨시니 얼픗 보면 인작(人作)이오 ᄌᆞ셰 보면 쳔죽(天作)이라. 그 안의 드러가면 옥 갓ᄒᆫ 바회돌이 탑모양 무슈ᄒ다 이러ᄒ게 도여시니 일홈을 빅탑이라 볼ᄉᆞ록 긔이ᄒ다 조화옹(造化翁)의 지조로도 신통이도 무홧더라.[29] 망군딕(望軍臺) 올나가면 듕향셩(衆香城) 모든 봉이 부쳐 갓고【18】신션 모양 흰빗흐로 층ᆺ(層層)ᄒ며 영원암(靈源庵) 드러가셔 옥초딕(沃焦臺) 올나셔니 십왕봉(十王峰)이 버러섯다. 탑 모양 보랑이면 지부(地府)의 십왕더리 완연이 안ᄌᆞᄂᆞᆫ 듯 그 압히 봉이 잇시니 판관봉(判官峰) ᄉᆞᄌᆞ봉(獅子峰) 형방봉(刑房峰)이라. 십왕이 안ᄌᆞᄂᆞᆫ딕 최판관이 거긔 잇고 형방은 업드리고 ᄉᆞᄌᆞᄂᆞᆫ 분부 듯고 그 엽히 지장보술 셔왕길 가라친다. 모양이 방불(彷佛)ᄒ게 각ᆺ으로 되여시며 ᄉᆞ십 니 길가의 오리바회 완연이 오리갓치 산 우히 안ᄌᆞ시며 물을 ᄯᆞ라 ᄂᆞ려오니 기울가 큰 바【19】회의 니 일홈과 호판형뎨 일홈 졔명(題名)ᄒ고[30] 삭이다. 포운ᄉᆞ[表訓寺]로 ᄎᆞ자가니 시

---

29 무ᄒ- : 쌓다
30 졔명ᄒ- : 졔명(題名)하다. 명승지에 자기의 이름을 기록하다.

니가의 벼로길 잇셔 나무 버혀 다리 노코 그 밋히 깁흔 물이 여러 길 청소(靑沼) 되여 보기의 위름흐니[31] 그 소 일홈은 명연담(鳴淵潭)이라. 옛젹의 진동거ᄉ[32] 도슐이 이상흐여 부쳐와 결우랴고 갓ᄂ 도슐을 ᄎ례로 뛰우다가 물 속의셔 홀연이 푸른 ᄉᄌ가 니다르며 진동을 물어죽여 물 속의 잇난 바회 일홈이 송장바회요 물가의 세 바회가 ᄉ람 업다린 모양 갓흐니 즁덜의 젼흔 말이 아들 삼형졔 비난 모양이라. 그 말이 허황흐야 ᄉ람을 속이더【20】라. 쳔왕바회 지나 셔셔 삼불암(三佛巖) 다다르니 셔너 길 큰 바회의 부쳐 세흘 삭엿난디 흐나흔 무학(無學)이요 ᄯ 흐나흔 난옹(懶翁)이요 ᄯ 흔나흔 지공[33]이라. 그 뒤히 진동거ᄉ 삭이고 젹은 부쳐 뉵십을 총총이 삭여더라. 빅화암 드러가 이 졍쇄흔 암ᄌ 속의 즁드리 안ᄌ더라. 함녕교(含影橋) 건너셔 포운ᄉ[표훈사] 드러가니 신라 시졀의 의숭디ᄉ(義湘大師) 샹ᄌ 표훈(表訓)이라 흐난 지 지흔 졀이라 졀 일홈은 표훈이요 법당 일홈은 능인젼(能仁殿)의 금강산 모양으로 흑으로 믄드러셔 법긔보솔(法起菩薩)[34] 안쳐ᄂ디 벌[법]긔보솔이【21】라 흐는 부쳐는 금강산 맛튼 부쳐라 그런 고로 믄드러 안쳐더라. 즁화지공(中火之供) 바든 후의 졍양ᄉ(正陽寺) 올나가니 터이 놉고 발근지라 진익(塵埃)의 긔운이 한 졈도 업더라. 남여을 나려 혈셩뉴(歇惺樓)의 올나 안져 ᄉ면으로 바라보니 제일명산(第一名山)의 제일누(第一樓)라. 일만

---

31 위름흐- : 위름(危懍)하다. 몹시 두렵다.

32 김동거사(金同居師)를 가리킴.

33 지공디ᄉ(指空): 고려(高麗) 문종(文宗) 때의 국사(國師). 속성은 원(元), 이름은 해린(海麟), 자(字)는 거룡(居龍). 현종(顯宗), 덕종(德宗), (靖宗)의 신임을 받았음. 문종 때 왕사(王師)가 되고, 후에 강진홍도(講眞弘道)의 법호를 주고 국사를 봉하였음.

34 법긔보살: 법기보살(法起菩薩). 보살의 하나. 금강산에 있으면서 천이백 명의 권속을 거느리고 설법을 한다.

이천봉이 동셔남북의 낫ː치 버려잇셔 빅옥을 싹근다시 어졔밤의 눈이 온듯 긔ː묘ː(奇奇妙妙) 형ː식식(形形色色)으로 눈 압히 황홀ᄒ여 아 모라도 여긔 오면 누가 아니 조타ᄒ리. 층암 졀벽 상의 단풍나무【22】불근 빗치 셩ː연ː[鮮鮮然然]ᄒ게 곳ː이 불거 잇고 잣나무 푸른 빗치 간ː이 셕겨 뵈니 그림 속 경이로다. 그 아리 천일디(天一臺) 잇시니 보이는 봉만(峰巒)더리 혈셩누와 거의 갓고 혈셩누 못 보든 경치 여긔 와 각ː 보여 좌우의 봉 일홈얼 줄더리 가라치되 졍신이 어득ᄒ야 긔록지 못ᄒ너라. 디쳬로 일을진디 비로봉(毗盧峰) 이상이라. 그 중의 놉고 크고 즁항셩 여려봉은 긔묘ᄒ고 결빅ᄒ게 공중의 조요ᄒ다. 법당이 둘히 잇셔 ᄒ나흔 낙ᄉ젼[藥師殿]이요 쏘 ᄒ나흔 반【23】냐젼[般若殿]이라³⁵ 그 중의 약ᄉ젼은 여섯 모호로 지엇는디 극진이 공교ᄒ며 약사여러(藥師如來) 등 슴불이 안ᄌ 잇고 졔불 졔신 화상 그림 표ː이 그려시니 ᄉ라 안져 말ᄒ는 듯 정신이 분명ᄒ다. 반냐젼이 층각(層閣)의 불경을 두여시니 분 갓흔 조희 우의 황금 글ᄌ 쓰다 ᄒ며 젼역밥 먹은 후의 창문을 열고 안ᄌ 월식을 구경ᄒ니 봉ː(峰峰)이 흰빗치 은영ᄒ여³⁶ 더옥 조타. 이날 호판도 이 졀의 와 슉소ᄒ지라

십ᄉ일의 호판은 먼져 써나 셔울노 도로 가니 긱즁(客中)의 보너기 졍히 셥ː ᄒ다. 표운ᄉ 느려와셔 만폭동(萬瀑洞)을 지나가셔 원통동(圓通洞) 드려셔 물을【24】ᄯ라 올나가니 쳥호연(靑壺淵) 첫 구비가 긔이ᄒ 모양일다. 바회가 쳔작(天作)으로 병갓치 되엿는디 물 흘너 나려가면 병의 물 쏫는 거동 분명이 갓흔지라. 용곡담(龍谷潭)은 엇더ᄒ뇨 바회

---

35 졍양사의 법당을 가리킴.
36 은영ᄒ- : 은영(隱暎)하다. 은은하게 비치다.

틈으로 폭포물이 용의 모양처럼 흘너가니 머리와 꾀리가 의연이 용 갓더라. 만졀동(萬折洞) 틱상동(太上洞) 쳥영나 즈운담(紫雲潭) 우화동(羽化洞) 젹용담(赤龍潭) 강선디(降仙臺) 곡ㅡ[37]이 싱겨시니 반석도 조커니와 폭포물 흘너잇고 좌우의 단풍나무 홍비단 휘장 친 것과 방불흔지라. 니십 니 깁흔 골의 슈【25】미탑(須彌塔) 다ㅡ르니 폭포물 반석 우의 탑 흐나히 놉히 섯다. 슴십 장 놉흔 탑이 흰빗흐로 잇시니 모양을 보량이면 시루쩍 괴운드시 약과 졉시 괴운드시 층ㅡ이 흔젹 잇고 케ㅡ로[38] 모와 는디 완연흔 인작(人作)이라. 방석 노코 안져 반향을 구경흐니 긔이흐고 신통흐다. 쥬합(酒盒)을 니여노코 일이빈식 먹은 후의 그 길노 도로 나려 원통암(圓通庵) 즁화흐고 만폭동 다시 와셔 즈셔이 구경흐니 두 니물이 셔로 모여 향노봉(香爐峰) 아리로 흘너시며 반석(盤石)은 널니 쌀녀 빅여 보 길이 도여 섬뜰도 갓치 되고 마당도 갓치【26】도여 희고 희게 쌀녀 잇고 두 기울 폭포 도여 소리가 빅일쳥쳔(白日靑天)의 우레가 진동한지라 폭포가 만은 고로 일홈을 만폭동이라. 곡운션싱 글시의 쳔하졔일명산(天下第一名山)이라 여섯 글즈 삭여 잇고 양봉니(楊蓬萊) 큰 글시는 봉니풍악원화동쳔(蓬萊楓嶽元化洞天)이라 삭여 잇고 옛 스룸 셰히 돌 우희 제명(題名)흐여 뷘 틈 업시 빡엿더라. 물을 짜라 올나가니 팔담(八潭)이 시작이라. 팔담 일홈 각ㅡ 지어 돌 우헤 삭여시니 쳥용담(靑龍潭) 흑농담(黑龍潭) 비파담(琵琶潭) 분셜담(噴雪潭) 진쥬담(珍珠潭) 션담(船潭) 귀담(龜潭)이라. 싱【27】긴 모양 각ㅡ 도여 일홈 지여시니 우 아리 칠팔 니의 폭포물과 깁푼 소가 층ㅡ이 도여 잇고 형용이 다ㅡ르니 그 즁의

---

37 곡곡: 곡곡(曲曲).
38 케케로: 켜켜이.

비파담은 비파 소리 갓다 ᄒ여 일홈 짓고 귀담이라 ᄒ는 거슨 물 속의
바회 잇셔 거북의 모양 갓고 션담은 엇더헌고 비 형용으로 돌이 도여
의연흔 일엽션(一葉船)이라. 벽하담(碧霞潭) 보아오니 폭포슈 긔운 픠여
안기쳐름 둘너시니 벽하(碧霞)라 ᄒ며 진쥬담 분셜담은 물방울 쀠는
거시 진쥬와 빅셜이 날니는 듯 옛 스롭 지은 일홈 분명이 형용이라.
그 가온디 두셔녀 돌확이 오목ᄒ여 동의³⁹【28】갓치 파여시니 산승드리
말ᄒ되 보덕각시 셰슈ᄒ든 동의라 ᄒ여시며 분셜담은 건너편 놉고 놉흔
방 우의 보덕굴 지여시니 한편은 창벽이요 한편은 허공이라. 졍쇄헌
암ᄌ집을 공즁의 지여노코 구리기동 열 아홉 쥭더로 아릭을 밧쳐 잇고
시우쇠 스슬 치여 좌우 창벽의 구멍 쑬코 얼거는디 한 간은 부쳐 안고
한 간은 즁의 방을 소쇄ᄒ게 쑤민지라 그 우희 올나 안져 아릭을 구버보
면 아득ᄒ여 현긔(眩氣) 나니 놉기도 ᄒ거니와 위틱ᄒ여 못 볼너라. 분
셜【29】담 건너보면 그림 속 경일너라. 벽하담 반석 우에 삼부ᄌ(三父子)
졔명ᄒ고 마하연 올나가셔 법긔봉(法起峰) 바라보니 산 우희 돌부쳐가
단졍이 안진 모양 의연이 되여는디 산즁의 젼헌 말이 금강산 법긔보살
셕가여리 졔ᄌ로셔 금강산 ᄎ지ᄒ여 이 손 우의 안ᄌ시며 마하연(摩訶
衍)을 도라보니 금강산 복장 속의 즁향셩 딜머지고 암ᄌ 터이 졔일이라.
공부ᄒ는 졔승더리 옛젹보다 만타 ᄒ며 거긔셔 슉소ᄒ고 십오일 일즉
쩌 긔울 따라 올나가셔 남편 혈망봉(穴望峰)으로 지졉ᄒ여⁴⁰ ᄇ라보니
산 우헤 바회 잇셔 구【30】멍이 쑤러져셔 ᄒ날빗흘 거너보니 일홈이
혈망(穴望)이라. 묘길상(妙吉祥) 구경ᄒ니 십여 길 큰 바회의 부쳐을 삭

---

39 동의: 동이.
40 지졉ᄒ-: 지졉(止接)하다.

여눈디 모양이 심(甚)이로다. 션쳔담 후쳔디와 빅화담 지나셔 낫ː치
조흔 경이라 보기 어렵더라.

안무지 놉흔 고기 구비ːː 올나가니 험ᄒ기도 그지업고 영상(嶺上)
의 올나가 셔니 안산 밧슨 귀경이라 참나무 그늘 속의 ᄎː 나려가니
길가의 칠보디(七寶臺) 홀런이 눈의 뵌다. 버러 잇는 긔이한 바회와 봉더
리 칠보단장(七寶丹粧)ᄒ 모양으로 아리쌉고 묘ᄒ게 눈의 뵈니 남여 노
코 안져다가 압흐로 넘어가니 고【31】셩지경이라. 지공이 디령ᄒ여 늘
노 지은 집 한 간을 슈풀 아러 지어노코 쥬물겸심 드리더라 은션디
바회 우희 션왕고(先王考)[41] 션부군(先父君)[42] 졔명이 계신지라. 소자가
감ᄉ(監司)ᄒ여 순력으로 이곳 오니 봉심(奉審)ᄒ게 도라 ᄒ인 츄죵(騶
從)을 ᄇ리고 다만 슘ᄉ인만 다리고 더 우의 올나가니 고봉졀졍(高峯絶
頂)의 층ː헌 바회 잇셔 놉혼 디가 되여더라. 경치도 보련이와 졔명을
봉심ᄒ니 션죠고 휘ᄌ와 션부군 삼형졔분 졔명이 거신지라 옛일을 싱각
ᄒ니 감챵(感愴)ᄒ물 금치 못헐너라. 세월이 오라니 졔명 글ᄌ가 희미헌
지라 돌을 다시 조아 너르게 다듬고 휘ᄌ을 다시 삭인 후의 닌【32】일홈
졋히 쓰고 산님 호판과 용담의 일홈을 겻흐로 각ː 뼈셔 삭이라 지휘ᄒ
고 ᄉ면으로 도라보니 십이층 폭포물이 건너편 졀벽 우희 층ː이 쩌러
지니 여산폭포(廬山瀑布) 이러헌가. 긔이헌 바회와 고이헌[43] 봉더리 셔
북으로 버려 잇셔 빅옥갓치 슴ː허고 한편으로 도라보니 동히 바다
만경창파(萬頃滄波) 슬하의 구버 뵈니 흉금도 상연(爽然)ᄒ고 경치도 졀

---

41 선왕고(先王考): 돌아가신 조부모님.
42 선부군(先父君): 돌아가신 아버님에 대한 존칭.
43 고이허- : 괴이(怪異)하다.

승ᄒ다. 경치을 의논ᄒ면 너외산의 졔일이라. 너 소견 니러ᄒ니 남의
소견 엇더헐고. 션왕고 고셩군슈【33】로 겨오실 ᄶ 구경ᄒ시고 부ᄌ분
졔명ᄒ신지라. 소ᄌ 이졔 올나 보고 다시 이어 졔명(題名)ᄒ니 이후의
너 ᄌ손이 몃ᄉ치고 다시 와셔 젼ᄒ여 졔명ᄒ면 그 아니 죠흘소냐.
그 길노 도로 나려 효문[운]동 지ᄂ가니 기울가 바회더리 가마 갓고
용슈 갓고 졀구학 판다시 여러히 잇ᄂ지라. 즁더리 말ᄒ되 유졈ᄉ 지을
젹의 부쳐가 도슐ᄒ니 아홉 용이 ᄶᆿ기여 구룡연(九龍淵) 너머갈 졔 여긔
와 머무르다 ᄒ니 그 말은 허황ᄒᄂ 바회들은 긔이ᄒ다. 션담(船潭)으로
드러가셔 그 못 모양 ᄌ셰 보니 화옹의 조화로 공교ᄒ게 도엿더라. 두어
길 폭포슈 물이 ᄰ려져 소가 되고 큰【34】바회가 ᄉ로져셔 비 몬양
도얏ᄂ디 이 물 그 물히 되간이 역ᄉ히 쳔ᄌᆨ(天作)이요 바닥도 돌노
되고 루셔간도 분명ᄒ다. 셕슈 도려 도ᄋ쓴들 그러케 민글소냐. 바다히
ᄰ여시면 나무로 모혼 비와 다름이 업더라. 유졈ᄉ ᄂ려와 젼역을 먹은
후 신[산]령누(山映樓) 거려 ᄂ가 달빗홀 구경ᄒ니 그 날이 츄셕이라.
가을달이라 쳥명ᄒ고 옥반(玉盤) 갓흔 발근 달이 반공(半空)의 소ᄉ시니
졔일 명산의 이려혼 밤을 여러 번 으슬소냐. 산녕누 시로 지여 시ᄂ물
우회 홍여틀어 웅장ᄒ게 지여더라

십뉵일【35】일긔 쳥명혼지라 졀집으로 도라보니 너외산 졔일 가는
큰졀이라. 능인젼(能仁殿) 드러가니 ᄂ릅나무 형용으로 목가산(木假山)
을 민그러 오십숨국 부쳐를 가지ᄉ 안쳐ᄂ디 금벽이 휘황ᄒ고 무연각
은 엇더ᄒ고 솟츨 글고[44] 불을 ᄶ면 연긔 혼 졈 아니 나고 굴둑 업슨
집일너라. 구리솟츨 거러ᄂ디 크기로 말ᄒ면 빅미(白米) 셔너 셤 밥을

---

44 글- : 걸다.

지여도 넉ᄂ 헐너라. 옛적의 큰 지을 올니려면 그 솟희 밥을 지어 중싱(衆生)을 공졔ᄒ다[45] ᄒ니 불도(佛道) 승상ᄒ든 씨러라. 법당 후면으로 오탁슈(烏啄水)라 ᄒᄂ 우물이 잇스니 유졈ᄉ 지을 적【36】의 물이 업셔 어렵더니 홀련 ᄭ마괴가 ᄯ흘 ᄶ아 물이 나니 일홈 짓기을 오작슈라 ᄉ즁(寺中)의 젼ᄒ여 오ᄂ 보물이 이시되 잉무비(鸚鵡杯)와 진쥬방셕이 잇시니 쳔ᄒ 졔일 보비라 나라의셔 ᄉ송ᄒ신[46] 거시요 셔쳔 셔역국 픠엽나무[47] 입희 글 쓴 것 도 입피 잇시며 어필(御筆)을 모셔시니 인목디비(仁穆大妃) 글시라. 불경을 손조 뻐셔 시쥬ᄒ시다 ᄒᄂᄃ 글ᄌ 획이 희졍ᄒ여[48] 뵈옵기 보비로다. 졀 지은 옛적 일이 ᄉ적 칙의 ᄒ여시되 한나라 인군 평졔 ᄶ 신【37】라왕 시졀의 셔역 월지국으로 쉬인셋[49] 부쳐가 쇠북과 돌비을 타고 바다의 ᄶ 우리나라흐로 향ᄒ여 나오ᄂᄃ 고셩 ᄯ 아[안]창이란 마을 압희 와 비을 다인지라. 고셩 원 노츈(盧椿)이라 ᄒᄂ ᄉ람이 그 말을 듯고 친이 ᄂ가 마ᄌ 인도ᄒ여 드러올 졔 안비을 지ᄂ오니 무슈헌 보슐이 공즁의셔 현신(現身)ᄒ고 즁디의 니르러 오니 겨집 즁 ᄒ나히 걸터 안져 보고 그 우희 기 하나히 ᄭ리를 흔들면셔 가르치는 모양 갓고 노루가 길의 나와 흔연이 마져 가니 그러ᄒ 고로 일홈은 기ᄌ영이요 조고마ᄒ 고기 잇스니 노로【38】목이라 ᄒ여시며 동즁(洞中)의 드러가니 못 ᄒ나히 크게 잇서 아홉 뇽이 웅거(雄據)ᄒ여ᄂ지라. 부쳐가 드러오니 뇽들이 실혀ᄒ여[50] 쳥쳔빅일(靑天白日)의 디우(大雨)가

---

45 공졔ᄒ- : 공제(共濟)하다.

46 ᄉ송ᄒ : 사송(賜送)하다.

47 픠엽나무 : 패엽(貝葉)나무.

48 희졍ᄒ- : 해정(楷正)하다.

49 쉬인셋: 쉰셋.

급피 오고 뇌정(雷霆)이 진동ᄒ여 부쳐을 못 견ᄃ게 ᄒ거늘 부쳐더리 못 물가 느름나무 우희 올나 안져 신긔헌 도슐노 못물을 ᄯᆰ케 ᄒ니 용더리 못 견ᄃ여 도망ᄒᄂᆞ지라. 신나왕이 그 말슴을 드르시고 즉시 와 보시고 못물을 메워 큰 졀을 지으니 부쳐가 느름 우희 안ᄌᆞᄯ ᄒᆞ야 일홈을 유【39】졈ᄉ(楡岾寺)라. 그후 어ᄂᆞ 씨 부쳐 셰시 등쳔ᄒᆞ여[51] 나라 가니 즁더리 다시 부쳐를 안치되 근본 잇는 부쳐더리 너치고 아니 바ᄃ니 지금 잇는 부쳐는 오십이라 ᄒ더라. 길을 ᄯᅥ나 긔ᄌᆞ영 너머셔니 바다 빗치 멀니 뵈고 나려가니 어려온 고븨라. 빅쳔교 나려가니 상운영 마디 령 ᄒ여 체좌을 ᄒᄂᆞ지라 경고촌 드러가 즁화(中火)ᄒ고 ᄯᅥ나가니 경고 촌 물방아 십여 치가 잇는지라 츄슈ᄒ 양식 ᄯᅵᆺ는 곳이라. 신계ᄉ로 향ᄒᆞ 여 동구로 드러가니 봉만(峰巒)이 희희여 졀을 둘너더라. 신계ᄉ 셔편길 노 구룡연(九龍淵) 드러【40】가면 삼십 니 험노(險路)의 위ᄐᆞᆫ 고지 무슈ᄒᆞ고 그 속의 옥유동(玉流洞)은 빅옥 갓흔 반석 우희 폭포슈 흘너오고 구룡연 웅장흔 문 몃빅 길 창벽 우의 큰 폭로슈 흘너지니 하날의 은하슈 가 반공의 ᄯᅥ러지는 듯 진쥬 구슬 여러 셤을 벽상의 홋튼 듯 ᄲᆯ닉헌 무명필을 창벽의 걸닌 모양 장ᄒ고 장ᄒ도다. 그 아리 너른 반석이 가운ᄃᆡ ᄶᅮ러져 둥굴게 도여시니 너븨는 ᄉᆞ오 간이요 모양은 가마 솟ᄎᆞ라 깁기는 측냥업고 보기의 놀나오니 담ᄃᆡ헌 ᄉᆞ람들도 갓가이 못 갈너라. 신계ᄉ 동편으로 온졍영(溫井嶺) 골이 【41】잇셔 슴십 니 올ᄂᆞ가면 만물 초(萬物草) 동문(洞門)이라. ᄉᆞ지못[목] 올나셔 압흐로 버러 션 것 일ᄾ이 보게 되면 엇더타 형용헐가 봉만과 바회더라. 방물 형용 도여시니

---

50 실혀ᄒ− : 싫어하다.
51 등쳔ᄒ− : 등천(登天)하다.

졔불(諸佛) 졔천 부쳐더리 셔고 안즌 모양이요 초한젹 시졀의 갑쥬(甲冑)
흔 장군들이 셩관옥픠을 각ㅊ 흐고 반공의 오르는 듯 긔는 즘싱은 쒸는
듯 나는 시는 나라가는 듯 셰상만물(世上萬物) 왼갓 형용이 갓초ㅊ 이리
져리 눈 압희 현난흐니 금강산 조타 흐기는 만물쵸도 더옥 유명흐더라.

십칠일 길을 써나 양진으로 도라가니 긔이헌 봉만더리 보기의 긔괴
흐다.【42】그 중의 미바회는 분명흔 보라미가 봉우의 안져 나라가는
듯 싱긔(生氣) 잇더라. 한참 가다 도라보니 금강산이 호련이 구름이 씨
이고 큰 비가 오는지라 젼흐여 오는 말이 산중의 슌녁이 드러가면 각
읍의셔 지공 와셔 비 되고 누린 긔운 낭자히 나는지라. 힝츠 곳 지나ᄀ
면 그 뒤흐로 비가 와셔 써셔 브린다 흐니 니 맛참 여긔 와셔 눈으로
보고 가니 그도 쏘한 이상흐다. 장젼참(長箭站) 중화흐고 도진관 슉소
흐니 그 우희 빅졍봉(百鼎峰)이 예붓터 일홈잇다 십 니을 올느가면 층
ㅊ헌 바회 우희 가마솟 노구솟 모양【43】각ㅊ 되여 그중의 비솟 잇셔
비 모양으로 소가 되여 물이 고여 가물과 장마의도 가감(加減)이 업다
흐더라. 솟 모양 만타 흐여 빅졍봉이라 흐더라.

십팔일 풍우(風雨)가 디단흐나 바로 힝흐여 통쳔읍(通川邑) 드러가니
비 오고 바람 부러 바다의 물결 지어 우뢰갓치 소린흐고 눈결 갓흔
놉흔 물결 산과 갓치 모라다가 진동흐게 요란흐다. 인흐여 큰비 오고
시너물이 창일(漲溢)흐여 잇틀을 묵은지라.

이십일ㅊ의 비가 기고 쳥명흐거늘 늣게 써느 큰 니물 셰 번 근너
총셕졍(叢石亭)을 나가니 바다가의 산 흐나히 바다을 둘【44】너는디 총
셕(叢石)이 거긔로다. 돌 모양 둘너보니 그이흐고 공교흐다. 총ㅊ이 잇
는 돌이 뉵모 팔모 다셧모로 면ㅊ이 싹근 드시 셰운 것 안진 것 누은
것 슈빅 보 도라가며 도모지 그 돌이라. 집 지은 기동 갓고 디슈풀 죽순

갓치 바르고 꼿ᄼᄒ며 싱황 한디 묵근다시 사람의 손가락 한디 모흔
드시 ᄉ면으로 일양(一樣)인디 먹쥴을 쳐넛든가 더픠로 미러든가 그중
의 총석 갓튼 기동 네히 동물 가온디 웃둑 션 모양이 그이ᄒ니 일홈을
ᄉ션봉(四仙峰)이라. 조화옹이 무슴 일노 이더도록 공교ᄒ게 모ᄼ이 ᄲ
거니여【45】그리 만케 한모양으로 여긔다가 세웟는고. 쳥명한 날 비을
타고 드러가 보게 되면 바다물 속의 잠겨 잇는 거시 도모지 이러ᄒ다
ᄒ니 그 아니 고이흔가. 졍ᄌ가 문허지게 되면 이러흔 죠흔 곳의 엇지
앗쌉지 아니리오. 즉시 통쳔군슈 불너 방약을 가라치고 지물을 구획ᄒ
여 즁슈(重修)ᄒ라 이른 후의 협곡 다들 드러거늘 ᄉ면을 슬펴보니 남녀
노소 구경구니 휘장 밧긔 모여 셔ᄼ 담쳐름 두른지라 다 담을 아로녀니
여 남녀을 먹인 후의 화션졍 건너가니 졍ᄌ 업고 터 ᄲᅮᆫ이라. 총석을
건너【46】보니 져긔셔 못 보든 것 여긔셔 더 볼너라. 셕양(夕陽)이 거의
되미 고졔촌 나려와 슉쇼ᄒ니 바다의 물결소리 우뢰갓치 진동ᄒ여 쳐음
으로 오는 사람 침슈가 불평ᄒ다 고졔라 ᄒᄂ는 곳은 바다가의 도회라
남녁ᄒ로 디회 등의 슘봉이 버러 잇셔 수구(水口)을 막아시니 그 즁의
봉 ᄒ나이 가온디 구멍 잇셔 그 속으로 비가 단니ᄼ 그도 ᄯ한 이상ᄒ
다. 쟝ᄉᄒᄂᆫ 큰 비드리 여긔 와 머무르고 물화(物貨)를 밧고는지라 원
산(元山)과 강셩이 슈로(水路)ᄼ 통ᄒ고 인호(人戶)도 즐비ᄒ여 싱니가
죠【47】흔 데라. 총셕졍 십 니 되는 굴 ᄒᄂ이 ᄯᅮᆯ녀시니 일홈은 금난굴
(金幱窟)이라 젼ᄒ여 오는 말이 오십슴불 나올 ᄶᅢ의 금난굴의 와셔 머무
르든 굴이라. 굴 속이 풀이 잇셔 금난초라 ᄒ여는디 그 풀을 먹으면
불노초(不老草)라 ᄒ나 보지도 못ᄒ고 엇지도 못ᄒ다 ᄒ더라.

　이십이일 바로 힝ᄒ여 통쳔읍 즁화ᄒ고 죠진과 슉소ᄒ고 길의셔 금
강을 바라보니 거번 보든 것 다 흰빗치라. 즁다려 무르니 평지의 비오

든 날 거긔는 눈이 와셔 적셜헌다 ᄒ니 산니 놉하 치운 긔운 더헌 줄 알니러라.

이십슴【48】일 발힝ᄒ여 장전진 즁화ᄒ고 ㅅ셩 짜 삼일포로 지로(指路)ᄒ여 다ㅅ르니 고셩군슈 문안 후의 비를 쑤며 디인지라 비 타고 ᄉ션정(四仙亭) 거너가니 물 가온디 셤이 잇고 바회 졍즈 잇셔 단풍나무 솔나무 좌우의 얼키엇고 십니 쥬회 되ᄂ 물이 둥구려케 거울 갓고 그 밧게 셜은 세 봉이 버려셔 어엿부다. 신라젹 신견이 잇셔 일홈을 영낭 술낭 안상 담셕향이라 네 신션갓치 와셔 여긔 와 ᄉ홀을 놀고 갓다 ᄒ여 물 일홈은 슴일포요 졍즈ᄂ ᄉ셔졍이라 ᄉ면 경긔 도라보니 과연 션경(仙境)이라. 【49】관션암 큰 바회 물 가온디 쏘 잇시니 네 신션 졔명ᄒ 곳이라 지금까지 흔적이 이시며 그 거너 몽쳔암이 소쇄ᄒ게 거너보니 소나무 슈풀 속의 경쇠 소리 긔이ᄒ다. 고셩읍 드려와 아즁의 슉소ᄒ다.

이십ᄉ일 바람이 디단ᄒ지라 늦게 쩌ᄂ 희금강 보려더니 비 타기 어렵도다. 희금강 엇더ᄒ고 경치을 의논ᄒ면 황홀ᄒ고 긔이ᄒ다 바다 물결 속의 즁양셩 도여시니 빅옥 갓튼 바회더라. 긔이ᄒ고 이상ᄒ게 산모양 도여 잇고 그 즁의 물형들은 만물초와 일반이라. 그 아리 칠셩 셕이 북두칠셩 모【50】양으로 물 속의 버러 잇셔 셕양의 먼니 보니 그도 쏘한 긔이ᄒ다. 길가의 현종암은 바다물가의 큰 바회손과 갓치 크게 도엿ᄂ지라 오십슴불 나올 젹의 쇠북 달든 바회라. 그 압히 바회 잇셔 바다 속의 업드려시니 비모양 갓치 되고 그 우의 바회덜이 비줄 믿든 흔적 잇셔 완연ᄒ니 고이ᄒ다

이십오일 간셩읍 슉소ᄒ고 이십뉵일 아야촌 드러가 자마셕 구경ᄒ니 자마셕이라 ᄒᄂ 바회는 결노 졔가 가라 믹똘과 갓흔지라. 산 우회 큰 바회 잇셔 집치갓치 박혀 잇고 그 아리 젹은 【51】바회 잇셔 웃바회

는 우묵ᄒ고 아리 바회는 두∶러진 모양인디 두 바회 ᄉ이는 셔너 쎔

되는지라 두 바회을 ᄌ세 보니 미돌쳐로 갈닌 흔적 완연ᄒ고 졍영ᄒ

다. 두 바회 갈닐 적의 ᄉ람은 못 보아도 갈니는 것 분명ᄒ니 ᄉ람더리

보노라고 먹으로 칠을 ᄒ고 몃 날만의 다시 보면 먹 흔적 갈인지라

엽ᄒ로 보게 되면 돌가로 써러져 좌우의 잇는지라 형지을 술펴보니

아리 돌이 올나가셔 갈고 오기 분명ᄒ니 그 아니 고이한가. 마을 압

반석 우의 큰 돌 ᄒ나히 언쳐시니 한 ᄉ람이 흔드러도 흔【52】틀 열

ᄉ람이 흔드러도 흔들∶ 움작이기 한가지라. 쳥간졍 올나가니 만경디

압히 잇고 ᄒ상 풍경 미오 조타 이날 낙산ᄉ 슉소ᄒ고

　이십칠일 미명의 니러나셔 일츌을 구경ᄎ로 보타굴 나려가 안ᄌ더

니 하날과 바다물이 다홍빗치 되는지라. 박회 갓튼 불근 ᄒ가 번드시

도라오니 그 엽회 구름이 황금빗치 죠요ᄒ여 세상이 발거시니 평셩의

장관이라 과연 구경헐 만ᄒ다. 보타굴 지은 거슬 ᄌ세 보니 바다가의

두 셕벽 마조 싱겨 굴이 되고 안ᄒ로 굴이 뚤녀 깁기는 한냥 업고 그

우의 집을 【53】지어 ᄒ쥬관을 안쳐는디 창문 열고 바다을 구버보니

만경창파의 가이 업시 광활ᄒ다. 마루쳥늘 구명으로 구버보니 깁고 깁

흔 굴의 위픔ᄒ여 현긔난과 바다물이 드리쳐 굴 속으로 모라가니 뇌셩

소리 갓튼지라. 즁다려 무르니 관음보술이 ∶ 속의 잇셔 영감흔 일

마는지라 의상디ᄉ 비례ᄒ든 셕디 잇스니 일홈이 의상디라 이날 양∶

읍 즁화ᄒ고 등산창 슉소ᄒ다. 오작 이 물 기러다 밥짓고 슝늉부어 지

공을 ᄒ는지라. 오삭이라 ᄒ는 마을이 양∶ 짜 오십 니의 잇는【54】지

라. 약물이 바회 우회 조금식 흐르니 그 물 먹으면 체증도 업고 비속의

잇는 병이 낫∶치 낫다 ᄒ여 멀고 갓가온 ᄉ람이 물 먹으라 양식 ᄊᆞ가

지고 무슈이 온다 ᄒ며 호회졍 시원ᄒ니 호희졍이란 데는 슴년 션싱이

쥬역 공부ᄒ신 ᄃ라. 옛적의 묘당 숨간 잇더니 훗ᄉ람이 ᄉ모ᄒ여 셔원을 지어노코 영졍을 모신 ᄃ라. 셔원의 지믈 업셔 간신이 졔향을 일년일도 지니더니 존빅냥을 구획ᄒ여 지미을 맛진 후 경【55】포ᄃ 올나가니 소나무 그늘 속의 졍ᄌ가 두렷ᄒ다. 삼십 경포물이 거울 갓치 빗치나셔 압흐로 둘너 잇고 그 밧게 모리 언덕이요 언덕 밧긔 바다히라. 웅장ᄒ고 시원ᄒ여 ᄃ장부의 흉금 갓다 물 가온ᄃ 바회 잇셔 일홈이 홍장암이라. 옛적의 강능부ᄉ 홍장이라 ᄒᄂ니가 기싱을 신션 모양으로 셔미며 일엽션비를 타고 쳥의동ᄌ로셔 불니고 지ᄂ가는 ᄉ긱덜을 외연이 속여시니 바회 일홈을 인ᄒ여 홍즁암이라.

그뭄날 구산 슉소ᄒ고 구월 초일ᄒ 발힝ᄒ여 ᄃ관령 올나가니 구십 구곡【56】놉픈 구비 양장이 셔렷더라. 힝게럭 즁화ᄒ고 우러졍 거리 지나가니 오ᄃ산 월졍ᄉ 드려가는 길일너라. 오ᄃ산 월졍ᄉ는 셕가여리 도장이라 두 골의 부도ᄒ여 안치고 그즁의 잇셔 나라 ᄉ긔를 거긔다 두시니 우리ᄂ라 ᄉ적이라.

진보역 슉소ᄒ고 초이일 ᄃ화즁방님 슉소ᄒ고 초솜일 운교 즁화ᄒ고 오원 슉소ᄒ고 초ᄉ일 환영ᄒ니 돌모로 십닌졍의 아희들 나왓더라. 오ᄃ졍 드러가니 겸즁군이 구갑쥬ᄒ고 긔긔치 거ᄂ리고 군병으로 긴치고 방포 슘셩의 진문을 크게 여려 노코 군례로 문안ᄒ더라.

제3부

근대전환기의
호남한문학과 시적 탐색

❖ 황상(黃裳)의 추사가(秋史家)와의 교류와 시적 형상화

❖ 『치원소고』를 통해 본 황상의 차 생활과 19세기 차 문화

❖ 근대계몽기 호남유학자 우고 이태로의 『우고선생문집』과 시세계

❖ 근대변혁기 학헌 최승현의 삶과 한시 작품들

황상의 추사가와의 교류와 시적 형상화

1. 머리말

19세기에 활동했던 치원(巵園) 황상(黃裳, 1788~1870)을 추적하다보면 태산과 같은 두 인물이 나타난다. 하나는 다산(茶山) 정약용(丁若鏞)이고, 다른 하나는 추사(秋史) 김정희(金正喜, 1786~1856)이다. 다산은 황상을 시인으로 이끈 스승이었고, 추사는 황상을 다산 시학의 계승자로 인정한 비평가였다. 황상에게 다산이 아버지와 같은 존재였다면, 추사는 문단 패트런과 같은 존재였다.

황상이 강진에서 유배 중이던 정약용을 만나게 된 것은 운명이자 하늘이 내려준 축복이었다. 다산을 만나지 않았다면 그는 시인이 될 수 없었고 오늘날의 존재감도 없었을 것이다. 1802년 10월, 아전의 자식이었던 황상은 다산에게 나아가 가르침을 받으면서부터 삶이 바뀌고 훗날 훌륭한 시인으로 성장할 수 있었다. 정민 교수가 이들의 만남을 '삶을 바꾼 만남'으로 규정한 것도[1] 모두 그와 같은 사정에서 나온 것이다. 황상이 다산가와 맺었던 인연은 다산이 죽은 이후에도 계속되었고, 1845년 3월에는 두 집안이 우의를 넘어 형제로서의 「정황계(丁

---

[1] 정민, 『삶을 바꾼 만남 – 스승 정약용과 제자 황상』, 문학동네, 2011, 1~591면.

黃契)」로 이어졌다.

황상이 추사 3형제를 만난 것은 추사의 제주도 유배를 마친 이후였다. 1853년 9월에 황상은 네 번째로 상경하여 두릉을 거쳐 과천으로 가서 추사 3형제를 만났다. 만남은 추사가 초대하는 형식으로 이뤄졌는데, 이때 추사는 그에게 남다른 관심을 보이면서 깍듯이 시인으로 예우하였다. 이를 계기로 그들은 교유하면서 우의를 다졌고 서로 깊이 신뢰하는 사이가 되었다.

지금까지 황상에 대한 논의는 주로 다산과의 관련성을 중심으로 논의되어 왔고[2] 추사가와의 관련 논의는 상대적으로 드물었다.[3] 그것은 추사의 황상에 관한 자료가 미미한 까닭도 있다. 오늘날 황상과 추사가의 관련 자료는 주로 전자에 남아 있고 후자는 드물다. 따라서 본고에서 논의하려는 황상과 추사가의 교유 과정과 시적 교류도 주로 황상 자료에 크게 의존할 수밖에 없는 한계가 있다.

---

2 진재교, 「실학파와 한시」, 『문학과 사회집단』(한국고전문학회 편), 1995, 209~262면.; 임형택, 「丁若鏞의 강진유배기의 교육활동과 그 성과」, 『실사구시의 한국학』, 창작과 비평사, 2000, 399~434면.; 이철희, 「《巵園遺稿》解題」, 『茶山文獻集成』 5卷, 성균관대학교 대동문화연구원, 2008, 1~12면.; 이철희, 「다산 시학의 계승자 황상에 대한 평가와 그 의미」, 『대동문화연구』 53집, 성균관대학교 대동문화연구원, 2006, 229~253면.; 정민, 「다산의 강진 강학과 제자 교학방식」, 『다산학』 18집, 다산학술문화재단, 2001, 117~163면.; 진재교, 「다산학의 형성과 치원 황상」, 『대동문화연구』 41집, 성균관대학교 대동문화연구원, 2002, 27~60면.

3 박철상, 「치원 황상과 추사학파의 교유」, 『다산과 현대』 3호, 연세대학교 강진다산실학연구원, 2010, 213~229면.

2. 황상의 추사가(秋史家) 관련 시작품 목록

황상은 죽기 전에 자신의 저작물을 모아서 『치원총서(巵園叢書)』로 편찬한 것 같은데 모두 흩어졌다가 그 중의 일부가 다시 나왔다. 대표적으로 1977년에 발굴된 『치원유고(巵園遺稿)』가 있고,[4] 2011년 11월에 구사회와 김규선이 발굴해 낸 『치원소고(巵園小藁)』(一名, 巵詩)가 있다.[5] 이외에도 2012년 2월에 추사가의 인사들이 황상에게 보낸 편지를 장첩해서 책으로 묶은 『치원진장(梔園珍藏)』과 황상 자신이 지었던 20편의 산문을 수록한 『치원소고』가 새로 나왔다.[6]

『치원유고』는 시문집이고, 『치원소고』(일명, 치시)는 시집이다. 이들은 황상의 저작물이지만 체재와 성격이 다르다. 『치원유고』는 시작품과 산문들이 수록되어 있고, 『치원소고』는 시작품으로만 이뤄져 있다. 게다가 이들 자료는 같은 작품이 겹치는 사례가 없다. 『치원유고』는 정학연이 죽었던 1859년 무렵으로 끝난다. 반면에 『치원소고』는 그 이후의

4 황상, 『巵園遺稿』(『茶山學團文獻集成』 5卷), 성균관대학교 대동문화연구원, 2008, 3~403면.
5 이와 관련된 논문은 아래와 같다.
    구사회·김규선, 「황상의 새 자료 『치원소고』와 만년 교유」, 『한국어문학연구』 58집, 한국어문학연구학회, 2012, 311~341면.
    김규선·구사회, 「『치원소고』를 통해 본 황상의 차 생활과 19세기 차 문화」, 『동양고전연구』 46집, 동양고전학회, 2012, 195~215면.
    김규선·구사회, 「황상의 산거 생활과 시적 형상화 연구」, 『한국고시가문화연구』 30집, 한국고시가문화학회, 2012, 31~56면.
    김규선, 「만년기 황상의 사회시 고찰」, 『동양고전연구』 51집, 동양고전학회, 2013, 45~73면.
6 정민, 「『치원소고』 및 『치원진장』에 대하여」, 『문헌과 해석』 58호, 문헌과 해석사, 2012, 173~194면.

시기에 지어진 것으로 보인다. 『치원유고』의 끝부분과『치원소고』의
앞부분이 시기적으로 서로 맞물리며 연결되고 있다. 대체적으로 『치원
유고』에서는 황상의 50·60대 시작품들이, 『치원소고』에서는 60·70대
의 말년 시작품들이 극히 일부를 제외하고 시간에 따라 순차적으로 수록
되어 있다. 따라서 대체적으로 『치원유고』에서는 추사 형제가 살아있을
때의 교유 관계를, 『치원소고』에서는 그들이 죽은 이후에 황상이 그들
을 추모하거나 후손들과 주고받은 시들로 이뤄진 것을 알 수 있다.

　『치원유고』와『치원소고』에서 추사 3형제와 관련된 황상의 작품 목
록은 아래와 같다.

번호	시제목	출전	비고
1	赴金參判招途中詠樵船 二首	『巵園遺稿』卷3.	「北遊錄」
2	宿三田渡	上同	上同. 詩評(秋史)
3	到果川	上同	上同
4	秋公命三昆季前 各呈一律	上同	上同
5	奉上山泉將命	上同	上同
6	奉上起山坐下	上同	上同
7	奉和心霞室待予	上同	上同. 詩評(秋史)
8	斗陵憶果州	上同	上同. 詩評(山泉)
9	秋公挑雲句上人乞一律	上同	上同
10	奉上山泉先生	上同	上同. 詩評(起山)
11	奉答山泉贈二首	上同	上同
12	贈別濟州姜仙茶波波與弟並來弟死葬果川 獨還鄕	上同	上同. 秋史 關聯 人物.
13	阮公又挑雲句上人更乞七律	上同	上同. 詩評(秋史)
14	徐霞汀病中觀金剛經感裵用佛書爲吟寄酉 山子亦以佛書用其韻	上同	上同. 詩評(秋史)

15	權相公騎牛行	上同	上同. 詩評(秋史)
16	贈杖行	上同	上同. 詩評(秋史)
17	憶阮公令公	『巵園遺稿』 卷4.	
18	奉上起山大老	上同	
19	上山泉先生	上同	
20	詠阮公水調歌頭	上同	
21	追憶權相公宅待西山秋史 二首	上同	
22	拜金參判書	上同	
23	怨西山先生山泉遺西山書曰…	上同	
24	送金士亨游光州	上同	詩評(秋史)
25	奉阮堂書哭耘逋先生	上同	
26	乙卯八月爲哭耘逋先生北上斗陵…	上同	
27	憶北遊諸公先呈丁監役	上同	
28	奉上果波老仙	上同	
29	奉上山泉起山將命	上同	
30	追賦南充惜別呈堤川沈杏農	上同	
31	聞金書農擇進士	上同	
32	追次阮堂贈詩	『巵園小藁』 卷5.	
33	追次起山先生贈別	上同	
34	奉答書農書	上同	
35	奉答阮堂絶句	上同	
36	足山泉大老因便太促以半絶句贈	上同	
37	哭阮堂令公 二首	上同	
38	向彛齋相公酉山監役後感阮堂令公	上同	
39	哭山泉故先生	上同	
40	悲南充	上同	
41	聞月宮伸雪 三首	上同	
42	昔秋公以予詩格絶似劉得仁, 每稱 今之劉得仁, 故次其詩. 二首	上同	

43	寄金書農	上同	
44	聞起山先生下世	『巵園小藁』 卷6.	
45	雪夜追昔乃南漢山城陪丁監役金參判賞春	上同	

목록에 따르면 추사가와 관련된 황상의 시작품은 『치원유고』에 31題 34首, 『치원소고(巵園小藁)』에 14題 18首이다. 집계하면 모두 45題 52 首이다.[7] 이것은 『치원유고』와 『치원소고』에서 확인되는 분량이고 실제는 그보다 많았을 것으로 짐작된다. 황상이 지은 추사 3형제와 관련된 한시 작품은 그들이 처음 만났던 1853년 9월, 말하자면 황상이 4차 상경하여 두릉과 과천을 오갔던 시기에 집중되어 있다. 그리고 황상이 강진으로 돌아와서 그들과 주고받은 시작품도 상당수에 이른다. 그렇지만 이들 사이의 교유는 길어야 10년이 못된다. 1856년 10월에 추사 김정희가, 다음 해 10월에 산천 김명희가, 그리고 1861년 2월에는 막내였던 기산 김상희가 세상을 떠났기 때문이다.

3. 추사가(秋史家)와의 교류 과정과 시적 형상화

3.1. 교류 과정

황상과 추사가의 교류가 언제부터 시작되었는지 확실하지 않다. 기록에 의하면, 1848년 12월에 추사가 8년간의 제주도 유배 생활을 마치

---

7 『巵園遺稿』에서는 황상의 시작품에 대한 추사 3형제의 시평이 부기된 것도 포함시켰다. 그 중에서 5수는 시적 대상이 추사 삼형제가 아니다.

고 집으로 돌아가면서 황상이 살고 있는 강진을 방문한 적이 있었다. 이때 황상은 두릉의 다산가에 올라가 있었기 때문에 이들 사이의 만남이 이뤄지지 않았다. 이후에도 이런저런 까닭으로 만남은 이뤄지지 않았다. 추사가 1851년 7월에 다시 함경도 북청으로 유배되었기 때문이다. 그러다가 드디어 1853년 9월 황상의 네 번째 상경으로 이들의 만남이 이뤄졌다. 물론, 그 이전에 황상이 추사 3형제와 만났을 가능성이 없지 않다고 보지만[8] 필자가 보기에 이들의 대면은 황상의 4차 상경 시기에 이뤄진 것으로 판단된다.

문제는 추사가 어느 시점에 시인으로서 황상의 존재를 인식하였을까 생각해볼 필요가 있다. 다산의 강진 유배가 끝나갈 무렵인 1818년 이전에 다산의 장남이었던 유산(酉山) 정학연(丁學淵, 1783~1859)이 추사와 교류하면서 앞서 언급하였을 가능성도 있다. 하지만 황상이 추사에게 분명하게 각인된 것은 추사의 제주도 유배 생활이 끝나가는 무렵이었을 것으로 짐작된다. 제주도에서 유배 생활을 하고 있던 어느 날, 누군가 추사에게 시 한편을 보여준 일이 있었다. 그 자리에서 시의 작자로 다산의 제자인 황상이 자연스럽게 거론되고 있었다.[9]

하지만 추사가 어떤 경로를 통해 황상을 알게 되었는지는 분명하지 않다. 정황상으로 황상 소문의 근원은 추사와 교분이 깊었던 다산가의 정학연에게서 나왔을 것이다.[10] 그것에 앞서 1845년 3월에 황상은 두

8　박철상, 위의 논문, 218~221면.
9　『巵園遺稿』「附錄」,〈酉山書別紙〉. "詩篇事, 秋史曰, 在耽市, 有一人示一詩, 不問可知爲茶山高弟, 故問其名, 曰黃裳, 味其詩, 卽杜髓而韓骨, 歷數茶山弟子, 自鶴也以下, 皆無以敵此人, 而且聞黃某, 非但詩文直逼漢唐, 其爲人可謂當世高士, 雖古之隱逸, 無以加此…"

번째 상경하여 정학연을 따라서 송도를 다녀왔고 다산가와 정황계를 맺기도 하였다. 그 이후로 황상과 다산가는 이전의 우정 관계에서 형제 이상의 관계로 발전하고 있었다.

정학연과 추사는 당색이 달랐지만 젊은 시절부터 교류해왔다. 일찌 감치 두 사람이 교류하던 장면이 목격된다. 1815년 겨울이었다. 당시 정학연은 초의의 상경을 주선하면서 그를 추사에게 소개하였다. 이후로 초의는 다산가와 추사가를 오가면서 친교를 맺게 된다. 이 시기에 정학연은 황상을 이미 익히 알고 있었지만 그 때만해도 그에 대해 크게 내세울 것까지는 없었다. 게다가 이후로 황상은 다산을 떠나 20여년 이상을 초야에 묻혀 은둔하고 있었고 소식도 끊겼다. 그러다가 황상이 정학연에게 존재감으로 다가온 것은 1836년 2월에 황상이 다산가를 찾으면서이다. 오랜 공백을 깨고 나타난 황상의 모습이 놀랍기도 하거니와 그동안 갈고닦은 그의 시적 능력이 단연 돋보였을 것이다. 일찍이 사람들이 황상의 시적 재능을 언급하였지만, 그것은 어디까지나 소년시절에 있었던 하나의 가능성이었을 뿐이었다.

1845년 3월에 황상은 두 번째 상경하여 정학연과 함께 송도를 유람하면서 함께 지내게 된다. 이 과정에서 이들 사이는 형제 이상의 관계로 발전하게 되는데, 그것은 황상보다 정학연의 바람이 컸던 것으로 보인다. 정학연은 황상의 살아온 과정을 알게 되었고, 선친의 가르침을 지키면서 살다가 세월을 건너뛰어 자신 앞에 와서 서있는 황상의 모습을 바라보면서 그는 깊은 감동을 받았을 것으로 짐작된다. 정학연이 보기

10 박철상의 논문을 보면, 정학연이 황상 문제로 김정희와 접촉하려던 정황도 포착된다. (박철상, 위의 논문, 215~221면.)

에 황상은 이제 아버지 정약용의 제자가 아니라 그 이상이었고 형제처럼 느껴졌을 것으로 보인다. 정황계는 그런 맥락에서 나온 것이다.

정학연과 정학유가 황상을 대하는 태도나 황상이 그들을 대하는 자세는 2차 상경으로 달라지고 있는 것을 알 수 있다. 정황계를 계기로 이들은 형제가 되었고, 황상은 정학연과 정학유의 자식들을 자신의 조카처럼 받아들였다. 1855년에 정학유가 세상을 떠나자 황상은 68세의 노구로 상경하여 조문하였다. 그리고 1859년 3월에 정학연이 세상을 떠난 이후에도 황상은 자신이 죽을 때까지 다산가로 소식을 전하면서 안부를 묻고 있었다. 정학연은 다산가의 장남으로써 황상을 위해 여러모로 노력하였다.

주지하다시피, 순조 1년(1801)에 일어난 신유박해로 다산가는 폐족이 되다시피 하였다. 다산은 경상도 장기를 거쳐 전라도 강진에서만 18년간에 걸친 귀양살이를 하였다. 다산의 셋째 형인 정약전(丁若銓, 1758~1816)은 흑산도에서 유배 생활을 하다가 죽었다. 매형이었던 이승훈(李承薰, 1756~1801)과 둘째형이었던 정약종(丁若鍾, 1760~ 1801)은 사형을 당하였다. 따라서 정학연 형제는 죄인의 아들로 폐족이 되어 과거조차 응시할 수 없었는데, 생업을 위해 양계와 축산에 열중한 적도 있었다. 다산은 해배되고 나서 자신의 복권을 위해 다방면으로 노력하였지만 뜻대로 되지 않았다. 정학연도 평생 처사로 보내다가 1852년 6월에야 70세의 나이로 겨우 선공감(繕工監)의 말단 관직인 종구품(從九品) 감역(監役)에 임명되었다. 그렇지만 이것은 다산가가 다시 양반가로 복권되었다는 것을 뜻한다. 정학연은 무척 기뻐했고 곧바로 이 소식을 황상에게 알렸다. 황상은 소식을 접하고 〈두릉의 서신에서 유산이 새로 감역에 제수되었다는 소식을 듣고서(得斗陵書酉山新拜監役)〉라는 시를 지어서 축하의 뜻을 전했다.

이처럼 정학연은 시대를 잘못 만나서 입신을 하지 못하고 생애 대부분을 음지에서 보냈기 때문에 황상을 위해 힘을 쓸 수가 없었다. 그럼에도 정학연은 황상을 위해 백방으로 노력하였다. 그것의 대표적인 사례가 황상을 추사 김정희와 이재 권돈인에게 연결하는 것이었다. 추사도 정쟁에 휘말려 제주도에서 8년 3개월, 함경도 북청에서 1년간 유배를 겪었지만 누가 뭐래도 그는 노론 명문가 출신의 당대 석학이었고 문단의 중심에 있었다. 정학연이 황상을 데리고 추사가를 방문한 것도 겉으로 드러나지 않지만 황상을 위한 일련의 조치로 보인다.

황상은 추사와 산천에게 자신의 시집 서문을 부탁한 적이 있었다. 그러나 1855년 2월에 추사는 황상에게 편지로 자신에게 부탁했던 서문 부탁을 사양하면서 정학유의 사망 소식을 알린 적이 있었다. 이때 추사는 황상에게 시집 서문을 써달라는 것은 이상하게 여길 것은 아니지만 추사의 명성으로 값이 정해진다고 보는 것이 잘못이라며 타일렀다. 그리고 추사는 두보의 시구를 인용하여 문장의 좋고 나쁨은 작자 스스로의 마음이 안다면서 달랬다.[11] 황상은 1855년 8월에 정학유의 조문을 위해 마지막 5차 상경을 감행하였고 해를 넘겨 3월에 내려온 적이 있었다. 이 때에 추사와 산천은 결국 황상을 위해 각각의 서문을 지어주었다. 당시 황상의 처지에서 추사와 산천에게 자신의 시집 서문을 받는다는 것은 중대한 문제였다. 문단에서 차지하고 있는 추사의

---

11 金正喜, 『阮堂全集』 卷四, 「書牘」, 〈與黃生裳〉. "詩卷牘草橫空老氣, 誰能抵當哉. 一序之來索固無怪, 是烏足以待我定也. 文章寸心, 自有千古, 實非我所得以私之也."

비중으로 볼 때, 그 이후로 황상은 더 이상 지방의 무명 시인이 아니라 중앙문단에서도 인정을 받는다는 의미로 받아들였을 것이기 때문이다. 결과적으로 황상은 그것을 계기로 추사 김정희와 산천 김명희로부터 시인으로서의 공식적인 인증을 받은 셈이 되었다.

3.2. 교유와 우의의 시적 형상화

황상이 추사 3형제를 처음 만나게 된 것은 4차 상경이었던 1853년 9월 무렵이라고 앞서 언급하였다. 당시 이들의 만남은 『치원유고』 3권에 있는 「북유록(北遊錄)」의 시작품을 통해 대체적인 윤곽을 알 수 있다. 강진에서 상경하여 두릉에 머물고 있던 황상은 정학연의 주선으로 추사의 초대 형식으로 만남이 성사되었다. 그는 정학연과 배를 타고 삼전도에 내려서 숙박하고 다음날 양재를 거쳐 추사 3형제가 살고 있는 과지초당으로 건너갔다. 당시 방문하는 과정은 〈두릉에 이르러(到斗陵)〉, 〈김 참판의 초대를 받아 가는 길에 나무 실은 배를 읊다(赴金參判招途中詠樵船 二首)〉, 〈삼전도에서 묵으며(宿三田渡)〉, 〈과천에 이르러(到果川)〉에 나타나 있다.[12] 황상과 정학연이 과지초당에 도착하자 추사 형제들은 이들을 위해 자리를 마련하였다. 황상의 다음 시들은 이때 지어졌다.

> 〈추공의 명을 받아. 세 형제께 각기 율시 한 편씩을 올림
> (秋公命. 三昆季前各呈一律)〉
> 삼각의 英靈 중에 홀로 빼어나시어,　　　　　　三角英靈獨擅雄
> 蘇씨집안 형제가 어린애 같네.　　　　　　　　蘇家伯仲似童蒙

---

12 『巵園遺稿』 卷三, 「北遊錄」.

찬란한 꽃[정교한 논의] 내뿜으면 그 향기 대적할 수 없고,

    粲花口吐香無對

구불구불 鐵索[강건한 필치]은 저마다 찾아마지 않네. 屈鐵人爭覓不窮

잉태된 것은 子長[사마천]의 즐거움 전환된 것, 胎孕轉身子長樂

장도에 올라 옹방강어른께 가르침 받으셨네. 壯遊執贄綱房翁

자자하신 큰 명성 이루 가둬두기 어려워, 大名藉藉藏難得

청나라에 넘치고 서촉까지 통하셨네. 滿溢覺羅西蜀通[13]

〈산천께(奉上山泉將命)〉

춥고 성긴 寓居는 화려함 적어, 寒疎寓舍少繁華

형제가 함께 짚 덮인 집에서 사시네. 兄弟同居草覆家

사이좋게 하루 세끼를 함께 하고, 愷弟三時爲共飯

한 다완 가지고 차를 나눠 마시네. 操持一椀啜餘茶

누가 청춘을 무심히 흘러가게 하고, 靑春誰使等閒去

어찌하여 백발이 쉬이 찾아들게 했는가. 白髮而何容易斜

박복한 제가 늦게 온 것 안타까워, 薄祿吾身嗟晚到

모래처럼 쌓인 한이 恒河沙도 부족하네. 如沙積恨欠恒沙[14]

〈기산께(奉上起山坐下)〉

인간세계에도 仇池穴[仙境의 하나]이 있어, 人間亦有仇池穴

말석의 선생도 눈발이 머리에 가득하네. 末席先生雪滿頭

힘찬 돛배는 푸른 바다 만여 리가 거뜬하고, 健帆滄溟餘万里

벽랑 위 노송은 세찬 가을을 견디었네. 老松石壁耐高秋

紫綠[자연물, 재야]을 따르며 일상사 챙겼으나, 漫隨紫綠收時物

---

13 위의 책, 〈秋公命三昆季前各呈一律〉.

14 같은 책, 〈奉上山泉將命〉.

丹青(丹青閣, 官界)을 가까이하며 書樓에 드는 게 알맞네.

宜傍丹青入書樓

어느 시대인들 없었으랴 남새밭이,　　　　　　何代無之遺野圃

林泉의 삶에 동참하기를 바라네.　　　　　　林泉事業望同舟[15]

　다산가의 정학연과 황상, 그리고 추사 삼형제가 자리를 함께 하자 추사가 황상에게 시를 요구하는 정황이 포착된다. 황상은 추사 세 형제에게 각각의 율시를 지어 올렸다. 이 때 황상은 추사 삼형제가 지닌 각각의 특징을 잡아서 형상화하고 있다. 추사 김정희를 대상으로 지은 첫째 시에서는 이들 삼형제를 소동파 형제로 연결하여 추사의 명성에 초점을 맞추고 있다. 추사가 옹방강의 가르침을 받은 사실도 밝히면서 그의 명성이 중원에 자자하다고 칭송한다. 산천(山泉) 김명희(金命喜, 1788~1857)에게 준 두 번째 시에서는 이들 형제의 우애에 초점을 맞추고 있다. 이들 형제는 함께 거처하면서 세끼 식사도 같이 하고 차도 함께 마실 정도로 우애가 깊다며 이들의 늙어가는 것을 아쉬워하였다. 아울러 황상은 자신이 너무 늦은 나이에 추사가와 맺어진 운명을 한탄하였다. 셋째 시는 막내였던 기산(起山) 김상희(金相喜, 1794~1861)에게 지어 준 것이다. 여기에서 황상은 기산을 선경(仙境)의 하나인 구지혈(仇池穴)의 소유동(小有洞)에 사는 백발 신선으로 묘사하고 있다. 그는 기산이 재능을 지녔으나 세속과 거리를 두고 꿋꿋하게 살아가는 모습을 주목하였다.

　전체적으로 이들 세 편의 시에서는 추사의 명성, 산천의 우애, 기산

15　같은 책, 〈奉上起山坐下〉.

의 올곧은 성품과 은자적 삶의 태도에 초점을 두어서 형상화하였다. 이들 시작품을 보면, 황상은 추사 삼형제를 처음 대면하고 지었는데도 불구하고 이미 이들 삼형제가 지녔던 각각의 특징을 꿰뚫어 보고 있었다. 이러한 관점은 나중에 추사 삼형제에 대한 애도시에서 그대로 반복된다.

황상은 두릉으로 돌아와서 철마산 퇴촌리에 살고 있는 이재 권돈인의 초대를 받아 정학연과 강을 건너 다녀온다. 이후로 황상은 다산가에 머물며 추사가를 왕래하였고, 다시 권돈인 댁을 방문하였다. 나중에 강진으로 돌아와서 지은 〈권상공댁에서 유산과 추사를 모셨던 일을 추억하며 2수(追憶權相公宅侍酉山秋史二首)〉를 보면, 제목에서 알 수 있듯이 김정희도 권돈인 댁에 합류했던 것을 알 수 있다. 이후로 황상은 추사 삼형제와 권돈인을 대상으로 그 때를 추억하며 몇 편의 시를 남겼다.

황상은 두릉 다산가에서 반년을 머물다가 해를 넘겨 3월에 강진으로 돌아왔다. 황상 자료들을 보면, 그는 집으로 돌아와서 추사 삼형제에 대한 추억과 그리움을 한시로 담았다. 〈완당 대감을 추억하며(憶阮堂令公)〉을 비롯하여 〈기산노인에게 올림(奉上起山大老)〉, 〈산천선생에게 올림(上山泉先生)〉등이 이 때 지어졌다.

> 〈완당 대감을 추억하며(憶阮堂令公)〉
> 내 떠나는 길에 〈水調歌頭〉를 지어주시어,   水調歌頭贈我行
> '河水가 맑은' 기묘한 일은 세상이 깜짝 놀랐네.   河淸奇事世爭驚
> 阮閣(완당)이 결국 아쉬움 없음을 누가 알랴,   誰知阮閣終無惜
> 㢉園이 전혀 가볍지 않다고 말들 하네.   人道㢉園百不輕
> 천리길이 멀어도 마음은 가깝고,   千里雖遙心內近

하루아침이면 도달할 듯 눈에 선하네.　　　　一朝能達眼中明
넓으신 도량을 잊기 어려워,　　　　　　　　包容大度難忘處
바다에 물방울 떨구듯 마음 다 나타내기 어렵네.　　點滴滄溟莫盡情[16]

　이 시는 황상이 4차 상경을 마치고 강진으로 돌아와서 과지초당에
서의 추사를 추억하며 지은 것이다. 황상이 과천을 떠나올 때, 추사는
그에게 〈수조가두(水調歌頭)〉를 지어준 모양이다. 황상은 그것을 세상
에서 좀처럼 있지 않는 깜짝 놀랄 일로 감격해 적고 있다. 〈수조가두〉
는 본래 송나라 소동파가 황주로 귀양 가서 지은 전사(塡詞)의 하나이
다. 그 중에서 '밝은 달은 어느 때부터 있었는지, 술잔을 들어 푸른
하늘에 묻는다(明月幾時有, 把酒問靑天)'로 시작하는 이 노래는 소동파
가 타향에서 자신의 심정을 자연과 더불어 나누면서 멀리 떨어진 아우
인 소철(蘇徹)을 생각하며 지은 것이다. 〈수조가두〉는 우리나라에 유
입되어 많은 문인들에 의해 새로이 지어졌다. 황상의 〈완당공의 수조
가두를 읊으며(詠阮公水調歌頭)〉로 미루어 보건대, 추사도 〈수조가두〉
를 지었던 것 같은데 그의 문집에는 없다. 추사가 돌아가는 황상에게
〈수조가두〉를 지어주었다는 것은 소동파가 아우를 그리워하는 것처럼
황상에 대한 추사의 마음이 잘 드러난 것으로 짐작된다. 이 점에서 황
상이 감격한 것이다.
　황상은 추사 삼형제로부터 받은 배려에 감격하면서, 한편으로 당대
명사였던 추사를 만났다는 만족감을 드러내고 있다. 그는 추사 삼형제
가 멀리 떨어져 있어도 마음만은 금방 닿을 듯이 가깝게 느껴진다고

16　『巵園遺稿』卷四, 〈憶阮堂令公〉.

말하면서 추사의 인품과 도량에 감동하고 있다. 게다가 '치원(巵園)이 전혀 가볍지 않다고 말들 하네(人道巵園百不輕)'라는 구절을 보면, 이때 황상은 추사로부터 시작품에 대한 인증을 받지 않았나 싶다.

〈황치원에게(贈黃巵園)〉

산기슭에 자리를 잡은 가뭇한 일속산방,	眇然一粟敵山茨
만년 푸른 솔이 눈썹 위에 푸르다.	萬古松青青上眉
江西宗派譜를 곧장 거슬러 올라갔고,	直溯江西宗派譜
元祐의 죄인 시를 곁에서 참고했다.	旁參元祐罪人詩
綺語에 마음 비어 세 가지 독이 없고,	心空綺語無三毒
붉은 깃발 높이 들어 뭇 쓰러짐 일으켰다.	手卓紅旆起百痿
甘紅露 술맛이 참으로 달콤한가,	甘紅露味眞佳否
藜莧의 도서 속에 도가 절로 살지네.	藜莧圖書道自肥[17]

이는 추사가 황상에게 지어준 〈황치원에게(贈黃巵園)〉이다. 이에 앞서 황상의 시에 차운한 〈차황상운(次黃裳韻)〉가 함께 추사의 문집에 수록되어 있다. 『치원소고』에는 추사가 황상에게 지어준 다른 시들이 있었다는 정황이 포착된다. 위의 시에서는 황상의 시에 대한 추사의 시평이 들어 있다. 시에서 추사는 황상이 북송 후기 시단에 큰 영향을 끼친 황정견(黃庭堅, 1045~1105)을 중심으로 형성된 강서시파에 연원을 두고 소동파의 영향을 입었다고 말하고 있다. 이는 황상의 시가 송시와 맥락이 닿고 있다는 말이다. 그리고 겉과 속이 다른 교묘한 꾸밈이 없어, 이른 바 불가(佛家)에서 말하는 삼독(三毒)의 탐진치(貪瞋癡)가 없다고

---

17 金正喜, 『阮堂全集』卷九, 〈贈黃巵園〉.

보았다.

1855년 2월에는 추사가 황상에게 편지와 함께 다산의 둘째 아들인 정학유가 별세했음을 알려왔다. 황상은 가을에야 편지를 전해 받고 정학유를 애도하는 〈완당편지를 받고나서 운포선생을 애도하며(奉阮堂書哭耘逋先生)〉를 지었다. 8월에는 정학유를 조문하기 위해 68세의 노구를 이끌고 마지막 5차 상경을 감행하게 된다. 이 때 지은 몇 편의 시가 남아 있는데, 이때 황상은 추사와 산천으로부터 자신의 문집 서문을 받았다. 1856년 3월에 반 년 만에 다시 강진으로 돌아와서 그들을 추억하거나 회답한 시들을 지었다.

해가 바뀌고 이들 사이에는 큰 변화가 일어난다. 황상이 강진으로 돌아온 지 반년이 지난 1856년 10월 10일에 추사가 갑자기 세상을 떠났다. 다시 한 해가 지나자 이번에는 산천이 형의 뒤를 따라 세상을 떠났다. 1861년 2월에는 추사가의 막내인 기산 김상희마저 세상을 떠나게 된다. 그런데 이때 황상은 상경하지 않았다. 황상은 이미 칠순이 넘어서 더 이상의 상경을 감당할 수 없었기 때문이다. '헤어질 때 다시 찾아오라는 말씀 있었으나, 노쇠한 나이에 모두 피로에 지쳤네(臨別重來教, 量衰各轉疲)'라는 황상의 〈故 산천선생을 애도하며(哭山泉故先生)〉라는 시구에서도 그 이유를 짐작할 수 있다. 결국 황상은 자신이 살고 있는 강진에서 조촐한 제단을 차리고 조의를 표할 수밖에 없었다.

〈완당 대감을 애도하며(哭阮堂令公 二首)〉
그 이름 묻으려 해도 사라질 수 없으니,　　　　欲埋名姓未能淪
'세상 떠났다' '세상 떠났다' 할 수 있으랴.　　　滅度云乎滅度乎
시골 아낙이야 어찌 추사란 이름 알랴만,　　　　野婦何知秋史號

연경 사람들은 앞 다퉈 〈세한도〉를 이야기했네.　　燕人爭說歲寒圖

황하도 한없는 한을 다 표현할 수 없고,　　黃河不盡難窮恨

백발은 견축 당한 길에 남은 게 없네.　　白髮無餘見逐途

이제 조선은 공허하고 적적할 터,　　從此朝鮮空復寂

銕網이 珊瑚를 범한 일 어찌 다시 들으랴.　　那聞銕網犯珊瑚

노숙한 翁閣(옹방강)께서 남다른 태생임을 알아보고,　　翁閣老仙燭異胎

마음 담아 '小蓬萊'란 이름 내려주었네.　　心哉賜號小蓬萊

하늘 위엔 마음껏 흐르는 물이 있을 테고,　　天巓有水縱橫逝

땅 속엔 난만하게 핀 꽃을 구경하시리라.　　地下看花爛漫開

천 길 소나무 무너졌으니 학은 어디서 머물 것인가,　　千丈松崩鶴安住

백 尋[8척] 오동나무 말라버려 봉황은 매개처가 없네　　百尋桐槁鳳無媒

전신인 달을 따라 되돌아가게 되면,　　回隨明月前身去

호수 위 동파가 다시 애도를 표하리라.　　湖長東坡復一哀[18]

　　황상은 추사가 세상을 떠났다는 소식을 접하여 〈완당 대감을 애도하며(哭阮堂令公)〉 2수를 지어서 안타까운 심정으로 토로하고 있다. 이 시에서 황상은 4차 상경하여 추사 삼형제를 처음 만났을 때 지었던 시에서처럼[19] 그의 명성을 언급하면서 자신의 비통한 심정을 토로하고 있다. 시에서 '세한도'와 '옹방강'은 추사의 명성을 드러내는 지시적 상관물이라고 말할 수 있다. 그리고 황상은 '철망산호(鐵網珊瑚)'의 고사로 추사의 보배로움을, 학과 봉황이 각각 의지하는 천 길 소나무와 팔백 척이나 되는 오동나무를 통해 추사의 뛰어남을 형상화하고 있다.

---

18 『巵園小藳』卷五, 〈哭阮堂令公二首〉.

19 『巵園遺稿』卷三, 〈秋公命三昆季前各呈一律〉.

〈고(故) 산천선생을 애도하며(哭山泉故先生)〉

효도와 우애가 이젠 끊어졌나니,	孝友從今絶
반듯하고 바른 이 누가 더 있을까.	規繩更有誰
내가 아무렇게나 말한 것이랴,	而吾虛浪道
夫子의 내면과 외형은 한결 같네.	夫子影形隨
억울한 한은 켜켜이 쌓여,	冤恨積如物
높은 산이라 대척할 수 있을까.	高山能敵其
속인들은 감당하지 못할 일일 터,	俗徒所未荷
갖춘 덕은 어려움 감내할 만했네.	德本爲堪罹
아픔 참느라 오장이 썩었을 터,	忍慟腸應腐
하늘 우러러보며 머리털 다 헤었네.	仰天髮盡絲
瀛海[제주도]에의 축출을 지켜보고,	傍參瀛海逐
玉門關[북청]으로의 이송을 멀리서 탄식했네.	遠喟玉門移
고희의 壽域을 휘어잡긴 했으나,	稀壽雖攀援
실로 반생이 눈물의 연속이었네.	半生實涕洟
가을 소식[추사의 죽음]에 가슴에 눈물 쌓였는데,	秋音匈貯淚
섣달 소문[산천의 죽음]에 눈이 휘둥그레졌네.	臘聞瞠含疑
한 철 짧은 순간에,	同朔須臾內
갑자기 한 길을 떠나셨네.	一途奄忽斯
벗들과 옛 일 떠올리며 안타까움 나누고,	與朋追舊歎
홀로 있으니 슬픔이 새록새록 이네.	處獨感新悲
헤어질 때 다시 찾아오라는 말씀 있었으나,	臨別重來敎
노쇠한 나이에 모두 피로에 지쳤네.	量衰各轉疲
전별의 글을 어찌 청할 수 있었으랴,	贐文那應乞
홍건히 술잔 나눈 일이 떠오르네.	昵酒正懷私
온화한 기운은 비를 이루고,	和氣養成雨
배려의 마음은 넝쿨처럼 뻗었네.	推心滋蔓虆
나이야 차이가 없지만,	年齡非甲乙

재능은 자웅이 분명하네.	賢鈍辨雄雌
張昭와 范式이 정의를 논했고,	張范論情意
두보와 한유(산천을 비유)가 내 원고에 敍言을 써주셨네.	
	杜韓敍藁辭
마른 나무에 물 주듯 아낌없는 가르침 주었고,	霑枯無惜字
내면을 들쳐준 훌륭한 스승을 만났네.	激發見明師
날 늦게 만난 것을 후회스러워하며,	悔我相知晩
丁公이 늦게 소개한 것을 문제 삼았네.	累丁勸送遲
忠武 섬에 노래 전하고,	遺歌忠武島
昌寧 빗돌에 자취 전하네.	頑石昌寧碑
천리 먼 곳 곧잘 되돌아보며,	千里頻回首
외로운 바늘 자석을 잃은 것이 원망스럽네.	孤針怨失磁
깊은 기대에 은혜의 물 적시고,	望深恩水濕
담백한 말씀에 結義 담겼네.	結在淡言奇
포복의 슬픔은 '三蜀'도 가볍고,	蒲伏輕三蜀
머뭇거림은 '九夷'와 가깝네.	逡巡近九夷
부디 子夏를 고민하게 해[20],	莫敎子夏悶
이끌어주시던 일 영원히 저버리지 마시어라.	永負提攜時[21]

이 시는 황상이 산천 김명희의 죽음을 애도한 것이다. 산천에 대한 황상의 애도시는 5언고시 44구나 되는 장시 형태이다. 추사에 대한 7언율시 2수보다 훨씬 길다. 황상이 산천에 대해 갖고 있는 감회가 남달랐다는 방증이기도 하다. 추사가 황상보다 두 살 연상이고 산천은

---

20 子夏가 친구들과 헤어져 쓸쓸히 지낸 것을 안타까워한 고사를 인용한 것이다. "내 가 친구들과 헤어져 쓸쓸히 지낸 지가 오래이다.〔吾離群而索居 亦已久矣〕"《禮記 檀弓上》

21 『巵園小藁』卷五,〈哭山泉故先生〉.

동갑이다. 위의 시에서는 이들이 처음 대면하였을 때 지었던 〈산천께 받들어 올리며(奉上山泉將命)〉에서처럼 산천의 인간적인 측면에 초점이 맞춰지고 있다.

황상은 시에서 산천의 죽음으로 이젠 효도와 우애가 끊어졌다고 단언한다. 형님인 추사의 제주도 귀양과 북청 유배를 지켜보면서 가졌던 산천의 애통함을 강조하고 있다. 산천이 황상에게 베풀고 배려했던 내용들도 밝히고 있다. 그리고 황상이 산천을 처음 만나서 지었던 시에서처럼 서로 늦게야 만난 것을 다시 언급하며 한탄하고 있다. 한 마디로 황상의 산천에 대한 애도시는 추사에 대한 애도시와 달리, 인간적인 정감에 초점을 맞추고 있다고 보겠다. 이들 시를 살펴보건대, 황상이 추사를 선배나 형처럼 공경심을 가지고 깍듯이 예우하였다면, 산천에 대해서는 마음을 놓고 통하는 가까운 벗처럼 생각했던 것 같다.

> 〈기산선생이 세상을 떠났다는 소식을 듣고(聞起山先生下世)〉
>
> | | |
> |---|---|
> | 蓬萊[추사]와 方丈[산천]이 지난날에 무너졌는데, | 蓬萊方丈昔年頹 |
> | 남아 있는 瀛洲(기산)마저 재가 되었네. | 餘在瀛洲又劫灰 |
> | 당대의 子由(蘇轍)가 어찌 둘이 있으랴, | 當世子由烏有二 |
> | 후대의 王粲을 중개할 이가 없어졌네. | 後時王粲決無媒 |
> | 한밤 선대의 무고를 호소할 때 은하가 빛나고, | 先誣夜訴天河燭 |
> | 만년에 하찮은 녹봉 받으며 백발이 슬펐네. | 殘祿晚隨霜髮哀 |
> | 고독한 이 산중의 죽음 가까운 늙은이, | 孤此山中濱死老 |
> | 휑하니 '自燕來[문상의 비유]'를 저버렸네. | 四垂空負自燕來[22] |

22 『巵園小藁』卷六, 〈聞起山先生下世〉.

이 시는 추사가의 막내인 기산 김상희이 죽었다는 소식을 접하고
지은 것이다. 기산은 산천보다 여섯 살 아래다. 황상과 산천이 동갑이니
까 기산은 황상보다 여섯 살 아래인 셈이다. 이 시에서 황상은 추사
삼형제가 모두 세상을 떠났다는 언급으로 시작하고 있다. '후대의 왕찬
(王粲)을 중개할 이가 없어졌네(後時王粲決無媒)'라는 언급은 동한(東漢)
시기에 채옹(蔡邕, 132~192)이 자신을 찾아온 나이어린 왕찬(王粲, 176~
217)을 신발을 거꾸로 신고 나가서 맞이했다는 고사를 인용한 것이다.
황상은 기산이 지체가 낮았던 자신을 반갑게 맞이해 준 것을 회상한
것이다. 그리고 5~6행에서 '한밤 선대의 무고를 호소할 때 은하가 빛나
고(先誣夜訴天河燭)'는 기산이 형님인 산천을 따라 추사의 신원을 위해
조정에 호소했던 일을 상기한 것이고, '만년에 하찮은 녹봉 받으며 백발
이 슬펐네(殘祿晚隨霜髮哀)'는 자신의 뜻을 제대로 펼치지 못하고 늙어
버렸던 기산의 처지를 슬퍼하는 말이다.

추사 삼형제의 죽음을 애도한 이들 시를 살펴보면, 작자인 황상은
추사 삼형제에 대한 생각과 회포를 각각의 특징에 맞춰 형상화하고
있다. 황상은 추사의 뛰어난 명성, 산천의 인간적인 정의에, 기산의
바른 성품과 불우했던 처지에 초점을 맞추고 있었다.

추사 삼형제가 모두 세상을 떠나자 황상은 그들에 대한 추억을 종종
시로 담았다. 한편으로 〈김서농이 진사가 되었다는 소식을 듣고(聞金書
農擇進士)〉이나 〈김서농에게(寄金書農)〉처럼 황상은 추사 후손들에게
자신의 소식을 전하거나 안부를 묻고 있었다.

〈김서농에게(寄金書農)〉

소동파 적벽 어린 월성궁,   東坡赤壁月城宮

숙당(蘇過, 소식의 셋째아들)이 살아 있는데 도가 동쪽으로 가랴.

叔黨猶存道豈東

전해오는 덕은 일생의 업으로 변함이 없고,	世德無窮百年業
문장은 지난날의 웅장함 그대로 남아있네.	文章不絶曩時雄
떠오르는 새 달은 스스로 어둠을 열어젖히고,	方升新月自開暗
피어나려는 기이한 꽃은 어찌 바람이 필요하랴	將發奇花何待風
한 쌍 흑점이 눈앞에 선하나니,	遠想森森雙黑子
간절한 사랑으로 노쇠한 이 늙은이를 보살펴주네.	曲恩戀戀此衰翁[23]

이 시는 황상이 추사의 양아들인 서농(書農) 김상무(金商懋, 1819~1865)에게 안부를 전하는 내용을 담고 있다. 일찍이 추사가는 남송시대 소동파 집안과 자주 비견되었다. 추사가 소동파를 몹시 애호한 것도 있지만 이들의 삶이 서로 비슷한 점도 많았기 때문이다. 추사와 동파가 둘 다 모함으로 오랫동안 귀양살이를 한 것도 그 중의 하나였다. 시에서 작자가 추사의 월성궁에 소동파의 적벽이 어려 있다고 말하는 것도 그것에 기인한 것이다. 이어서 황상은 동파가 죽었어도 도가 사라지지 않고 셋째 아들에게 이어졌듯이, 추사가 세상을 떠났어도 그의 덕업과 문장은 추사의 대를 잇는 김서농에게 그대로 남아있다는 덕담이다. 그리고 나아가 김서농을 떠오르는 달과 피어나는 꽃으로 비유하여 축원하고 있다. 마지막으로 황상은 김서농의 얼굴에 있는 한 쌍의 흑점을 기억하고 있다면서 자기 자신을 잊지 말라고 부탁하고 있다.

---

23 『巵園小藁』卷五, 〈寄金書農〉.

4. 맺음말: 19세기 지성사적 의미와 함께

황상에게 추사란 어떤 존재이고, 추사에게 황상이란 무슨 존재일까? 대답은 추사에게 있어서 황상이란 존재보다는 황상에게 있어서 추사의 존재가 무엇이었느냐는 문제로 귀결된다. 이것은 황상과 다산의 관계가 사제지간으로 맺어진 매우 유의미한 존재였던 것과는 차이가 있다. 그렇지만 추사가 형제들도 반상의 신분을 떠나서 황상을 아꼈고 예우를 갖춰 시인으로 대접하였다. 추사는 황상을 다산 시학의 계승자로 인정한 비평가였고, 한편으로 문단의 패트런과 같은 존재가 되었다.

추사가와 관련된 황상의 한시는 『치원유고』에 31題 34首, 『치원소고(卮園小藁)』에 14題 18首로 모두 45題 52首로 집계된다. 반면에 추사가 황상을 대상으로 지은 한시는 『완당전집』에 2제 3수, 기타 〈기황수(寄黃叟)〉 정도가 전할 뿐이다.

황상이 추사를 비롯한 삼형제를 처음 대면한 것은 1853년 9월, 그의 네 번째 상경으로 이뤄졌다. 황상이 추사 삼형제를 만나고 시인으로 인정받는 모든 과정에는 다산 정약용의 큰 아들인 유산(酉山) 정학연(丁學淵, 1783~1859)의 역할이 컸다. 정학연은 다산가의 장남으로써 황상을 위해 여러모로 노력하였다.

황상은 추사에게 시인으로서의 역량을 보이고 자신의 시집 서문을 받으려고 노력하였다. 당시 문단에서 차지하고 있는 추사의 비중으로 볼 때, 그것은 황상 자신이 더 이상 지방의 무명 시인이 아니라 중앙문단에서도 인정받는다는 의도가 내포되어 있었기 때문으로 보인다.

추사 삼형제에 대한 황상의 시작품에는 공통적으로 교분과 우의, 그리고 각별한 존경심이 담겨 있었다. 더 나아가 황상이 삼형제에게 지어준 시들을 살펴보면 추사는 명성에, 산천은 인간적인 정의(情意)와 우애심에, 기산은 바른 성품과 삶의 태도에 초점을 맞추고 있었다. 이것은 황상이 그들을 조문하거나 애도하는 시에서도 그대로 이어졌다. 뿐만 아니라 황상은 추사 삼형제가 세상을 떠난 이후에도 자손에게 시를 보내 안부와 소식을 전하며 교류를 잇고 있었다.

황상이 다산가나 추사가와의 교류 과정을 보면 19세기 중엽에 이르러 중앙과 지방이라는 지역적 차별성이나 반상이라는 봉건제도의 계급적 차별을 벗어나서 상호간의 활발한 교류가 이어지고 있었던 것을 확인할 수 있었다.

『치원소고』를 통해 본 황상의
차 생활과 19세기 차 문화

1. 머리말

치원(巵園) 황상(黃裳; 1788~1870)은 다산 정약용이 강진 유배 시절에
배출한 다산학단(茶山學團)의 일원이다.[1] 그는 스승인 다산의 교학 방
식에 따라 시 창작에 열중하였고[2] 다산 시학을 계승한 시인으로 알려
졌다.[3] 그는 다산의 『여유당전서』와 추사의 『완당집』에도 보이지만 역
사적 존재감이 미미하여 문학사에서도 누락되고 있었다.

황상 자료는 1944년에 수집되어 『치원유고』로 편집되었고, 1977년
에 강진 만덕사 근처에 있는 황상의 후손가에서 발견되었다.[4] 이것은

1 임형택, 「丁若鏞의 강진유배기의 교육활동과 그 성과」, 『실사구시의 한국학』, 창작
   과 비평사, 2000, 399~434면.
2 정민, 「다산의 강진 강학과 제자 교학방식」, 『다산학』 18집, 다산학술문화재단, 2001,
   117~163면.
   정민, 『다산선생 지식 경영법』, 김영사, 2006, 5~612면.
3 진재교, 「다산학의 형성과 치원 황상」, 『대동문화연구』 41집, 성균관대학교 대동문
   화연구원, 2002, 27~60면.
   이철희, 「다산 시학의 계승자 황상에 대한 평가와 그 의미」, 『대동문화연구』 53집,
   성균관대학교 대동문화연구원, 2006, 229~253면.
4 이철희, 「《巵園遺稿》解題」, 『茶山文獻集成』 5卷, 성균관대학교 대동문화연구원,

다시『다산문헌집성(茶山文獻集成)』으로 영인되어 출간되었고,[5] 최근
에는 황상의 다른 시집인『치원소고』가 발굴되었다.[6] 사정이 그렇다보
니 그에 대한 연구도 근래에 이르러 집중되고 있다.

황상이 실학파의 한시와 관련하여 언급된 이래,[7] 임형택은 다산의
강진 유배기의 교육 활동과 관련하여 그를 다루었다.[8] 진재교는 다시
다산학의 형성과 관련하여,[9] 이철희는 다산 시학의 계승자로서 그를
주목하였다.[10] 정민은 다산의 교학 방식을 다루면서 황상을 주목하였
고,[11] 최근에는 스승인 다산과 제자였던 황상의 관계를 구체화하고 있
다.[12] 그리고『치원소고』에 대한 발굴 보고와 함께 그의 만년 교류가
확인되고 있다.[13]

『치원유고』와『치원소고』를 살펴보면 눈에 띄는 시적 제재들이 많
은데, 이 논문에서 논의하려는 차와 관련된 황상의 시들도 그것의 하
나이다.『치원유고』에는 차와 관련된 10여수의 시가 있고, 새로 나온
『치원소고』에는 30여수의 차시가 실려 있다. 이들을 살펴보면 차가
황상의 가까이에 자리를 잡고 있었다. 황상의 차 생활에 대한 논의는

2008, 1~12면.

5 황상, 「치원유고」, 『茶山文獻集成』 卷5, 성균관대학교 대동문화연구원, 2008.

6 구사회·김규선, 「황상의 치원소고와 교유시에 대하여」, 『한국 언어문학 새 자료의
　발굴과 공유』, 제52차 한국언어문학회 정기 학술발표대회, 2011, 161~176면.

7 진재교, 「실학파와 한시」, 『문학과 사회집단』(한국고전문학회 편), 1995, 209~262면.

8 임형택, 앞의 논문.

9 진재교, 앞의 논문.

10 이철희, 앞의 논문.

11 정민, 앞의 논문, 다산학술문화재단문화재단, 2001, 117~163면.

12 정민, 『삶을 바꾼 만남 – 스승 정약용과 제자 황상』, 문학동네, 2011, 11~590면.

13 구사회·김규선, 앞의 논문.

이미 박동춘과 정민에 의해 이뤄진 바 있었다.[14] 그럼에도 불구하고 이 논문에서 황상의 차시에 대해 논의를 거듭하려는 것은 문학적 분석보다는 그것을 통해 드러난 19세기 차 문화에 대한 새로운 단면을 살피려는 데 목적이 있다. 이번에 새로 나온 『치원소고』에는 그의 차에 대한 담론과 함께 19세기 차 문화에 대하여 새로 확인해야 할 몇몇 정보들이 실려 있었기 때문이다.

2. 만년기 황상의 일상과 차 생활

우리는 황상의 만년 모습과 그의 차 생활을 『치원소고』에서 확인할 수 있다. 이미 알려진 대로 『치원유고』가 노년기에 이른 황상의 60대 전후의 모습이라면, 『치원소고』는 그가 68세부터 세상을 떠난 시기인 만년의 삶과 일상을 담고 있다. 황상이 언제부터 차를 마셨는지 알 수 없지만, 『치원소고』를 보면 그는 만년에 몹시 차를 즐기고 있었다. 차에 대한 언급도 30여 곳에 이르고 있다.

> 비록 태고시절 섶나무 집의 모습이지만 　　　縱如太古檜
> 서울까지 이미 소문이 자자하다. 　　　京口已誼騰
> 꽃을 치료하는 객과 약속을 하고 　　　有約醫花客
> 글을 묻는 승려와 때맞춰 어울린다. 　　　乘時問字僧
> 차가 없어 다조는 차갑기만 하고 　　　乏茶茶竈冷

14　정민, 『새로 쓰는 조선의 차 문화』, 김영사, 2011, 325~340면.
　　박동춘, 『초의선사의 차문화 연구』, 일지사, 2010, 171~178면.

시내가 성기어 시냇물 소리 높아만간다.	疏澗澗聲增
고요히 비춰오는 한밤의 달이	照寂中宵月
집을 덮은 등나무에 조용히 걸려있다.	隱縣覆屋藤[15]

황상의 〈사호암을 읊다(詠四號菴)〉라는 시이다. 황상은 1848년을 전후로 자신이 거주하던 강진군 대구면 백적동 살림집 뒤편에 자기 혼자 거처하는 일속산방을 지었다. 일속산방은 스승인 다산의 기획과 영향 아래 조성된 전통 원림인데, 사호암(四號菴)은 이 작은 암자의 네 면에 붙인 이름이다.[16]

이 시는 일속산방의 모습과 정황을 담고 있다. 일속산방이 겨우 비바람을 가린 움막집 형태인데, 서울까지 알려졌다고 화자는 말한다. 그곳에는 꽃과 약초들이 있고 그는 찾아오는 스님을 만나고 있다. 하지만 차가 떨어진 썰렁한 부뚜막과 높은 시냇물 소리, 그리고 한 밤중에 고즈넉하게 비추는 달빛의 모습은 일속산방의 적막하고 쓸쓸한 분위기를 연출하고 있다. 이것은 황상이 언제나 차를 가까이 하고 있었다는 증거이다.

황상의 일속산방에서의 차 생활은 일상화되고 있었다는 것을 다음 시에서도 확인된다.

사람 떠난 뒤에 정은 남고	情餘人散後
술이 떨어질 즈음에 꽃이 진다.	花落酒乾時
기쁜 밤의 담소를 잊지 못할 터	不忘良宵笑

15 『巵園小藁』권5, 〈詠四號菴〉.

16 정민, 『다산의 재발견』, Humanist, 2011, 641~681면.

지난날의 그리움이 새로 더 늘겠다.	添新往日思
차 달이는 연기는 돌 아궁이에서 피어나고	茶煙生石竈
산꿩은 소나무 아래 울타리로 들어온다.	山雉入松籬
아련한 안개가 문 앞에 어려	空靄當門戶
구불구불 기묘한 모습을 짓고 있다.	逶迤自作奇[17]

이 시는 〈문수와 양빈이 떠나고(文秀良彬去)〉라는 작품이다. 김문수
와 김양빈의 할머니가 황상의 고모이니까 황상은 그들의 당숙이 된다.
그들은 어린 시절부터 황상을 따라다녔다. 황상이 그들보다 10여세 앞
섰고, 이들 왕래는 50여년에 이른다. 이들은 처음에 친척으로 만났고
후에는 벗으로 왕래하고 있다. 『치원유고』와 『치원소고』를 보면 이들
은 이따금 황상을 찾아왔었고 황상도 그들의 집을 방문하고 있다. 이
들은 함께 술을 마시며 어울렸고 이들 곁에는 차가 가까이 있었다. 한
편, 『치원소고』를 보면 만년기에 황상은 차와 함께 담배를 무척 애호
하고 있었다는 것도 알 수 있다.

해마다 세밑이 같지 않아	年年歲暮不相似
눈 없는 올 겨울은 비만 내린다.	無雪今冬雨雨爲
글공부할 때에 옛사람의 뜻을 미루어보지만	辨字畫時追古意
책 우리에 갇히고나면 천치가 된다.	墮書圍後作天癡
새벽잠이 적을 때면 연초를 가까이 하고	曉眠或少親煙草
찬 기운이 엄습하면 시를 짓는다.	寒氣方嚴上竹枝
굶주린 쥐가 굶주려 시 읊는 짓은 이제 그만두리니	飢鼠飢吟從此已
시에 묻혀 산 산사람은 죽어 거친 비만 남아있다.	詩傾山輩盡荒碑[18]

---

17 『巵園小藁』권5, 〈文秀良彬去〉.

〈차를 마신 후에(茶後)〉는 한 해를 마무리하면서 지은 것으로 황상의 일상이 잘 담겨있다. 70대의 황상 곁에는 차와 연초(담배), 그리고 시가 가까이 있었다는 것을 확인할 수 있다. 눈은 오지 않고 비만 내리는 섣달 무렵에 황상은 차를 마시고 연초를 피우고 시를 짓고 있다. 예나 이제나 시를 업으로 삼는 사람치고 가난을 벗어나지 못한다. 황상은 평생 동안 시를 업으로 삼아 살아왔으면서도 새삼스럽게 푸념을 늘어놓고 있다.

한편, 다음 시를 보면 황상은 단지 차를 즐긴 정도가 아니라, 그것에서 더 나아가 차에 관한 저작도 하지 않았나 추측된다.

글쓰기에 파묻혔다 문득 바람 앞에 서니	久勞筆硯卻臨風
고운 눈 젊은 아낙의 따스함이 느껴진다.	少婦蛾眉醞藉通
장자와 이소, 주역과 예기를 제대로 배우지 못해	失業莊騷兼易禮
방향을 잡지 못하고 동서남북을 헤매인다.	迷津南北復西東
일찍이 세상 나가 맘껏 뜻을 펼치고 싶었으나	曾聞非不平天下
지금은 술 속에 빠지는 것보다 더한 것이 없다.	卽事無如落酒中
香翁이 늦으막에 꽃 심는 것을 알고	也識香翁蒔花晚
차를 품평한 짧은 글을 산동에게 부친다.	品茶小草寄山童[19]

황상은 학자가 아닌 시인으로 살았다. 그것은 스승이신 다산선생께서 제시해준 지침에 따라서였다. 그는 경학보다 시 창작에 골몰하였다. 그래서 그는 『장자』와 『이소』, 더 나아가 『주역』이나 『예기』같은

---

18 『巵園小藁』 권6, 〈茶後〉.
19 『巵園小藁』 권6, 〈改題〉.

분야에 대해 깊이 있는 공부를 못했다고 술회하고 있다. 그런데 5~6구를 보면 황상은 그것에 대해 별로 후회하는 것 같지 않다. 그는 시인으로 자부심을 갖고 있었고 세속에 얽매이지 않는 삶을 추구하였기 때문이다. 마지막 구절을 보면 황상은 그저 차를 마신 정도가 아니라 차에 관한 품평의 글을 지어서 손자로 보이는 동자에게 건네주고 있다는 것을 알 수 있다.

3. 황상의 차시와 관련 정보

황상이 차를 즐겨 마셨다는 것은 『치원유고』를 비롯한 몇몇 관련 자료에서 이미 확인되었다. 그것은 이번에 발굴된 『치원소고』에서도 마찬가지이다. 『치원유고』에서 황상의 차에 대한 언급은 10여 곳이고, 『치원소고』에서는 30여 곳이 넘는다. 이를 바탕으로 살펴보면 다음 몇 가지 특징이 있다.

3.1. 19세기 차의 보급과 향유

『치원유고』에는 차에 관한 유용한 내용을 담고 있다. 그것에서 19세기 중엽 전후의 경화사족들은 활발하게 차 생활을 즐기고 있었던 듯하다. 황상이 운포 정학유의 시에 화답한 〈삼가 운포선생의 36운에 화답하여(謹和耘逋先生三十六韻)〉에는 '차를 끓이며 우열을 다투고, 탕사에서도 서로 시음한다(煎茶競優劣, 湯社亦相試)'라는 구절이 있다.[20] 이를

---

20 『巵園遺稿』 권2, 〈謹和耘逋先生三十六韻〉.

보면 당시에 경화사족들은 단순히 차를 마시는 정도가 아니라 일정한
차 모임이 있었다는 것을 추측할 수 있다. 그의 나이 65세인 1852년에
지은 〈정월십오일기속(正月十五日記俗)〉에는 정월 보름날의 차에 관한
풍속이 담겨 있다. 이 시는 기속시의 일종인데 정월 보름날에 차를 마시
면 흉년이 든다는 정보를 담고 있다.[21] 그는 1853년 9월에 정학유가
세상을 떠나자 다시 다산가를 방문하여 문상하고 4개월 동안 머물다가
돌아온 바 있었다. 이때 황상은 다산가에서 추사가 살고 있던 과천의
과지초당을 오가며 정학연과 이곳저곳을 찾았다. 이때 지은 것이 「북유
록(北遊錄)」 45수이다. 그 중 〈봉상산천장명(奉上山泉將命)〉에는 차와
관련된 내용이 담겨 있다. 내용 중에 '화목한 형제가 세끼 밥을 함께
먹고, 사발을 들고서 남은 차를 마신다(愷弟三時爲共飯, 操持一椀啜餘茶)
라는 구절이 있다. 〈완당선생의 편지를 받고 운포선생을 애도하다(奉阮
堂書哭耘逋先生)〉에서는 한 해 동안에 이들이 마신 차가 한 석(碩)에 가깝
다는 언급도 있다.[22]

한편, 『치원소고』를 보면 당시 절간에서는 차가 다반사(茶飯事)였고
그것이 널리 보급되고 있었던 것 같다. 『치원소고』의 〈산사에서 벗들
과 함께 묵으며(山寺同友人宿)〉를 보면 절에서 술을 마신 후에 차가 자
연스럽게 나오고 있다.

---

21 『巵園遺稿』 권3, 〈正月十五日記俗〉, '喫飯今朝莫進茶, 主翁禁戒再三加, 去年不
守先農語, 苦是秧時雨滿家.'
22 『巵園遺稿』 권4, 〈奉阮堂書哭耘逋先生〉, '… 說茗疑盈碩(先生曰今年茶之咀嚼幾
近一碩) …'

단풍 지는 절에서 시골 친구 만났거늘,	野友喜逢黃葉寺
스산하게 내리는 빗소리가 기묘하기만 하다	蕭騷滿點雨聲奇
깊은 시내 폭포는 소나무 기댄 바위에 누워있고	幽溪瀑臥依松石
묵은 이끼 문양은 글자 없는 빗돌에 놓여있다.	古蘚紋生沒字碑
성 안에서 술에 흥건히 취하고 나서	却憶縣城酒酣後
해 질녘 들판 주막에서 헤어진 일이 문득 떠오른다.	相分野店日斜時
산승은 유람 나온 사람의 마음을 알아차리고	山僧能解知游子
밥을 먹은 뒤 물 끓여 우려낸 차를 내온다.	煎水茶湯飯後隨[23]

황상이 가을에 산사에서 친우와 함께 묵으면서 지은 시이다. 스산한 가을비가 내리는데 벗과 헤어졌던 지난 시절을 회상한다. 그런데 마지막 구절에 절에서 저녁 식사를 마치고 차를 내어오는 장면이 인상적이다. 이것은 황상이 절에 가서 묵으면서 지은 〈등불을 마주하며(對燈)〉에서도 마찬가지이다.

늙은이가 가난한 것은 지극히 마땅하나	翁子貧宜甚
등불은 어찌하여 한밤 한기를 일으키는가.	燈何夜起寒
스님의 차 울일 물은 막 끓어오르고	僧茶初上沸
마을의 절구소리는 점점 희미해진다.	邨杵漸歸殘
교류가 끊어진 것은 무슨 까닭에선가	交絶何因拒
나이가 깊어가니 늙는 것도 자연스럽다.	年淡老不難
귀가 먹고 나서 세상사 듣는 일이 적어지니	旣聾聞事少
홀로 평온한데 아무 문제가 없다.	無妨獨平安[24]

---

23 『巵園小藁』 권6, 〈山寺同友人宿〉.
24 『巵園小藁』 권6, 〈對燈〉.

황상은 마을에서 떨어져 있는 절에서 시름에 잠겨 있다. 그는 세상과 거리를 두고 살아가면서 늙어가는 것들에 대한 상념에 젖어 있다. 그는 늙어가는 것을 자연스럽게 받아들이며 오히려 내적 평안함을 느끼고 있다. 그런데 이 시를 보면 절에서 찻물을 끓이고 차가 나오는 것을 충분히 유추할 수 있다. 이외에도 〈중암에서 쉬다(憩中菴)〉의 '채소를 추리는 스님은 늙은 잎을 거둬들이고, 찻일을 마친 아이는 물위를 노니는 고기들에게 먹이를 주다(揀菜僧收將老葉, 了茶兒飼渾遊鯉)'라는 구절이나,[25] '차가 떨어져서 스님이 약속했는데, 언제나 지혜의 지팡이가 찾아 오실런지(茶空僧有約, 何日智節廻)라는 구절을[26] 보더라도 사찰에는 차가 가까이 하고 있었다는 것을 알 수 있다. 추측컨대, 절간에서 차를 즐기는 것은 훨씬 그 이전부터 내려온 오랜 전통이었던 것 같고 경화사족이 차를 즐기는 것은 상대적으로 후대의 일이었다.

『치원소고』를 보면 당시 민가에서 차를 만들고 있었던 것으로 보인다. 앞서 『치원유고』에서 '차 한 잔을 천태노인에게 권하노니, 팔영산 차를 일찍이 마셔보았소?'라는 시구에서 고흥 팔영산에서도 차가 생산되었던 것을 알 수 있다.[27] 『치원소고』에는 장흥 천관산에서 차를 따는 모습이 포착된다.[28] 황상 자신이 채다하는 경우도 보인다.[29] 다음 〈열수부자의 다산잡시에 삼가 차운하여(敬次洌水夫子 茶山雜詩)〉나 〈천관산 아래 마을을 지나며(過天冠山下邨)〉를 보면 민가에서도 찻잎을 따거

---

25 『巵園小藁』 권6, 〈憩中菴〉.

26 『巵園小藁』 권5, 〈昔秋公, 以予詩格, 絶似劉得仁, 每稱今之劉得仁, 故次其詩〉.

27 『巵園遺稿』 권4, 〈懷遠〉, '一梧爲勸天台老, 八影山茶昔飮否.'

28 『巵園小藁』 권5, 〈題魏氏長川齋 三首〉, '峰松園陣勢, 崖茗拔旗槍'

29 『巵園小藁』 권5, 〈茶行途中〉, '未具煙雲浮海槎 行尋雷笑一槍茶.'

나 차 생활을 즐기고 있었다는 것을 알 수 있다.

석름봉 서쪽에 자리 잡은 정석대	石廩之西丁石臺
꽃 옮기자 나비 함께 와 얼굴이 훤하다.	移花兼蝶好顔開
스산한 촌락은 찻물 끓이는 연기가 둘렀고	蕭寒村屋茶煙合
몸을 움츠린 행인 뒤로 들비가 내린다.	觳觫行人野雨來
왕찬은 일찍이 현산 아래 집을 지었나니	王粲曾營峴首宅
자산은 강남에서의 슬픔을 짓지 말아야 하리.	子山不作江南哀
양생의 참 비결은 오직 채마밭 가꾸는 일	養生眞訣唯巡圃
보내온 채소 관련 기서를 손수 마름질하노라.	送萊奇書手自裁[30]

황상이 스승인 다산선생의 〈다산잡시(茶山雜詩)〉에 차운한 것이다. 석름봉은 백련사가 자리를 잡은 강진 서쪽에 위치하고 있다. 황상은 정석대 아래에 꽃을 옮겨심고 있다. 쓸쓸하고 한기가 돋는 을씨년스런 날씨에도 마을 민가에서는 찻물 끓이는 연기가 피어올라 마을을 빙 두르고 있다고 말한다. 마을의 여러 집에서 찻물을 끓이고 있다는 시의 언급은 당시에 이미 민가에서도 차가 가깝게 자리를 잡고 있었다는 정황이다. 이것은 다음 〈천관산 아래 마을을 지나며(過天冠山下邨)〉에서도 유추할 수 있다.

산의 절반 이슬을 머금은 초가집은	含山半露白茅家
담묵으로 그려낸 그림 속 형상이다.	移畵中形澹墨斜
꽃이 떠 있는 물가에서 아낙네가 옷을 빨고	漂母澣衣花泛水

---

30 『巨園小藁』 권5, 〈敬次洌水夫子茶山雜詩 十二首〉.

비 내린 뒤 찻잎을 아이가 채취한다.	樵童伐肄雨餘茶
서천세계는 어떻게 생겼을까	西天世界如何也
태고적 세상이 이러할까.	太古乾坤似此耶
이곳 사람들도 세상을 벗어난 것이 아닐 터	借問居生非世外
인간세계에 어찌 도화원이 있을 수 있겠는가.	人間烏有索蒸霞[31]

황상이 천관산을 소재로 하거나 벽은 권균과 주고받은 시들 중에는
차와 관련된 시들이 많다. 벽은이 살고 있는 천관산에는 차나무가 많
이 자생하고 있었기 때문이다. 19세기 중엽의 장흥 천관산에는 차나무
가 자생하고 있었고 민가에서 그것으로 차를 제조하고 있었다는 의미
이다. 황상이 천관산을 지나면서 지은 이 시에도 어린 아이가 비온 뒤
에 찻잎을 따고 있는 내용이 들어있다.

그대가 찾아올 때 달빛이 집안에 가득했는데	君來月滿家
그대가 떠나니 나무에 꽃이 다 졌다.	君去樹空花
지난밤에, 가을 되면	夜夢秋能訪
먼 길을 마다하지 않고 찾아오는 꿈을 꾸었다.	不辭路轉賒
해가 기울 때 갈까마귀 무리가 보이고	日斜看鴉陣
산이 차가워지며 벌집이 쉬고 있다.	山冷息蜂衙
천개산 아래 자의노인은	天盖慈衣老
이따금 투차를 하고 있겠지요.	時時與鬪茶[32]

『치원유고』와 『치원소고』에는 황상이 벽은 권균과 교류하면서 지

---

31 『巵園小藁』 권6, 〈過天冠山下邨〉.
32 『巵園小藁』 권5, 〈答權均〉.

은 시들이 있다. 황상은 장흥 천관산 자락에 살고 있는 권균의 집을 방문하기도 하였다. 이 시는 권균이 일속산방을 다녀간 후 보내온 시에 답한 것이다. 황상이 권균과 교유하면서 지은 시들은 차와 관련된 언급들이 있어서 주목된다. 추측컨대, 권균은 차에 조예가 깊었던 인물로 보인다. 황상의 〈벽은이 떡차를 보내주어(碧隱惠餠茶)〉에는 차를 보내준 권균에게 감사의 마음을 담고 있으며 차와 관련하여 중요한 전언을 담고 있다.

이 시에서 황상은 벽은에게 자신의 안부를 전하고 있다. 천개산 아래 자의노인은 권균을 말한다. 자의 노인이 때때로 투차(鬪茶)를 하고 있다는 것은 권균 자신이 차에 조예가 깊었다는 것을 암시해준다. '투차'란 생산된 차의 우열을 가리는 것을 말하기 때문이다.

이처럼 황상의 시를 통해 이런저런 정황을 상정해보면, 당시 강진을 비롯하여 고흥 팔영산, 장흥 천관산 등과 같은 전남 지역에서는 경화사족들이 차를 마시던 훨씬 이전부터 절과 민가 가까이에 차가 자리를 잡고 있었던 것으로 보인다.

3.2. 떡차와 잎차의 문제

병차(餠茶)는 일명 떡차라고 하며 고형차의 하나이다. 산차(散茶)의 하나인 잎차는 덖어 말린 것이다. 정약용의 「다신계절목(茶信契節目)」에는 "곡우에는 눈차(嫩茶: 어린차) 잎을 따서 덖어 1근을 만들고, 입하 이전에는 만차(晩茶: 늦은차)를 따서 병차(餠茶: 떡차) 2근을 만든다. 이 어린차 1근과 늦은차 2근을 시와 부와 함께 보낸다"라고 하였다.[33] 여기 정약용의 언급을 살펴보면, 곡우 때에 나오는 찻잎으로 잎차를 만들며, 입하 때에 나오는 찻잎으로는 약용으로 떡차를 만든다는 것을 알 수 있다. 곡우 전후로 딴 차는 약용보다는 맛과 향취를 느낄 수 있고, 그 시기를 지나 입하 전후로 채취한 찻잎은 맛과 향취보다 약용으로 많이 쓰이기 때문이다. 그래서 곡우 전후의 찻잎은 잎차를 만들고, 입하 전후의 찻잎은 떡차를 만든다는 것이었다.

『치원소고』를 보면 황상이 직접 채다(採茶)한 사례가 보이며, 그는 떡차와 잎차를 마셨던 것 같다. 황상은 처음 나오는 찻잎을 덖어서 잎차를 만들어 차의 풍취를 맛보았을 것이고, 그것이 쇠한 다음에 채다한 것으로 떡차를 만들지 않았나 생각된다. 황상의 〈벽은이 떡차를 보내주어(碧隱惠餠茶)〉에는 벽은 권균이 개천 좋은 밭에서 찻잎을 따서 떡차를 제조하였음을 암시하고 있다.[34] 하지만 다음 〈차를 따러 가는 도중에(茶行途中)〉라는 시를 보면 황상은 떡차 이외에도 잎차를 마셨던 것을 알 수 있다.

안개구름 헤치고 나설 뗏목도 없이	未具煙雲浮海槎
뇌소차 일창을 찾아 나선다.	行尋雷笑一槍茶
삼월의 풀은 제다 늙었고	許多已老三春草
여남은 사월의 꽃에 깜짝 놀란다.	殘片驚看四月花
들판에 서니 갈대 물가 돛배가 허공에 걸쳤고	在野憑虛蘆渚帆
산에 들어가니 나무 그늘 집들이 그림과 같다.	入山如畵樹陰家
바위이름이 무엇이고 마음이름이 무엇인지	何名巖石何名里
지팡이 가로 들고 하나하나 짚어간다.	取次遲遲短杖斜[35]

33 정약용 著(양광식 編譯), 『茶山과 茶』, 도서출판 금성, 2007, 254~255면.
34 『巵園小藁』 卷6, 〈碧隱惠餠茶〉.

황상은 1855년에 스승인 다산 별세 20주기를 맞이하여 다섯 번째로 두릉을 다녀왔다. 이후로 황상은 먼 여행을 삼가고 주로 일속산방(一粟山房)에 머물렀다. 이따금 주변을 나서기도 하였는데 장흥 위씨들의 장천재(長川齋)를 방문하였고 겸사로 천관산에 찻잎을 따러가지 않았나 생각된다. 장천재는 존재 위백규가 강학을 열었던 곳으로 장흥 유씨의 세거지였다. 황상은 그곳을 방문하여 몇 수의 시를 남겼다.

시를 살펴보면 황상은 별다른 준비물도 없이 천관산에 가서 뇌소일창(雷笑一槍)을 찾고 있다. 일창(一槍)은 추운 겨울의 기운을 받아 처음 나온 찻잎인지라 곡우 이전에 채집된다. 삼월의 풀이 시들고 사월의 꽃이 질 무렵이 곡우전으로 일창을 채취할 시기인 것으로 보인다.

한편, 당시에 황상은 〈위씨 장천재에 제하다(題魏氏長川齋)〉라는 제목으로 3수를 남겼는데, '봉우리 소나무들은 진영처럼 두르고, 산벼랑 차나무는 기창을 뽑는다(峰松圍陳勢, 崖茗拔旗槍)'라는 시구가 있다. 이런 일련의 언급들은 황상이 채다를 하였다는 것, 일창(一槍)을 찾았다는 점에서 그가 잎차를 만들어 마셨다는 것을 추측할 수 있다.

3.3. 약용의 차와 음용의 차

다산이 차를 약용으로 마셨던 기록이 있다. 황상도 그것을 지켜봤을 것이다. 『치원유고』에는 황상이 초의에게 안부를 전하면 은근히 차를 요구하는 내용이 있다.[36] 〈초의스님께(寄艸衣上人)〉의 '신묘함을 전하는 차는 힘을 배가시키고, 병을 소생시키는 대나무는 그늘을 이룬다(傳

神茶倍力, 蘇病竹成陰)'라는 구절에서 그는 차를 에너지원으로 인식하고 있지 않았나 생각된다.[37] 새로운 자료인『치원소고』에서도 황상이 차를 약용으로 생각하고 있던 것을 확인할 수 있다.

타고난 약골을 말끔히 소생하고자	病骨欲蘇玉字澄
몸이 머무는 곳마다 활기차려 한다.	身隨所在任騰騰
차를 따 연이어 복용하니 의원이 멀어지고	采茶連服醫方遠
술에 취해 옮겨 심은 대나무는 면적이 늘어난다.	乘醉移來竹畝增
포구 가까이 희미한 연기가 게집에서 피어오르고	近浦輕煙生蟹舍
깃털보다 하얀 밝은 달에 이웃 스님과 약속한다.	白毫明月約隣僧
옛 사람의 시구는 어찌 그리 억지가 많은가	古人詩句何多錯
낙엽을 나그네의 심정 같다고 말하다니.	落葉云如遠客情[38]

이는 〈다산잡시(茶山雜詩)〉에 차운한 12수 중의 제8수이다. 이 시는 기본적으로 일속산방에서의 생활을 담은 것인데 차와 관련된 언급이 주목된다. 시구를 보면 황상은 자신을 타고난 약골로 생각하였고 차를 음복하면 몸의 기운이 돋고 건강해진다고 믿었던 듯하다. 차를 따서 연이어 마시니 의원이 저절로 멀어진다고 언급하고 있다. 이 시기에 차를 약용으로도 마신 것은 차인들의 일반적인 모습이었던 듯하다.

아울러『치원소고』에서는 황상이 약용만이 아닌, 풍미로 음용한 것도 보인다.

---

37 『巵園遺稿』권4,〈寄艸衣上人〉.

38 『巵園小藁』권5,〈敬次洌水夫子茶山雜詩 十二首〉.

검을 뽑고 노쇠를 당긴 형국의 천관산 아래에	劍拔弩張冠嶽下
장천재 작은 집이 어엿하게 자리했다.	長川小屋敞山茨
차는 비연 같이 안온하게 향을 머금고 있고	茶如飛鷰含香穩
구름은 주옹처럼 더디게 골짜기를 나선다.	雲似周顒出洞遲
(중략)	
나는 어떻게 진세에서 와	我何塵世到
갑자기 뭇 신선들의 열에 낀단 말인가.	迹忽列眞行
도끼자루 썩도록 시간 흐름은 초객일 터이나	柯爛應樵客
병가의 이야기는 위랑이 아닐까 싶다.	兵談倘魏郎
봉우리 소나무는 진 친 형세로 둘렀고	峰松圍陣勢
벼랑의 차나무는 기창을 뽑았다.	崖茗拔旗槍
깊은 골짜기의 드문 이야기 안고	巖峽稀奇事
안개 낀 물결 위로 배들이 오간다.	煙波徃返艢[39]

황상이 장흥 장천재를 방문한 것은 장흥 위씨들을 만나러 간 것이
아니고 벽은 권균 때문이었다. 벽은이 천관산 근처에 살고 있었는데
서로 왕래를 하였다. 이들이 주고받은 시들을 보면 차와 관계가 깊다.
벽은이 황상을 위해 차를 보내온 경우가 많았다. 천관산에는 자생으로
차가 많이 자라고 있었던 모양이다. 장천재와 관련된 작품에서는 한결
같이 차를 언급하고 있다. 이 시에서도 천관산에 있는 차 향기가 한나
라 성제 때의 미녀였던 조비연의 향기가 난다고 말하고 있다. 그리고
다음 시에서는 천관산의 모습을 묘사하면서 차잎을 따고 있다는 것을
말하고 있다.

장흥의 천관산은 당시에도 차 생산지로 유명했던 모양이다. 이 시에

---

[39] 『巵園小藁』 권5, 〈題魏氏長川齋 三首〉.

서 황상이 언급한 차 향기나 기창이란 언급에서 추측할 수 있었던 것은 그가 반드시 떡차만 마시지 않았을 것이라는 점이다. 차 향기에 취하고 기창을 채취했다는 점에서 잎차를 만들고 그것으로 약용보다는 풍미를 맛보았을 것이라는 점이다. 이것은 당시에 주로 약용으로 차를 마시던 것과는 사뭇 다른 모습이다.

3.4. 『동다기』의 저자 문제

사람들은 오랫동안 『동다기』의 저자는 다산 정약용으로 알고 있었다. 그것은 일제강점기에 이능화(1869~1943)는 정약용이 강진의 적거에서 『동다기』를 지은 것으로 보았고,[40] 최남선(1890~1957)도 『조선상식문답』에서 그렇게 언급한 바 있다. 게다가 문일평(1888~1939)이 『다고사(茶故事)』에서 그렇게 언급한 이래 정설로 굳어져 왔다.[41] 이처럼 다산 정약용이 강진의 유배 생활 중에 지은 것이라는 관점은 현대에 이르러서도 이어졌다.[42] 그런데 1992년에는 용운스님이 『동다기』의 저자가 전의이(全義李)라고 밝혔다. 그러다가 근래에 정민 교수는 전의이(全義李)는 전의(全義) 이씨(李氏)인 강심(江心) 이덕리(李德履, 1728~?)이며, 그의 「기다(記茶)」가 초의가 인용한 『동다기』의 원본임을 밝혀냈다.[43] 그러자 박동춘은 그렇게 단정하기에 미흡하다고 보고 있다.[44]

40 이능화, 『조선불교통사』, 신문관, 1918.

41 문일평, 『史外異聞』, 신구문화사, 221면, 1976.

42 김명배, 『한국의 차시』, 탐구당, 1983, 83면.

43 정민, 「이덕리 저 『동다기』의 차 문화사적 자료 가치」, 『문헌과 해석』 36호, 2006. 정민, 『새로쓰는 조선의 차문화』, 김영사, 2011, 41~54면.

44 박동춘, 「이덕리 '다설 = 동다기' 단정 섣부르다」, 『법보신문』 877호(2006년 11월

그런데 『치원소고』에는 『동다기』와 관련된 정보가 코드화되어 있다. 『치원소고』에 실려있는 〈벽은이 병차를 보내주어(碧隱惠餠茶)〉를 살펴본다.

백 첩 자용향(紫茸香)이 꿰미마다 가득 하여,	百疊紫茸香滿串
아끼느라 울이지 못한 마음 어떠하겠는가.	愛而不煎意如何
긴 개천 좋은 밭에서 채취하게 했을 터,	長川佳圃令人采
이름 난 어느 전원이 이처럼 좋겠는가.	幾處名園若此多
江心(李德履)이 육우를 스승 삼던 일이 떠오르고,	正憶江心師陸羽
추사가 동파를 계승했던 일이 그립다.	聊憐秋史繼東坡
선가의 법을 얻고자 하는 그대가 고마워,	感君欲得仙家術
秦靑(秦의 가객)의 노래 한 곡을 지어 보낸다.	寄送秦靑一曲歌[45]

이 시는 떡차를 보내준 권균에게 감사의 마음으로 쓴 것이다. 당시에는 주로 병차(떡차)가 유통된 모양이다. 떡차는 찻잎을 쪄서 절구에 찧은 후에 떡처럼 틀에 박아내서 덩어리 모양으로 만든 것이다. 보내온 떡차를 받아들고 너무나 귀한 차라서 선뜻 울이지 못하고 아끼는 황상의 모습이 역력하다.

여기에서 황상은 차와 관련하여 주목할 만한 언급을 하고 있다. 강심(江心)과 추사(秋史)에 대한 언급이다. 다산과 추사가 차를 즐겨했던 것은 주지의 사실이다. 황상은 스승인 다산이 차에 관해 어느 정도 조예가 깊었는지 잘 알고 있었다. 그럼에도 불구하고 황상은 위의 시에

22일자).

45 『巵園小藁』 卷6, 〈碧隱惠餠茶〉.

서 차에 관해 다산이 아닌, 이덕리를 차의 개조(開祖)이자 『다경(多經)』
의 저자인 당나라 육우(陸羽, 727~803)로 연결시키고 있다는 점을 주목
할 필요가 있다.

황상이 강심을 한국의 육우로 비견한 것은 자이당(自怡堂) 이시헌(李
時憲, 1803~1860)과 관계가 있다. 황상과 이시헌은 둘 다 다산의 제자였
고 가까운 사이였다. 이들이 주고받은 시들도 남아 있다. 다산도 강진시
절이었던 1812년에 월출산 남쪽 계곡에 위치한 백운옥의 주인이었던
이시헌의 부친인 이덕휘(李德輝, 1759~1828)의 초청을 받아 그곳을 방문
한 적이 있었다. 훗날 황상도 백운옥을 방문하고 그것을 시로 남겼다.
당시에 황상은 강심 이덕리에 대한 자료를 열람했던 듯하다. 왜냐하면
강심 이덕리의 자료를 이시헌이 필사하여 정리하였기 때문이다. 그것
에 『동다기』에 대한 기록이 들어있었기 때문이다.

그리고 추사가 다선일여(茶禪一如)의 경지를 구가할 정도로 차에 몹
시 심취했다는 것은 주지의 사실이다. 황상은 추사가 귀양살이했던 제
주도에서의 차 생활과 송나라 소동파의 황주 유배 중의 그것을 비교하
며 상기하고 있다. 정리하자면 황상은 강심 이덕리를 육우에, 추사 김
정희를 소동파에 견주고 있다는 점이다. 위의 시작품은 정민 교수의
견해에 힘을 실어주는 시적 발언이다.

4. 맺음말

치원(巵園) 황상(黃裳, 1788~1870)은 다산 정약용이 강진 유배기에 길
러낸 제자로 다산학단(茶山學團)의 일원이다. 최근에 황상의 새로운 시

집인『치원소고』5~6권이 발굴되었는데, 그것에는 그의 만년 모습이 담겨 있었다. 이 논문에서는『치원소고』를 통하여 만년기 황상의 차 생활을 알아보고, 그것에 담겨있는 관련 정보를 살펴보았다.

황상의 만년 생활은 그가 조성한 일속산방에서 이뤄졌다. 당시 황상의 차 생활은 담배와 함께 일상화되어 있었고 담배도 애호하고 있었다. 그리고 황상은 차에 대한 조예가 깊어서 차에 관한 저작도 하지 않았나 추정된다.『치원소고』에는 30여수의 차시가 남아있다.

『치원소고』를 통해 차와 관련된 정보는 크게 네 가지 측면에서 살필 수 있었다.

첫째, 황상이 살았던 19세기 차의 보급과 향유 문제이다. 이 시기에 경화사족들은 활발하게 차 생활을 즐기고 있었는데, 일정한 차모임이 있었던 정황이 포착된다. 절간과 민가에서 활발하게 채다하여 제조하였던 것으로 보인다. 절간과 민가에서 차를 즐기는 것은 황상 시기보다 훨씬 이전부터 있었던 것이고 경화사족은 그 다음의 순서로 여겨진다. 당시 강진뿐만 아니라 고흥 팔영산이나 장흥 천관산에는 많은 차나무가 자생하고 있었던 것으로 보인다.

둘째, 황상의 시에는 그가 직접 채다한 사례가 보이며, 그는 떡차와 잎차를 함께 마셨던 것으로 보인다. 곡우 전후로 채취한 찻잎으로는 풍미로 맛을 느꼈고, 늦게 딴 찻잎으로 떡차를 만들어 마셨다. 이것은 당시 대부분의 사람들이 차를 약용으로 마셨다는 것과는 사뭇 다른 양상이다.

셋째, 황상은 차를 약용으로 마셨고, 풍미로 음용했던 것으로 보인다. 차를 따서 복용하니 의원이 멀어진다고 말하고 있다. 그리고 찻잎의 일창을 채취하고 향을 느끼는 것으로 미루어 풍미로 음용하고 있었다.

넷째, 『치원소고』에는 그동안 논란으로 남아있던 『동다기』의 작자를 암시하는 주효한 언급이 있었다. 황상이 벽은 권균과 주고받은 시 작품에는 차와 관련된 언급들이 많다. 황상의 〈벽은이 병차를 보내주어(碧隱惠餠茶)〉라는 시에는 『동다기』의 저자가 강심(江心) 이덕리(李德履, 1728~?)임을 암시하는 정보를 담고 있다.

근대전환기 호남유학자 우고 이태로의 『우고선생문집』과 시세계

1. 머리말

전통사회에서 문집은 한 인간이 살아가면서 세상과 교감하며 구축했던 사고와 사상의 집적물이라고 할 수 있다. 그것에는 한 개인이 남긴 행적이나 삶의 모습, 그가 견지하고자 하였던 삶의 가치와 사상, 더 나아가 현실을 읽어내는 시대의식이 담겨 있기 때문이다.

근대 이전에 나온 우리나라의 문헌 자료가 1만여 종을 상회하는 것으로 알려졌다. 한국고전번역원에서 나온 문집만 662명의 문집 663종이며 그것은 15,018권 4,917책 381면, 679면에 이르는 것으로 알려졌다.[1] 뿐만 아니라 아직 공개되지 않거나 공식적으로 집계되지 않은 다른 문집 자료들도 많이 남아 있다. 지금까지 연구되거나 논의된 것은 그것의 일부에 지나지 않는다.[2]

---

1 심경호, 「조선 문집 간행의 경위와 편찬 체제에 관한 일고찰」, 『민족문화연구』 62호, 고려대학교 민족문화연구원, 2014, 121면.

2 물론 이들 자료를 텍스트로 연구하는 한문학 분야의 연구 성과물이 매년 5백에서 8백여 건에 이른다는 점에서 결코 적지 않은 분량이다. 예로써 2011년도에는 530여 건, 2012년도에 590여 건, 2013년도에 800여 건에 이르고 있다. (한문학분과, 「한문학

여기에서 고려해야 할 것은 우리가 이들 문집을 접하면서 그것을 액면 그대로 받아들여서는 안 된다는 점이다. 문집은 후손이나 제자들과 같은 관련 인사들이 자료를 모아서 다시 재편한 것이기 때문이다. 이들 발간을 위해 후손이나 제자들은 간행위원회를 결성하여 역할을 분담하고 역량이 있는 인사에게 편집을 맡긴다. 이들 관련 인사들은 여기저기 흩어졌던 자료를 수집하여 문집 체계를 기획하고 자료를 분류하고 정리하여 가본인 정초본을 만든다. 이를 바탕으로 편집자들이 다시 그것들에 대한 편집 과정을 수행하게 된다. 예로써 일제강점기에 나온 문집 중에는 일제 당국의 검열을 의식하여 반일적인 내용을 빼기도 하고, 반대로 광복 이후에 나온 문집 중에는 작자의 친일 내용을 의도적으로 빼기도 하였다.

본고에서 다루려는 것은 우고(又顧) 이태로(李泰魯, 1848~1928)의 저작물과 시세계에 관한 논의이다. 우고는 조선말기인 19세기 후기로부터 일제강점기를 살았던 호남의 유학자이자 애국지사였다. 그는 노사 기정진의 문인으로 일제 침략에 저항하다가 투옥되기도 하였고, 면암 최익현을 숭모하여 그에 대한 자료를 수집하여『면암집초(勉庵集抄)』와『면암선생문집초(勉庵先生文集抄)』라는 서책을 만들기도 하였다. 특히『면암집초』에는 면암의 순국을 애도하여 지었던 〈위도가(慰悼歌)〉나 〈조충가(弔忠歌)〉와 같은 다수의 면암 관련 가사 작품이 수록되었다.[3]

2011년 연구 동향」,『고전과 해석』13집, 고전문학한문학연구학회, 2012, 279~342면.; 한문학분과, 「한문학 2012년 연구 동향」,『고전과 해석』15집, 고전문학한문학연구학회, 2013, 351~342면.; 한문학분과, 「한문학 2013년 연구 동향」,『고전과 해석』17집, 고전문학한문학연구학회, 2014, 539~625면.)

3 구사회, 「우고 이태로의『면암집초』와 자료적 가치」,『고시가연구』20집, 한국고시

우고 이태로의 문집은 『우고선생유고(又顧先生遺稿)』이다. 이것은 우고가 별세하고 이십여 년이 지난 1949년 2월에 후손과 후학들이 간행한 것이다. 그런데 근래에 필자는 자료를 수집하는 과정에 『우고선생유고』의 정초본인 『우고선생문집(又顧先生文集)』을 찾아냈다. 이것은 오늘날 유통되고 있는 『우고선생유고』의 저본으로 산삭되기 이전의 시문 작품들을 포함하고 있었다. 따라서 이 논문에서는 먼저 근대전환기 호남에서 활동했던 우고 이태로의 초고본인 『우고선생문집』과 간행 문집인 『우고선생유고』을 비교해보고, 이어서 이들 자료를 통해 그의 시세계를 살펴보고자 한다.

2. 우고 이태로의 행적과 문집 편찬

2.1. 우고의 애국적 삶과 행적

이태로(1848~1928)는 조선말기부터 일제강점기로 이어지는 근대전환기에 활동했던 호남의 유학자이자 문인이다.[4] 그는 헌종 14년(1848) 3월에 전라남도 나주군 지죽면 계양리에서 고암(顧菴) 이경근(李擎根, 1824~1889)과 이천서씨 사이에서 3남 4녀의 장남으로 태어났다.[5] 부친 고암선생은 노사 기정진의 문인이었고 나중에 『고암집(顧菴集)』과 『고

가학회, 2007, 1~25면.

4　'우고의 애국적 삶과 민족의식' 부문은 위의 구사회 논문을 보완하여 정초본인 『又顧先生文集』(개인 소장본)과 『又顧先生遺稿』(국립중앙도서관 소장본)를 위주로 재구성한 것이다.

5　이하 우고 이태로에 대한 생애는 그의 문집 초고본인 『우고선생문집』에서 추출한 그 외는 출전을 밝힌다.

암가훈(顧菴家訓)』을 남겼다. 이태로의 초명은 희표(熙豹), 자는 도관(道寬)이며 우고(又顧)가 바로 그의 호이다. 본관이 전의(全義)인데, 시조는 고려 개국공신이었던 이도(李棹)의 28세손으로 알려졌다. 그의 집안이 호남에 뿌리를 내리게 된 것은 김종직의 문인이었던 14대조 이영상(李永祥)이 1498년에 일어난 무오사화(戊午士禍)를 피해 나주로 낙향하면서였다.

우고는 5세에 친모를 여의었고 계모인 광산김씨에 의해 친자식 이상의 극진한 사랑을 받으며 성장하였다. 그는 어려서부터 글자의 의미를 탐색하였고, 12세에는 외삼촌이었던 서송은(徐松隱)에게 나아가 공부를 하였다. 송은(松隱)선생은 우고가 언젠가 학문을 이룰 것으로 예견하였다. 우고는 18세(1865)에 풍산 홍씨를 부인으로 맞이하였고 19세(1866)부터는 노사(老沙) 기정진(奇正鎭, 1798~1879)에게 나아가 공부하였다. 19세(1866)가 되던 해 봄에 홍씨 부인이 죽었고 광산김씨를 후처로 맞이하였다. 이 해에 우고는 송사(松沙) 기우만(奇宇萬, 1846~1916)·난와(難窩) 오계수(吳繼洙, 1843~1915)·후석(後石) 오준선(吳駿善, 1851~1931)과의 돈독한 도의지교를 맺고 교유하였다.[6] 이 중에서 기우만은 노사의 손자였고, 오계수와 오준선은 노사의 제자였다.

유교적 전통과 행실을 중시하는 집안에서 태어난 우고는 대부분의 당대 유학자들처럼 외세를 배척하는 위정척사의 보수적 세계관을 고수하고 있었다. 그는 1876년 병자수호조약이 체결되자 이를 강력하게 비판하는 글을 지었다. 그리고 1894년 갑오농민전쟁이 일어나자 그는

---

6 오준선은 노사 기정진의 핵심 제자로서 우고 사후에 『又顧先生文集』의 편집을 맡기도 하였다.

장정 삼백여 명을 모집하여 고을 방어에 나서기도 하였다. 우고는 51세였던 1898년에 포천에 유거하고 있던 면암 최익현을 방문하였고, 그곳에서 면암의 제자였던 이건초(李建初)·서상봉(徐相鳳)·이문화(李文和)·유기일(柳基一) 등의 유학자들을 만나 교유하였다. 이 때 우고는 그들과 함께 〈척왜사삼소(斥倭事三疏)〉를 올려 7개월 동안 감옥에 구금되었다가 풀려나기도 하였다.

우고에게 노사 기정진이 젊은 시절에 학문의 길을 열어준 스승이었다면, 면암(勉菴) 최익현(崔益鉉, 1833~1906)은 중년인 40 이후에 삶의 행처를 인도한 스승이었다. 우고가 중년 이후로 면암 최익현에게 가깝게 다가갈 수 있었던 것은 시국을 보는 면암의 관점에 동감하는 여러 이유도 있었지만 노사학파와 화서학파의 도학적 견해가 충돌하지 않고 비슷한 점이 많았기 때문이다. 또한 면암이 의병을 일으키려고 호남에 내려온 것도 노사 제자들이 그와 뜻을 함께 했기 때문이다. 면암이 1906년 2월에 무성서원(武城書院)에서 노사의 제자였던 임병찬(林炳瓚, 1851~1916)과 의병을 일으킨 것도 모두 그와 같은 맥락에서 이뤄졌다. 이 때 노사의 손자였던 송사 기우만을 비롯하여 우고도 면암과 뜻을 함께 하였다.

1906년에는 면암 최익현이 순창에서 의거를 일으키려다 대마도로 끌려가 순국하자, 우고는 제문을 지어 그를 애도하였다. 그리고 그는 면암에 대한 애국정신을 기리고자 관련 자료를 수집하기 시작하여 서책으로 만들었는데, 그것이 바로 『면암선생문집초(勉庵先生文集抄)』와 『면암집초부제가서(勉庵集抄附諸家書)』이다. 전자는 면암선생의 문집인 『면암집(勉庵集)』에서 상소문·칙명·주차 등을 초록해 놓은 것이다.[7] 후자는 면암의 상소문도 보이지만 그것보다는 면암과 관련된 신문 기사나 애도문, 가사 작품이나 만사 등을 수록해놓은 것이다.[8] 전자가 대체로 면암의 저작물이라면, 후자는 우고가 주로 면암과 관련된 타인의 자료들을 수집해 놓은 것이다.

1905년에 을사늑약으로 충정공 민영환이 자결하자 우고는 그의 영전에 나아가 조문하였고 〈견혈죽제일절우벽(見血竹題一絶于壁)〉이라는 추모시를 남겼다. 그리고 그는 일제강점기의 역사적 격변기를 살아가면서 애국적인 내용을 수집하여 기록하거나 이를 시로써 형상화하였다. 경술국치를 당한 1910년 가을에 광주 거리에서 개가 일본인을 물어죽이자 우고는 〈의구설(義狗說)〉을 지어서 의로운 개를 예찬하며 이후로 다시는 개고기를 먹지 않았다고 한다. 1909년 봄에 네덜란드 헤이그에서 열린 만국평화회의에 참석했던 이준 열사가 분사하였고 가을에는 안중근이 이등박문을 사살하자, 우고는 면암의 영전에 나아가 이 사실을 고하였다.[9]

1910년 경술국치를 당한 다음 해에 우고는 돌아가신 부친의 가르침을 본받고자 '우고(又顧)'로 자호(自號)를 삼았다. 우고는 도연명을 흠모

---

7 『면암선생문집초』에는 뒷부분에 다른 유학자들의 글도 초록해 놓았다. 이 책에는 〈掌令時陣所懷疏〉(1868년)를 비롯한 6편의 상소문과 기타 자료가 수록되어 있다. 면암에 대한 공식적인 기록인데 모두 일백여 쪽이다. 나머지는 鼓山 任憲晦의 문집 초록인 『鼓山先生文集抄』·華西 李恒老의 문집 초록인 『華西先生文集抄』가 필사되어 있다. 『화서선생문집초』의 뒷부분에는 우고 자신이 병오년(1906) 정월에 지은 〈춘첩〉을, 이어서 艾山 鄭載圭가 지은 通文과 정봉현이 지은 영재 이건창의 제문 등을 적어놓았다. 이 서책은 대략 이 시기에 만들어진 것으로 보인다.
8 후자는 『면암집초부제가서』라는 책명에서처럼 『면암집』 초록을 비롯한 면암 관련 기록과 다른 인사들의 글을 덧붙여 놓았다. 이 책은 크게 네 부분으로 나뉘는데, 「勉菴稿抄」·「勉菴先生惑事實記」·「聚錄」, 그리고 송사 기우만의 관련 자료로 구성되어 있다.
9 『又顧先生文集』 6卷, 「祭文」, 「設勉菴先生虛位祭文」.

하였고, '日月長臨, 大明正氣, 衣冠不改, 朝鮮遺風'을 좌우명으로 삼
았다. 우고는 경술국치 이후로 의거의 뜻을 펴지 못한 것을 한탄하여
문을 닫고 좌정하여 일생 동안 일본이 있는 동쪽을 등지고 앉아서 후진
을 가르쳤다. 1919년에는 선친의 저술물인『고암가훈(顧菴家訓)』을 발
간하였다. 1914년에는 나주군수 김면수(金冕洙)가 방문하려 하자, "왜
는 우리의 원수이다. 왜에게 나아간 사람과 무엇을 논할 것인가?"라고
말하면서 그의 방문을 거절하였다. 우고의 이러한 정신과 태도는『춘추
(春秋)』의 대의정신(大義精神)에서 비롯된 것으로 여겨진다. 이 점은 문
집 서문을 쓴 오필선(吳弼善)과 발문을 쓴 임달재(任達宰)의 글에서 그대
로 확인된다.[10]

한편, 우고는 일제에 빼앗긴 우리 국토를 되찾자는 내용의 가사 작
품인〈농부가〉도 지었는데,[11] 여기에는 일제의 국토 강점에 대한 강력
한 저항의식이 담겨 있다. 이것은 기존의〈농부가〉와는 달리, '국토를
회복해서 우리가 농사지어 왜놈들에게 빼앗기지 말고 우리가 배불리
먹자'라는 일제에 저항하는 애국적인 내용을 담고 있다.[12]

이처럼 우고의 생애와 행적을 살펴보건대, 그는 쇄국에서 개항으
로, 중세에서 근대로 이어지는 역사적 격변기에 밀어닥친 외세 침략의

---

10 吳弼善,『又顧先生遺稿』,〈又顧先生遺稿序〉. "春秋大義, 復明於天下矣. 逮于我
 東方, 講明孔朱道學, 以春秋尊周之義, 服事皇明, 二百餘年, 及其亡也. 雖韋布之士,
 入山遁迹, 稱以大明, 逸民書以崇禎年號者, 往往有間出而又顧先生, 亦其一也."
  任達宰,『又顧先生遺稿』,〈跋〉. "錦城古稱多碩德君子, 人而惟吾師又顧先生,
 亦其一也. 先生挺生南脈, 天資英豪, 早詣師門講道論學, 得聞要訣, 蔚然篤士林儀
 表. 平昔所讀者春秋, 所講者義理."

11 앞의 책,「雜著」,〈農夫歌〉.

12 구사회,「우고 이태로의 농부가와 애국적 형상」,『국어국문학』147집, 국어국문학
 회, 2007, 295~318면.

부당한 현실과 타협하지 않고 올곧은 정신으로 선비의 본분을 지키고자 노력했던 호남의 문인이자 우국지사로 규정할 수 있겠다.

2.2. 우고의 문집과 편집 체계

1928년 1월에 우고가 세상을 떠나자 큰아들 이교선(李教善, 1867~?)이 오준선(吳駿善, 1851~1931) 등을 만나 선친의 문집 편찬을 협의하였다. 이교선은 집안에 있는 부친의 저작물을 내놓았고, 오준선은 우고선생이 교류한 인사들과 연락하여 관련 자료를 정리하였다. 1931년 8월에는 향산군수(香山郡守)를 지낸 해평(海平) 윤영구(尹甯求, 1868~?)가 행장을 작성하였다. 이 때 편집된 정초본이 『우고선생문집』이다. 이것은 발간되지 못하고 미뤄지다가 광복 이후인 1949년에야 『우고선생유고』로 간행되었다. 이 과정에서 『우고선생유고』는 정초본인 『우고선생문집』에 비해 크게 축소되었고 체제도 바뀌었다. 시와 문의 제목이 부분적으로 바뀌거나 달라진 사례도 없지 않았다. 다만 『우고선생유고』에는 정초본인 『우고선생문집』에 없는 오필선(吳弼善, 1887~1980)의 〈우고선생유고서(又顧先生遺稿序)〉와 제자 임달재(任達宰)의 〈발(跋)〉이 『우고선생유고』에 새로이 추가되었다.

문집 체재를 살펴보면, 본래 9책이었던 초고본 『우고선생문집』이 『우고선생유고』에서는 3책 7권으로 바뀌었다. 편집 과정에서 많은 작품이 빠졌기 때문이다. 전자에서는 문집 목록이 따로 1책으로 구성되어 있었다. 2책에서는 우고가 서술한 〈선부군고암처사가상(先府君顧菴處士家狀)〉, 우고 손자인 이달호가 지은 〈가상(家狀)〉, 윤영구가 지은 〈우고처사전의리공행상(又顧處士全義李公行狀)〉, 우고의 〈거가정의(居家定

儀)〉·〈춘추단의절(春秋壇儀節)〉·〈서유록(西遊錄)〉·〈대학통서편집(大學通書編輯)〉·〈세지면역지(細枝面歷誌)〉 등이 수록되어 있었다. 그런데 『우고선생유고』에서는 〈선부군고암처사가상(先府君顧菴處士家狀)〉과 〈우고처사전의리공행상(又顧處士全義李公行狀)〉이 2책 卷4의 〈상(狀)〉편으로 들어갔고, 〈거가정의〉·〈춘추단의절〉·〈서유록〉·〈대학통서편집〉·〈세지면역지〉 등은 2冊 卷5의 〈춘추단의절〉편으로 수록되거나 일부는 산삭되었다.

『우고선생문집』의 2책과 3책에는 한시 383제 438수가 수록되어 있다. 이어서 4~5책에는 서간문(書簡文)이, 6책에는 〈서(序)〉와 〈기(記)〉가, 7책에는 〈발(跋)〉·〈묘갈명(墓碣銘)〉·〈묘표(墓表)〉·〈전(傳)〉이, 8책에는 〈명(銘)〉·〈잠(箴)〉·〈찬(贊)〉·〈송(頌)〉·〈사(辭)〉·〈사(詞)〉·〈표(表)〉·〈상량문(上梁文)〉·〈축문(祝文)〉·〈제문(祭文)〉·〈통문(通文)〉·〈잡저(雜著)〉가 수록되어 있다. 마지막으로 9책에는 「잡저(雜著)」라는 문예 양식 이름으로 〈설(說)〉·〈계(戒)〉·〈술(術)〉·〈변(辨)〉·〈론(論)〉이 수록되었다.

그런데 그것이 1949년에 『우고선생유고』 3책으로 간행되면서 체재가 바뀌었다. 『우고선생유고』 1책(冊)에는 1~3권이, 2책에는 4~5권이, 3책에는 6~7권이 배정되었다. 구체적으로 1책 권1에는 〈시(詩)〉가, 권2에는 〈서(書)〉가, 권3에는 〈서(序)〉·〈기(記)〉·〈발(跋)〉·〈명(銘)〉·〈묘표(墓表)〉·〈전(傳)〉이 수록되었다. 이어서 2책 권4에는 〈상(狀)〉이, 권5에는 〈춘추단의절(春秋壇儀節)〉라는 편명으로 춘추단과 관련된 문장 8편이 수록되었다. 3책 권6에는 〈명(銘)〉·〈잠(箴)〉·〈찬(贊)〉·〈송(頌)〉·〈사(辭)〉·〈사(詞)〉·〈상량문(上梁文)〉·〈축문(祝文)〉·〈제문(祭文)〉·〈통문(通文)〉·〈격(檄)〉·〈잡저(雜著)〉가 수록되어 있다. 이 중에서 〈격〉은 『우고선생문집』의 〈통문〉에 속해 있다가 하나의 양식으로 분리되었다. 권7에는 〈설(說)〉·〈계(戒)〉·〈술(術)〉·〈변(辨)〉·〈론(論)〉이 수록되어 있다.

정초본 『우고선생문집』이 『우고선생유고』로 간행되는 과정을 보면, 양식상의 혼선이 있었던 문장을 바로잡거나 〈격(檄)〉처럼 양식을 새로이 설정하여 편입시키기도 하였다. 가사 작품 〈농부가〉처럼 『우고선생문집』의 〈잡저(雜著)〉에 수록되어 있다가 『우고선생유고』에서 배제되기도 하였다. 한시 작품은 『우고선생유고』로 간행되면서 정초본에 수록되어 있던 383제 438수가 129제 145수로 축소되었다. 이는 작품의 질량을 따져 삭제한 측면도 있지만, 그것보다는 출판 분량이 축소되면서 삭제된 것들이 많았다. 따라서 우고 이태로의 시문을 연구한다면 지금까지 유포된 문집인 『우고선생유고』만을 대상으로 삼아서는 안 된다. 그리고 우고 이태로에 대한 진면목을 알려면 정초본인 『우고선생문집』을 비롯하여 우고가 남겨놓은 『면암집초(勉庵集抄)』와 『면암선생문집초(勉庵先生文集抄)』들도 함께 대상으로 삼아야 할 것이다.

3. 시세계

전통적으로 조선은 강한 자존 의식을 바탕으로 외세에 대해 배타적인 정책을 유지해왔다. 그러다가 19세기 후기에 조선은 자국의 이익을 극대화하려는 열강에 대하여 적절한 대응책을 마련하지 못한 채 문호를 개방하였다. 조선은 열강들의 각축장이 되었고 끝내 일제의 식민지로 병합되는 망국의 길로 접어들었다. 이 시기에 활동했던 우고 이태로는 전라도 나주의 향리에서 시류에 영합하지 않고 의리 정신을 내세우며

척사위정(斥邪衛正)의 삶을 살았다. 『우고선생문집』에 수록된 383제 438수를 대상으로 시세계를 분석해보니 이태로는 선비로서 삶의 자세나 우국적 현실 인식이나 충절 의식과 같은 아내 내용들을 중심 주제로 삼고 있었다.

3.1. 유자(儒者)로서의 삶과 도학적 태도

전통사회에서 유학에 뜻을 둔 선비라면 무엇보다도 먼저 자신의 인격과 학문을 닦고 출사하여 어지러운 세상을 바로잡아야 한다고 보았다. 이를 흔히들 '수기치인(修己治人)'이라고 일컫는데, 우고의 시작품에서도 그런 모습을 그대로 보여준다. 그는 젊어서 노사 기정진에게 나아가 수학하였고,[13] 이후에 최익현을 방문하여 그와 현실 인식을 함께 하였다. 『우고선생문집』에 있는 한시 작품을 보면, 그는 남을 가르치기에 앞서 자신의 언행을 삼가고 수양에 전념하려는 삶의 태도를 보여준다.

> 〈스스로를 경계하며(自警)〉
> 말을 하면 말은 반드시 옳아야 하고　　　　出言言必是
> 일에 임해서 일은 마땅히 분명해야 한다.　　臨事事當明
> 관건은 모두 나에게 있으니　　　　　　　　樞機皆在我
> 정밀하지 않고 어찌 먼저 이루겠는가?　　　不密害先成
>
> 〈스스로를 지키며(自守)〉
> 나는 사람 마음을 헤아리고자 하지만　　　我欲測人心

13　吳相鳳이 작성한 노사 기정진의 『沙上門人錄』(1948년, 26면)에도 우고 이태로의 이름이 올라 있다.

넓은 바다 깊이보다 곱절은 어렵다.	倍難滄海深
일생 동안 말을 삼가 할지니	一生言語愼
재앙거리가 어디에서 들어오는가.	禍櫨由何侵

〈자경(自警)〉과 〈자수(自守)〉는 우고가 노사선생에게 나아가서 성리학을 전수하던 20대의 젊은 시절에 지은 것이다. 이들 작품에서는 자신의 언행에 대한 경계를 담고 있다. 〈자경〉에서는 언행이 바르고 분명해야 한다는 것을 밝히면서 다짐하고 있다. 〈자수〉에서는 사람의 마음을 헤아리기가 바다 깊이보다 어렵다면서 말을 삼가야 한다고 경계하고 있다. 여기에서 우고는 심성에 대한 문제를 관념적으로 사유하기보다 실천적 덕목으로서의 언행과 관련을 맺고 있다.

한편, 우고는 유학을 공부하면서 사서삼경과 같은 경전에 대한 소감이나 그것과 관련된 내용을 시로 담았다.

〈주역을 읽고(讀易)〉

현묘한 하도낙서의 이치를 살피고자 한다면	欲察妙玄河洛理
하도와 낙서는 옛 책에 남아 있다.	圖書留在舊編中
천명이 만약 공자님을 내지 않았다면	天運若非生孔子
오랜 세월 누가 우임금과 복희씨의 공을 알았으리.	千秋誰識禹羲功

〈태극(太極)〉

태극은 원래 무극이니	太極原无極
현묘해서 명명할 수 없도다.	玄玄不敢名
음과 양이 비로소 나누어진 뒤에	陰陽肇判後
만물이 저절로 생겨났다.	萬物自然生

〈독역(讀易)〉은 작자인 우고가 『주역(周易)』을 읽고 난 소감을 쓴 것이다. 『주역』은 『역경(易經)』이라고도 하며 동양에서 가장 오래된 경전이기도 하다. 그것은 점복서나 처세서로도 활용되었지만, 성리학에서는 주로 천지 만물의 끊임없이 변화하는 원리를 담고 있는 텍스트로 보았다. 공자는 많은 경전 중에서도 『주역』을 중히 여겼다. 공자가 『주역』에 얼마나 심취했는지, 그것을 기록한 대쪽 가죽 끈이 세 번이나 끊어졌다는 '위편삼절(韋編三絶)'의 고사가 전하기도 한다.

〈독역〉에서 우고는 천지변화의 원리를 담고 있는 현묘한 '하도낙서(河圖洛書)'의 이치를 알려면 그것이 남아있는 『주역』을 보라고 권한다. 복희씨의 『하도(河圖)』와 하우씨의 『낙서(洛書)』를 합친 '하도낙서'가 『주역』의 기본이 되었기 때문이다. 주지하다시피, 『하도』는 중국 고대 복희씨(伏羲氏)가 황하에서 나온 용마의 등에서, 『낙서』는 우임금이 낙수(洛水)에서 나온 커다란 거북의 등에서 천지의 질서와 변화의 기틀을 깨닫고 그것을 그림으로 그려낸 것이다. 위의 시에서 화자는 하늘이 공자를 세상에 내었기 때문에 천지 변화의 모습을 도출해낸 하우씨와 복희씨의 공을 알게 되었다고 주장한다.

한시 〈태극(太極)〉에서는 우주와 만물의 궁극적 근원이자 그것이 생성하고 변화하는 태극의 원리에 관해 적고 있다. 『주역』에서 태극은 음양이 나뉘기 이전에 존재하는 실체를 가리킨다. 위의 〈태극〉에서도 그런 내용을 말하고 있다. 화자는 태극이란 무극으로써 음양으로 분리되기 이전에는 현묘하고 그윽하여 감히 무어라고 이름을 지을 수 없는 존재라고 말한다. 그리고 그러한 태극이 음양으로 분리되면서 비로소 만물이 생겨났다고 말한다.

그밖에도 우고는 『소학(小學)』을 읽고서 〈독소학(讀小學)〉이라는 시

로 남기거나, 〈건곤(乾坤)〉·〈천(天)〉·〈지(地)〉·〈인(人)〉·〈극기(克己)〉·
〈알욕(遏欲)〉에서처럼 유학에서 다뤄지는 주요 의제를 시로 형상화하
였다. 이들 시작품은 우고가 20~30대의 젊은 시절에 유학을 공부하면
서 지은 것이다. 이것은 우고가 태극과 이기로부터 인간의 심성 등에
이르는 성리학의 담론을 폭넓게 공부하며 사유하고 있었다는 방증이
기도 하다.

더 나아가서 우고는 스승인 노사와 면암의 삶과 정신을 본받고 뒤따
르려고 노력하였다.

> 〈노령을 지나며 노사선생을 추억하며(過蘆嶺憶老沙先生)〉
> 노산이 우뚝 솟아 신성을 누르고 　　　　　　　蘆山屹立鎭新城
> 맑은 기운은 또렷이 덕의 밝음을 본뜬 듯하다. 　淑氣儼然象德明
> 도학을 이어 가르친 지 이제 십 년, 　　　　　　承誨淵源今十載
> 후생이 앞길을 열어가도록 이끌어 주셨네. 　　　後生引發啓前程

1888년에 41세의 우고는 집을 나서 한양 길에 올랐다. 그것은 전의
이씨 대종보의 편찬이라는 문중 사업도 있었지만, 아울러 존경해마지
않던 면암 최익현을 찾아뵙기 위함이었다. 이 시는 우고가 상경하면서
장성을 지나다가 돌아가신 노사선생을 추억하며 지은 것이다. 노산은
전라도 장성에 있는 산 이름으로 노사가 도학을 열었던 곳이다. 노사
기정진은 19세기에 호남에서 특별한 사승 관계도 없이 끊임없이 노력
하여 독자적인 도학을 정립하였던 유학자였다. 그는 '이일분수(理一分
殊)'라는 독창적인 리(理)의 철학 체계를 통해 만물의 근원과 생성의
원리 및 모든 존재와 작용에 이르기까지 리(理)를 떠날 수 없다고 보았
다.[14] 화자는 장성의 노산처럼 우뚝 솟은 스승의 기상과 학덕을 기리면

서 자신이 걸어온 도학의 길을 술회하고 있다.[15]

    〈면암 최선생의 대마도 체류를 읊다(勉菴崔先生滯對馬島吟)〉
    문산의 대의가 연나라보다 절박하였는데   文山大義迫於燕
    지금 선생이 또 하늘을 꿰뚫었도다.   今有先生又徹天
    원기가 왕성하여 기강이 떨어지지 않았으니   元氣熊熊綱不墜
    한 몸이 사천 년 역사에 길이 장중하리라.   一身彌重四千年

    1906년 6월에 순창에서의 거사가 실패로 끝나고 면암은 서울로 압송되었다가 7월에 한일친선을 방해한다는 죄명으로 대마도로 유폐되었다. 이 시는 당시 소감을 담은 것이다. 우고는 면암의 대마도 유폐를 연나라 형가의 고사를 빌어 선생의 대의와 기상을 찬양하고 있다. 우고는 면암의 대마도 유폐와 관련하여 〈면암선생께서 투옥된 일본감옥에서 읊은 시에 삼가 차운하여[謹次勉菴先生被囚日獄口號]〉도 지었고, 이후에 〈면암집을 읽고[讀勉菴集]〉라는 시를 지으며 일본이 『면암집』에 대해 엄격하게 단속하고 있다고 적었다.

    이외에도 우고는 면암에게 두 차례에 걸쳐 편지를 보낸 기록이 있고,[16] 면암 사후에 〈설면암선생허위제(設勉菴先生虛位祭)〉와 〈제면암최선생(祭勉菴崔先生)〉라는 제문을 지었다.[17] 이 중에서 〈설면암선생허위

---

14 안진오, 『호남 유학의 탐구』, 이회, 1996, 319~430면.
15 참고로 우고 문집의 정초본과 간행본에서는 부분적으로 시어의 차이가 있다. 이 시에서 정초본 3행의 '淵源'이 간행본에서는 '源源'으로, 4행에서 정초본의 '引發'이 교정본은 '從此'로 되었다가 간행본에서는 '從辭'로 바뀌었다.
16 『又顧先生文集』卷4, 〈上勉菴先生〉.
17 『又顧先生文集』卷4, 〈設勉菴先生虛位祭〉·〈祭勉菴崔先生〉.

제〉는 안중근이 이등박문을 사살했다는 것을, 〈제면암최선생〉은 고종 황제의 인산을 면암 영전에 고하기 위한 제문이었다. 그리고 우고는 면암이 순국하자 선생에 대한 관련 자료를 수집하기 시작하여 『면암집 초』와 『면암선생문집초』을 제작하였다. 특히 『면암선생문집초』에는 백성들이 면암의 순국을 애도하며 지었던 〈위도가〉나 〈조충가〉와 같은 가사 작품을 수집하여 기록해 두었다.

3.2. 우국적 현실 인식과 충절 의식

19세기의 조선은 서구 열강과 일본을 이적(夷狄)의 침략 세력으로 규정하여 교류를 금지하면서 쇄국정책으로 일관해왔다. 그러다가 1876년 2월에 일본을 시작으로 미국, 영국, 독일, 이탈리아, 러시아, 프랑스 등의 서구 열강들과 연속적으로 수호통상조약을 맺었다. 이 과정에서 서구 문물이 밀려들어왔고, 유림들은 그것에 대한 우려와 함께 서구 세력에 대해 강한 거부 반응을 보였다. 유림들은 '존화양이(尊華攘夷)'의 춘추(春秋) 대의(大義)에 입각하여 서양과 일본을 '사(邪)'로 규정하였고 우리의 역사 전통을 '정도(正道)'로 인식하는 '위정척사론(衛正斥邪論)'으로 맞섰다.[18] 위정척사는 正으로 보는 전통적인 유교 질서를 옹호하고 그것과 반대되는 이질적인 서구 세력과 가치를 사(邪)로 여겨 배척하자는 것이었다.

19세기 후기의 척사론은 크게 4시기로 구분되는데,[19] 제1기는 1866년 병인척사론이고, 제2기는 병자수호조약 체결과 관련이 깊다. 제3기

---

18 금장태, 『한국유학의 탐구』, 서울대학교 출판부, 1999, 17면.
19 김태영, 「척사위정사상」, 『한국학연구입문』(이가원·이우성 외), 1981, 371~378면.

는 1881년 수신사 김홍집이 일본에서 가져온 조선책략과 관계가 있고, 제4기는 1894~1895년의 갑오 을미개혁, 그 중에서도 단발령과 민비시 해사건을 계기로 전개되었다. 이 중에서 척사론의 제기는 우고 이태로의 스승이었던 노사 기정진이 1866년 8월에 올린 척사소(斥邪疏)를 계기로 시작되었고, 이어서 양적(洋賊)과의 타협을 강력하게 반대한다는 화서(華西) 이항로(李恒老, 1792~1868)의 상소로 이어졌다. 1876년에 일본과 병자수호조약이 체결되자 우고가 그것을 반대하고 외세에 대해 맞서 싸우자는 저항의식도 그와 같은 『춘추(春秋)』의 대의정신(大義精神)에 입각한 명분의식과 현실인식이 작용한 것이었다.

〈왜와의 화친 체결을 탄식하며(歎與倭結和)〉
양놈과 왜놈이 동쪽으로 몰려오니　　　　　　而洋而倭自東來
티끌비가 성에 가득하여 성이 퇴락하려 한다.　塵雨滿城城欲頹
어찌 면암선생의 계책을 쓰지 않는가?　　　　如何不用勉翁策
다만 조선인 의기가 꺾임을 한탄할 뿐이다.　　秖恨東人意氣摧[20]

병자년(1876) 2월에 강화도에서 병자수호조약이 체결되자 우고는 그것에 대해 몇 편의 시를 남겼다. 위의 시에서 우고는 열강들의 서세동점을 우려하면서 나라의 앞날을 걱정하면서 그것을 망국의 징조로 여기고 있다. 2행에서 '성(城)'은 그 자체보다는 나라를 비유한 것으로 '성이 퇴락하려 한다[城欲頹]'는 타자인 일본보다는 그들과 강화조약을 맺은 주체로서의 조선 조정을 비판한 것이다. 이 말은 결국 우리가 일

---

20 『又顧先生文集』卷1, 〈歎與倭結和〉.

본과의 강화 체결이라는 잘못된 판단으로 나라가 장차 무너질 것이라
는 우고의 주장이다.

이때 병자수호조약이 체결되자 면암 최익현은 도끼를 들고 광화문
앞에 나타나 〈지부복궐척화의소(持斧伏闕斥和議疏)〉를 올려 조약을 강
요한 일본 사신의 목을 베라고 요구하였다. 그리고 조선이 일본과 수호
조약을 체결해서는 안 될 다섯 가지 이유를 제시하였다. 그것에서 면암
은 일본을 서양의 앞잡이로써 그들과 같은 금수(禽獸)로 규정하였다.
시에서 우고는 위정척사의 기치를 내걸었던 면암의 시국책을 지지하고
있다. 그리고 마지막 4행에서 우고는 그러한 잘못된 조약으로 조선인의
의기가 꺾일 것이고, 그것이 가져올 불운한 결과에 대한 우려를 표명하
고 있다.

1880년에 일본 외교관 하나부사 요시모토(花房義質, 1842~1917)가 조
선 주차(駐箚) 변리공사(辨理公使)로 임명되어 한양으로 들어왔다. 이
소식을 들은 우고는 발끈하여 〈왜인 하나부사 요시모토[花房義質]가 도
성에 들어왔기에 발분하여 짓다. 경진10월〉이라는 시를 지었다.[21]

남아는 세상에 처해 명예가 중요하거늘	男兒處世重持名
묻건대, 몇 사람이나 나의 뜻에 함께 할까.	問有何人共我情
좌정하여 옥룡의 삼척검을 어루만지며	坐撫玉龍三尺劍
동풍이 불어 오랑캐를 평정해버렸으면 한다.	東風吹送虜塵平

우고는 외세가 이 땅에 들어오는 것을 강력하게 반대하였다. 그러나

---

21 『又顧先生文集』卷1,〈倭人花房義質入城發憤而作, 庚辰十月〉.

국내 정세는 이미 쇄국에서 개화의 길로 돌아섰고, 개항과 함께 밀려오는 외세가 대세를 이루고 있었다. 시에서 우고는 외세를 반대하고 막겠다는 뜻을 가진 사람이 많지 않다고 한탄하고 있다.

하나부사 요시모토는 조선공사로 부임하여 일본의 조선 침략을 위한 교두보 확보에 힘을 썼던 인물이었다. 시에서 우고는 마음속으로 검을 어루만지면서 그러한 외세에 대한 적개심을 불태우고 있다. 그리고 동풍이 불어와서 그와 같은 오랑캐들을 날려버렸으면 하는 마음이다. 마침내 임오군란이 일어났고 일본인들이 잠시 철수하자, 우고는 〈왜인이 철수하여 돌아가다[倭人撤歸]〉라는 시를 지어 그것을 당연한 이치라고 하였다.[22]

이어서 일본은 청일전쟁과 러일전쟁을 승리로 이끌며 조선 침략에 대한 야욕을 드러냈다. 1905년에 러일전쟁에서 승리한 일본은 대한제국의 외교권을 박탈하기 위해 강제로 을사늑약을 체결하였다. 그에 따른 조선인의 반발과 저항도 높아졌다. 뜻있는 인사들이 상소로써 조약의 무효를 주장하였으나 실효를 거두지 못했다. 그러자 많은 지사들이 자결과 의병 거사로써 일본에 맞섰다. 우고는 그것에 대해 주목하였다.

인간에게 죽고 사는 것은 중하고도 가벼워서	人有死生重且輕
그 살고 죽는 것을 뭐라 이름 지을 수 없다.	其生其死不能名
죽을 처지에서 살려는 것은 모두 죽음이 싫어서고	死地求生皆惡死
살아서 죽음을 논하는 것은 목숨을 생각해서이다.	生時論死或思生
여기 살지 말아야 하는데 산다면 삶 또한 부끄럽고	生此不生生亦愧
마땅한 죽음에 죽는다면 죽음은 오히려 영광이다.	死於當死死猶榮

---

22 『又顧先生文集』 卷2, 〈倭人撤歸〉.

하늘은 필연코 죽음과 삶에 모두 뜻을 두었으니	天必死生皆有意
삼강오륜으로 천 년 동안 인간을 밝게 하였도다.	綱常千載使人明

이는 1905년 11월에 을사늑약이 체결되자 자결했던 여섯 충신을 찬양한 우고의 〈을사년 여섯 충신을 곡하여[哭乙巳六忠臣]〉라는 7언 율시이다.[23] 시종무관이었던 민영환(閔泳煥, 1861~1905)은 이천 만 동포 앞에 유서를 남기고서, 특진관 조병세(趙秉世, 1827~1905)는 을사오적의 처형을 요구하면서 자결하였다. 송병선(宋秉璿, 1836~1905)·전 참정 홍만식(洪萬植, 1842~1905)·학부주사 이상철(李相哲, 1876~1905), 병정(兵丁) 전봉학(全奉學, ?~1905)도 뒤따라 자결로써 일제에 항거하였다.

시에서 우고는 전제한다. 모든 인간은 죽음을 싫어한다. 그래서 모든 인간은 죽음에 처해서 살아나려고 몸부림친다. 인간이란 살아있으면서 죽음을 말하지만, 그것의 이면에는 살고자하는 욕망이 내재되어 있다고 보았다. 그렇지만 인간의 죽음이란 다른 생명의 죽음과는 차원이 다르다. 인간이 그저 목숨을 부지하기 위해 정의를 버리고 비굴한 삶을 선택하게 되면 살아도 부끄럽다. 반면에 불의를 만나 죽어야 할 때에 의로운 죽음을 선택하면 그것은 죽더라도 영광스럽다는 것이다.

이 말은 인간의 죽음이란 다른 동물들처럼 생명이 끝나고 그저 소멸하는 것이 아니라, 삶과 관련하여 사회적 평가를 받는다는 말이다. 그래서 인간은 제대로 인간답게 살았는지, 아니면 명예롭지 못한 삶을 영위했는지를 역사에 남기게 된다. 이런 관점에서 작자인 우고는 하늘

---

23 『又顧先生文集』 卷2에는 〈哭乙巳六忠臣〉이라는 제목과 함께 '宋秉璿, 閔泳煥, 趙秉世, 洪萬植, 李象哲, 金鳳學'의 이름을 적었다. 그런데 그 중에서 '宋秉璿'은 '宋秉瓚'을, '金鳳學'은 '全鳳學'의 오기로 보인다.

이 정해놓은 생사의 뜻이 있다면서 이를 통해 강상의 윤리가 이어져 왔다고 말한다. 이 말은 이들 여섯 충신들이 '사생취의(捨生取義)'나 '살신성인(殺身成仁)'이라는 충절 정신으로 인간의 도리를 다하고 당당히 죽음을 맞이했다는 의미이다. 우고는 그 외에도 한말에 일제에 항거하여 자결한 인물들의 충절을 찬양하거나 애도하는 시를 남겼는데,[24] 민영환에 대한 시작품이 상대적으로 많았다.[25]

> 〈스스로 탄식하며(自歎)〉
>
> | | |
> |---|---|
> | 하늘을 부르짖으니 고통이 뼛속까지 사무치고 | 呼天痛骨髓 |
> | 죽으려고 하나 죽지도 못하다. | 欲死未能死 |
> | 가깝게는 다섯 충신에게 부끄럽고 | 近愧五忠臣 |
> | 멀리는 삼학사에게 창피하다. | 遠慚三學士 |
> | 풍속은 오백 년을 이루었고 | 俗成五百年 |
> | 영토는 삼천리에 자리하고 있다. | 地有三千里 |
> | 옛 땅을 어느 때에 회복할 것인가 | 復舊地何時 |
> | 하늘을 부르짖으며 통곡하며 일어난다. | 呼天痛哭起[26] |

이 시는 우고가 1910년 경술국치를 겪고서 지은 〈스스로 탄식하며[自歎]〉이다. 일본이 조선을 병합하면서 조선 오백 년이 끝났다. 작자로 보이는 작중 화자는 망국의 고통스런 슬픔을 하늘에 호소하고 있지

---

24 위의 책, 〈輓閔趙二忠正次韻〉·〈哭乙巳六忠臣〉·〈輓李主事建奭, 號醒石, 居京斥倭, 上疏死於獄中〉·〈庚戌七月變痛哭〉.

25 『又顧先生文集』卷1, 〈感閔忠正公桂庭血竹泳煥〉. "物中貞貞竹, 間氣表忠竹, 義重殷孤竹, 節高漢綿竹, 歲寒見羅竹, 風惡哀麗竹, 閔公堂上竹, 天感最此竹."

26 『又顧先生遺稿』卷1, 〈自歎〉에서는 제8행이 '無人秉義起(함께 의거하여 일어날 사람이 없다)'로 기록되어 있다.

만 소용이 없다. 화자는 선비로서 자진하려고 하지만 여의치가 않다.
그래서 죽지 못한 자신이 가깝게는 1905년 을사늑약이 발생하자 자결
로 일제에 항거했던 을사 5충신에게 부끄럽고, 멀리는 병자호란 때에
청나라에 저항했던 3학사에 창피하다고 고백하고 있다. 조선 풍속이
오백 년을 이어왔고, 강토는 삼천리에 걸쳐 있다. 이제 나라가 망했고
오백년 역사를 지닌 조선 삼천리를 언제 다시 되찾을 것인지 다시 하늘
을 우러러 부르짖는다고 말하고 있다.

3.3. 은자적(隱者的) 삶과 세상과의 거리

을미사변(1895)이라는 변란과 단발령이 시행되자 화서학파의 의암
(毅菴) 유인석(柳麟錫, 1842~1915)은 춘추(春秋) 의리론(義理論)에 입각하
여 사람들이 처신하는 방비책으로 '처변삼사(處變三事)'[27]를 제시하였
다. 세 가지 방법은 첫째, '의거하여 구제하는 것[擧義掃淸]'. 둘째, '멀리
떠나 지키는 것[去而守之]'. 셋째, '자진하여 죽는 것[自靖致命]'이었다.
의암 유인석은 첫째 방법을, 간재(艮齋) 전우(田愚, 1841~1922)는 둘째
방법을, 매천(梅泉) 황현(黃玹, 1855~1910)은 셋째 방법을 택했다.

처음에 우고가 택한 방식은 첫째 방법이었다. 1895년에 기우만이
궐기하여 의병을 일으키자 우고는 그것에 동조하여 뜻을 같이 하였다.
그러나 거사가 실패로 끝나고 1908년에 고종이 강제로 퇴위를 당하자
우고는 향리로 돌아와 문을 닫고 은거에 들어갔다. 결국 우고가 택한

---

27 '處變三事'는 '擧義掃淸'·'去而守之'·'自靖致命'으로 국가의 변란에 처하여 선비가
  취할 수 있는 세 가지 일을 말한다.(『毅菴先生文集』 卷24, 「答湖西諸公」. "卽與士友
  議得處變三事, 曰擧義而掃淸也, 去之而守舊也, 自靖而遂志也.")

마지막 방식은 세상과 거리를 두고 자신을 지키는 은거였다. 예로부터
세상에 도가 행해지지 않으면 선비는 자신의 신념을 지키기 위해 속세
를 벗어나 숨거나 고향으로 돌아와서 문을 닫고 살았다.

서쪽에서 온 소식을 남행하면서 듣고	西來消息聽南行
고통이 하늘에 닿을 듯 감히 소리를 내지 못하다.	痛及昊天不敢聲
적들은 강변에서 빈번하게 칼을 보이고	虜在江邊頻視劍
병사들은 성채로 돌아가 홀연히 징을 거두네.	兵歸壘上忽收鉦
삼천리 바깥에서 온 괴수의 마음은 오만하고	三千里外渠心慢
오백 년 동안의 우리 도는 사라졌네.	五百年間吾道淸
이로부터 공명은 거처를 정하지 못하고	從此功名無定處
애써 남은 세월을 밭 갈며 숨어야겠네.	强將餘日隱於耕[28]

우고의 은거 의식은 이미 젊은 시절부터 잠재되어 있었던 듯하다.
이 시는 우고가 1876년 병자수호조약이 맺어졌다는 소식을 듣고 지은
〈왜와 화의 맺은 소식을 듣고 탄식하여 읊다[聞與倭結和歎而吟]〉라는
7언 율시이다. 간행본 『우고선생유고』에는 없고, 정초본인 『우고선생
문집』에만 실려 있다. 『우고선생문집』에 덧붙인 교정 부분에서는 '서래
(西來)'를 '북래(北來)'로, '통급호천(痛及昊天)'를 '통철황천(痛徹皇天)'으
로, '노(虜)'를 '적(賊)'으로, '정처(定處)'를 '소취(所取)'로 적고 있다. 하
지만 내용상으로 별다른 변화가 없다.

시에서 우고는 일본과의 수호조약이 체결되었다는 소식을 듣고 망
연자실하고 있다. 그가 보기에 조선 삼천리는 신성한 강토였다. 그런

---

28 『又顧先生文集』 卷1, 〈聞與倭結和歎而吟〉.

데 하루아침에 일본 군인들이 신성한 이 땅에 들어와 자기 영역을 만들어 총칼로 지키고 있고, 그들을 막아야 할 우리 병사들은 물러나서 싸움을 알리는 징을 거두며 물러났다고 말한다. 마침내 조선 강토를 외세에게 내주며 정처가 없어졌다면서 우고는 이제 세상과의 거리를 두고 초야에 숨어 살겠다는 의도를 내비치고 있다.

> 〈숨어 살면서 일을 기록하다(幽居書事)〉
>
> | | |
> |---|---|
> | 인심은 물욕에서 해치게 되고 | 人心傷物慾 |
> | 그 폐해는 홍수보다 심하다. | 其害甚洪水 |
> | 고달픈 인생살이는 부침이 있고 | 苦海浮沉際 |
> | 분분한 꽃도 피고 지는 것이 있다. | 漚花開落裏 |
> | 부질없이 도는 실행하기 어렵다고 말하지만 | 空說道難行 |
> | 누가 '仁'이 여기에 있다는 것을 알리오. | 誰知仁在此 |
> | 내가 능히 세태를 따르지 않는 것은 | 我能違世情 |
> | 군자로 숨어사는 것만 못해서이다. | 不若隱君子[29] |

우고는 어려서부터 가학으로 학문을 익히다가 성장하면서 노사 기정진에게 나아가 유학을 공부하였다. 그렇지만 이 시기는 오랜 세도정치와 학정에 따른 민란 등으로 조선 왕조의 봉건 체제가 뿌리 채 흔들리고 있었다. 게다가 조정에서 오랜 쇄국정책을 포기하고 문호를 개방하자 식민지를 개척하려는 열강이 밀려왔다. 우고는 척사위정의 자세로 외세에 맞섰지만 세상이 자신의 뜻과는 다르게 흘러가고 있었다. 결국 우고가 택한 마지막 방법은 세상을 벗어나 숨어 살며 자신의 지조를

---

29 『又顧先生文集』卷1, 〈幽居書事〉.

지키는 길이었다. 위의 〈유거서사(幽居書事)〉을 비롯한 〈유거우음(幽居偶吟)〉·〈유거서회(幽居書懷)〉·〈유거우서(幽居偶書)〉 등에서처럼 그가 세속과 인연을 끊고 숨어살겠다는 은자의 심경을 담은 시들을 지은 것도 모두 그와 같은 시대적 상황에서 나온 것이었다.

시에서 그는 세상을 버리고 은거하려는 명분을 인성에서 찾고 있다. 유학에서 인성이란 본연지성으로 절대적으로 선한 존재이다. 그러나 기질지성에서 비롯되는 인간의 욕심이 양지(良知)를 가리면서 악이 발생하고 폐해가 발생하기 마련이다. 우고가 1~2행에서 '인심은 물욕으로 말미암아 상하는데, 그 폐해가 홍수보다 심하다'라는 것도 바로 그것을 두고 말한 것이다. 인간의 고달픈 인생살이에 부침이 있는 것은 분분한 꽃의 피고 지는 것과 같은 이치이다. 그래서 사람들은 사욕으로 말미암아 인이 가로막히고 가려지기 때문에 도를 실행하기 어렵다고들 말한다고 한다. 그렇지만 우고는 인을 잃지 않고 도를 지키는 방법이 있다고 보았다. 그것은 다름 아닌, 자신이 불의가 횡행하는 현실에서 벗어나 은군자로 숨어사는 것이었다.

〈숨어 살면서(閑居)〉

누가 머리의 절각건을 알리오.	誰識頭邊折角巾
임종 또한 평소에 가난을 편안히 여겼다.	林宗亦是素安貧
반가운 손님이 돌아가자 푸른 삽살개가 잠들고	嘉賓去後靑狵睡
은사가 돌아오자 하얀 학이 따른다.	隱士來時白鶴馴
십년을 일이 없는 곳에 거처하니	十載初居無事地
백년을 살아도 뜻 있는 사람을 얻기 어렵다.	百年難得有情人
산가의 물길 깊은 곳에서	山家水逕深深處
새로 떠오르는 달빛 보기를 좋아한다.	喜見月光上面新[30]

우고의 〈숨어 살면서[閑居]〉라는 7언 율시이다. 내용을 보건대, 그는 이미 속세를 벗어나 은거의 삶을 영위하고 있다. 우고는 은사의 대명사로 알려진 후한 시기 곽임종(郭林宗, 128~169)이라는 인물을 통해 자신의 삶을 표상하고 있다. 곽임종은 어지러운 시기에 세상에 나가지 않고 향리에서 숨어살면서 삶을 마감했던 선비였다. 1~2행에서 언급하고 있는 절각건(折角巾)은 옛날 도인들이 쓰던 쓰개의 일종이다. 임종이 비를 만나 절각건의 한쪽이 꺾어졌는데 그는 가난해서 그것을 계속해서 쓰고 다녔다고 한다.

우고가 세상을 버리고 향리에 묻혀 사는데, 가난이란 임종의 사례처럼 필연적으로 뒤따르기 마련이다. 손님이 돌아가자 일이 없는 삽살개는 잠이 들었고, 은사가 돌아오자 백학이 따른다는 표현은 세상을 벗어나 살고 있는 은자들만의 생활에서나 엿볼 수 있는 상상 속의 장면들이다. 우고에게도 그런 생활은 속세와 얽혀 있는 일이 없기 때문에 십년이 지나고 백 년이 흘러가도 별다른 변화가 없다. 그래서 자신이 살고 있는 깊은 산촌에서의 유일한 즐거움은 새롭게 떠오르는 달빛이라고 한다.

그렇지만 여기에서 우고가 세상과 거리를 두고 은자의 삶을 추구한 것은 시대를 외면하거나 고달픈 현실을 도피하기 위한 것은 결코 아니었다. 그것은 유자로서 의리라는 자신의 신념을 지키기 위한 처세의 하나로써 일제에 저항하는 하나의 방식으로 보인다.

---

30 위의 책, 〈閑居〉.

4. 맺음말: 문학사적 평가와 함께

이 논문은 조선 말기부터 일제강점기로 이어지는 근대전환기에 호남에서 활동했던 우고(又顧) 이태로(李泰魯, 1848~1928)의 저작물과 시세계에 대한 고찰이다.

그는 전라도 나주에서 유교적 전통과 행실을 중시하는 집안에서 태어나서 어려서 가학으로 한학을 익혔다. 그는 젊은 시절에 노사 기정진에게 나아가 수학하였고, 중년 이후에는 면암 최익현(1833~1906)을 방문하여 시국을 함께 하였다. 이 시기에 다른 대부분의 유학자들처럼 그는 춘추(春秋) 대의(大義)에 입각하여 외세를 배척하는 위정척사의 보수적 세계관을 지니고 있었다.

우고는 문인이자 우국지사로서 다수의 시문을 남겼다. 그리고 그는 1906년도에 최익현이 대마도에서 순국하자 우고는 그의 애국정신을 기리고자 관련 자료를 수집하여 『면암선생문집초(勉庵先生文集抄)』와 『면암집초부제가서(勉庵集抄附諸家書)』를 만들었다. 1928년에 우고가 별세하자 후손과 지인들이 그의 시문을 모아서 『우고선생문집』을 편집하였다. 그러나 그것은 발간되지 못하고 광복 이후인 1949년에 『우고선생유고』로 간행되었다. 이 중에서 『우고선생문집』은 근래에 필자가 자료를 수집하는 과정에서 발굴해 낸 것이다. 이것은 본래 9책으로 권수가 없었는데, 『우고선생유고』로 간행되면서 3책 7권으로 축소되었다.

이 논문은 우고의 시세계를 논의하면서 정초본인 『우고선생문집』을 텍스트로 삼았고, 『우고선생유고』를 참고로 하였다. 『우고선생문집』에는 383제 438수의 한시가 수록되었는데, 『우고선생유고』로 간행되면서 129제 145수로 축소되었기 때문이다. 축소 내용을 살펴보면 작품의 질량을 따져 삭제한 측면도 있지만, 출판 분량이 축소되면서 삭제된 것들이 많았다. 게다가 정초본 『우고선생문집』이 『우고선생유고』으로 간행되면서 후인들의 첨삭이 있었다.

우고의 시세계와 관련해서는 크게 부각되는 세 측면에 주목하였다.

첫째, 그는 유자로서 자신의 삶과 도학적 태도를 시로 담았다. 여기에서 우고는 자신의 삶과 관련하여 언행이나 수양에 대한 경계, 유학 경전에 대한 소감을 주로 나타냈다. 더 나아가 스승이었던 노사 기정진과 면암 최익현의 삶과 정신을 추앙하며 기리는 내용이 많았다.

둘째, 그는 역사적 격변기를 살아가면서 당대에 대한 우국적 현실 인식과 충절 의식을 시로 형상화하였다. 여기에서 우고는 외세에 대한 강력한 저항의식을 드러냈고, 순국지사의 충절을 찬양하며 기리는 다수의 시작품을 남겼다.

셋째, 나라가 기울고 망하자 자신의 신념을 지키기 위해 속세를 떠났던 은자적 삶을 지향하는 내용을 시로 형상화하고 있었다. 여기에서 그가 은자의 삶을 추구한 것은 시대를 외면하거나 고달픈 현실을 도피하기 위한 것은 아니었다. 그것은 우고가 '의리'라는 자신의 신념을 지키기 위한 것으로 일제에 저항하는 하나의 방식이었다.

전체적으로 우고의 시세계는 당대 현실에 대한 날카로운 비판을 통해 우국 의식을 드러냈다고 여겨진다. 하지만 도학 관련 시에서는 경전 소감이나 실천적 덕목으로서의 규범을 담고 있을 정도였지, 깊이 있는 도학 세계를 구축할 정도는 아니었다. 그렇더라도 우고 이태로는 19세기 후기에 밀어닥친 서세동점의 역사적 격변기에 부당한 현실과 타협하지 않고 올곧은 선비 정신으로 살아갔던 호남의 문인이자 우국

지사였다. 특히 19세기 말엽에서 20세기로 이어지는 한국한문학사의
끝자락에서 그는 호남 한문학의 대미를 장식했다고 규정할 수 있다.

근대변혁기 학헌 최승현의 삶과 한시 작품

1. 머리말

학헌(學軒) 최승현(崔承鉉, 1893~1975)은 개화기에 태어나 일제강점기를 거쳐 남북분단 시기를 살았던 인물이다. 일제강점기에는 한국인 대부분이 그랬듯이 그도 주권을 빼앗기고 일제의 지배를 받았다. 일제가 물러간 이후에는 남북분단과 한국전쟁의 참상을 겪었다. 그리고 군사정권의 독재 치하에서는 노년기를 보냈다. 한 마디로 최승현은 한국 근대의 굴곡진 역사를 모두 거치면서 살았다고 할 수 있겠다.

최승현의 일생은 서구문물이 전통문화를 대체하는 갈림길에 있었다. 그는 어려서 석정(石亭) 이정직(李定稷, 1841~1910)에게 나아가 한문을 먼저 익힌 다음에 신학문을 받아들였다. 그는 한문과 한글을 둘 다 사용할 수 있었지만, 한글보다는 한문을 자신의 표현 수단으로 삼았다. 문집인『학헌집(學軒集)』과『학헌사고(學軒私稿)』를 보면, 그는 평생을 한글보다는 한시와 한문으로 소통하면서 살았기 때문이다.

이처럼 근대문학이 자리를 잡았던 시기에도 그는 한문을 고수하는 일정한 한계가 있었다. 그리고 그가 근대변혁기에 역사의 중심에 서서 불의에 투쟁하였거나 뛰어난 학문적 성과를 이룩한 것도 아니다. 이 논문에서 학헌 최승현의 삶과 시문학을 다루고자 하는 것은 일제강점

기로부터 남북분단기에 그가 당대 문사들과 맺고 있던 인맥이나 교류
관계가 주목되기 때문이다. 여기에는 최승현의 문학 작품을 통해서 지
금까지 알려지지 않았던 호남 지역을 비롯한 경향 각지 인사들의 인맥
들을 새롭게 확인할 수 있기 때문이다.

그의 문집인『학헌집』에는 지인이 그에게 보낸 글과 시가 수백 편에
이른다. 그리고『학헌사고』에는 그가 지인들에게 보낸 교유시도 수백
편에 이른다. 근대 시기에 이뤄진 최승현의 교류 관계는 가깝게는 전북
지방에서 시작하여 기호와 영남지역에 이르는 경향 각지의 문인들이
포진하고 있었다. 게다가 교류 인물들이 국학자인 육당(六堂) 최남선(崔
南善, 1890~1957)이나 사회주의자 백남운(白南雲, 1894~1979)들이 폭넓
게 포진하고 있었다. 그는 다양한 근대 인물들과 시문을 주고받으며
교류하고 있었다.

이 논문에서는 일제강점기로부터 남북분단기로 이어지는 시기에 활
동했던 학헌 최승현의 삶과 한시 작품들을 살펴보고자 한다. 이 과정
에서 한국의 근대변혁기를 살아갔던 전통 문인들의 실상과 당대 문화
교류의 단면을 함께 확인할 수 있을 것으로 판단된다.

2. 근대변혁기 최승현의 삶과 관련 저작물

학헌 최승현은 본관이 전주 최씨로 고려중기인 선종(宣宗) 재위 기간
(1083~1094)에 평장사를 지냈던 문충공(文忠公) 최군옥(崔群玉)의 24대
손이다. 최승현의 아명은 학현(學鉉), 자(字)는 도열(道悅), 호(號)는 학헌
(學軒)이었다. 그의 조상들은 대를 이어 전주에 거주하다가 조선전기인

11세 매촌공(梅村公) 최식(崔湜, ?~?) 때에 김제군 금구로 입향(入鄕)을 하였다. 그러다가 조선중기에 15대 최정남(崔挺南, ?~?)이 김제군 용지 면으로 옮겨서 자리를 잡았다. 조선말기에 학헌 최승현도 김제 용지면 에서 부친인 최기백(崔基百, 1872~1921)과 모친인 전주이씨 사이의 3남 4녀 중에서 장남으로 태어났다.

가계를 살펴보면, 그의 집안은 매촌공 최식 이래로 벼슬길이 끊겨서 후손 중에서 관직을 맡았던 별다른 기록이 보이지 않는다. 하지만 그의 집안은 김제에서 향반으로 자리를 잡아 조선말에 이르렀다. 그가 태어날 때에 그의 부친인 최기백은 상당한 경제적 토대를 갖고 있었 다. 그래서 그는 경제적으로 별다른 어려움을 겪지 않고 어린 시절을 보낼 수 있었다.

학헌은 어려서부터 일찌감치 전북 지역에서 명망이 높았던 석정 이 정직(1841~1910)에게[1] 나아가 글을 배웠다. 석정이 세상을 떠나자 유재 (裕齋) 송기면(宋基冕, 1882~1956)과 고재(顧齋) 이병은(李炳殷, 1877~ 1960)에게 수학하였다. 그가 석정에게 나아가서 공부한 것은 10대 초기 로 여겨진다. 학헌은 석정의 말년 제자에 해당한다.

최승현은 한시와 문장, 그리고 한글 논설도 남겼지만, 그것보다는 교유 관계가 주목된다. 그는 교유를 위해 시문을 지을 정도로 사람들 과의 관계를 중시했다. 그가 어려서 석정에게 나아가 공부할 때도 틈 만 나면 학동들을 자신의 집으로 불러들여 유숙하였다. 성인이 되어서 도 그의 집안에는 문인들의 발길이 끊이지 않았다. 이 과정에서 그는

---

1 이승용, 「근대계몽기 호남삼걸의 삶과 현실인식」, 『문화와 융합』 39권 2호, 한국문 화융합학회, 2017, 229~258면.

일제강점기와 광복 이후에도 호남을 비롯하여 경향 각지의 인사들과
시문을 주고받아서 자료로 남길 수 있었다.[2] 이를 보면 근대 시기에
활동했던 인사들이 최승현과의 교류 과정에서 고스란히 드러나고 있
다. 최승현이 교유했던 문인들은 대략 네 그룹으로 나눌 수 있다.

첫째는 소년기에 호남의 근대 실학자 석정 이정직에게 공부하면서
교류했던 인물군(人物群)이다. 학헌은 석정에게 한시와 문장을 배우면
서 석정의 실사구시적 학문 체계를 받아들였다. 당시 학헌이 교류했던
석정의 문하생들은 한국 근대화 과정에서 주목할 만한 자취를 남겼다.
대표적으로 유재 송기면과 오당(吾堂) 강동희(姜東曦, 1886~1963)를 들
수 있다. 유재는 그보다 10여 세 연상이었다. 유재도 석정의 제자였지
만 학헌은 유재에게도 한문을 배웠다. 유재는 그에게 선배이자 스승인
셈이다. 유재 송기면은 전통을 고수하며 일제와 타협하지 않은 유학자
의 길로 나아갔다. 오당은 그에게 형뻘이었다. 오당은 관직에 관심이
많아 행정가로 성장하였다. 비슷한 연배로는 석정의 친구였던 최보열
(崔輔烈, 1847~1922)의 아들인 설송(雪松) 최규상(崔圭祥, 1891~1956)과
김제 만경 출신의 정노식(鄭魯湜, 1891~1965)을 들 수 있다. 정노식은
이후로 일본 유학을 다녀와서 판소리 분야의 『조선창극사』를 저술하였
고[3] 사회주의 활동을 하였다. 설송 최규상은 전북을 대표하는 서화예술

---

2 이 시기 전북 문단의 인적 교류와 관련한 자료는 최승현 이외에도 유재 송기면과
　오당 강동희를 들 수 있다. 이에 관해서는 다음 논문으로 미룬다.(김규선·구사회, 「裕
　齋 宋基冕의 선비정신과 시세계」, 『漢文學報』 23집, 우리한문학회, 2010, 501~528
　면.; 김규선, 「吾堂 姜東曦의 實事的 삶과 시세계」, 『동양고전연구』 42집, 동양고전학
　회, 2011, 87~112면.)
3 정노식, 『조선창극사』, 조선일보사, 1940, 1~257면.

가로 활동하였다. 학헌은 석정 문하에서 공부했던 이들과 일생동안 돈독한 교유 관계를 맺었다.

둘째는 학헌이 교류했던 간재학파 문인들을 들 수 있다. 석정에게 배우다가 간재에게 나아갔던 유재 송기면을 비롯하여 금재(欽齋) 최병심(崔秉心, 1874~1957), 고재(顧齋) 이병은(李炳殷, 1877~1960), 덕천(悳泉) 성기운(成璂運, 1877~1956), 양재(陽齋) 권순명(權純命, 1891~1974), 현곡(玄谷) 유영선(柳永善, 1893~1961), 추연(秋淵) 권용현(權龍鉉, 1899~1988) 등을 들 수 있다. 이들은 간재 전우에게 직접 수학하거나 문하에서 배웠던 사람들이다. 대부분은 전북 지역에서 근대 성리학의 중심이 되었던 인물들이었다. 참고로 어려서 석정에게 글을 배웠던 학헌은 나중에 유재와 고재에게 나아가 수학함으로써 간재 학통과도 일정한 관련을 맺는다.

셋째, 전북 지역에서 활동한 문화계 인사를 들 수 있다. 이들은 주로 일제강점기부터 해방 공간 시기에 그 지역에서 활동했던 서화예술인이나 문인, 관료나 정치가, 사업가 등이 포함된다. 이들은 석정의 문하나 간재 문인들과 겹치기도 한다. 먼저 서화예술계 인물로는 앞서 언급한 설송(雪松) 최규상(崔圭祥, 1891~1956)을 비롯하여 유하(柳下) 유영완(柳永完, 1892~1953) 등이 있었다. 이들은 모두 석정에게 나아가 함께 수학했던 인물로 주로 전북 지역에서 활동하였다.

그리고 학헌은 일제강점기에 선배였던 양촌(讓村) 임병룡(林秉龍, 1864~1939)부터 아래로는 송기면의 아들이었던 강암(剛菴) 송성용(宋成鏞, 1913~1999) 등과도 교류하였다. 그는 교육자이자 정치가였던 윤제술(尹濟述, 1904~1986)이나 전주의 거부였던 백낙중(白樂中, 1883~1929)과도 가깝게 지냈다. 뿐만아니라, 학헌은 일제강점기에 경제사학자로 광복 이후에 월북했던 고창 출신의 사회주의 사상가인 백남운(白南雲, 1894~1979)과도 교류하였다. 학헌은 일제강점기의 서화예술인이었던 진재(晉齋) 배석린(裵錫麟, 1885~1957)과도 가까웠다. 그것은 진재가 김제 군수로 있을 때에 학헌이 김제군 용지면에서 면장을 하고 있었기 때문이다.

넷째, 전북 지역을 벗어나 교유했던 경향 각지의 인물들이 있었다. 국학자 육당(六堂) 최남선(崔南善, 1890~1957), 한학자였던 김영한(金甯漢, 1878~1950), 충남 대덕의 현산(玄山) 이현규(李玄圭, 1882~1949), 노사학파 계열의 효당(曉堂) 김문옥(金文玉, 1901~1960), 간재학파와 대립했던 한주학파의 중재(重齋) 김황(金榥, 1896~1978), 한문학자 운정(云丁) 김춘동(金春東, 1906~1982) 등과의 교류도 주목된다.

최승현의 저작물로는 산문집인 『학헌집』, 한시집인 『학헌사고』가 있다.[4] 산문집인 『학헌집』은 크게 세 부문으로 구성되어 있다. 제1부는 「가장(家狀)」을 비롯한 문중 관련 문장이나 지인들과 주고받은 편지들이 있다. 여기에는 육당 최남선과 주고받은 서간문을 비롯한 45편 내외의 글이 있다. 제2부는 교류하던 인사들이 그에게 보낸 20여 편의 글이 있다. 마지막 부분에는 석정 이정직에 대한 논평인 〈석정선생인재논평문초(石亭先生人材論評聞抄)〉가 있다. 이는 학헌이 석정 이정직과 관련된 일을 기록한 내용으로 석정 연구에 참조 자료가 된다. 제3부에는 유재 송기면을 시작으로 77명의 인사들이 학헌에게 준 한시를 모아두었다. 이들 자료를 보면 학헌이 일제강점기와 해방 정국 이후에 교류했던 유명 인사들의 면모를 엿볼 수 있다.

---

4 이들 자료는 학헌 최승현의 후손가에서 소장하고 있던 초고본(草藁本)이다.

3. 최승현의 한시 작품들

3.1. 한시 창작의 과정과 시적 흐름

최승현의 한시집인 『학헌사고(學軒私稿)』와 산문집인 『학헌집(學軒集)』을 보면, 그가 살아간 삶의 궤적과 함께 한시 창작의 과정과 시적 흐름을 읽을 수 있다. 시집인 전자에서는 한시를 형태와 제재에 따라, 산문집인 후자에서는 교류하면서 받았던 한시를 부록으로 모아놓고 있기 때문이다. 전자는 형태별로 오언절구(27제 44수), 오언율시(8제 8수), 칠언절구(77제 102수), 칠언율시(11제 157수)의 순서로 수록하였다. 이들은 작자의 소박한 일상부터 자식에 대한 그리움이나 광복의 기쁨 등과 같은 다양한 내용을 수록하였다. 이어서 〈하시(賀詩)〉·〈만시(輓詩)〉·〈자탄시(自歎詩)〉·〈문답시(問答詩)〉처럼 제재에 따른 작품 편제로 이어진다.

‘하시’ 11수는 자신이 교우하던 지인들의 회갑이나 회혼에 대한 축하를, ‘만시’ 25수는 지인들의 죽음을 애도하는 내용이다.[5] ‘자탄시’ 26수는 늙은 홀아비로 살아가는 삶의 허무와 쓸쓸함을 읊고 있다. ‘문답시’에서는 인간을 선인과 악인이라는 각각 42유형으로 분류하여 시로 자문자답을 한 것이다. 이어서 고향을 그리워하는 5언고시의 〈사향가(思鄕歌)〉, 저문 무렵에 친구를 이끌고 집으로 가는 심사를 담은 5언고시의 〈벗을 이끌고 저녁에 집으로 돌아가며[引友暮歸歌]〉가 있었다. 마지막으로 늦봄에 느끼는 심사를 읊고 있는 6언고시 〈만춘유흥가(晚春幽興歌)〉와 7언고시 형태로 인생 말년의 소감을 담고 있는 〈종년망영(終

---

5 이들 ‘賀詩’와 ‘輓詩’는 다음 항목에서 교유시와 함께 다루도록 한다.

年妄詠)〉을 따로 수록해놓았다. 이를 보면 학헌의 젊은 시절부터 노년 기까지의 삶과 교류 관계, 한시 창작의 과정이나 시적 흐름을 파악할 수 있다.

학헌 최승현은 어려서 가학으로 한글보다 한문을 먼저 배웠다고 앞서 언급하였다. 그가 한시를 지을 수 있었던 것은 어려서 석정에게 한문과 한시의 토대를 닦았기 때문이다.[6] 석정이 세상을 뜨자 그는 석정의 제자이자 간재의 학통을 이은 유재 송기면에게, 그리고 고재 이병은에게 공부를 계속하였다.[7] 그리고 그는 학문과 도덕이 높으면 나이나 학파를 따지지 않고 교류하였다. 퇴계학파의 계승자이자 한주(寒洲) 이진상(李震相, 1818~1886)과 면우(俛宇) 곽종석(郭鍾錫, 1846~1919)의 학맥을 계승한 중재(重齋) 김황(金榥, 1896~1978)과의 교류가 그런 경우였다. 최승현의 한시 창작은 그런 교류 과정에서 나왔다.

노년기에 지은 시를 보면,[8] 그는 늙어서도 어려서 배웠던 석정 이정직과 평생을 교류했던 유재 송기면을 잊지 못하고 몹시 그리워하고 있었다는 것을 알 수 있다.

부질없이 백두로 평생을 보낸 것을 스스로 자탄 하니　自歎平生空白頭
함께 종유할 어진 선비가 없음을 후회하도다　　　　悔無賢士與從遊

6　석정 이정직은 말년에 제자들과 함께 한시 창작을 연마하고 있었다.(『석정이정직유고』 IV, 김제문화원, 2001, 263~297면.)

7　『全州崔氏都事公派 世譜』 券3, "崔承鉉, 初名學鉉, 字道悅, 號學軒, 癸巳八月二十四日生, 初學于石井李定稷, 壯而修業於裕齋宋基冕顧齋李炳殷門…"

8　崔承鉉, 〈石亭裕齋沒後隣洞無有問學處故自歎〉, 『學軒私稿』, "自歎平生空白頭, 悔無賢士與從遊, 孤灯淚灑千秋史, 落日眉沉萬事愁, 一院春殘紅雨濕, 千峯陰積翠嵐浮, 安能超出風塵外, 却向桃源欲泛舟."

눈물을 뿌리는 외로운 등불은 천추의 역사이고	孤灯淚灑千秋史
눈썹이 가라앉듯 떨어지는 해는 만사의 수심이라	落日眉沉萬事愁
봄이 끝나가는 정원에는 붉은 비가 촉촉이 내리고	一院春殘紅雨濕
그늘진 봉우리에는 푸른 이내가 떠 있다.	千峯陰積翠嵐浮
어떻게 세상 바깥으로 벗어날 수 있을까,	安能超出風塵外
바로 무릉도원을 향해서 배를 띄우고 싶어라	却向桃源欲泛舟

학헌이 석정에게 배울 때에는 구체적으로 어떻게 공부하였는지 잘 알려지지 않고 있다. 그런데 〈석정선생인재논평문초(石亭先生人材論評聞抄)〉를 보면 최승현이 1909년에 스승인 석정의 부탁으로 매천 황현을 전송한 자료가 남아 있다.[9] 이를 보면 최승현이 석정의 말년에 수학하고 있었던 것으로 짐작된다. 말하자면 최승현은 석정의 말년 제자였던 셈이다.

그는 한창 공부해야 할 젊은 나이에 스승이었던 석정선생이 세상을 떠났다. 이후로 공부한 유재와는 늙도록 가까이 지냈다. 하지만 학헌 자신은 젊은 시절에 관인의 길로 들어서며 학문의 길에서 멀어졌다. 위의 한시는 석정과 유재가 세상을 떠난 학헌의 노년기에 지은 작품이다. 이 시는 스승이었던 석정과 유재를 생각하면서 덧없이 살아온 자신의 삶에 대한 회한과 함께 현실을 벗어나고픈 내면을 담고 있다.

1945년 8월 15일에 일본이 마침내 연합국에 항복했다는 소식을 듣고 기쁨을 담은 〈조선해방시〉도 있다.

---

9 崔承鉉, 『學軒集』, 〈石亭先生人材論評聞抄〉.

언제 비가 와서 고인 먼지를 쓸어버릴까?	何來一雨掃瀛塵
무궁화의 나라에 봄소식이 전해지도다.	報道槿花舊城春
우리 속에서 벗어나니 참으로 유쾌하고	解脫樊籠眞是快
백두가 되어 다시 고국을 가지게 되었네.	白頭還作故邦人
애오라지 삼천만 민족의 눈물을 모아서	聊聚三千万人淚
무궁화 강산에 태평가를 펼치리라.	飜成槿域太平詞
진주만에서의 이름 없는 전쟁	珍珠灣上無名戰
우리나라의 만세 터전을 건설하리라.	建我東方万世基[10]

이 시는 그렇게 고대하던 조국 광복을 맞이하여 지은 것이다. 그의
나이 53세 때의 일이다. 첫수를 짓고 다시 운자를 바꿔서 지었다. 첫수
에서는 봄비가 티끌을 쓸어가면서 옛 성에 봄과 함께 무궁화 소식이
들려온다고 말하고 있다. 이것은 봄비와 티끌, 그리고 무궁화라는 자
연물을 통해서 일제의 패망과 조국 광복을 비유한 것이다. 이어서 우
리에 내내 갇혀 있다가 마침내 벗어나 유쾌하다면서 화자 자신은 비록
늙었지만, 나라를 다시 일으켜 세우자고 다짐을 한다.

제2수에서는 화자는 삼천만 민족이 눈물의 정성을 모아 한 몸으로
삼천리 무궁화 강산에 태평성대를 이루자고 호소한다. 이어서 일제가
진주만으로 대변되는 미국과의 명분 없는 태평양 전쟁에서 패망하였
다고 언급하며 이제 우리나라의 영원한 터전을 건설하자고 역설하고
있다. 이들 한시는 일본 패망과 조국 광복의 기쁨을 노래하면서 민족
단결과 국토 건설에 역점을 두고 있다.

---

10 崔承鉉, 『學軒私稿』, 〈乙酉七月七日 聞日本降于聯合國 朝鮮解放詩 二首〉.

한편, 『학헌사고』에는 작자의 자식에 대한 애틋한 사랑을 담은 작품들도 다수 보인다.

〈넷째 아들 영의를 생각하며(思四子永宜)〉

네가 집을 떠나간 이후로	自汝離家後
송아지를 핥아 주는 정을 잊지 못하노라.	難忘舐犢情
이국에서 동일하게 바라보는 달	異邦同看月
절기 순서가 거의 상강을 지나고 있다.	流序幾經霜
강풀은 누구를 위해 푸르고	江草爲誰綠
정원 꽃은 부질없이 향기롭다	庭花空自香
고개를 들어 하늘 끝을 바라보노라니	擧頭望天際
떠도는 인생 어느 곳에 있는고.	瓢泊在何方

여기에서 학헌의 넷째 아들은 무술인 최영의(崔永宜, 1923~1994)로 흔히 '최배달(崔倍達)'이라고 부른다.[11] 그는 극진공수도의 창시자로 한국영화 《바람의 파이터》의 실제 주인공이기도 하다. 필자가 확보한 자료에 의하면,[12] 최영의는 일본에서 무술을 처음 배운 게 아니다. 그는 어려서 고향집에서 애국 운동을 하다가 잠시 집안으로 흘러들어온 황인봉이라는 사람에게 무술을 처음 배웠다고 한다. 이것은 지금까지 세상에 알려진 것과 사뭇 다른 내용이다.[13]

---

11 최영의의 조카인 최성수(선문대 명예교수)의 '최배달' 관련 증언이 있었다. 최배달이란 이름은 창씨 개명 과정에서 부친이었던 학헌 최승현이 '大山 倍達'로 작명한 것이라고 최영의가 직접 고백한 적이 있었다고 한다.

12 최영종, 『굴종의 나날들』(비매품), 2005, 86~88면.

13 한국민족백과사전(최영의, https://100.daum.net/encyclopedia/view/14XXE0057477). 위키백과(최영의, https://ko.wikipedia.org/wiki/%EC%B5%9C%EC%98%81%EC%

학헌은 슬하에 6남 2녀가 있었다. 그중에서도 첫째 아들인 최일운 (崔逸雲, 1915~1995)과 넷째 아들인 최영의를 가장 아꼈다. 그래서인지 『학헌집』과 『학헌사고』에는 그가 유달리 두 아들을 그리워하는 시들이 자주 보인다.[14] 이들 두 아들은 유달리 민족주의 성향이 강해서 일제강점기 내내 사건을 일으키며 아버지의 애를 태우기도 하였다.

시에서 화자인 아버지는 집을 떠난 넷째 아들을 잊지 못하고 몹시 그리워하고 있다. 시에서의 '지독(舐犢)'은 송아지를 핥아 주는 자라는 뜻으로 자식을 끔찍이 사랑하는 어버이를 뜻하는 말이다. 최영의는 15 살에 큰형인 최일운을 따라 일본으로 가버렸기 때문이다. 그리고 대동 아전쟁을 전후로 소식이 끊겨 생사를 알 수 없었다. 광복 이후로는 귀국하지 않고 오랜 세월 동안 일본에 머물며 서로 상면하지 못하고 있었다. 이 시는 그런 상황에서 나왔다.

한편, 최승현이 어려서부터 한문과 함께 유학을 공부하면서 그러한 생활 태도나 가치관이 자리를 잡았다. 그렇다고 그가 심성론 문제와 같은 당대의 도학적 관심에 깊이 침잠한 것은 아니었다. 하지만 그것에서 비롯된 삶의 태도나 윤리 규범과 같은 생활 윤리에는 많은 관심을 보였다. 그래서인지 학헌은 인간을 선인(善人)과 악인(惡人)의 각각 42 유형으로 분류하였다. 그리고 이들 84개 항목에 대한 문답시의 형식으로 형상화하였다.[15]

9D%98).

14 『學軒私稿』(〈示家兒〉, 〈送四子永宜金浦飛行〉, 〈癸丑五月逢四子永宜〉, 〈喜永宜 生男〉), 『學軒集』(〈寄四兒永宜〉).

15 최승현이 분류한 인간의 선악 유형은 다음과 같다. '善人 42유형': "聖人, 賢人, 仁人, 義人, 禮人, 智人, 信人, 孝人, 順人, 德人, 廉人, 謙人, 篤人, 達人, 雅人, 重人,

〈성인(聖人)〉

성인은 하늘을 추구하는 존재이니   聖是能希天

모든 선함은 부족함이 전혀 없다.   萬善無不足

〈현인(賢人)〉

입언은 후세에 모범이 되기에 충분하니   立言足垂示

아름답게 백세의 스승이 되리라.   優優百世師

〈흉인(凶人)〉

인의를 항상 등지고 살아가기에   仁義常背馳

사람을 상하게 하여 자신만을 편히 한다.   傾人來自安

    이는 학헌이 인간의 선악 84개 유형을 제시하고 그것에 대해 자답하면서 나온 문답시이다. 이들을 살펴보면 '성(聖)·현(賢)·인(仁)·의(義)·예(禮)·지(智)·신(信)'의 경우에서처럼 그저 나열한 것이 아니라 나름대로 일정한 차례를 따르고 있었다. 그리고 그것과 관계되는 인간의 속성을 형상화하고 있다. 성인은 속성이 인간으로 하늘처럼 되기에 부족함이 없다고 하고, 현인은 남긴 훌륭한 말씀이 오래토록 후세에 전해지며 만세의 스승이 된다고 규정하고 있다. 학헌이 악인 유형으로 첫 번째로 꼽고 있는 흉인은 성인의 대척점에서 언제나 인의와 어긋난다고 보고

明人, 淸人, 鬶人, 審人, 謹人, 正人, 捷人, 道人, 益人, 丈人, 儒人, 豪人, 俊人, 忠人, 武人, 勇人, 嚴人, 直人, 節人, 勁人, 黠人, 幹人, 術人, 藝人, 果人, 朴人." / '惡人 42유형': "凶人, 逆人, 虐人, 佞人, 惡人, 讒人, 暴人, 姦人, 詔人, 虛人, 貪人, 婬人, 闇人, 損人, 劣人, 奢人, 荒人, 輕淸人, 贓人, 懶人, 囂人, 蔽人, 拙人, 匪人, 驕人, 叛人, 僞人, 嬖人, 邪人, 悍人, 怯人, 淺人, 吝人, 頑人, 薄人, 妬人, 愚人, 小人, 迷人, 慽人, 牝人, 悖人."

있다.

이외에도 학헌은 〈자계(自戒)〉·〈자성(自省)〉·〈자경(自警)〉 등처럼 스스로를 경계하거나 되돌아보는 한시들을 남겼다. 뿐만 아니라 학헌은 매천(梅泉) 황현(黃玹)을 추모한다든지,[16] 노년의 쓸쓸함을 담은 다양한 한시들을 남겼다.

3.2. 교유시와 근대변혁기의 호남문단

최승현이 남긴 한시 작품에서 가장 많은 분량을 차지하는 것은 교유시이다. 그가 주고받은 인물은 150여 명에 이르고 200여 수에 이른다. 분량 비중이 작품의 질적 수준으로 이어지는 것은 아니지만, 그가 남긴 교유시는 살펴볼 필요성이 있다. 그의 교유시는 작품 내용을 떠나 일제강점기로부터 광복 이후에 걸쳐 이뤄졌던 당대의 문단 교류와 인맥을 함께 살필 수 있기 때문이다. 게다가 함께 활동했던 유재 송기면과 오당 강동희의 교유시를 함께 살펴보면 당시에 있었던 전북 문단의 실상을 보다 구체적으로 확인할 수 있기도 하다.[17] 『학헌집』이나 『학헌사고』에서 최승현이 시제로 삼아 교류한 문인은 대략 다음과 같다.

> 姜大禧(渭亭), 姜東曦(吾堂), 姜永直(矯堂), 姜泰奎, 權龍鉉, 權純命
> (陽齋), 金龜洛, 金奎泰(顧堂), 金吉圭, 金錫潤, 金農岩, 金文鈺, 金炳洙,
> 金永吉(玉泉), 金永善(梅石), 金寯漢(東江), 金月谷, 金鍾淵(立窩), 金鍾

---

16 崔承鉉, 『學軒私稿』, 〈挽梅泉黃玹先生〉. "西風落日但悲吟 嗟我先生何處尋, 一生事業詩書在 百世經綸抱負深, 痛極山河輝大義 長懸日月照丹心, 滿凶傑氣誰能識 芥視千鍾與萬金."

17 김규선, 앞의 논문, 87~112면.

寅, 金鍾華, 金鍾壎(春崗), 金昌培(竹軒), 金春東, 金致圭, 金海崗, 金賢
述(白坡), 金梡, 金熙鎭, 閔范植, 閔丙宰, 閔龍德, 朴潁根, 朴原植, 朴維
相, 朴允植, 裵錫麟, 白南雲, 白樂中, 成璣運(悳泉), 孫景樹, 宋基冕(裕
齋), 宋基昇, 宋先中, 宋成鏞, 宋榮大(秋塘), 宋允南, 宋允明, 宋允甫,
宋泰奉, 宋豪燮, 申海樵, 安東文, 安子正(盆菴), 溫聖河, 魏啓道, 魏錫
漢, 魏鴻奎, 柳謹, 柳永善, 尹相福, 尹濟述, 李炳殷, 李鳳憲(止石), 李允
心, 李仁求, 李定稷, 李芝村, 李弼壽, 李玄圭, 李玄直, 李孝甲, 任冀溥,
林秉龍(讓村), 鄭坰泰, 鄭基永, 鄭炳模(春崗), 鄭壽京, 丁潤國, 趙澈衡,
崔庚鉉, 崔寬植(篁齋), 崔光淳, 崔圭祥, 崔圭華(小峰), 崔南善, 崔年淳
(松庵), 崔亮鉉, 崔明鉉, 崔文煥, 崔利鉉, 崔秉吉, 崔秉植(龍岩), 崔秉心
(欽齋), 崔秉宋, 崔錫洙, 崔性植, 崔世鉉(鶴潭), 崔壽鉉, 崔年淳(松庵),
崔永命, 崔永範, 崔永宜, 崔泳俊(蘭谷), 崔泳植, 崔原植, 崔益煥, 崔在天
(梅泉), 崔廷淳(梅史), 崔直鉉, 崔贊圭, 崔昌淳, 崔泰鎰, 崔泰轍(益範),
崔漢淳(愚齋), 洪景漢, 洪斗炫, 洪性稻(東磧), 黃敬中, 黃君集, 黃夢奎,
黃信模, 黃在奎(瑞五), 黃玹(梅泉), 黃鎬一, 黃熙戛(東谷), 黃熙鍾.

이들은 최승현과 시문을 주고받은 인사들이다. 여기에는 전북 지역
에서 활동하던 인사들을 비롯하여 전남과 충남 지역, 더 나아가 서울과
영남지역도 다수 포진하고 있었다. 전북 지역은 금재(欽齋) 최병심(崔秉
心, 1874~1957), 유재 송기면, 양재 권순명와 같은 유학자를 비롯하여
오당 강동희나 운재(芸齋) 윤제술(尹濟述, 1904~1986)과 같은 정치인도
보인다. 그리고 진재 배석린을 비롯하여 설송 최규상이나 강암 송성용
과 같은 예술가도 있다. 인재(忍齋) 백낙중(白樂中, 1882~1930)처럼 호남
갑부의 이름도 보인다. 더 나아가 백남운(白南雲, 1894~1979)처럼 사회
주의 사상가와 시조 명인이었던 석암 정경태도 보인다.

전남지역은 간재 제자였던 효당 김문옥, 존재(存齋) 위백규(魏伯珪,

1727~1798)의 후손인 한학자 만취(晚翠) 위계도(魏啓道, 1926~1990)가 보인다. 충남에서는 근대 유학자로 진잠(鎭岑)의 현산(玄山) 이현규(李玄圭, 1882~1949), 부여 곡부서당의 서암(瑞巖) 김희진(金熙鎭, 1918~1999)과도 교류하고 있었다. 영남지역은 중재(重齋) 김황(金榥, 1896~1978)이나 추연(秋淵) 권용현(權龍鉉, 1899~1988) 등의 문인이 보인다. 서울은 육당 최남선을 비롯하여 근대한문학자였던 동강(東江) 김영한(金甯漢, 1878~1950), 운정(云丁) 김춘동(金春東, 1906~1982)이 보인다. 이외에도 하나하나 거론하지 않겠지만 이름을 대면 알 수 있는 근대 시기의 여러 유명 인사와 교류하고 있었다.

최승현이 교류는 어려서 석정 이정직 선생에게 나아가 공부를 시작하면서 시작되었다. 당시 최승현은 자신의 집에서 이십여 리 떨어진 김제 백산면 요교리에 있던 석정 이정직에게 나아가 숙식하며 공부하였다. 그곳에서 최승현은 유재 송기면을 비롯한 여러 사람을 만났다. 당시 유재는 학헌보다 십여 세 연장자였다. 학헌은 석정이 세상을 떠난 이후에는 유재를 스승으로 모시고 공부하였다. 이들의 교유는 일생을 두고 지속되었다. 때로는 학헌이 유재의 서당을 찾았고, 유재도 학헌을 찾곤 하였다. 학헌의 시문집에는 유재에게 보낸 편지와 한시들이 수두룩하다. 물론 유재의 문집에도 학헌에게 주는 한시들이 여러 편이 있다.

〈송유재 정사에서 짓다(題宋裕齋精舍)〉
여뀌다리는 김제에 가장 두드러지나니　　　　蓼橋特著碧堤城
백발로 글 읽는 소리가 그치지 않는다.　　　　白首咿唔不絶聲
뜰의 무성한 대나무 세속을 멀리하고　　　　　院竹猗猗能遠俗
뜰에 활짝 핀 꽃 운치 있도다.　　　　　　　　庭花灼灼好含情

어찌 명리의 염량세태를 보겠는가.	那隨名利炎涼見
오직 춘추대의의 포폄을 밝히도다.	獨向春秋褒貶明
초연히 은거하여 속세의 번다함을 벗어나	高蹈超然塵累外
유유자적하며 초야에서 여생을 보내도다.	林泉自適送餘生[18]

　이 시는 최승현이 송기면의 요교정사를 방문하여 지은 것이다. 유재
는 김제군 백산면 여뀌마을에서 태어나서 그곳에서 학문을 닦으며 일
생을 보냈다. 이곳은 학헌이 어려서 석정 이정직에게 공부했던 곳이기
도 하다. 1~2구는 유재가 그곳에서 늙도록 학문에 힘쓰고 있다는 것을
말한다. 3~4구는 대나무가 무성하고 꽃이 만발한 요교정사의 경관을
묘사하고 있다. 5~6구에서는 그러한 공간에서 유재가 세태를 좇지 않
고 춘추대의를 추구하며 포폄을 분명히 한다는 것을 의미한다. 마지막
으로 7~8구에서 유재가 초연한 자태로 세속과 멀리하고 초야에서 유
유자적하며 삶을 영위하고 있다는 칭송으로 시를 맺고 있다. 한편, 송
기면의 『유재집』에서도 유재가 최승현과 왕래하며 교류한 내용을 시
로 담고 있었다.

〈와룡 최승현의 집에 자면서(宿臥龍崔承鉉家)〉

오년 만에 친구 집에서 다시 숙박하는데	五年再宿故人家
여전히 간솔 등 심지 불꽃이 비스듬하다.	依舊松燈一穗斜
술잔을 함께 하며 세모를 슬퍼하는데	共對芳樽悲歲暮
가을 지난 울타리엔 국화가 남아있네	經秋籬落有黃花[19]

18　崔承鉉, 『學軒私稿』, 〈題宋裕齋精舍〉.

19　宋基冕(朴浣植 譯), 『裕齋集』, 이회, 2000, 138면.

이 시를 보면 유재의 최승현에 대한 깊은 정감과 속마음을 알 수
있다. 사실, 최승현이 처음으로 바깥세상에 나온 것도 자신의 집에서
이십여 리 떨어진 석정 이정직의 서당에서였다. 석정의 생가는 유재가
살고 있던 김제군 백산면 요교리에 있었다. 최승현은 이곳에서 처음
한학을 습득하면서 다른 한편으로 이곳을 드나들던 많은 호남 인사들과
의 관계를 맺었다. 최승현은 청소년기에 석정과 유재에게 공부하다가
집으로 돌아갔다. 그리고 이들의 교류는 유재가 세상을 떠날 때까지
이어졌다.

유재는 후배이자 제자뻘인 학헌의 집을 이따금 방문하거나 찾아가
서 유숙하기도 하였다. 시에서 이번에는 5년 만에 방문한다고 말한다.
이들은 밤이 늦도록 술잔을 기울이며 한 해가 다 지나가는 것을 아쉬워
하면서 지난가을의 노란 국화가 남아 있다고 말한다. 이 시에는 유재
와 학헌 사이의 깊은 교분과 우의가 하루아침에 이뤄진 것이 아님을
흘러가는 시간과 함께 표현하고 있다.

유재와 학헌의 문집에는 이들 사이의 교분이 잘 담겨 있다. 유재는
문인들이 찾아오면 그들과 학헌가를 다시 찾았다. 이들은 모두 학헌과
도 교분이 있었기 때문이다. 〈여섯 원로가 왕림하여(六老來臨)〉에는 유
재 송기면이 고재(顧齋) 이병은(李炳殷, 1877~1960), 양촌(讓村) 임병룡
(林秉龍, 1864~1939), 근재(勤齋) 박원식(朴元植, 1875~1957) 등과 함께
학헌가를 방문하고 있다.[20] 〈유재가 양재·현곡과 함께 왕림하여(裕齋陽
齋玄谷共臨二首)〉에도 유재가 양재(陽齋) 권순명(權純命, 1891~1974)과 현
곡(玄谷) 유영선(柳永善, 1893~1961)을 대동하고 학헌가를 찾고 있다. 유

20 崔承鉉, 『學軒私稿』, 〈六老來臨〉.

재가 학헌을 대상으로 지은 한시인 〈최승현에게(贈崔君承鉉)〉나 〈최승현의 벽 위에(題崔承鉉壁上)〉 등은[21] 모두 그러한 과정에서 나온 작품들이었다.

한편, 최승현의 교유시 중에는 노년기에 지은 육당 최남선(1890~1957)과 관련된 한시가 있어서 주목된다. 『학헌집』과 『학헌사고』에는 학헌이 광복 이후에 육당과 주고받은 몇몇 자료들이 있다. 『학헌집』에는 학헌이 육당에게 보낸 〈육당 최남선과 더불어(與六堂崔南善)〉과 〈육당 최남선에 답하여(答六堂崔南善)〉가 있다.[22] 이들 자료는 최승현의 문집 말고 다른 문헌에서는 찾아볼 수가 없다. 그것에서 최승현은 안부와 함께 육당이 부탁한 『매천속집』을 구하지 못했다는 사연을 함께 담고 있었다.

> 〈육당 최남선을 방문하여(訪六堂崔南善)〉
>
> | | |
> |---|---|
> | 아름다운 술과 안주를 쟁반에 차려오니 | 佳肴美酒上金盤 |
> | 오늘 그대를 방문한 것이 도리어 미안하오. | 今日尋君還未安 |
> | 주인장께서 초겨울이 차갑다 말하지 마소. | 主人莫道初冬冷 |
> | 몸에 두른 양털 갓옷으로 추위가 두렵지 않다오. | 遍體羊裘不畏寒[23] |

이는 최승현이 추운 겨울에 상경하여 육당 최남선을 방문하여 지은 시이다. 창작 시기는 한국전쟁 직후로 육당의 말년에 해당한다. 나이는 육당이 학헌보다 세 살 연상이었지만 서로 터놓고 지내는 사이였

---

21 宋基冕(朴浣植 譯), 『裕齋集』, 이회, 2000, 164면.
22 崔承鉉, 『學軒集』, 〈與六堂崔南善〉·〈答六堂崔南善〉.
23 崔承鉉, 『學軒私稿』, 〈訪六堂崔南善〉.

다. 위의 시도 별다른 내용을 담고 있는 것은 아니다. 하지만 표현으로
보아 서로의 친분과 정감을 느낄 수 있는 내용이다.

『학헌집』에는 육당이 최승현에게 써준 〈송별〉이라는 한시가 부록
에 실려 있다. 이 시를 보면 육당이 당시 지인들과 교유하면서 주고받
은 한시 창작의 능력을 보여준다.

〈송별하며(送別)〉

궁벽한 길에 쇠 지팡이는 마음이 오히려 씩씩해지고　窮途釖笻心猶壯

누추한 고을의 소박한 생활은 도가 빈약하지 않다.　陋巷簞瓢道不貧

시상(詩傷)은 소갈증(消渴症)임에도 자주 술을 찾게 하니

　　　　　　　　　　　　　　　　　　　　　詩傷病渴頻呼酒

깊은 정을 이해할 사람이 몇이나 될까.　　　　　解得深情有幾人

이는 육당 최남선이 시골에서 상경하여 자신을 방문하고 돌아가는
학헌에게 지어준 한시이다. 내용을 보면 다분히 교유시의 의례적인 내
용이 들어있지만, 한편으로 육당의 학헌에 대한 깊은 정감을 담고 있
다. 육당은 학헌이 비록 궁벽한 시골에서 소박한 생활을 영위하고 있
지만, 기상이 당당하고 정신적으로 풍요롭다고 말한다. 이 시기에 학
헌은 당뇨병을 앓고 있었던 모양이다. 그럼에도 시적 감성이 풍부한
학헌은 매양 술을 가까이했던 모양이다. 육당은 그러한 학헌을 염려하
면서 세상에서 그것을 이해할 사람이 육당 자신 이외에는 그리 많지
않다며 자신과 학헌의 사이를 넌지시 드러내고 있다.

『학헌사고』에는 최승현과 가곡 명인인 석암(石菴) 정경태(鄭坰兌,
1917~2003)와 교류하면서 지은 시가 있어 주목된다.[24]

〈홍익사 주인 석암 정경태에게(寄弘益社主人石庵鄭坰泰)〉

홍익의 꽃다운 이름을 우리 동방에 떨치니	弘益芳名振我東
연구하려는 음율에 한마음으로 협력하리라.	欲硏音律恊心同
아름다운 자취 먼 곳까지 전하고자 하며	佳趣相圖傳遠陬
깊은 정이 이 가운데 있음을 더욱 자각하자.	深情尤覺在斯中
밤에는 옥피리 불어 서강의 달빛을 감상하고	夜吹玉笛西江月
저물면 주렴 걷어 북악의 바람을 맞이하네.	暮捲朱簾北岳風
감사하게도 석암이 여기에 살고 있으니	多謝石庵棲此地
나도 모르게 늙음이 이르러도 흥은 다함이 없네.	不知老至興無窮

석암 정경태는 시조를 시작으로 가곡과 가사를 모두 섭렵하여 석암제 시조를 확립하여 시조로 천하를 통일한 인물이다.[25] 1975년에는 중요무형문화재 제41호 가사(歌詞) 예능보유자로 인간문화재가 되었다. 그리고 석암은 그것들을 꾸준히 채보해 많은 업적을 남겼던 인물이다.

석암은 본디 전북 부안 출신으로 줄곧 전북 지역에서 활동하면서 나중에 전주와 서울을 오가며 활동 반경을 넓혔다. 오늘날 그는 정가와 가사 보유자로 알려졌지만, 당시 전북인들은 선생에게 주로 시조창을 배웠다. 왜냐하면 주민들은 형식이 까다롭고 엄격한 정악보다는 시조창이 접근하기가 수월하였기 때문이다.

이 시는 석암 정경태가 전북 지역에서 활동할 때 학헌 최승현이 지어준 것으로 보인다. 학헌은 석암의 활동을 높이 평가하며 우리 음악에 대한 가치를 인식하며 격려하고 있다. 뿐만 아니고 석암 정경태 선

---

24 『學軒私稿』에서는 '鄭坰兒'를 '鄭坰泰'로 잘못 적고 있다.

25 최종민, 「시조의 의미와 정경태의 업적」, 『한국전통음악학』 5집, 한국전통음악학회, 2004, 239~259면.

생와 같은 인사가 같은 지역에 거주하고 있다는 점에 대단한 자부심을 드러내고 있다.

참고로 일제강점기에 호남평야의 중심이었던 김제와 부안에는 지주들은 경제적 기반을 토대로 판소리를 비롯한 국악 애호가들이 많았다. 이 지역에서는 예술가들이 지주들의 경제적 후원을 바탕으로 활동하고 있었다. 석지(石芝) 채용신(蔡龍臣, 1850~1941)도 전북 지역에 내려와서 초상화를 비롯한 그림을 그리며 활동하고 있었다. 최승현은 김제군 용지면장을 하면서 그곳의 대지주이기도 하였다. 그도 이 분야의 패트런이기도 하였다.

4. 맺음말: 자료적 가치와 함께

이 논문은 조선말기에 태어나 일제강점기와 남북분단 시기를 살았던 호남의 학헌 최승현의 삶과 문학적 교류, 그리고 한시 작품을 교류시를 중심으로 살핀 것이다. 연구 대상은 아직 공개되지 않은 그의 문집인 『학헌집』과 『학헌사고』을 텍스트로 삼았다. 이들 자료는 학헌 최승현의 후손가에서 소장하고 있다.

최승현은 어려서 호남의 실학자 석정 이정직에게 나아가 한시와 한문을 배우고 유재 송기면과 고재 이병은에게 수학하였다. 그래서인지 그는 한문으로 소통하였고 400여 편의 한시를 남길 수 있었다. 그는 한시를 통해 자신의 내면을 드러내기도 하였지만, 특징은 200여편의 교유시에 있었다. 그것은 근대변혁기에 이뤄졌던 호남지성사를 비롯하여 경향 각지의 인적 교류와 관련된 단면을 그의 시를 통해 포착할 수 있었기 때문이다.

그의 교유시는 크게 네 부분으로 나눌 수 있었다. 첫째는 어려서 석정 이정직 문하에서 공부하면서 맺었던 인사들과 주고받은 시, 둘째는 성인이 되어서 전북 지역을 중심으로 교류했던 간재학파의 문인들과 주고받은 시, 셋째는 전북 지역의 문화예술계 인사들과 주고받은 시, 넷째는 경향 각지의 인물들과 주고받은 시로 나눌 수 있었다. 이들을 통해 일제강점기와 남북분단기에 학헌이 경향 각지의 유명 인사들과 맺고 있던 교류 관계를 엿볼 수 있었다.

한편, 그는 한시를 통해 내면 의식을 담거나 윤리 규범을 형상화하였다. 그가 남긴 한시 중에는 인간을 선인과 악인 유형 인물을 각각 42개씩 설정하여 자문자답으로 형상화하였다. 때로는 〈자성(自省)〉이나 〈자경(自警)〉, 〈자계(自戒)〉처럼 윤리 규범을 일깨우며 스스로 각성하는 한시를 짓기도 하였다. 이는 시를 통해 윤리 규범을 일깨우고 학헌 자신을 경계하였다고 볼 수 있다. 매천 황현을 추모하거나 조선 광복을 기뻐하며 자주 국가를 건설하자는 애국시를 짓기도 하였다.

하지만 최승현은 비록 고위직이 아니었더라도 일제강점기에 김제 용지면 면장을 오랫동안 지낸 바 있었다. 그는 호남평야의 갑부로서 여러 친일 인사들과 교류한 것으로 알고 있다. 그런데 아쉽게도 그의 문집에는 그러한 자료가 전혀 없었다. 광복 이후에 나온 문집들이 대부분 그러하듯이 편집 과정에서 **빠진** 것으로 여겨진다. 하지만 이번에 나온 학헌 최승현의 자료는 일제강점기 이래로 굴곡진 역사를 살아온 한국인의 삶과 애환이 잘 담겨 있다고 여겨진다.

참고문헌

1. 자료

『看山北遊錄』(孫秉周).

『艮翁先生文集』(李獻慶).

『歐洲吟草』(박영철, 近澤印刷社, 1928).

『沙上門人錄』(吳相鳳, 1948).

『巖棲集』(曺兢燮).

『五十年の回顧』(박영철, 大阪屋號書店, 1929).

『又顧先生文集』(개인 소장본).

『又顧先生遺稿』(국립중앙도서관 소장본, 1949).

『毅菴集』(柳麟錫, 1917).

『益齋亂藁』(李齊賢).

『日記冊』(김만수, 개인소장본, 1901).

『日錄』(김만수, 1901).

『全唐詩』 27卷, 「雜曲歌辭・水調歌」.

『駐法公使館日記』(김만수, 1901).

『卮園小藁』(김규선 소장본).

『卮園遺稿』(『茶山學團文獻集成』 5권, 성균관대학교 대동문화연구원, 2008).

『荷亭集』(呂圭亨).

『行臺漫錄』(李元默).

『晦菴集』(朱熹).

임기중, 『연행록 속집』(1~50권), 상서원, 2008.

_____, 『연행록전집』(1~100권), 동국대출판부, 2001.

조규익 외, 『연행록 연구총서』(1~10권), 학고방, 2006.

『陶淵明集』(陶潛, 학민문화사, 1992).

『三國史記』.

『三國遺事』.

『石亭集』(李定稷).

『裕齋集』(宋基冕).

2. 저서

고병익, 『동아교섭사의 연구』, 서울대학교출판부.

구사회, 『근대 계몽기 석정 이정직의 문예이론 연구』, 태학사, 2013.

금장태, 『한국유학의 탐구』, 서울대학교 출판부, 1999.

금장태·고광직, 『유학근백년』, 박영사, 1984.

김명배, 『한국의 차시』, 탐구당, 1983.

김문기·김명순, 『조선조 시가 한역의 양상과 기법』, 태학사, 2005.

김용옥, 『中庸講義』, 통나무, 2003.

김운학, 『신라불교문학연구』, 현암사, 1983.

김종우, 『향가문학연구』, 반도출판사, 1983.

金台俊, 『朝鮮漢文學史』, 1931.

랠프 A 레윈(강현석 옮김), 『똥』, 이소출판사, 2002.

李家源, 『朝鮮文學史(上)』, 태학사, 1995.

마르탱 모네스티에(임헌 옮김), 『똥오줌의 역사』, 문학동네, 2005.

문일평, 『사외이문』, 신구문화사, 1976.

민영환 저(이민수 역), 『민충정공유고』 권3, 「해천추범」, 일조각, 2000.

민영환(조재곤 역), 『해천추범』, 책과 함께, 2007.

박동춘, 『초의선사의 차문화 연구』, 일지사, 2010.

박완식, 『유재집(裕齋集)-유재 송기면의 학문과 사상』, 이회문화사, 2000.

심경호, 『참요, 시대의 징후를 노래하다』, 한얼미디어, 2012.

안진오, 『호남 유학의 탐구』, 이회, 1996.

양주동, 『국문학논고』, 을유문화사, 1952.

吳熊和(李鴻鎭 譯), 『唐宋詞通論』, 계명대학교 출판부, 1991.

유길준(허경진 옮김), 『서유견문』, 서해문집, 2004.

윤영옥, 『신라가요의 연구』, 형성출판사, 1980.

이가원, 『조선문학사』, 태학사, 1997.

이능화, 『조선불교통사』, 신문관, 1918.

이병주, 『한국한시의 이해』, 민음사, 1987.

이순탁, 『최근세계일주기』, 한성도서, 1934.

이종욱, 『화랑세기』, 소나무, 1999.

이종철, 『한국의 성 숭배 문화』, 민속원, 2003.

이태호, 『미술로 본 한국의 에로티시즘』, 여성신문사, 1998.

임기중, 『신라가요와 기술물의 연구』, 이우출판사, 1981.

정노식, 『朝鮮唱劇史』, 조선일보사, 1940.

정   민, 『삶을 바꾼 만남 – 스승 정약용과 제자 황상』, 문학동네, 2011.

_____, 『다산선생 지식 경영법』, 김영사, 2006.

_____, 『다산의 재발견』, Humanist, 2011.

_____, 『새로쓰는 조선의 차문화』, 김영사, 2011.

정약용(양광식 編譯), 『茶山과 茶』, 도서출판 금성, 2007.

조동일, 『지방문학사—연구의 방향과 과제』, 서울대학교 출판부, 2004.

조동일, 『한국문학통사5』, 지식산업사, 1994.

조해숙, 『조선후기 시조 한역과 시조사』, 보고사, 2005.

조현설, 『우리 신화의 수수께끼』, 한겨레출판, 2006.

존 그레고리 버크(성귀수 옮김), 『신성한 똥』, 까치글방, 2002.

車柱環, 『中國詞文學論考』, 서울대학교 출판부, 1982.

현상윤, 『조선유학사』, 현음사, 1982.

胡雲翼 著, 張基槿 譯, 『中國文學史』, 대한교과서주식회사, 1983.

홍기문, 『조선문화사총설』, 정음사, 1947.

홍기삼, 『향가설화문학』, 민음사, 1997.

3. 논문

구사회, 「〈헌화가〉의 '자포암호(紫布岩乎)'와 성기 신앙」, 『국제어문』 38집, 국제
어문학회, 2006.

구사회, 「석정 이정직의 고문론과 역대문평」, 『어문연구』 118호, 한국어문교육연
　　구회, 2003.
＿＿＿, 「우고 이태로의 농부가와 애국적 형상」, 『국어국문학』 147집, 국어국문
　　학회, 2007.
김광순, 「헌화가」, 『향가문학론』(김승찬 편), 새문사, 1989.
김규선·구사회, 「유재 송기면의 선비 정신과 시세계」, 『한문학보』 23집, 우리한
　　문학회, 2010.
김규선, 「만년기 황상의 사회시 고찰」, 『동양고전연구』 51집, 동양고전학회, 2013.
김문태, 「헌화가·해가와 제의문맥」, 『고전시가의 이념과 표상』(임하 최진원 박사
　　정년기념논총 간행위원회), 보고사, 1991.
김원모, 「李鍾應의 『西槎錄』과 『셔유견문록』 자료」, 『동양학』 32권, 단국대 동
　　양학연구소, 2002.
김인철, 「간산북유록」(『국학고전연행록해제(1)』), 동국대 한국문학연구소 연행
　　록 해제팀, 2003.
김재룡, 「유재 송기면의 문학과 서도에 관한 연구」, 원광대 석사학위논문, 1996.
김종철, 「한문 문체 분류의 전개 양상」, 『대동한문학』 20집, 대동한문학회, 2004.
김태식, 「紫色, 間色에서 絶大의 색깔로 – 地上의 天皇을 표방한 始祖들」, 『인문
　　사회연구』 18호, 선문대학교 인문사회과학, 2016.
김태영, 「척사위정사상」, 『한국학연구입문』(이가원·이우성 외), 1981.
남궁원, 「조선시대 과체시의 문학성 탐구」, 『한문고전연구』 7집, 한국한문고전학
　　회, 2003.
류종목, 「소식사에 대하여」, 『소동파사』, 서울대학교 출판문화원, 2010.
박금규, 「효당 김문옥의 생애와 시」, 『한문교육연구』 11호, 한국한문교육학회, 1997.
박노준, 「'海游歌'(一名 西遊歌)의 세계 인식」, 『한국학보』 64집, 일지사, 1991.
박동춘, 「이덕리 '다설 = 동다기' 단정 섣부르다」, 『법보신문』 877호(2006년
　　11월 22일자).
박애경, 「1920년대 내지시찰단 기행문에 나타난 향촌지식인의 내면의식」, 『현대
　　문학의 연구』 42집, 한국문학연구학회, 2010.
박애경, 「대한제국기 가사에 나타난 이국 형상의 의미 – 서양 체험가사를 중심으
　　로」, 『고전문학연구』 31집, 한국고전문학회, 2007.

박철상, 「치원 황상과 추사학파의 교유」, 『다산과 현대』 3호, 연세대학교 강진다
　　산실학연구원, 2010.

신석호, 「해설」, 『민충정공유고』, 국사편찬위원회, 1958.

신현규, 「수로부인조 '수로'의 정체와 제의성 연구」, 『어문론집』 32집, 중앙어문
　　학회, 2004.

심경호, 「18세기 후반, 19세기 전반의 한국한문학에 나타난 실학적 특성에 관한
　　일 고찰」, 『한국실학연구』 제5호, 한국실학학회, 2003.

_____, 「조선 문집 간행의 경위와 편찬 체제에 한 일고찰」, 『민족문화연구』
　　62호, 고려대학교 민족문화연구원, 2014.

_____, 「한국한문학의 독자성과 중국 고전문학의 접점에 관한 규견」, 『중국문
　　학』 52집, 한국중국어문학회, 2007.

양지욱·구사회, 「대한제국기 주불공사 석하 김만수의 〈일기〉 자료에 대하여」,
　　『온지논총』 18집, 온지학회, 2008.

여기현, 「수로부인 이야기의 제의적 연구」, 성균관대 석사학위 논문, 1985.

윤승준, 「청음 김상헌의 관동별곡번사에 대하여」, 『한문학논집』 12집, 근역한문
　　학회, 1994.

이가원, 「한문 문체의 분류적 연구(二)」, 『아세아연구』 3권 2호, 고려대학교 아세
　　아문제연구소, 1960.

_____, 「한문 문체의 분류적 연구」, 『아세아연구』 3권 1호, 고려대학교 아세아문
　　제연구소, 1960.

이종찬, 「小樂府試攷」, 『동악어문론집』 창간호, 동악어문학회, 1965.

이창훈, 「대한제국기 유럽 지역에서 외교관의 구국운동」, 『한국독립운동사연구』
　　제27집, 독립기념관 한국독립운동사 연구소, 2006.

이철희, 「《巵園遺稿》解題」, 『茶山文獻集成』 5卷, 성균관대학교 대동문화연구
　　원, 2008, 1~12면.

_____, 「다산 시학의 계승자 황상에 대한 평가와 그 의미」, 『대동문화연구』
　　53집, 성균관대학교 대동문화연구원, 2006.

임형택, 「丁若鏞의 강진유배기의 교육활동과 그 성과」, 『실사구시의 한국학』,
　　창작과 비평사, 2000.

장유승, 「조선시대 과체시 연구」, 『한국한시연구』 11권, 한국한시학회, 2003.

장장식, 「민간신앙으로 본 성」, 『한국의 민속과 성』(비교민속학회 편), 지식산업사, 1997.

정 민, 「『치원소고』 및 『치원진장』에 대하여」, 『문헌과 해석』 58호, 문헌과 해석사, 2012.

_____, 「다산의 강진 강학과 제자 교학방식」, 『다산학』 18집, 다산학술문화재단, 2001.

_____, 「이덕리 저 『동다기』의 차 문화사적 자료 가치」, 『문헌과 해석』 36호, 2006.

정병욱, 「한국시가문학사(上)」, 『한국문화사대계(V)』, 고려대민족문화연구소, 1967.

정상복·류종목 편, 「경상남도 거제군편」, 『한국구비문학대계』(8-2), 한국정신문화연구원, 1980.

中村榮孝, 「滿鮮關係の新資料」, 『靑丘學叢』 1號, 靑丘學會, 1930.

진재교, 「다산학의 형성과 치원 황상」, 『대동문화연구』 41집, 성균관대학교 대동문화연구원, 2002.

_____, 「실학파와 한시」, 『문학과 사회집단』(한국고전문학회 편), 1995.

최규수, 「서포 김만중의 〈관동별곡 번사〉에 나타난 한역의 방향과 그 의미」, 『한국시가연구』 14집, 한국시가학회, 1998.

허경진, 「『동시품휘보』와 허균의 과체시」, 『열상고전연구』 14집, 열상고전연구회, 2001.

_____, 「유길준과 『서유견문』」, 『어문연구』 32권, 한국어문교육연구회, 2004.

현광호, 「대한제국기 고종의 대영 정책」, 『한국사 연구』 140집, 한국사연구회, 2008.

현승환, 「헌화가 배경설화의 기자의례 성격」, 『한국시가연구』 12집, 한국시가학회, 2002.

홍재휴, 「가사」, 『국문학신강』, 국문학신강편찬위원회 편, 새문사, 1985.

황원구, 「연행록의 세계」, 『여행과 체험의 문학(중국 편)』(소재영·김태준 편), 민족문화문고간행회, 1985.

황의열, 「한국 문집의 문체 분류에 대한 연구 -『동문선』과 그 이전의 문집을 중심으로」, 『한문학보』 5집, 우리한문학회, 2001.

서지정보

제1부 _ 근대전환기 한국인의 세계 기행과 문명 인식

1. 순조 21년 신사 연행과 연행록의 두 시각
   - 『우리문학연구』 43집, 우리문학회, 2014.
2. 근대전환기 조선인의 세계 기행과 문명 담론
   - 『국어문학』 61집, 국어문학회, 2016.
3. 대한제국기 주불공사 김만수의 세계 기행과 사행록
   - 『동아인문학』 29집, 동아인문학회, 2014.
4. 일제강점기 다산 박영철의 세계 기행과 시적 특질
   - 『열상고전연구』 42집, 열상고전연구회, 2014.

제2부 _ 고전문학의 전승 맥락과 작품 탐색

1. 중국의 시가 양식과 한국의 주체적 변용
   - 『열상고전연구』 46집, 열상고전연구회, 2015.
2. 〈수조가두〉의 성립 과정과 한국 전승의 맥락
   - 『동아인문학』 33집, 동아인문학회, 2015.
3. 신라의 성기 숭배와 지증왕의 음경
   - 『서강인문논총』 46집, 서강대학교 인문과학연구소, 2016.
4. 새로운 한글 유산록 〈금강산졀긔 동유록〉의 작자와 작품 분석
   - 구사회·김영, 『동악어문학』 73집, 동악어문학회, 2017.

제3부 _ 근대전환기의 호남한문학과 시적 탐색

1. 황상의 추사가와의 교류와 시적 형상화
   - 구사회·김규선, 『동양고전연구』 59집, 동양고전학회, 2015.
2. 『치원소고』를 통해 본 황상의 차 생활과 19세기 차 문화
   - 구사회·김규선, 『동양고전연구』 46집, 동양고전학회, 2012.
3. 근대계몽기 호남유학자 우고 이태로의 『우고선생문집』과 시세계
   - 『호남학』 59집, 호남학연구원, 2016.
4. 근대변혁기 학헌 최승현의 삶과 한시 작품
   - 『동아인문학』 55집, 동아인문학회, 2021.

찾아보기

구사회(具仕會)

1957년 전주 출생.
동국대학교 국어국문학과와 같은 대학원 수료.
문학박사.
선문대학교 국어국문학과 교수를 역임했고, 현재 명예교수로 있다.

저서로『경기체가 연구』(공저, 태학사, 1997),『한국 리얼리즘 한시의 이해』(공저, 새문사, 1998),『한국 고전문학의 사회적 탐구』(이회, 1999),『근대계몽기 석정 이정직의 문예이론 연구』(태학사, 2012),『송만재의 관우희 연구』(공저, 보고사, 2013),『한국 고전문학의 자료 발굴과 탐색』(보고사, 2013),『한국 고전시가의 작품 발굴과 새로 읽기』(보고사, 2014),『다산과 추사, 정벽 유최관』(공저, 추사박물관, 2015),『한국의 술 100년의 과제와 전망』(공저, 도서출판 향음, 2017),『대한제국기 프랑스 공사 김만수의 세계 여행기』(공역, 보고사, 2018),『한국 고전시가의 작품 발굴과 문중 교육』(보고사, 2021) 등의 저·역서와 100여 편의 논문이 있다.

한국 고전문학의 세계 인식과 전승 맥락

2022년 8월 30일 초판 1쇄 펴냄

지은이 구사회
펴낸이 김흥국
펴낸곳 도서출판 보고사

책임편집 이순민
표지디자인 김규범

등록 1990년 12월 13일 제6-0429호
주소 경기도 파주시 회동길 337-15 보고사
전화 031-955-9797(대표), 02-922-5120~1(편집), 02-922-2246(영업)
팩스 02-922-6990
메일 kanapub3@naver.com / bogosabooks@naver.com
http://www.bogosabooks.co.kr

ISBN 979-11-6587-349-3 93810
ⓒ 구사회, 2022

정가 25,000원